SUSANNE GOGA | Der dunkle Weg

SUSANNE GOGA

Der dunkle Weg

Roman

Diana Verlag

MIX
Papier aus verantwortungsvollen Quellen
FSC® C014496

Verlagsgruppe Random House FSC® N001967
Das für dieses Buch verwendete
FSC®-zertifizierte Papier *Holmen Book Cream*
liefert Holmen Paper, Hallstavik, Schweden.

Originalausgabe 05/2015

Dieses Werk wurde vermittelt durch die Literarische Agentur
Thomas Schlück GmbH, 30827 Garbsen
Redaktion | lüra – Klemt & Mues GbR, Gisela Klemt
Umschlaggestaltung | t.mutzenbach design, München
Umschlagmotiv | © Robert Harding World Imagery/
Getty Images; Elisabeth Ansley/Trevillion Images; shutterstock
Satz | Leingärtner, Nabburg
Druck und Bindung | GGP Media GmbH, Pößneck
Printed in Germany

ISBN 978-3-453-35799-0

www.diana-verlag.de

Für Felix –
bester Reisebegleiter, Dublin 2013

PROLOG

Mai 1916

Sie ging durch einen langen Flur. Kahler Steinboden, hölzerne Türen, in die kleine, viereckige Gitter eingelassen waren. Ein feuchter, muffiger Geruch und eine Kälte, die bis ins Innerste drang.

Die Stille war so grenzenlos, dass sie ihr Blut in den Ohren rauschen hörte. Kein Laut kam aus den Zellen. Sobald sie an die vergitterten Fenster herantreten und hineinschauen wollte, stieß etwas sie zurück, so wie zwei Magnete einander abstoßen. Sie wusste, sie suchte jemanden, konnte sich aber nicht an sein Gesicht erinnern.

Der Flur schien endlos. Wann immer sie die letzte Zellentür erreicht hatte, verlängerte er sich wieder, dehnte sich ins Unendliche, verjüngte sich, bis in der Ferne Außenwand und Zellenreihe zu verschmelzen schienen.

Ihr war kalt. Sie zog die Jacke enger um die Schultern, doch das half nicht gegen die Kälte tief in ihrem Inneren. Sie streckte die Hand nach der nächstbesten Tür aus, krallte die Finger in das Gitter, wollte sich an die Tür heranziehen, doch der Widerstand war zu groß. Sie taumelte zurück und schleppte sich weiter.

Irgendwann würde der Flur zu Ende sein. Dann würde sie ihn finden.

Eine laute, schneidende Stimme zerriss die Stille. Sie blieb stehen und schaute nach links zur kahlen Wand. Dort gab es keine Zellen, nur einige Fenster, ziemlich weit oben, sie wusste nicht, ob sie hoch genug hinaufreichen konnte.

Sie reckte die Arme, umfasste die Gitter des Fensters und zog sich empor, stemmte sich mit den Sohlen ihrer Schuhe gegen die weiß getünchte Mauer, klammerte sich verzweifelt fest und konnte endlich durch das Fenster schauen.

Hinunter in einen Hof, umgeben von hohen grauen Mauern, die keinen Blick nach draußen erlaubten. In der Mitte des Hofes stand ein Mann mit rötlich-braunem Haar, dem man die Augen verbunden hatte. An seiner Brust haftete ein Zettel, der das Herz markierte. Seine Hände konnte sie nicht sehen, vermutlich waren sie auf dem Rücken gefesselt.

Wenige Meter vor ihm zwei Reihen Soldaten, die hinteren stehend, die vorderen kniend.

Sie spürte, wie ihre Füße abrutschten, ihre schwitzenden Finger sich von den Gitterstäben lösten … Verzweifelt reckte sie den Hals, bis die Soldaten die Gewehre hoben und das letzte Kommando erklang.

Als die Salve ertönte, stürzte sie nach hinten und fiel und fiel.

Ida setzte sich mit einem Ruck im Bett auf. Ihr Herz schlug so heftig, dass sie kaum atmen konnte. Sie tastete verzweifelt zur Seite, doch das Bett neben ihr war leer.

I

Übers Meer

»In Irland passiert nie das Unvermeidliche
und geschieht ständig das Unerwartete.«

Sir John Pentland Mahaffy

1

Februar 1912

Die Koffer standen im Flur. Ida Martens zog den Wintermantel an und griff gerade nach ihrer Mütze, als sie hörte, wie sich die Tür des Salons hinter ihr öffnete.

»Willst du es dir nicht noch einmal überlegen?«, fragte ihre Mutter vorwurfsvoll und klagend zugleich.

Ida drehte sich resigniert um. Sie hatte die Frage oft gehört, zu oft. »Es ist doch kein Abschied für immer. Ich besuche nur eine Freundin in Irland, die ich seit drei Jahren nicht gesehen habe.«

Ein harter Zug erschien auf Luise Martens' Gesicht. »Nach deiner letzten Reise bekam ich eine andere Tochter zurück. Seit London bist du nicht mehr die, die du warst.«

Vielleicht war ich das nie, dachte Ida. Vielleicht hast du mich nie wirklich gesehen. »Mutter, fang bitte nicht wieder davon an. Mit dem Studium an der Slade School habt ihr mir meinen größten Wunsch erfüllt, dafür werde ich euch immer dankbar sein. Aber ich muss für eine Weile weg aus Hamburg. Es ist an der Zeit, etwas Neues zu sehen.« Sie zögerte. »Es wäre schön, wenn ihr euch mit mir freuen könntet.«

»Das kannst du nicht verlangen, Ida. Eine so weite Reise für eine junge Frau ohne Begleitung, zu Leuten, die du kaum kennst. Überdies bist du in einem Alter, wo andere Dinge –«

Ida hob die Hand, um ihre Mutter zum Schweigen zu

bringen. »Lass uns nicht im Streit auseinandergehen.« Sie nahm ihre Handschuhe vom Garderobentisch. »Grüße Vater und Christian von mir. Ich werde euch schreiben.«

Luise Martens machte keine Anstalten, auf sie zuzugehen, geschweige denn, ihre Tochter zu umarmen.

In diesem Augenblick rollten draußen Räder übers Pflaster und hielten vor dem Haus. Ida nickte noch einmal, wandte sich ab und öffnete die Tür.

Ida hatte den Hafen immer geliebt und früher oft ihren Großvater hierher begleitet. Er hatte ihr die großen Schiffe gezeigt und erklärt, woher sie kamen. Oft waren es geheimnisvoll klingende Namen wie Rio de Janeiro, Madagaskar oder Surabaya gewesen, die Idas Fantasie stärker anregten als jedes Märchen.

Als sie an der Reling stand, musste Ida an ihren Aufbruch vor drei Jahren denken. Wie nervös und jung sie gewesen war, voller Erwartung – die erste Reise allein und dann gleich nach London! Nun sah sie ohne Bedauern, wie die vertrauten Stadtviertel an ihr vorbeizogen, Altona, Othmarschen, Flottbek. Sie blickte hinüber zur Elbchaussee, die sie bis nach Blankenese begleitete, wo ihr Großvater gewohnt hatte. Danach wurden die Häuser weniger, der Fluss immer breiter, bis er sich in der weiten Nordsee auflöste.

Ida fühlte sich stark und erwartungsvoll, als sie in den Zug stieg und zusah, wie der Bahnsteig hinter ihr kleiner wurde und die hohen Gebäude der Londoner Innenstadt den endlosen braunen und roten Reihenhäusern der Vororte wichen. Zum Glück hatte sie das Abteil für sich allein und war nicht gezwungen, Konversation zu machen.

Sie lehnte sich in die Polster zurück und dachte an ihren ersten Besuch in London, als sie verspätet in den Zeichensaal der Slade School of Fine Art, einer angesehenen Kunstakademie, gekommen und neben einer selbstbewussten jungen Frau gelandet war. Rote Haare, energisches Kinn, große Augen – ihre erste Begegnung mit Grace Gifford. Ida dachte an die Picknicks auf dem Russell Square und die Abende am Kamin, wenn die Wohnung in Bloomsbury zum Bersten voll gewesen war und alle wild durcheinanderredeten. An Professor Tonks, von dem sie so viel gelernt hatte.

Nach einer Weile tauchte sie aus den Erinnerungen auf und schaute aus dem Fenster, sah die Landschaften wie ein Bilderbuch an sich vorbeiziehen, bemerkte im Vorbeifahren Burgen und hübsche Dörfer, bei denen sich ein Innehalten und Betrachten gelohnt hätte. Nachdem sie die Grenze zu Wales überquert hatten, wurde das Land einsamer und rauer, die Wälder wurden dichter, und die Menschen, die zustiegen, sprachen in einem fremdartigen, singenden Tonfall.

Ida spürte, wie ihre Erregung mit jedem Kilometer wuchs. Was erwartete sie in Irland? Grace hatte in ihren Briefen nicht nur von den Lebensverhältnissen auf der großen Insel, sondern auch so viel von ihrer Familie erzählt, dass Ida beinahe meinte, die Menschen zu kennen. Die strenge Mutter und die begabten Schwestern, von denen Grace ihr gelungene Karikaturen geschickt hatte. Das geliebte Kindermädchen.

Habe ich Dir schon von unserem Kindermädchen Bridget erzählt? Wir haben viel von ihr gelernt – verbotene Rebellenlieder, kleine gälische Redewendungen, Sagen und Legenden. Sie hat uns auch vom großen Hunger erzählt, dem vor sechzig Jahren so viele Menschen zum Opfer gefallen sind. Ich habe fünf Schwestern, und Bridget hat uns alle zu Rebellinnen gemacht.

Wenn der Zug anhielt, versuchte Ida, die Umgebung zu zeichnen, doch die Aufenthalte reichten meist nur für eine flüchtige Skizze. Außerdem war das Zeichnen von Landschaften nicht das, woran ihr Herz hing – eine nützliche Übung, mehr nicht.

Ida zeichnete unauffällig auch einige Mitreisende – einen kräftigen Herrn mit karierter Mütze und buschigem Schnurrbart, der sich in ein Buch über die Vogelwelt Großbritanniens vertieft hatte. Eine ältere, gut gekleidete Frau mit ihren Enkelkindern, die einen eleganten Hut trug und streng und ungeduldig wirkte, was Ida für die Kinder leidtat, was aber ein gutes Motiv abgab. Im Geiste hörte sie dabei die Stimme von Professor Tonks: Unter der Farbe liegt die Präzision. Ohne sie gibt es keine Menschlichkeit.

Sie erinnerte sich an das letzte Porträt, das sie gemalt und das zu einem heftigen Streit mit ihren Eltern geführt hatte.

Ida hatte die Frau bei einem Spaziergang durch St. Pauli entdeckt. Sie saß vor einer Kneipe, ihr Gesicht hatte Ida sofort fasziniert. Sie war Mitte vierzig und sicher einmal wunderschön gewesen – bis jemand ihr die rechte Gesichtshälfte mit einem Messer zerstörte. Die Narben waren stumme Zeugen einer längst vergangenen Tat. Ida hatte die Frau gefragt, ob sie sie malen dürfe. Den Blick würde sie nie vergessen – erst Argwohn, dann ungläubiges Staunen, als sie erkannte, dass es Ida ernst war.

Ihre Eltern waren entsetzt gewesen, als die Frau, die sich die grüne Lotte nannte, zu ihnen nach Hause kam. Doch wo sonst hätte Ida sie malen sollen? Das Licht war nirgendwo besser als im Atelier, das sie sich unter dem Dach eingerichtet hatte.

Zuerst hatte die Frau befangen gewirkt und die Haare über die entstellte Hälfte ihres Gesichts gezogen, doch nachdem Ida ihr versichert hatte, dass sie weder Abscheu noch Furcht empfände, wurde sie vertrauensvoller und gehorchte Idas Anweisungen, bis sie die richtige Position gefunden hatten.

Sie hatte das Bild an einen Anwalt aus Berlin verkauft, vorher jedoch einige Fotografien davon anfertigen lassen. Eine hatte sie Grace nach Dublin geschickt.

Ich habe meinen Schwestern das Bild gezeigt, und alle waren beeindruckt. Sidney hat es mit zu ihrer Zeitung genommen, worauf man sie gefragt hat, ob sie es abdrucken dürfen. Wärst Du damit einverstanden? Stell Dir vor, Dein Name in einer Dubliner Zeitung!

Ida erwachte aus ihren Gedanken. Die Küste rückte näher, sie meinte, die Nähe des Meeres zu spüren – sicher eine Einbildung, denn noch waren sie von hohen, teils in Schnee gehüllten Bergen umgeben. Und doch kam ihr das Gebirge vor wie eine letzte Schwelle, hinter der sie etwas völlig Neues erwartete. Und sie wurde nicht enttäuscht.

Es war ein klarer Tag, und der Blick, der sich bot, als sie kurz darauf den Kopf wagemutig aus dem Zugfenster streckte, nahm ihr den Atem. Sie blickte auf eine Insel, weit, flach und grün, die nah am Festland lag und zu der sich zwei Brücken hinüberspannten: zum einen eine kühne Hängebrücke zwischen zwei gewaltigen Pfeilern, die zu beiden Seiten der Meerenge aufragten. Ein Stück weiter eine Eisenbahnbrücke, auf die sie sich nun zubewegten. Die Schienen führten durch zwei eiserne Röhren. Staunend zog Ida den Kopf ein und schloss das Fenster, blieb aber stehen, um nichts zu verpassen. Es war ein sonderbares Gefühl, in die Dunkelheit einzutauchen und zu wissen, dass tief unter einem Schiffe entlangfuhren. Doch dann verließen sie die Röhre, und beiderseits des Zuges breitete sich die weite, grüne Landschaft aus.

Ida atmete tief durch und setzte sich wieder, während der Zug sich Holyhead an der äußersten westlichen Spitze von

Wales näherte. Dort würde sie an Bord des Postdampfers gehen, der die Irische See überquerte und in Kingstown nahe Dublin anlegte.

Nicht lange danach tauchten die ersten Häuser von Holyhead auf. Der Zug fuhr bis zum Hafen durch. Auf dem Bahnsteig fand Ida einen Gepäckträger, der ihre Koffer auf einen Wagen lud.

»Zum Postdampfer, Miss?«, fragte der Mann, als er sich mit seiner Last in Bewegung setzte.

»Ja, bitte.«

Sie kamen an einem von Säulen getragenen Tor vorbei, das an eine Miniaturausgabe des Arc de Triomphe erinnerte. Dann stand Ida unvermittelt am Wasser, wo die Hafenmauer ohne Geländer steil zum Meer hin abfiel. Sie blickte auf die See, die an diesem dunklen Februartag bleigrau schimmerte.

»Kann man bei klarem Wetter bis nach Irland sehen?«, fragte sie unvermittelt.

Der Gepäckträger warf ihr einen erstaunten Blick zu. »Das ist eine gute Frage, Miss. Ich bin jetzt fünfundsechzig und hab noch nie was gesehen.« Er kratzte sich am Kopf. »Kann natürlich dran liegen, dass ich mit meinem Karren meist nach vorn gebeugt gehe. Aber keine Sorge, der Dampfer braucht nicht lange, wenn Sie es nicht erwarten können.«

Die *SS Anglia* war tatsächlich eindrucksvoll. Ein schlanker Dampfer mit zwei hohen, schwarz-weißen Schornsteinen und einem schwarzen Rumpf, der sich sanft auf dem Wasser wiegte.

»Waren Sie schon einmal drüben?«

Der Mann schaute sie entgeistert an. »Was soll ich denn da? Mir reicht es, wenn ich von hier aus die Schiffe sehe. Komme manchmal nach Feierabend her und schaue sie mir an. Ich kenne jedes einzelne mit Namen, kann Ihnen das Baujahr und die Geschwindigkeit und die Tonnage sagen. Aber damit fahren … nein.«

Menschen waren sonderbar. Manche wohnten am Meer, ohne je über den Strand zu laufen, einige führten ein Angelgeschäft, ohne zu fischen, und wieder andere liebten Schiffe, ohne je an Bord zu gehen.

Sie selbst hingegen konnte es kaum erwarten, die *Anglia* zu betreten.

Es war kalt, und der Aufenthaltsraum unter Deck erschien verlockend. Ida rang kurz mit sich, zog dann aber die Mütze tiefer ins Gesicht, wickelte sich den Schal eng um den Hals, schlug den Kragen ihres Tweedmantels hoch und machte sich daran, das Deck des Schiffes zu erkunden. Sie ging die Reling entlang, so weit es den Passagieren erlaubt war, und schaute immer wieder aufs Meer und zum Land zurück, als wollte sie die Strecke mit den Augen messen.

Als die Maschinen ansprangen, erbebte das Deck unter ihren Füßen, und die Aufregung schlug wie eine Welle über ihr zusammen. Vor ihr lag nun das Land, über das sie so viel gehört hatte und das ein Widerspruch in sich zu sein schien. Wann immer sie glaubte, sie habe etwas verstanden, lieferte Grace eine Geschichte oder Anekdote, die das genaue Gegenteil zu beweisen schien. Die Sprache selbst war Teil dieser Verwirrung, die schon beim Namen ihres Zielorts anfing.

Du wirst in Kingstown ankommen, das liegt ganz in der Nähe von Dublin. Eigentlich heißt es Dún Laoghaire, und eines Tages wird man den Ort auch so nennen. Wenn du hier bist, bringen wir Dir ein bisschen Irisch bei, aber keine Sorge, hier sprechen alle Englisch, Du wirst also verstehen und verstanden, hatte Grace in ihrem letzten Brief geschrieben.

Ida stand in Gedanken versunken da, während ihr die Kälte

in die Glieder drang, konnte sich aber immer noch nicht überwinden, unter Deck zu gehen. Außer den Seeleuten war niemand hier oben, kein vernünftiger Mensch setzte sich freiwillig diesem Wetter aus.

Ein heftiger Wind kam auf und zerrte an ihrem Mantel. Ein Schauer überlief sie. Sie warf einen letzten Blick auf Anglesey und das Festland dahinter, dann begab sie sich in den Aufenthaltsraum, wo es angenehm warm war. Sie bestellte Tee und Sandwiches und suchte sich einen bequemen Platz.

Ida bedauerte es sehr, dass sie den Hafen von Kingstown an einem Winterabend erreichte, denn trotz der Lichter am Ufer war nicht viel zu erkennen. Sie konnte immerhin die geschwungenen Mauern ausmachen, die den Hafen begrenzten und sie wie zwei ausgebreitete Arme empfingen. Trotz der eisigen Kälte spürte sie eine seltsame Vertrautheit, als würde das Land sie willkommen heißen. Zu ihrer Linken zeichneten sich die Umrisse eines lang gestreckten Gebäudes ab, neben dem das Schiff anlegen würde. Weiter rechts befand sich ein großer, pavillonartiger Bau, vielleicht ein elegantes Hotel.

Sie holte tief Luft und schloss kurz die Augen. Ihr Herz schlug bis zum Hals, und sie bekam Angst vor der eigenen Courage. Bald würde sie die Freundin wiedersehen, der sie jahrelang nur auf dem Papier verbunden gewesen war. Würden sie einander immer noch so gut verstehen? Wie würde die Familie Gifford sie aufnehmen? Konnte sie als Malerin hier etwas erreichen?

Ich hoffe sehr, dass ich Dir unser armes, verrücktes Land irgendwann zeigen kann. Nichts ist einfach in Irland, nichts nur schwarz oder weiß, hatte Grace einmal geschrieben.

Ja, dachte Ida bei sich, ich bin bereit.

An Deck wurde es voll, die Passagiere drängten an die Reling und winkten Freunden und Verwandten zu, die sie am Anleger erwarteten. Ida hielt Ausschau nach Grace, konnte sie aber in der Dunkelheit nicht erkennen. Mit einem leichten Ruck legte das Schiff an, die Gangway wurde ausgeklappt, und die Reisenden schoben sich nach vorn. Ida ließ sich Zeit und wartete, bis die meisten von Bord gegangen waren. Dann rückte sie ihre Mütze zurecht und verließ das Schiff.

»Ida!« Sie hörte die Stimme schon, bevor sie ihre Freundin entdeckt hatte. Dann sah sie die zierliche Gestalt auf sich zukommen und lief los, ohne auf ihr Gepäck zu achten, um Grace zu umarmen.

»Lass dich ansehen.« Grace löste sich von ihr und trat einen Schritt zurück. »Du siehst erwachsener aus.«

»Das Gleiche könnte ich von dir sagen. Und du bist so elegant.«

Grace trug einen Wintermantel mit Pelzkragen und einen hübschen Hut mit breiter Krempe. »Komm, wir holen dein Gepäck. Meine Schwester hat einen Bekannten überredet, ihr sein Automobil zu leihen.« Sie deutete vage über die Schulter, wo eine junge, ebenfalls rothaarige Frau mit verschränkten Armen neben einem schwarzen Wagen auf sie wartete.

Grace fand einen Gepäckträger, der Idas Koffer auf seinen Karren wuchtete. »Zu dem Wagen dort drüben.« Sie drückte dem Mann eine Münze in die Hand und zog Ida mit sich zu der jungen Frau.

»Darf ich vorstellen? Meine Schwester Sidney Gifford. Seit sie Journalistin ist, nennt sie sich John Brennan. Das solltest du beachten, falls du eine Antwort wünschst. John, das ist Ida Martens.«

Grace hatte ihr geschrieben, dass John politische Artikel für die Zeitung *Sinn Féin* verfasste.

Die junge Frau streckte ihr lächelnd die Hand entgegen. Sie hatte ein rundes Gesicht mit Wangen, für die Ida nur das Wort Apfelbäckchen einfiel. Als sie jedoch den Mund öffnete, wurde Ida sofort klar, dass sie nichts Niedliches an sich hatte und weder die Ruhe noch die Sanftheit ihrer älteren Schwester besaß. »Vermutlich wissen Sie alles über unsere Familie, nachdem Grace Ihnen so oft geschrieben hat. Ein Freund, dessen größter Vorzug darin besteht, ein Automobil zu besitzen, war so freundlich, es mir heute zur Verfügung zu stellen.«

Der Gepäckträger hatte die Koffer abgestellt und wartete auf seine Bezahlung. Während Grace das erledigte, hievten Ida und John die Koffer in den Wagen.

»Ich hoffe, dir ist nicht allzu kalt. Hier hast du eine Decke.« Grace breitete eine karierte Decke über Idas und ihre Beine, während John sich ans Steuer setzte. Der Motor sprang dröhnend an, der Wagen fuhr langsam los.

»Sie sind Journalistin?«, fragte Ida.

»Das ist nur eine meiner vielen Beschäftigungen«, antwortete John. »Ich bin in der Sozialistischen Partei, halte Vorträge, kämpfe für das Frauenwahlrecht und die irische Republik. Habe ich etwas vergessen? Ach ja, und ich verteile Essen an Schulkinder.«

»Man könnte sie die Heilige Johanna der Sozialisten nennen.« In Graces Stimme schwang leiser Spott mit.

»Und du?«, fragte Ida ihre Freundin. »Machst du auch bei so etwas mit?«

»Natürlich«, antwortete John an Graces Stelle. »Unsere Schwestern Muriel und Nellie sind ebenfalls dabei. Was wäre Irland ohne die Giffords?«

Ida bedauerte, dass sie Graces Gesicht im Dunkeln nicht sehen konnte. Die Freundin hatte in ihren Briefen von John berichtet, von ihrer scharfen Zunge, dem spöttischen Humor, der unruhigen Energie, die sie ständig in Bewegung hielt und dazu antrieb, neue Herausforderungen zu suchen. *Manchmal glaube ich, sie nimmt mich nicht ernst, weil ich ihr zu brav und ruhig erscheine,* hatte sie einmal geschrieben.

Sie war natürlich zu unbarmherzig mit sich. Grace war eine Künstlerin, die sich bemühte, von ihrer Arbeit zu leben und von ihren Eltern unabhängig zu werden. Wie schwer das war, wusste Ida nur zu gut, und sie respektierte die Freundin dafür. Sie spürte die Spannung zwischen den Schwestern, die unterschwellige Distanz.

»Erzähle mir von deiner Arbeit«, sagte Ida, um Grace ihre Wertschätzung zu bezeugen.

»In letzter Zeit gehe ich häufig in den United Arts Club, dort würde ich dich gern einführen«, antwortete Grace, und Ida hörte die Dankbarkeit in ihrer Stimme. »Er wurde vom Ehepaar Markievicz gegründet, ich habe dir von ihnen geschrieben.«

»Die Frau, die den polnischen Grafen geheiratet hat und kleinen Jungs das Schießen beibringt, ich erinnere mich. Die würde ich gern kennenlernen.«

»Dort verkehren interessante Leute, und alles ist ganz zwanglos. Fast wie mit den Leuten von der Slade. Du wirst dich sicher wohlfühlen und Kontakte knüpfen können.«

»Zwanglos und bohemienhaft, aber nicht unpolitisch«, warf John von vorn ein. »Nichts, was die Markievicz machen, ist wirklich unpolitisch.«

»Nun aber Schluss damit«, sagte Grace mit fester Stimme. »Dies ist Idas erster Abend in Dublin, da wollen wir sie nicht gleich mit irischer Politik überfallen.«

Das Haus der Giffords lag in Rathmines, einer wohlhabenden Gegend, die sich durch nichts von den gutbürgerlichen Vierteln einer englischen Stadt unterschied. In der Dunkelheit konnte Ida nicht viel erkennen, doch was die Straßenlaternen enthüllten, bestätigte ihren Eindruck. Großzügige, teils villenartige Häuser mit weitläufigen Gärten, aus deren Fenstern warmes Licht nach draußen fiel.

Bei dem Gedanken, Graces Eltern kennenzulernen, wurde Ida ein bisschen mulmig. Wenn Grace über ihre Mutter schrieb, hatte sie stets eine gewisse Kälte gespürt, und die Vorstellung von Isabella Gifford inspiziert zu werden war nicht gerade beruhigend. Sie erinnerte sich, wie liebevoll Grace damals von ihrem Kindermädchen gesprochen hatte, das den Gifford-Kindern die Zuwendung geschenkt hatte, die sie bei der Mutter vermissten. Sie zuckte zusammen, als Grace sie aus ihren Gedanken riss.

»Wir sind da.«

Isabella und Frederick Gifford warteten im Salon, um den Gast ihrer Tochter zu begrüßen. Mr. Gifford empfing sie herzlich und bot ihr einen Platz an, bevor er sich nach ihrer Reise erkundigte. »So so, die *Anglia,* ein schönes Schiff.«

Mrs. Gifford klingelte und ließ einen kalten Imbiss bringen. »Sie müssen nach der langen Reise sehr hungrig sein, Miss Martens.« Sie klang höflich, aber ein wenig distanziert.

Ida griff dankbar zu, während Grace sie beobachtete, als könnte sie es noch nicht ganz fassen, dass ihre Freundin tatsächlich bei ihnen zu Hause saß. John hatte sich verabschiedet und war weitergefahren, ohne sich um den mahnenden Blick ihrer Mutter zu kümmern.

Während Ida aß, stellte Mr. Gifford weitere interessierte Fragen nach ihrer Reise.

»Erst mit dem Schiff nach London und von dort aus mit dem Zug nach Wales …«

»… und dann wieder mit dem Schiff hierher«, sagte Ida unbekümmert. »Ein ziemlich weiter Weg. In London habe ich zwei Tage bei Bekannten meiner Eltern verbracht.«

Mrs. Gifford hielt sich still im Hintergrund, während ihr Mann freundlich plauderte. Ida erkannte in ihm den Vater wieder, von dem Grace in ihren Briefen liebevoll erzählt hatte.

Als Idas Teller leer war und sie den Tee getrunken hatte, spürte sie plötzlich, wie ungeheuer müde sie war.

»Ich glaube, Sie möchten sich jetzt zurückziehen«, sagte Mrs. Gifford, die ihr die Erschöpfung wohl angesehen hatte.

»Ja, das würde ich gern. Vielen Dank für das Essen und den freundlichen Empfang.«

Grace führte sie nach oben und öffnete eine weiß lackierte Tür. »Unser Gästezimmer. Hier haben zwei meiner Schwestern gewohnt, die inzwischen ausgezogen sind.«

Ida schaute sich um. Ihre Koffer warteten schon neben dem Schrank, das Bett war mit blau geblümter Wäsche bezogen, im Raum duftete es zart nach Lavendel. Die Möbel waren alt, aber gepflegt, und in der Ecke am Fenster stand noch ein Schaukelpferd aus Kindertagen.

Grace umarmte Ida flüchtig. »Ich wünsche dir eine gute erste Nacht. Bis morgen.«

Nachdem sie gegangen war, konnte Ida kaum noch ihre Kleider ablegen, bevor sie ins Bett fiel und schon bald darauf einschlief.

2

Falls Ida geglaubt hatte, dass sie den nächsten Tag gemächlich beginnen würde, wurde sie eines Besseren belehrt. Grace klopfte um halb acht an die Tür und steckte den Kopf herein, als Ida verschlafen »Ja, bitte?« fragte.

»Tut mir leid, dass ich dich so früh wecke, aber meine Schwester Muriel hat uns zum Frühstück eingeladen.«

Ida setzte sich auf, schob sich die Haare aus dem Gesicht und sah sich ihr Zimmer zum ersten Mal bei Tageslicht an. Es war schlicht, aber hübsch eingerichtet. Zartblaue Vorhänge mit einem kleinen Blumenmuster, die zu der Bettwäsche passten, ein abgenutzter, aber hochwertiger Teppich in Blau- und Grüntönen. An einer Wand hing eine gerahmte Karikatur, unverkennbar das Werk von Grace. Karikaturen waren immer ihre starke Seite gewesen, und sie versuchte seit geraumer Zeit, damit ihren Lebensunterhalt zu verdienen, indem sie sie zum Beispiel an Zeitungen verkaufte.

Ida lächelte ihre Freundin an. »Bei so vielen Geschwistern kann man leicht den Überblick verlieren! Mal sehen, ob ich wenigstens die Mädchen zusammenbekomme.« Sie begann, an den Fingern abzuzählen: »Da wäre Ada, die nach Amerika gegangen ist, Katie, die Sprachen studiert hat und mal Lehrerin in Deutschland war, Nellie, die auf dem Land Hauswirtschaft unterrichtet, Sidney, die für Zeitungen schreibt und einen Männernamen trägt, Muriel, die gerade einen Professor geheiratet hat, der gern Röcke, Verzeihung, Kilts trägt, und Grace, die mich um halb acht aus dem Schlaf gerissen hat.«

Grace wurde ein bisschen rot, kam aber herein und setzte sich auf den gepolsterten Hocker vor der Frisierkommode.

»Und das sind tatsächlich nur die Mädchen«, sagte sie mit gespielter Zerknirschung.

Um neun Uhr nahmen sie die Straßenbahn, und Ida schaute aus dem Fenster, ohne viel zu sagen. Grace schwieg ebenfalls – vielleicht wusste sie aus eigener Erfahrung, dass Ida als Künstlerin die Stadt mit den Augen erleben wollte, bevor sie sich Erklärungen anhörte. Schließlich begann sie doch: »Mutter hat sich nur zögernd damit abgefunden, dass Muriel in ihren Augen einen unpassenden Mann geheiratet hat, zumal sie als Erste eigentlich mit gutem Beispiel vorangehen sollte. Und was macht sie stattdessen? Verliebt sich in einen Professor, der gälische Sprache unterrichtet und patriotische Theaterstücke schreibt.«

Ida schaute ihre Freundin von der Seite an, und Grace musste lachen.

»Es war ein Schlag für Mutter. Dabei ist er einer der wunderbarsten Menschen, die ich kenne. Du wirst ihn sicher mögen.«

Ida lächelte. »Hört sich an, als hätte deine Schwester die richtige Wahl getroffen. Wie ist es eigentlich, mit so vielen Geschwistern aufzuwachsen? Ich selbst habe ja nur einen Bruder.«

Grace überlegte kurz. »Wir sind zwölf, da bilden sich unweigerlich Gruppen. Ada und Katie sind deutlich älter und haben viel mit unseren Brüdern unternommen. Nellie, John, Muriel und ich hingegen waren oft zusammen und sind es noch heute. Was nicht heißt, dass wir einander sehr ähnlich wären. Du hast John und mich ja erlebt. Und gegen Muriel bin ich ein Temperamentsbündel«, sagte sie lachend.

»Ist sie so ruhig?«

»Oh, ja. Glaube bitte nicht, sie würde sich in deiner Gegenwart unwohl fühlen. Sie ist einfach ein Mensch, der gern still dabeisitzt und beobachtet und zuhört.«

Grace stand auf, als die Straßenbahn klingelnd abbremste. »Hier müssen wir raus.«

Sie gingen die Straße mit den bescheidenen Reihenhäusern entlang, und Ida nahm alles, was sie sah, in sich auf – die Frau, die die Stufen vor der Tür putzte, den Milchhändler mit seinem Pferdewagen, der die karierte Mütze tief ins Gesicht und den Schal bis über die Nase gezogen hatte, die spielenden Kinder, so dick eingepackt gegen die Februarkälte, dass sie kaum in ihren Hinkelkästchen hüpfen konnten. Ida fragte sich, wie die Menschen hier lebten, ob sie die tiefe Zerrissenheit des Landes, von der Grace so oft geschrieben hatte, spürten und dagegen kämpften oder lediglich darauf bedacht waren, für ihre Familien zu sorgen und das Essen und die Miete für den nächsten Monat zu sichern.

»Die Leute hier sind nicht arm«, sagte Grace, als hätte sie Idas Gedanken gelesen. »Armut sieht in Dublin anders aus. Für die Armen wäre diese Straße der Himmel.«

Als sie Idas Blick bemerkte, fügte sie hinzu: »Wir geben Essen an Schulkinder aus, weil sie zu Hause nichts bekommen. So etwas wäre hier nicht nötig.«

Sie blieb vor einem Haus mit einer hübschen, blau gestrichenen Tür stehen. »Wir sind da.«

Auf ihr Klopfen hin erklangen leichtfüßige Schritte, dann öffnete ihnen eine schlanke junge Frau, die Grace recht ähnlich sah. »Guten Morgen!« Sie lächelte Ida an. »Ich bin Muriel MacDonagh. Freut mich sehr, Sie kennenzulernen.«

Sie hatte eine leise, angenehme Stimme und wirkte tatsächlich ruhiger als ihre Schwester. Nachdem sie die Mäntel, Schals und Mützen an die Garderobe gehängt hatte, bat sie Ida und Grace ins Wohnzimmer, das zur Straße hinausging und ein hübsches Erkerfenster aufwies. Ida bemerkte sofort die übervollen Bücherregale, die sich an zwei Wänden entlangzogen.

Muriel MacDonagh sah sie ein wenig verlegen an. »Die meisten gehören meinem Mann. Sein Arbeitszimmer ist sehr klein, darum haben sie sich bis hierher ausgebreitet.«

»Unsinn, Muriel, ich weiß genau, wie viele Kisten wir zu Hause hinaus- und hier hereingeschleppt haben«, warf Grace mit sanftem Tadel ein. »Du solltest dein Licht nicht unter den Scheffel stellen. Meine Schwester ist sehr belesen, selbst wenn sie die Häuslichste von uns allen ist …«

»Noch häuslicher als Nellie, die sogar Hauswirtschaft studiert hat«, ergänzte Muriel lachend. Ihre Wangen röteten sich, sie wurde etwas lebendiger. Ida spürte die starke Bindung zwischen den Schwestern.

»Ist dein Mann auch da?«, fragte Grace.

»Er kommt gleich. Er muss noch etwas für die *Review* vorbereiten. Joe ist hier, um den Artikel abzuholen. Er hat MacDonagh schon auf die Füße getreten und gesagt, das Eheleben mache ihn träge.«

Gleich darauf hörten sie, wie sich zwei Männer im Flur voneinander verabschiedeten. Ida, die am Fenster saß, warf einen neugierigen Blick hinaus und sah einen großen, schlanken Mann aus dem Haus eilen, der statt eines Mantels einen dramatisch wirkenden Umhang trug. Dann drehte er sich abrupt um, rief etwas zur Haustür und ging anschließend lachend davon. Unter seinem Hut blitzte eine goldgerahmte Brille auf, mehr konnte Ida auf die Schnelle nicht erkennen.

Umhang, Brille, Joe. Das konnte sie sich merken. Sie wusste, dass Grace und ihre Schwestern einen kaum überschaubaren Freundeskreis besaßen.

Dann wurde die Wohnzimmertür schwungvoll geöffnet, und ein kleiner, dunkelhaariger Mann trat geradewegs auf Ida zu. Er trug Hemd und Weste, doch als ihr Blick nach unten wanderte, bemerkte sie den Kilt. Sie hatte noch nie einen Mann im Rock gesehen, aber Grace hatte sie vorgewarnt, und so schaute sie ihm gelassen entgegen.

Thomas MacDonagh ergriff ihre Hände. »Miss Martens, es freut mich sehr, Sie kennenzulernen! Unsere liebe Grace hat natürlich von Ihnen berichtet. Eine Künstlerin aus Deutschland bei uns zu haben ist uns ein besonderes Vergnügen.« Er schaute zu seiner Frau. »Wenn ich überlege, wem wir sie alles vorstellen können …«

»Lass ihr Zeit, Liebling, sie ist gerade erst angekommen«, erwiderte Muriel sanft. »Wir sollten jetzt frühstücken, unsere Gäste sehen schon ganz schwach aus.«

»Verzeihung, wie gedankenlos von mir«, sagte MacDonagh und hielt ihnen die Tür auf.

Im kleinen Esszimmer war der Tisch liebevoll gedeckt. Muriel hatte trotz der Jahreszeit einen Blumenstrauß aufgetrieben. Der Raum war angenehm hell, und in einer Ecke bemerkte Ida einen kleinen Arbeitstisch mit einem Nähkorb.

Ein sehr junges, schüchtern wirkendes Hausmädchen trug Rührei, Porridge, Speck, Würstchen, verschiedene Sorten Marmelade und Toast auf. Dazu gab es starken Tee mit viel Milch und Zucker. Ida bemerkte, wie die Hände des Mädchens zitterten, als sie das Frühstück servierte.

Als sie gegangen war, lächelte Muriel verlegen. »Unsere Schwester Nellie hat uns Maeve empfohlen. Ihr Vater hatte sie auf die Straße gesetzt, weil sie ein Kind erwartete und nicht verheiratet war. Leider hat sie das Kind verloren. Sie wollte nicht zurück zu den Eltern, und Nellie hat uns gebeten, sie einzustellen. Nachmittags arbeitet sie in einem Laden. So kommt sie einigermaßen zurecht.«

Ida war überrascht, wie offen Muriel über diese intime Angelegenheit sprach. »Ich interessiere mich für Ihre Arbeit mit den Armen«, sagte sie spontan. »Darf ich einmal mitkommen und mir anschauen, was Sie und Ihre Schwestern machen?«

Die drei anderen sahen sie an, worauf Ida einen Schluck Tee trank, um ihre Verlegenheit zu verbergen. Er war heiß und süß und wärmte sie von innen. »Ich … ich wollte mich nicht aufdrängen.«

Grace legte ihr die Hand auf den Arm. »Unsinn, das tust du nicht. Aber ich möchte dir eigentlich zuerst die schönen Seiten von Dublin zeigen.«

»Natürlich will ich die sehen, aber ich bin auf alles neugierig. Seit du mir damals in London erzählt hast, in Irland sei nichts einfach und nur schwarz oder weiß, wollte ich immer herkommen und es mit eigenen Augen sehen.« Sie suchte nach den richtigen Worten. »Daheim bin ich immer noch Ida, die Tochter von Kaufmann Martens aus Rotherbaum. Dass ich Bilder male und sogar verkaufe, interessiert dort niemand.« Plötzlich war sie verlegen, weil sie diese Menschen erst seit einer halben Stunde kannte und nun so unvermittelt mit ihrer persönlichen Geschichte herausplatzte. »Ich mache hier nicht nur Ferien«, fügte sie hinzu, als wäre damit alles gesagt. Dann schaute sie auf ihren Teller, weil sie nicht wagte, den anderen in die Augen zu sehen.

Doch als jemand in die Hände klatschte, blickte sie abrupt

hoch. Thomas MacDonagh applaudierte, und in seinen Augen las sie Respekt. »Bravo, Miss Martens, das nenne ich ein offenes Wort am Frühstückstisch.«

Muriel nickte zustimmend. »Ich freue mich über Ihr Interesse. Wir nehmen Sie gern einmal zur Schulspeisung mit.«

Die vier schauten einander erleichtert an. Ida wusste jetzt, was Grace gemeint hatte, als sie mit solcher Wärme über ihren Schwager sprach, und nahm noch einmal allen Mut zusammen. »Miss Martens klingt so förmlich. Nennen Sie mich bitte Ida.«

Als es klingelte, stand MacDonagh auf und ging zur Tür. Aus dem Hausflur hörte Ida die Stimmen ihres Gastgebers und eines anderen Mannes, konnte aber nicht verstehen, was gesagt wurde.

Muriel sah ihre Schwester fragend an und wollte schon vom Tisch aufstehen. »Ich glaube, das ist Dr. O'Connor. Vielleicht will er zu mir.«

In diesem Augenblick öffnete sich die Tür, und MacDonagh schob einen großen, unordentlich gekleideten Mann ins Zimmer, der kurz in die Runde schaute und offenkundig auf dem Absatz kehrtmachen wollte.

»Nein, nein, lassen Sie, ich komme später wieder. Sie haben Besuch.«

Muriel zog den Mann leicht am Ärmel, worauf er sie überrascht ansah.

»Was gibt es, Dr. O'Connor? Trinken Sie wenigstens eine Tasse Tee mit uns. Es ist so kalt heute Morgen.«

Der Besucher, der keinen Hut trug und den Schal nur nachlässig um den Hals gewickelt hatte, schob sich die Haare aus dem Gesicht. Ida bemerkte, dass sie eine auffällige Farbe hatten. Nicht das leuchtende Rot vieler Iren, sondern ein dunkles Rotbraun, wie von Herbstlaub.

»Keine Zeit, Mrs. MacDonagh. Ich wollte nur Bescheid sagen, dass in der St. Anthony School die Masern ausgebrochen sind. Daher wird dort bis auf Weiteres kein Schulessen ausgegeben.«

Muriel sah ihn entsetzt an. »Aber die Kinder verlassen sich auf uns!«

»Die Schule wird geschlossen, bis die Krankheit eingedämmt ist.«

»Muss denn tatsächlich gleich die ganze Schule geschlossen werden? Dann bekommen die Gesunden ja auch kein Essen«, sagte Grace besorgt, worauf der Mann ungeduldig die Augen verdrehte.

»Ja, natürlich. Wer die Krankheit in sich trägt, steckt die anderen an, die schleppen sie in die Familien, infizieren alle, der Vater nimmt sie mit zur Arbeit und so weiter und so fort. Sie wollen doch nicht schuld an einer Epidemie sein.« Mit diesen Worten griff er nach der Türklinke.

Ida schaute den Arzt verwundert an. Er verhielt sich schroff und unhöflich, verströmte jedoch eine Energie, die etwas durchaus Anziehendes besaß. Jedenfalls schien er mit den freundlichen MacDonaghs gut bekannt zu sein.

»Wirklich kein Tee?«, fragte Thomas, doch der Arzt schüttelte den Kopf.

»Danke, aber ich muss meine Runde machen.« Er nickte knapp und war verschwunden, bevor ihn die MacDonaghs hinausbegleiten konnten.

Als alle wieder am Tisch saßen, goss Muriel Tee nach und sah Ida entschuldigend an. »Er ist in Wahrheit gar nicht so schlimm.«

Als Ida und Grace sich verabschiedet hatten und zur Straßenbahnhaltestelle gingen, schwiegen sie eine Weile. Ida spürte, dass die Freundin ihr Zeit lassen wollte, die vielen Informationen zu verarbeiten, die in so kurzer Zeit auf sie eingeprasselt waren. Gemeinsam zu schweigen, ohne sich unbehaglich zu fühlen, war ein Zeichen echter Freundschaft.

»Danke«, sagte Ida schließlich, als die Haltestelle in Sicht kam. Dort warteten schon einige Leute, darunter eine Frau mit einem großen Korb und drei alte Männer, von denen einer keinen einzigen Zahn mehr im Mund hatte und eher an seinem Pfeifenstiel lutschte, als darauf kaute.

»Wofür?«

»Dass du mich in Ruhe nachdenken lässt.«

Grace lehnte sich gegen einen Laternenpfahl und lachte leise. »Wenn ich in meiner Familie eines gelernt habe, dann, wann ich reden und wann ich schweigen muss.«

»Ich glaube, ich habe diesen Joe Plunkett vorhin durchs Fenster gesehen. Kennst du ihn auch?«

»Ich bin ihm nie begegnet, habe aber viel von ihm gehört. Kein Wunder, wenn man mit MacDonagh verwandt ist, die beiden stecken dauernd zusammen. Joe hat bei ihm Gälisch gelernt.«

»Und der Arzt?«, fragte Ida zögernd.

»Ziemlich schroff, was eigentlich nicht die irische Art ist. Aber …« Sie sprach nicht weiter, weil die Straßenbahn heranratterte und klingelnd vor ihnen anhielt. Sie stiegen nach der Frau mit dem Riesenkorb und den drei alten Männern ein, die sich ganz nach hinten setzten und ihre Pfeifen anzündeten.

»Aber was?«, fragte Ida nach, als sie einen Platz gefunden hatten.

»Dr. O'Connor ist nicht übel. Er hat eine Praxis in Sandymount, macht aber zweimal in der Woche eine Runde durch die Armenviertel.«

»Meinte er das vorhin?«

Grace nickte. »Dafür schließt er jeden Dienstag und Donnerstag die Praxis. Seine wohlhabenderen Patienten müssen sich damit abfinden.« Sie lachte. »Ich habe mal eine Geschichte über ihn gehört, und so wie ich ihn kenne, stimmt sie auch. An einem Mittwoch kam eine Patientin in die Praxis und beschwerte sich, sie habe am Vortag vor verschlossener Tür gestanden, obwohl ihr Ischias sie furchtbar quälte. O'Connor schaute sie lange an und sagte: ›Madam, wenn Sie es heute noch einmal hierhergeschafft haben, kann es nicht allzu schlimm gewesen sein.‹ Die Frau lief rot an und erklärte, sie werde allen, die es wissen wollten, erzählen, was für ein impertinenter und arroganter Kerl er sei, den zu konsultieren man tunlichst vermeiden solle. Worauf er erwiderte: ›Bitte verzeihen Sie, dass ein medizinisch bedeutsamer Fall wie der Ihre vor drei Kindern mit Rachitis, einer Totgeburt in einer verschimmelten Wohnung und einem offenen Beinbruch zurückstehen musste.‹«

Ida sah Grace überrascht an. »Das hat er wirklich gesagt?«

»Ich war nicht dabei. Aber ich kann es mir lebhaft vorstellen – du hast ihn ja gesehen.«

Sie hatten sich ein Café in der belebten Sackville Street gesucht, in dem sie eine Kleinigkeit essen konnten, nachdem Grace ihre Freundin von einer Sehenswürdigkeit zur nächsten geschleppt hatte. Ida war begeistert. Die Stadt gefiel ihr sehr. Dublin war kleiner als Hamburg und viel kleiner als London und somit ein Ort, den man mit der Zeit sicher so gut kennenlernte konnte, dass er einem ganz und gar vertraut wurde.

»Ist alles in Ordnung?«, fragte Grace leise.

Ida lachte. »Natürlich. Ich dachte gerade, wie gut es mir gefällt, dass Dublin keine so große Stadt ist. Und dann kam mir der Gedanke, dass ich sie gern richtig gut kennenlernen würde, nicht nur die schönen Seiten, die du mir gezeigt hast, sondern alles, bis in den kleinsten Winkel.«

Grace wirkte plötzlich ernst. Ida meinte, sogar eine leichte Röte auf ihren Wangen zu sehen. »Tut mir leid, dass ich dich so gehetzt habe, aber ... ich hatte Sorge, dass es dir nicht gefällt. Dublin kam mir auf einmal so klein und unbedeutend vor. Ich bin hier geboren und habe mich an all das gewöhnt, aber Dublin ist immer noch der Hinterhof des Empire.«

Ida beugte sich vor und legte Grace die Hand auf den Arm. »Was soll der Unsinn? Es waren doch gerade deine Erzählungen, die mich neugierig gemacht haben, und du hast mir nie ein zweites London versprochen. Ich bin sehr froh, hier zu sein. Und ich habe mir etwas überlegt: Ich würde gern länger bleiben und möchte die Gastfreundschaft deiner Eltern nicht über Gebühr beanspruchen. Vielleicht sehe ich mich nach einer Unterkunft um, einem eigenen Zimmer, in dem ich malen und Gäste empfangen kann. Und dann werde ich schauen, wie lange mein Geld reicht.« Den letzten Satz sagte sie so unbekümmert, dass sie Grace zum Lachen brachte und die Sorge aus ihrem rundlichen Gesicht vertrieb.

Ida versuchte, den leichten Ton zu wahren. »Du hast mir vom Theater vorgeschwärmt. Und von der interessanten Gräfin.«

»Ja, Constance Markievicz. Ich werde dich ihr so bald wie möglich vorstellen. Und was das Theater angeht – Mac

Donaghs neues Stück wird demnächst im Theatre of Ireland aufgeführt, wir können zu den Proben gehen.« Graces Gesicht begann zu leuchten.

Ida war erleichtert. »Ja zu allem. Und würdest du mir bei der Suche nach einem Zimmer helfen? Natürlich möchte ich deinen Eltern gegenüber nicht unhöflich sein. Ich werde nicht sofort ausziehen, aber es wäre schön, für die Zukunft etwas zu haben.«

»Ich habe eine Idee. Ein Bekannter von John hat einen Tabakladen ganz in der Nähe. Er kennt Gott und die Welt, da können wir mal fragen.« Sie lächelte. »Ich tue doch alles, damit du mir erhalten bleibst.«

Sie gingen die Sackville Street entlang. Ida war nervös, weil sie nicht damit gerechnet hatte, dass ihr Plan so schnell Gestalt annehmen könnte, doch sie ließ sich vom Klappern der Pferdehufe und dem Klingeln der Straßenbahnen ablenken. Die breite Sackville Street war die Hauptstraße von Dublin und wurde an einem Ende von der gewaltigen Säule mit der Statue von Daniel O'Connell beherrscht, über den Grace ihr viel erzählt, von dem Ida jedoch nur wenig behalten hatte.

Sie bogen nach links ab. Grace blieb vor einem kleinen Laden stehen, in dessen Schaufenster Tabakwaren ausgestellt waren. Draußen auf dem Gehweg standen Werbetafeln für Zeitungen, die ebenfalls drinnen verkauft wurden. Die Titel klangen politisch, die Begriffe »Irland« und »Freiheit« tauchten mehrfach auf.

»Ich erkläre es dir später«, sagte Grace und trat an die Theke, hinter der ein hagerer, grauhaariger Mann mit dickem Schnurrbart Zigarettenpäckchen in ein Regal sortierte. Es roch nach Papier und Tabak, und Ida spürte etwas, das sie nicht genau benennen konnte – eine Wärme, als würde man sie hier willkommen heißen.

Der Mann blickte auf und lächelte verhalten, als er Grace vor sich stehen sah. »Guten Tag, Miss Gifford. Was kann ich für Sie tun?« In seiner Stimme schwang ein leichter amerikanischer Akzent mit.

Grace räusperte sich. »Mr. Clarke, ich habe eine Bitte. Dies ist meine Freundin Miss Martens. Sie ist zu Besuch in Dublin und sucht ein Zimmer oder eine kleine Wohnung. Bei Ihnen gehen so viele Leute ein und aus, da dachte ich mir …«

Sie verstummte, als der Ladenbesitzer an ihr vorbei zur Tür schaute. Ein junger Mann, der am Stock ging, hinkte in den Laden und grüßte die beiden Frauen freundlich, bevor er an die Theke trat.

»Ist es da, Tom?«, fragte er ohne Vorrede, worauf Clarke sich bückte und ein Päckchen unter dem Tresen hervorholte.

»Bis bald, Séan«, sagte er nur.

Der junge Mann wollte schon gehen, blieb dann aber vor Grace stehen und sah sie fragend an. »Ich möchte nicht aufdringlich sein, aber wenn mich nicht alles täuscht, sind Sie eine Schwester von John Brennan.«

»Das stimmt. Ich heiße Grace Gifford.«

»Dann richten Sie John bitte Grüße von Séan Mac Diarmada aus. Sie soll sich mit dem Artikel beeilen, und wenn sie Nachtschichten in der Bibliothek einlegt. Die Bewegung zählt auf sie.« Er tippte sich an den Hut, lächelte Ida zu und hinkte zur Tür hinaus.

Sie schauten einander an, und Ida musste lachen, als sie Graces zerknirschten Blick bemerkte. »Das habe ich inzwischen verstanden – Dublin ist ein Dorf.«

»Meine Damen«, ließ sich Mr. Clarke vernehmen, »mein

junger Freund ist gewiss charmant, aber wir können nun gern wieder zu Ihrem Anliegen kommen …«

Ida beschloss, die Sache selbst in die Hand zu nehmen. »Wie Miss Gifford schon sagte, suche ich ein Zimmer oder eine kleine Wohnung, nicht zu teuer und mit gutem Licht.«

Clarke zog eine Augenbraue hoch. »Das suchen viele.«

Sie schluckte, erwiderte aber mit fester Stimme: »Ich bin Malerin.«

»Ach so.« Er musterte sie nachdenklich. »Ich schreibe es mir auf. Wo kann ich Sie erreichen?«

Ida nannte die Adresse der Giffords, die er sich notierte, ehe er den Zettel an ein Brett hinter der Theke hängte.

»Sie ziehen allein dort ein?«, fragte er in einem Ton, der frei von jeder Neugier war.

»Ja. Und noch etwas – die Unterkunft sollte möbliert sein.«

Er nickte. »Ich sehe, was sich machen lässt.«

Draußen auf der Straße blickte Ida ihre Freundin an. »Er hat etwas, wie soll ich sagen – Besonderes. Würdevoll wirkt er. Ist er wirklich ein einfacher Ladenbesitzer?«

Grace zuckte mit den Schultern. »Ich weiß nur, dass sein Laden eine Art Poststelle für politische Organisationen ist. Du kannst davon ausgehen, dass der gut aussehende Mr. Mac Diarmada keinen Pfeifentabak abgeholt hat.«

Ida lachte, hielt Grace aber am Arm zurück, als diese energisch zur nächsten Straßenbahnhaltestelle eilen wollte. »Ich schlage vor, wir beenden unsere Stadtführung für heute, und du erzählst mir lieber, was die Bewegung ist.«

Nach zehn Tagen bei den Giffords war es Ida, als könnte sie nicht mehr atmen. Zu viel war auf sie eingestürmt – Gesichter, Begriffe, Namen –, und sie fühlte sich ständig von Mrs. Gifford beobachtet, die sie mehrfach höflich, aber mit einem gewissen Nachdruck fragte, ob sie tatsächlich beabsichtige, länger in Dublin zu bleiben, und was ihre Eltern davon hielten.

Ida hatte erkannt, dass Graces Mutter von ihren unabhängigen Töchtern enttäuscht war, von denen erst eine geheiratet hatte und zwar einen Mann, der keineswegs Mrs. Giffords Vorstellungen von einem gut situierten protestantischen Gentleman entsprach. Sie selbst war Protestantin, ihr Mann Katholik, und die beiden hatten einen ebenso ungewöhnlichen wie originellen Weg gewählt, als sie ihre Söhne katholisch und ihre Töchter protestantisch taufen ließen.

Ida mochte Mr. Gifford, einen angesehenen Rechtsanwalt, der im Haus selten in Erscheinung trat und seinen Töchtern mit nachsichtigem Humor begegnete.

»Seid ihr krank?«, pflegte er verwundert zu fragen, wenn mehr als eine von ihnen abends zu Hause war. Grace hatte Ida erzählt, dass ihr sanfter Vater, der immer im Hintergrund blieb und nie so ganz dazuzugehören schien, ihnen früher Leckereien ins Kinderzimmer geschmuggelt hatte, wenn sie von der Mutter Hausarrest bekommen hatten.

An diesem Morgen stand Ida in ihrem Zimmer am Fenster und schaute hinaus auf die Straße, wo ein Automobil vorbeifuhr, dessen Besitzer wie ein König hinter dem Steuer thronte. Gegenüber spielten zwei Mädchen mit einem Reifen, den sie zwischen sich hin und her rollten.

Sie kam sich undankbar vor, weil sie sich in diesem Haus gefangen fühlte, nachdem sie sich so sehr auf den Besuch hier gefreut hatte. Grace gab sich alle Mühe, ihr die Stadt nahezubringen, doch Ida konnte die ganzen Menschen und Namen kaum auseinanderhalten.

Da klopfte es.

»Ja, bitte?«

Grace steckte den Kopf herein. »Guten Morgen. Es tut mir leid, aber eine alte Tante ist krank geworden, und ich muss hinfahren. Sie ist sehr gebrechlich, da wäre es wohl besser, wenn ich allein …«

Ida nutzte die Gelegenheit. »Weißt du was? Ich werde mich heute auf eigene Faust in die Stadt wagen. Mir ist nach einem Abenteuer zumute.«

Grace schaute sie skeptisch an. »Vergiss nicht, Dublin hat auch dunkle Seiten. Es gibt Gegenden, die du meiden solltest, wenn du dich nicht auskennst und allein unterwegs bist.«

Sie konnte nicht wissen, dass solche Warnungen bei Ida das genaue Gegenteil bewirkten.

Als Ida von der Sackville in die Parnell Street bog, war sie so damit beschäftigt, die Menschen um sich herum zu beobachten, dass sie versehentlich mit einem Mann zusammenstieß, der daraufhin ins Straucheln geriet.

Ida streckte spontan die Hand aus und half ihm, sich aufzurichten. Dabei bemerkte sie den Gehstock in seiner Hand. »Verzeihen Sie, ich habe nicht aufgepasst. Ist alles in Ordnung?«

Er schob sich die dunklen Haare aus der Stirn, und als ihre Augen sich begegneten, lächelten beide.

»Ja, ich war auch in Gedanken, tut mir leid. Ach – ich glaube, wir haben uns schon einmal gesehen.« Er deutete mit dem Daumen über die Schulter, und Ida bemerkte, dass sie vor Mr. Clarkes Zeitschriften- und Tabakladen standen. »Sie waren mit einer der Gifford-Schwestern da.«

Ida nickte und stellte sich vor.

Der junge Mann zog sie beiseite, da sie den Gehweg

versperrten. »Séan Mac Diarmada, es ist mir ein Vergnügen.« Seine Augen funkelten, und Ida bemerkte, dass er eines jener Gesichter besaß, die immer zu lächeln schienen und dadurch ihr Gegenüber ebenfalls zum Lächeln brachten. Dann wanderte ihr Blick unwillkürlich zu seinem Stock.

»Polio«, sagte er unbekümmert. »Letztes Jahr.«

»Verzeihung, ich wollte nicht ...«

»Wollten Sie doch, und es macht mir nichts aus. Wenn Gott mir Polio schickt, muss ich das Beste daraus machen.«

Ida schaute ihn skeptisch an und fragte sich, ob es Galgenhumor oder aufrichtige Frömmigkeit war. Eher Letzteres, wenn es nach seinen lachenden Augen ging. Plötzlich schoss ihr etwas durch den Kopf. Ehe sie darüber nachdenken konnte, platzte es aus ihr heraus: »Ich habe eine Frage. Sagen Sie ruhig Nein, wenn sie zu aufdringlich ist, aber ... darf ich Sie zeichnen?«

Nun war es an ihm, rot zu werden. »Wie bitte?«

»Ich bin Künstlerin und würde Sie gern zeichnen. Vielleicht auch malen, wenn mir der Entwurf gefällt.«

»Ich muss schon sagen, das hat mich noch keine Frau gefragt«, stellte Mac Diarmada verlegen fest. »Kommen Sie mit, das überlege ich mir bei Tom im Laden. Einen solchen Antrag kann ich nicht übereilt annehmen.«

Er hinkte die wenigen Meter bis zu Tom Clarkes Tür und hielt sie schwungvoll auf.

Als sie eintraten, blickte der hagere Ladenbesitzer überrascht von seinem Kontobuch auf. »Wen hast du denn mitgebracht? Oh, die Freundin von Miss Gifford ... leider habe ich noch nichts gehört. Aber wenn Séan schon hier ist, können wir ihn ruhig einmal fragen.«

»Was gibt's?«, fragte Mac Diarmada neugierig, während er

seinen Stock an die Theke lehnte und sich auf eine Kiste setzte.

»Ich suche eine kleine Wohnung oder ein möbliertes Zimmer«, erklärte Ida. »Mit gutem Licht.«

Er stützte die Hände auf die Knie und sah sie fragend an. »Sie sind doch bei den Giffords zu Besuch, oder? Wären die Mädchen nicht enttäuscht, wenn Sie auszögen?«

Ida zögerte, da sie nichts Schlechtes über Mrs. Gifford sagen wollte, doch er bemerkte ihr Innehalten und lächelte. »Verstehe. John hat von ihrer Mutter erzählt. Ein unionistischer Drache, wie mir scheint. Lassen Sie mich überlegen. Die Gegenden, in denen ich mich auskenne, haben nicht viel mit Rathmines gemein.« Er musterte Ida, als wollte er einschätzen, wie viel untere Mittelklasse er ihr zumuten konnte.

»Das ist mir egal. Solange die Unterkunft sauber und hell ist, bin ich nicht wählerisch.«

Ida sah, wie Verwunderung über sein Gesicht huschte, bevor er in Gelächter ausbrach. »Hör dir das an, Tom! Zuerst rennt mich die junge Lady fast über den Haufen, dann will sie mich malen, und nun bin ich dabei, den Makler für sie zu spielen. Und das alles innerhalb von zehn Minuten.«

Tom Clarke lächelte und blinzelte seinem Freund zu. »Sie hat vermutlich gemerkt, dass du ein Mann für alle Fälle bist.«

Ida fiel ein, was Grace über die Bedeutung von Clarkes Laden für die Freiheitsbewegung erzählt hatte.

Viele Menschen, die sie bisher hier kennengelernt hatte, schienen mehrere Leben zu führen. Es erinnerte sie an die Holzpuppe aus Russland, die ihr Großvater besessen hatte und in der sich immer wieder eine kleinere Puppe fand bis hin zum letzten, unteilbaren Winzling. Hier ging es um Ladenbesitzer, Hausfrauen, Professoren für gälische Sprache oder

Ärzte, die daneben aber geheime Poststellen betrieben oder Essen an arme Kinder ausgaben oder sich für Ziele engagierten, über die nur hinter vorgehaltener Hand gesprochen wurde.

Grace hatte ihr das wenige, das sie über »die Bewegung« wusste, erzählt. Eine nahezu unüberschaubare Menge von Parteien, Gruppen und Geheimbünden, die oft miteinander im Streit lagen und doch ein gemeinsames Ziel verfolgten – die Vertreibung der Briten aus Irland.

»Miss Martens?«

Sie zuckte zusammen.

Séan Mac Diarmada war von seiner Kiste aufgestanden. »Ich sagte gerade, dass ich eine Idee habe. Versprechen kann ich nichts, aber eine Bekannte von mir hat kürzlich erwähnt, sie habe etwas frei. Ich bin mit ihrem Sohn befreundet. Wenn Sie nichts Besseres vorhaben, könnten wir hinfahren. Sie wohnt ein bisschen außerhalb, das Zimmer hat aber große Fenster. Und Mrs. Fitzgerald ist mehr als anständig.«

Ida merkte, wie sie rot wurde. »Verzeihung, ich war in Gedanken. Natürlich möchte ich es mir gern ansehen, vielen Dank!«

Er nahm einen Stapel Briefe von der Theke und nickte Clarke zu. »Bis morgen, Tom.«

Ida musste sich beeilen, um mit ihrem Begleiter Schritt zu halten, der trotz seiner Behinderung verblüffend flink war. Er hatte ihre Frage, ob sie ihn malen dürfe, nicht beantwortet, was vielleicht auch besser war. Was ist nur in mich gefahren?, dachte sie beschämt. Einem Wildfremden so etwas vorzuschlagen – doch seine Fröhlichkeit war so ansteckend, dass sie gar nicht darüber nachgedacht hatte, ob sie gegen die Regeln der Höflichkeit verstieß.

Mac Diarmada blieb an der nächsten Straßenbahnhaltestelle stehen. »Ich hoffe, es ist Ihnen recht, wenn wir fahren. Nicht, dass es weit wäre, aber ich bin nicht mehr so gut zu Fuß, seit ich im Krankenhaus war.« Auch diesmal lag keine Spur von Bitterkeit in seiner Stimme.

Bei diesen Worten fiel Ida etwas ein. »Sagen Sie mal, wie schreibt man eigentlich Ihren Namen?«

Er sah einen Moment lang verwirrt aus, und Ida fügte rasch hinzu: »John hat mir erzählt, dass Sie im Krankenhaus das Schild an Ihrem Bett zerrissen haben, weil Ihr Name dort in der englischen Schreibweise stand und die Schwester sich weigerte, ihn ins Gälische zu ändern.«

Séan lachte so laut, dass sich einige Passanten umdrehten. »Ach, die alte Geschichte. Die Frau hat mich danach nur noch mit dem Nötigsten versorgt. Darüber waren die anderen Patienten so wütend, dass sie sich bei der Mutter Oberin beschwert haben, worauf das arme Ding entlassen wurde.« Sein Mitgefühl wirkte aufrichtig.

Er zog ein Notizbuch und einen Bleistiftstummel aus der Tasche und kritzelte etwas hinein, bevor er es ihr hinhielt.

John MacDermott, Sean MacDermott, Séan Mac Diarmada, las Ida.

»Die erste Variante ist inakzeptabel, die zweite für Notfälle und die dritte richtig.«

Die Straßenbahn hielt vor ihnen, und Séan steckte das Notizbuch ein, bevor er Ida auf die Plattform half. Die Straßenbahn fuhr mit einem Ruck an, und Ida schaute hinaus, während sie die belebte Sackville Street hinter sich ließen.

»Wohin fahren wir?«

»Nach Inchicore, das ist nicht weit von hier. Nicht die

vornehmste Gegend der Stadt, aber auch kein Slum. Ein gewöhnliches Arbeiterviertel. Und Sie hätten den Phoenix Park fast vor der Haustür.« Mac Diarmada schwankte mit den Bewegungen der Straßenbahn, als stünde er an Deck eines Schiffes.

Die Straßenbahn überquerte den Liffey, und Ida sah zu ihrer Rechten eine gewaltige Grünfläche, vermutlich den Park, von dem er gesprochen hatte. Als sie ein Stück weiter an einem großen, grauen Eingangsportal vorbeikamen, das zu beiden Seiten von langen Mauern eingefasst war, schaute sie Mac Diarmada fragend an. »Was ist das?«

Er warf einen Blick über die Schulter. »Das ist das Kilmainham-Gefängnis. Darüber könnte ich Ihnen Geschichten erzählen …«

Seine Worte schnürten ihr die Kehle zu, und sie atmete tief durch, um die plötzliche Beklemmung zu vertreiben.

Ida war froh, als die Straßenbahn kurz darauf hielt und Mac Diarmada ihr die Hand reichte, um ihr von der Plattform zu helfen. Die Gegend wirkte bescheiden, aber gepflegt. Ihr Begleiter deutete mit seinem Stock auf ein Haus aus rotem Backstein mit einem kleinen Vorgarten. Die Haustür war blau gestrichen, an den Fenstern hingen Gardinen, die von Weitem weiß leuchteten. Der Erker reichte bis in den ersten Stock und besaß drei große Fenster.

»Dort oben«, sagte er. »Ein schöner, heller Raum mit gutem Licht, genau wie Sie ihn suchen. Ich hoffe, er ist noch frei.«

Mrs. Fitzgerald hatte dunkle Haare, in denen trotz ihres Alters nur wenig Grau zu sehen war, und einen gewaltigen Busen, der sie nicht daran hinderte, die Arme energisch davor zu verschränken. Sie bedachte Séan Mac Diarmada mit einem strengen Blick.

»Zuerst lockst du meinen Jungen weg und bist dann noch so dreist, dich zwei Wochen lang nicht sehen zu lassen.«

Ida warf einen Blick auf den Mann an ihrer Seite, der tatsächlich ein bisschen rot wurde.

»Es tut mir leid, ich hatte viel zu tun«, sagte er zerknirscht.

»Und nun willst du mir dein Mädchen vorstellen?«

Jetzt war es an Ida, rot zu werden, und sie schaute auf ihre Füße.

»Wir sind kein Paar, Mrs. Fitzgerald«, sagte Séan verlegen.

»Na, kommt schon herein«, sagte die Vermieterin und ließ beide in den Flur treten, in dem es angenehm nach frisch Gebackenem roch. Sie führte Ida und Séan in eine geräumige Küche und deutete auf zwei Stühle. Der Raum war blitzsauber, an einem Brett neben dem Herd hingen kupferne Pfannen und Töpfe, in denen man sich spiegeln konnte.

»Ich habe eine Pastete im Ofen und muss dabeibleiben. Kein Tee im Salon«, sagte sie und warf einen prüfenden Blick in die Backröhre. Dann drehte sie sich um und sah Séan durchdringend an. »Nun?«

Er räusperte sich. »Darf ich vorstellen – Miss Ida Martens, zu Besuch aus Deutschland. Das ist Mrs. Moira Fitzgerald, die nicht so gefährlich ist, wie sie sich gern gibt.«

»Fordere es nicht heraus.« Sie nahm eine Keksdose aus dem Regal und stellte sie auf den Tisch, dazu eine Teekanne und drei Keramikbecher und goss ihnen ein.

»Ich habe Miss Martens erzählt, Sie würden sich freuen, mich zu sehen«, sagte Séan mit seinem charmantesten Lächeln. »Stellen Sie mich bitte nicht als Lügner hin. Außerdem haben wir einen guten Grund, Sie zu besuchen. Ist das Zimmer im ersten Stock noch frei?«

Sie sah ihn überrascht an. »Willst du umziehen?«

Er schüttelte den Kopf und deutete auf Ida. »Miss Martens sucht ein möbliertes, helles Zimmer. Sie ist Malerin.«

Mrs. Fitzgerald trank von ihrem Tee und warf einen prüfenden Blick auf Ida. Ihre Augen, die fast zwischen Lachfalten verschwanden, waren goldbraun mit grünen Sprenkeln.

»Sie kommen aus Deutschland her, um zu malen? In unser armes altes Dublin? Südfrankreich oder Italien hätte ich mir schöner vorgestellt. Oder wenigstens Connemara«, sagte sie verwundert.

Ida lächelte. »Ich male vor allem Menschen und Städte. Landschaften sind nicht mein Fach. Und ich habe hier schon einiges gesehen, das mich interessiert. Eigentlich bin ich hergekommen, um eine Freundin zu besuchen, die ich lange nicht gesehen hatte. Bei ihr zu Hause ist es etwas beengt«, fügte sie als Erklärung hinzu.

»Verstehe.« Mrs. Fitzgerald wiegte den Kopf. »Eine junge Dame als Mieterin wäre mir schon recht, aber es würde natürlich etwas kosten.«

»Das ist kein Problem«, sagte Ida rasch. Vielleicht hätte sie zuerst nach der Miete fragen sollen. Hoffentlich war sie nicht zu hoch.

»Schauen Sie sich das Zimmer erst einmal an, und dann reden wir über den Preis. Du kannst sitzen bleiben, mein Junge, wir sind gleich zurück.«

Séan lehnte sich behaglich auf dem Stuhl zurück und nahm sich noch einen Keks.

Mrs. Fitzgerald stieg vor Ida die Treppe hinauf, die mit einem abgenutzten Läufer ausgelegt war. Das Geländer war blank poliert, an der Wand hingen Kupferstiche und Zeichnungen, die irische Landschaften zeigten.

»Mein seliger Mann hat sie gesammelt. Er war aus Cork.

Das sind Bilder seiner Heimat«, erklärte Mrs. Fitzgerald. Oben angekommen, öffnete sie eine Tür und ließ Ida eintreten.

Das Zimmer war wunderbar. Durch die drei Fenster fiel blasses Februarlicht herein, es gab ein schmales Bett mit einer bunten Flickendecke, eine Frisierkommode, einen kleinen Tisch mit zwei Stühlen und einen geräumigen Kleiderschrank. Der Erker war frei, dort könnte sie eine Staffelei oder einen Zeichentisch aufstellen. Auch hier hingen einige Landschaftsbilder an den Wänden. Befremdlich wirkte nur das Jesus-Bild über dem Bett. Das mit einer Dornenkrone umwundene Herz erglühte in Jesus' offener Brust. Ida beschloss, das Bild zur Wand zu drehen, wenn sie allein war.

»Das Zimmer gefällt mir sehr gut«, sagte sie. »Ich würde es gern mieten.«

Auf der Treppe sagte Mrs. Fitzgerald: »Ich habe zuletzt ein Pfund und fünf Shilling im Monat genommen, wenn Sie damit einverstanden wären. Für weitere zehn Shilling könnte ich eine warme Mahlzeit am Tag anbieten.«

»Nehmen Sie das Essen«, warf Séan von unten unbekümmert ein, »Mutter Fitzgerald kocht göttlich.«

»Gut, dann bin ich einverstanden«, sagte Ida.

»Wann möchten Sie einziehen? Zum ersten März?«

Das wäre ein angemessener Zeitraum, um Grace und ihrer Familie den Umzug höflich anzukündigen. »Gern. Soll ich eine Anzahlung leisten?«

Mrs. Fitzgerald schaute sie beinahe empört an. »Nicht, wenn mir dieser junge Mann die Mieterin bringt. Ich habe ihm meinen Jungen anvertraut, wie kann ich da von Ihnen im Voraus Geld verlangen?«

Ida fragte sich, was es mit Séan und Mrs. Fitzgeralds Sohn auf sich hatte, wollte aber nicht aufdringlich erscheinen. Sie tauschten ihre Adressen, bevor Séan und Ida sich verabschiedeten und die Straßenbahn zurück in die Innenstadt nahmen. Sie war leerer als auf der Hinfahrt, und beide fanden einen Sitzplatz.

Es war, als würde Ida plötzlich aufwachen und die Welt klarer sehen als zuvor. Sie war zum ersten Mal allein in der Stadt unterwegs und hatte einen Mann gefragt, ob sie ihn malen dürfe, war mit ihm durch halb Dublin gefahren und hatte ein Zimmer gemietet.

»Wenn Sie mich malen, kann ich gleichzeitig bei Mrs. Fitzgerald vorbeischauen, da wird sie sich freuen«, sagte er unvermittelt.

Ida wurde rot. »Verzeihen Sie, ich … ich habe mich schon gefragt, ob es unangemessen war, Sie darum zu bitten. Schließlich kennen wir uns kaum.«

Er gab sich enttäuscht. »Und ich dachte, mein Gesicht hätte Sie inspiriert.«

Ida musste lachen. »Hat es auch. Kommen Sie vorbei, sobald ich eingezogen bin. Und danke, dass Sie mir das Zimmer vermittelt haben. Ich hoffe, ich habe Sie nicht von anderen Verpflichtungen abgehalten.«

»Dublin ist mein Ozean, und ich bin ein kleines Boot, das auf ihm dahintreibt«, sagte er lächelnd. »Ich komme viel herum.«

Ida zögerte. »Für die Bewegung?«

Seine Überraschung war nur flüchtig, dann nickte er und legte den Finger an die Lippen.

3

Im United Arts Club drängten sich die Gäste, und es war an diesem Tag im März so warm, dass das Kaminfeuer kaum nötig gewesen wäre. Es roch nach starkem Tee, in der Luft hing der Rauch von Zigaretten, Zigarren und Pfeifen. Ida sah alles wie durch einen grauen Schleier, doch hier schien es niemanden zu stören, dass Herren in Gegenwart von Damen rauchten. Mehr noch, die eine oder andere griff selbst zur Zigarette.

Plötzlich tippte jemand Ida auf die Schulter. Sie drehte sich um und sah sich einer Frau gegenüber, die ihr die Hand entgegenstreckte und mit einem Lächeln in der Stimme sagte: »Wie ich von Miss Gifford hörte, möchten Sie mich kennenlernen, Miss Martens. Das Vergnügen ist ganz meinerseits. Constance Markievicz.«

Die Frau war groß und schlank. Ihr schmales Gesicht war von einer klassischen Schönheit, und ihre grauen Augen funkelten. Sie trug die dunklen Haare locker aufgesteckt und dazu ein schlichtes Kleid mit einem Schultertuch aus einem Stoff, der selbst gewebt aussah.

»Es ist mir eine Ehre«, sagte Ida leicht verlegen. Grace hatte ihr oft von dieser faszinierenden Frau geschrieben, die ein Theater betrieb, sich für die irische Unabhängigkeit einsetzte und Jungen das Schießen beibrachte, um sie auf den Freiheitskampf vorzubereiten. Eine unerschrockene Frau, die sich nie von Männern hatte einschüchtern lassen.

»Ich fürchte, ich habe Sie überrumpelt«, sagte Madame

Markievicz und hielt Ida ein Glas Sherry hin. »Trinken Sie das. Es ist mir immer unangenehm, wenn Leute bei meinem Anblick blass werden. Erstaunlich, dass wir uns noch nicht über den Weg gelaufen sind, mein Mann und ich wohnen ebenfalls in Rathmines. Leider kann ich Sie nicht mit ihm bekannt machen, er arbeitet noch an seinem Stück.«

Sie führte Ida zum Kamin, wo gerade zwei Stühle frei geworden waren. »Es geht darin um den Aufstand von 1867, Iren gegen Briten, die Iren haben natürlich verloren. Meine Freundin Helena wird die Heldin spielen. Selbstverständlich ist das alles sehr symbolisch, aber so geschickt gemacht, dass nur die Leute, die es angeht, die Anspielungen verstehen. Die Briten werden nicht begreifen, was wir vor ihrer Nase aufführen.« Madame trank einen Schluck Sherry. »Sie malen, nicht wahr? Ich leite die Independent Theatre Company. Gewöhnlich kümmern wir uns selbst um Kulissen und Requisiten, aber wenn die Zeit knapp wird, brauchen wir Hilfe. Was halten Sie von Kulissenmalerei? Meinen Sie, Sie könnten hin und wieder aushelfen?«

Ida konnte unmöglich ablehnen. Und schon hatte sie eine verheißungsvoll klingende, wenngleich unbezahlte Beschäftigung in Aussicht. »Allerdings muss ich mir noch die nötigen Utensilien zum Zeichnen und Malen besorgen.«

»Da empfehle ich Ihnen Blackett's in der Grafton Street«, erklärte Madame. »Was brauchen Sie denn?«

»Eigentlich alles«, sagte Ida leicht verlegen. »Ich konnte auf der langen Reise nichts mitnehmen außer meinem Skizzenbuch. Ich brauche eine Staffelei, Palette, Farben, Stifte …«

Constance Markievicz füllte aus einer Kanne, die auf einem kleinen Tisch stand, Idas Teetasse nach. »Ich habe noch eine alte Staffelei auf dem Dachboden. Falls sie Ihnen für den

Anfang reicht, können Sie sie geschenkt haben. Wenn Sie mir Ihre Adresse geben, schicke ich sie Ihnen zu.«

»Vielen Dank, das ist sehr freundlich von Ihnen«, sagte Ida, die sich in dem Gedränge und Stimmengewirr allmählich heimisch fühlte. »Ich ziehe morgen um und werde Ihnen die neue Adresse aufschreiben.«

Madame lächelte. »Ich muss gestehen, ich wusste schon länger, dass Sie malen.« Sie steckte die Hand in die Tasche und holte ein zusammengefaltetes Stück Papier heraus. »Ich war neugierig, Ihre Bekanntschaft zu machen.« Sie hielt Ida das Blatt hin, und als diese es entfaltete, blickte ihr das abfotografierte Porträt der grünen Lotte entgegen. »Ich habe es zufällig in der Zeitung entdeckt. Leider stand nur Ihr Name dabei. Ich hätte gern mehr über Sie erfahren.«

»Oh.« Mehr brachte Ida nicht heraus. Natürlich hatte Grace ihr damals den Zeitungsausschnitt geschickt, den sie stolz ihrer Familie gezeigt hatte. Doch dass eine so berühmte Frau wie Constance Markievicz ihn nicht nur gesehen, sondern aufgehoben hatte …

»Es ist sehr gut. Ich würde gern das Original sehen.«

»Ich habe es verkauft. Aber Grace kann Ihnen das Originalfoto zeigen, es ist viel besser als dieser Abdruck.«

»Das würde mich freuen. Und ich bin gespannt auf Ihre nächsten Werke.«

Ida spürte, wie ihre Wangen heiß wurden. »Das wird ein wenig dauern. Ich muss die Stadt und die Menschen erst besser kennenlernen, bevor ich mir Modelle suche.« Sie spürte, wie ihre Vorfreude wuchs. Gleich morgen würde sie in den Laden gehen und Material kaufen. Und danach Séan Mac Diarmada porträtieren.

Auf dem Heimweg unterhielten sie sich angeregt, bis Ida plötzlich stehen blieb.

»Was ist?«, fragte Grace.

»Ich musste gerade daran denken, dass ich schon morgen zu Mrs. Fitzgerald ziehe.«

»Ja und?«, fragte Grace und wickelte den Mantel enger um sich. Obwohl es schon März war, wehte ein eisiger Wind. »Freust du dich nicht?«

»Doch. Ich dachte nur an deine Eltern – sind sie wirklich nicht gekränkt? Sie haben mich so freundlich aufgenommen. Aber ich wünsche mir sehr, mein eigenes Heim zu haben, einen Raum zum Arbeiten …«

»Das ist doch klar«, sagte ihre Freundin energisch und zog sie am Ärmel mit sich. »Meine Eltern waren zwar überrascht, aber nur, weil du dich in Dublin so heimisch zu fühlen scheinst. Damit hatte wohl niemand gerechnet. Außerdem würde ich, wenn ich könnte, auf der Stelle das Gleiche tun.«

Ida atmete erleichtert auf. »Du bist also wirklich einverstanden?«

»Natürlich bin ich das! Dadurch habe ich einen weiteren Grund, mich in der Stadt herumzutreiben, wie meine Mutter es nennt. In Inchicore hatte ich bisher noch keine Freunde, die ich besuchen kann.«

Ida hatte schon am Morgen ihre Sachen gepackt, weil sie am nächsten Tag zeitig aufbrechen wollte. Sie würde das Zimmer einrichten und danach sofort zu Blackett's gehen, um Malutensilien einzukaufen. Außerdem würde jemand im Auftrag von Madame Markievicz die Staffelei vorbeibringen.

Auf einmal durchflutete sie eine warme Welle, und es war, als schwebten ihre Füße ein Stück über dem Boden. Sie hatte fortan ein Zimmer für sich, zum Malen, in einer Stadt, die sie noch nicht annähernd erforscht hatte.

»Du siehst so glücklich aus«, sagte Grace, und Ida ergriff ihre Hand.

»Habe ich mich überhaupt schon richtig bedankt? Für alles?«

»Oft genug«, erwiderte Grace lächelnd. »Da fällt mir ein, du wolltest doch einmal mit zur Schulspeisung kommen. Die Masern sind ausgestanden, am Mittwoch wird die Schule wieder geöffnet. Wäre es dir recht, wenn wir uns dort treffen?«

»Natürlich. Schreib mir die Adresse auf und wann ich da sein soll.«

»Und die Gräfin hat dich mit ihrem unwiderstehlichen Charme als Kulissenmalerin geködert?«

»Stell dir vor, sie hatte den Zeitungsausschnitt mit dem Foto von der grünen Lotte bei sich! Und schenkt mir eine alte Staffelei. Morgen werde ich Material einkaufen, und dann geht es los.«

»Du siehst aus, als hättest du Fieber«, sagte Grace. »Die Arbeit hat dir gefehlt, was? Das kann ich gut verstehen. Ich habe gerade von der *Irish Review* einen Auftrag für einige Karikaturen bekommen und kann es kaum erwarten, damit anzufangen.«

Ida leistete sich den Luxus einer Pferdedroschke, da sie das Gepäck unmöglich in der Straßenbahn transportieren konnte.

Der Abschied von Mrs. Gifford fiel höflich, aber kühl aus. »Ich wünsche Ihnen alles Gute und hoffe, dass Sie als alleinstehende Frau in Dublin zurechtkommen. Es hat sich viel geändert seit meiner Jugendzeit. Und besuchen Sie uns bald.«

Ida wusste nicht, wie aufrichtig die Einladung gemeint

war, doch als Graces Vater sich verabschiedete, schwanden ihre Zweifel. »Meine liebe Miss Martens, Sie sind uns jederzeit willkommen.« Sein Händedruck war warm und fest. »Und sollten Sie einmal Hilfe brauchen, geben Sie Grace Bescheid. Wir sind immer für Sie da.«

Mit einem warmen Gefühl im Herzen umarmte sie die Freundin und stieg in den Wagen. Der Kutscher war ein gesprächiger Mann um die sechzig, der von der guten alten Zeit plauderte, in der es keine stinkenden Automobile gegeben hatte, die ihm und seinem Pferd Konkurrenz machten. Er trug eine Tweedmütze, unter der er einen Schal um den Kopf gewickelt hatte. Seine Nase war rot und mit geplatzten Äderchen übersät.

»Hab gelesen, dass irgendwann jeder so ein Ding haben wird«, krächzte er und deutete mit der Peitsche verächtlich auf ein Auto, das vor einem eleganten, von Bäumen umstandenen Haus parkte. »Stell sich das einer vor – dann kommt man auf der Sackville Street gar nicht mehr von der Stelle. Und die Unfälle – da wäre der Heilige Christophorus ganz schön gefordert.«

Ida bemerkte die metallene Plakette, die neben dem Sitz des Kutschers angebracht war und einen Mann zeigte, der ein Kind auf den Schultern trug. Der Kutscher sah ihren Blick und räusperte sich vernehmlich.

»Sie kennen doch den Heiligen Christophorus?«

»Mit Heiligen bin ich nicht so vertraut«, sagte Ida vorsichtig.

»Nicht von hier, was?«

»Aus Deutschland.«

Der Kutscher beugte sich unvermittelt zur Seite und spuckte aufs Pflaster, worauf Ida rasch ein bisschen nach rechts rückte.

»Er schützt die Reisenden. Aber ob er denen hilft, die sich in diese stinkenden Dinger setzen …«

Der Weg führte nicht durch die Innenstadt, sondern durch die Viertel südlich des Liffey nach Westen. Ida hing ihren Gedanken nach und ließ das Gerede des Kutschers an sich vorbeiziehen, ohne wirklich zuzuhören. Sie war viel zu aufgeregt, um sich für seinen Heiligen zu interessieren, und erschrak umso mehr, als er plötzlich laut fluchend die Zügel anzog und die Droschke mit Mühe und Not zum Stehen brachte.

Vor ihnen war ein Pferdefuhrwerk umgekippt, das Bierfässer geladen hatte. Ein Fass war geplatzt. Die braune Flüssigkeit ergoss sich über die Straße und rann in breiten Strömen von der Fahrbahn in den Rinnstein, wo sich schon einige Anwohner versammelt hatten und Tassen und Becher in die Pfützen hielten. Ida sah fassungslos zu, wie Männer und Frauen auf dem Pflaster knieten und die Gefäße gierig an den Mund setzten. Dazwischen drängten sich Kinder, die ihre Finger in die Bierlachen tauchten und ableckten.

Sie schaute sich um. Erst jetzt fiel ihr auf, wie heruntergekommen die Gegend aussah, wie schäbig die Straße war, die am Ufer eines Kanals entlangführte. So deutlich hatte sie die Armut der Stadt noch nicht erlebt.

Ida blickte zu dem Kutscher, der sich fluchend erhoben hatte. »Dreckspack! Saufen das Bier von der Straße wie die Tiere! Und du mach endlich Platz!«, rief er dem Kollegen zu und ließ die Peitsche knallen, um seinen Worten mehr Nachdruck zu verleihen.

Der Bierkutscher stand neben seinem Pferd, das sich am Fuß verletzt zu haben schien. Es wollte mühsam aufstehen, knickte aber wieder ein. Da drehte sich der Kutscher um und ballte die Faust. »Siehst du nicht, was hier los ist? Das arme Tier kommt nicht mehr hoch!«

Zwei Männer kamen angerannt und stemmten sich gemeinsam mit dem Bierkutscher gegen den Pferdeleib, bis sie das Tier mit vereinten Kräften aufgerichtet hatten.

»Verdammt, es lahmt!« Der Mann zog einen Penny aus der Tasche und zeigte ihn einem Jungen, der am Straßenrand herumlungerte. »Da, lauf zu Wiltons Stall und sag, ich brauche einen neuen Gaul. Und danach gehst du zu Kellys Brauerei und erzählst, was passiert ist.«

Der Junge wollte nach der Münze greifen, doch der Bierkutscher zog sie zurück. »Die kriegst du, wenn du das erledigt hast.«

Idas Kutscher verlor endgültig die Geduld. Er riss die Zügel zur Seite und lenkte seine Droschke durch die klebrigen Pfützen, wobei er fast mit dem Fuhrwerk zusammengestoßen wäre.

Ida drehte sich noch einmal um, sah die Menschen, die am Rinnstein knieten und das schmutzige Bier in ihre Becher schöpften. Das muss ich malen, dachte sie mit einer Leidenschaft, die sie selbst überraschte.

Mrs. Fitzgerald hatte gerade die Haustür geöffnet und einen leeren Kohleneimer hinausgestellt. Sie blickte auf, als die Droschke anhielt, und trat lächelnd auf den Gehweg. »So früh hatte ich gar nicht mit Ihnen gerechnet, Miss Martens.«

»Verzeihung, störe ich?«

»Ach was, kommen Sie, Sie sehen ja völlig verfroren aus. Bringen Sie das Gepäck herein«, sagte Mrs. Fitzgerald zu dem Kutscher, der Ida einen wütenden Blick zuwarf, sich aber fügte und ihre Gepäckstücke in den Hausflur schleppte.

Mrs. Fitzgerald schob sie in das Vorderzimmer, das sie noch nicht kannte, und rief dem Hausmädchen zu, es solle Tee bringen.

»Sie kommt nur drei Tage in der Woche, mehr kann ich nicht bezahlen«, sagte Mrs. Fitzgerald unverblümt. »Aber es ist besser als gar nichts. Die Hüfte will nicht mehr wie früher.«

In diesem Augenblick brachte ein mageres, dunkelhaariges Mädchen das Teetablett herein, und ihre Vermieterin wartete, bis sie wieder allein waren. Dann goss sie den Tee ein und schob Ida Milch und Zucker hin.

»Es freut mich, dass ich an eine Bekannte von Séan vermieten kann. Er ist ein Freund meines Sohnes. Mein Tony arbeitet in Glasgow. Als Mechaniker bei der Straßenbahn«, sagte sie stolz. »Dort verdient er mehr, als man ihm hier je bezahlen würde. Séan hat ihm geholfen, die Stelle zu finden. Er selbst ist als junger Kerl von zu Hause weggelaufen und hat auch in Glasgow bei der Straßenbahn gearbeitet. Er kennt noch viele Leute von damals und konnte deshalb meinem Tony helfen. Der macht dafür ein bisschen Werbung.«

»Werbung?«, fragte Ida verständnislos, worauf Mrs. Fitzgerald lächelte.

»Sie wissen schon, unter den irischen Arbeitern dort drüben. Werbung für die Sache, die Freiheitsbewegung. Ich weiß nicht, wie gut Sie Séan kennen, aber er ist mit Leib und Seele dabei. Für ihn gibt es nichts Wichtigeres, als sein Land von den Engländern zu befreien.«

Ida bemerkte, dass Mrs. Fitzgerald sie durchdringend ansah. »Ich kann Ihnen doch vertrauen? Sie kennen das sicher nicht, mit Ihrem Kaiser und so, aber wir hier in Irland träumen davon, unser Land zurückzubekommen. Mit einer eigenen Regierung und unserer eigenen Sprache.«

Ida war verblüfft. Dass eine einfache Frau wie Mrs. Fitzgerald so offen über Politik sprach, überraschte sie.

»Leider verstehe ich zu wenig davon. Aber ich möchte gern dazulernen.«

»Wenn Sie mit Séan befreundet sind, werden Sie bald noch mehr Leute wie ihn kennenlernen«, sagte Mrs. Fitzgerald.

Der heiße Tee wärmte Ida auf, und sie wurde allmählich ungeduldig, weil sie gern ihr Zimmer beziehen wollte.

»So, genug geplaudert«, sagte die Vermieterin, als hätte sie ihre Gedanken gelesen. »Sie möchten sicher Ihre Sachen hinaufbringen. Sally kann Ihnen helfen.«

Gemeinsam mit dem Hausmädchen trug Ida die beiden großen Koffer nach oben. Das Zimmer sah aus wie beim letzten Mal, nur stand diesmal ein Strauß Trockenblumen als Willkommensgruß auf dem Tisch. Neben dem Ofen wartete ein gefüllter Kohleneimer, und es roch nach frischer Wäsche. Ida drehte sich einmal im Kreis und lächelte Mrs. Fitzgerald an, bevor sie die Geldbörse hervorholte.

»Ich würde gern die Miete für März im Voraus bezahlen.«

Die Vermieterin nahm das Geld entgegen. »Sagen Sie einfach Bescheid, ob Sie am nächsten Tag Mittag- oder Abendessen haben wollen.«

Als Ida allein war, ließ sie sich rücklings aufs Bett fallen und breitete die Arme aus. Sie verspürte ein Hochgefühl, als wäre sie erst jetzt richtig in Irland angekommen.

Sie hatte gerade begonnen, ihre Kleider in den Schrank zu räumen, als es an der Haustür klingelte. Sie hörte Mrs. Fitzgeralds Stimme und dann ein Poltern auf der Treppe, bevor es an ihre Tür klopfte.

Davor stand ein Mann in Arbeitskleidung, der ein großes, in Packpapier verschnürtes Paket trug.

»Miss Martens? Für Sie, mit einem Gruß von Madame Markievicz.«

Ida drückte ihm eine Münze in die Hand und trug das Paket zum Fenster, bevor sie das Papier löste. Dann stieß sie einen Freudenschrei aus.

Der Lack hatte ein paar Schrammen, doch die Staffelei war mit großer Sorgfalt aus gutem Eschenholz gezimmert. Ein wirklich schönes Stück. Ida rückte sie zurecht und bemerkte erst jetzt den Zettel, der zu Boden geflattert war.

Mit einem herzlichen Gruß.
Möge sie oft und gern benutzt werden.
Herzlich,
C. Markievicz

Ida lächelte und klemmte den Zettel hinter den Frisierspiegel.

Als sie ihre Sachen eingeräumt hatte, griff sie nach dem Skizzenbuch und hielt die Szene mit dem Bierfuhrwerk fest, wobei sie sich jedoch auf die Menschen konzentrierte, die am Rinnstein knieten. Das umgekippte Fuhrwerk deutete sie ganz links im Bild an, als flüchtige Erklärung für das, was ihr eigentlich wichtig war.

Dann klappte sie das Buch zu, zog den Mantel an, wickelte sich einen Schal um den Hals und griff nach ihrer Handtasche. Es war Zeit für den Einkauf.

Ida schlenderte von der Haltestelle aus in Richtung Grafton Street und genoss es, den Tag einfach für sich zu haben. Sie blieb vor der prächtigen Fassade des Gaiety Theatre stehen und betrachtete die Plakate der aktuellen Aufführung, bei der es sich um eine musikalische Komödie zu handeln schien, in der ein leicht bekleidetes Mädchen am Arm eines Mannes um einen Springbrunnen tanzte.

Sie dachte an Madame und ihre Theatertruppe. Es war ein seltsamer Gegensatz – hier das elegante, orientalisch angehauchte Gaiety, das von innen sicher ebenso prächtig war wie von außen, auf der anderen Seite das Ehepaar Markievicz, das die Kulissen selbst malte und Kostüme schneiderte.

Sie hoffte, bald von Madame Markievicz zu hören. Ida war noch nie hinter den Kulissen eines Theaters gewesen, und es wäre gewiss viel interessanter, dort eine Aufgabe zu übernehmen, statt nur als Zuschauerin dabei zu sein.

Ein paar Schritte weiter bemerkte sie eine große, schwarz lackierte Palette, die als Ladenschild von einer goldenen Kette hing. Allein das Schaufenster sah paradiesisch aus – Staffeleien, Leinwände, Pinsel in allen Stärken und Ausführungen, Aquarellfarben, Bleistifte, Ölfarben.

Sie betrat den Laden, worauf eine Glocke melodisch klingelte, und atmete den Terpentingeruch ein, der den Raum durchdrang. Sie liebte den Geruch, der für sie untrennbar mit dem Malen verbunden war.

»Guten Tag, kann ich Ihnen helfen?«, fragte eine helle Männerstimme, und sie sah sich einem kleinen, schmächtigen Herrn mit Zwicker gegenüber. »Mein Name ist Blackett. Ich bin der Inhaber, zu Ihren Diensten.«

Ida las ihre Einkaufsliste vor, worauf der Mann erfreut nickte. »Eine Grundausstattung, verstehe. Benötigen Sie auch eine Staffelei?«

»Danke, das ist das Einzige, was ich bereits besitze.«

»Sie sind nicht aus Irland. Darf ich fragen, woher Sie kommen?«

Ida erzählte ein bisschen von Deutschland, während er sie

durch den Laden führte, ihr das Pinselsortiment zeigte, die besten Farben empfahl und nacheinander alles auf der Ladentheke auftürmte. Sie fragte sich beklommen, ob ihre Ersparnisse dafür ausreichten, verdrängte aber die Sorge, da all das unverzichtbar war, wenn sie ernsthaft arbeiten wollte.

Als sie fertig waren, rechnete Mr. Blackett alles zusammen und nannte eine Summe, die knapp unter der lag, die Ida sich als Höchstgrenze gesetzt hatte.

»Sollen wir ins Haus liefern? Bei diesem Kaufbetrag kostet es nicht extra«, erklärte er mit einem Blick auf die vielen Utensilien.

»Danke, das wäre gut.« Sie nannte die Adresse, bezahlte und nahm die Quittung entgegen.

»Die Sachen werden am späten Nachmittag geliefert. Vielen Dank für Ihren Einkauf.«

Er wollte ihr schon die Tür aufhalten, als Idas Blick auf ein Schild neben der Kasse fiel. Sie hielt inne und drehte sich langsam zu Mr. Blackett um.

»Ich hätte da noch eine Frage.«

Zehn Minuten später hatte Ida eine Arbeitsstelle. Sie würde zwei Tage in der Woche jeweils sechs Stunden bei Mr. Blackett im Laden arbeiten. Er hatte sie zunächst etwas misstrauisch angesehen – eine Dame, die als Verkäuferin arbeiten wollte –, sich aber von Idas Argument, sie habe Erfahrung in diesem Metier und könne die Kunden gut beraten, überzeugen lassen.

Beschwingt ging sie die Grafton Street entlang. So sehr sie sich auf das eigene Zimmer gefreut hatte, war sie doch wegen der Kosten besorgt gewesen. Von dem, was sie bei Blackett's verdiente, würde sie die Miete bezahlen können. Wenn es ihr dann vielleicht noch gelang, das eine oder andere Bild zu verkaufen … Plötzlich wurde ihr bewusst, dass sie ihren Eltern schreiben und sie darauf vorbereiten musste, dass dies mehr als bloß ein Urlaub werden würde. Doch wenn sie ehrlich mit sich war, entledigte sie sich damit nur einer lästigen Pflicht. Verstehen würden ihre Eltern sie wohl ohnehin nicht.

Ida ließ sich mit der Menge treiben. Sie kam an der eindrucksvollen Fassade des Trinity College vorbei und blieb auf der O'Connell Bridge stehen, um auf die Häuser zu blicken, die sich beiderseits des Liffey aneinanderreihten. Wieder einmal spürte sie den Reiz einer Stadt, die nicht wie ein Krake die Arme ins grüne Umland ausstreckte, sondern auf engem Raum alles bot, was eine Hauptstadt ausmachte – Theater, eine Universität, ein Schloss, Parks, Bibliotheken. Ida öffnete die Tasche, holte ein kleines Skizzenbuch heraus und hielt den Blick auf die Sackville Street fest, deren Enden von der Nelson-Säule und dem Denkmal Daniel O'Connells markiert wurden.

»Sie müssen den Befreier größer und den Engländer kleiner machen«, sagte ein Mann im Vorbeigehen lachend.

Als die Skizze fertig war, schlenderte sie weiter und trank zwischendurch in einer Konditorei einen Kaffee. Am Nachmittag würde sie in ihr Zimmer zurückkehren und die Lieferung in Empfang nehmen, doch bis dahin blieb noch Zeit. Ida bewunderte das Gebäude der Hauptpost, das Grace ihr schon gezeigt hatte, den Portikus, der von ionischen Säulen getragen wurde und die Eleganz der georgianischen Zeit ausstrahlte. Vom Dach wehte die britische Flagge. Ida zeichnete selten Architektur, aber das Haus war so schön, dass sie vielleicht einmal den Versuch wagen würde.

Irgendwann ließ sie die geschäftigen Straßen hinter sich,

bog links und rechts und wieder links ab, ohne auf den Weg zu achten. Die Häuser hier wirkten zunehmend heruntergekommen, die Farbe blätterte ab, Risse zogen sich durch die Mauern. Ida fand sich in einer Straße wieder, die bergauf bis zu einem prächtigen Gebäude führte, das gar nicht in die düstere Gegend passte. Die roten Backsteinfassaden rechts und links waren schwarz vom Ruß, in den Schächten vor dem Souterrain sammelte sich Unrat. Auf dem Pflaster spielten Kinder in zerlumpten Kleidern, zwischen den Gehwegplatten wucherte Unkraut.

Ida schaute sich um und bemerkte, dass niemand sonst so gut gekleidet war wie sie. Sie kam sich seltsam entblößt vor.

Plötzlich zupfte jemand an ihrem Rock, und sie blieb stehen. Als sie sich umdrehte, sah sie eine kleine, schmutzige Hand und große Augen in einem schmalen Gesicht, das zu der winzigen Gestalt passte. Der Junge sagte etwas, das sie nicht verstand – ob es am Dialekt oder einem Sprachfehler lag, konnte sie nicht beurteilen.

Sie schaute auf die Hand und überlegte rasch. Wenn sie dem Kleinen Geld gab, würde sich vermutlich ein ganzes Dutzend Kinder auf sie stürzen. Doch sie brachte es nicht über sich, einfach wegzugehen.

Sie nahm eine Münze aus der Geldbörse und hielt sie gerade dem Jungen hin, als hinter ihr ein wütender Schrei erklang. Ein kräftiger Mann mit Tweedmütze drängte sich an ihr vorbei und riss den Jungen an der Schulter zu sich.

»Verzeihen Sie, aber …«

Das Gesicht des Mannes war gerötet, seine Augäpfel von geplatzten Äderchen durchzogen. Als er den Mund öffnete, schlug ihr Schnapsgeruch entgegen.

»Mein Junge bettelt nicht! Mein Junge hat das nicht nötig«,

stieß er hervor und wollte den Kleinen am Ohr wegzerren, worauf dieser vor Schmerz aufschrie.

»Lassen Sie das, Sie tun ihm weh!«, sagte Ida aufgebracht.

Der Mann hielt inne und trat mit geballter Faust auf sie zu, den Jungen noch immer am Ohr. Dann schnellte sein Zeigefinger aus der Faust hervor. »Sie sagen mir gar nichts, Madam. Was haben Sie hier überhaupt zu suchen?«

Ida wich zurück, gab aber nicht auf. »Hören Sie auf damit.«

Da erklang eine tiefe Stimme hinter ihr: »Lass gut sein, Mahoney. Schlaf lieber deinen Rausch aus.« Der Mann tippte sich an die Mütze und stolperte davon, hatte den Jungen nun aber an der Hand gefasst.

Ida drehte sich um. »Dr. O'Connor«, sagte sie überrascht, als sie dem unwirschen Besucher der MacDonaghs gegenüberstand. »Vielen Dank.«

»Woher kennen Sie meinen Namen?«

»Ich war kürzlich bei den MacDonaghs zum Frühstück. Sie kamen herein und berichteten, dass eine Schule wegen Masern geschlossen worden sei. Mein Name ist Ida Martens.«

»Ich war in Eile. Eine andere Entschuldigung habe ich nicht.«

»Ich dachte, Sie kämen nur dienstags und donnerstags in die Armenviertel«, sagte Ida.

Sein Gesicht verhärtete sich. Dann sagte er in schroffem Ton: »Es gibt Notfälle. Die Frau, zu der ich musste, hatte schon zwei Totgeburten.«

»Ist es diesmal gut gegangen?«, fragte Ida, entschlossen, sich nicht von seiner Art einschüchtern zu lassen.

»Wenn man es so nennen will. Ein gesundes Mädchen. Der Vater trinkt, die Mutter putzt, damit die beiden anderen

Kinder nicht verhungern.« Dr. O'Connor machte einen Schritt, packte seine Tasche fester. »Was wollen Sie eigentlich in der Henrietta Street? Das ist eine gefährliche Gegend. Die Armut macht die Menschen unberechenbar.«

Ida blieb stehen und verschränkte die Arme. »Vielleicht hätte ich dem Jungen kein Geld geben sollen. Aber der Mann ist sehr grob mit ihm umgegangen. Er hat ihm wehgetan.«

»Sie kennen die Menschen hier nicht. Sie sind arm, wollen sich aber ein bisschen Würde bewahren. Es ist schlimm genug für den Mann, wenn sein Sohn bettelt. Aber zu sehen, wie Fremde ihm Geld in die Hand drücken …«

»Es kommt nicht wieder vor. Aber ich werde nicht schweigen, wenn ich sehe, dass jemand einem Kind wehtut.«

Dr. O'Connor seufzte, blieb aber stehen und wandte sich Ida zu. Sie schaute ihn zum ersten Mal richtig an und konnte nicht umhin, die Müdigkeit in seinen grünen Augen zu bemerken. Er war blass wie jemand, der zu wenig Sonne abbekommt, und seine Sommersprossen hoben sich scharf von der hellen Haut ab.

»Verzeihen Sie, wenn ich schroff war. Aber schauen Sie sich um. Hierher können Sie kommen, um zu helfen, so wie es die Gifford-Schwestern und andere Frauen tun. Sie aber spazieren in Ihrem schönen Mantel daher, mit Ihren Lederstiefeln, den Handschuhen und der warmen Mütze, und werden von Kindern angebettelt, die im Winter barfuß laufen. In dieser Straße stehen fünfzehn Häuser. Schätzen Sie doch mal, wie viele Menschen hier leben.«

Ida schluckte. Bei seinen Worten war ihr Gesicht heiß geworden, und sie wünschte sich fort von hier, zurück in die belebte Sackville Street mit den Straßenbahnen und Automobilen, mit den Restaurants, aus denen Wärme und das Aroma von Speisen und Getränken strömten. Doch es wäre ihr wie eine Niederlage vorgekommen, jetzt einfach wegzugehen.

Also schaute sie sich um, betrachtete die mehrstöckigen Backsteinhäuser, deren Architektur von besseren Zeiten kündete, und rechnete im Kopf.

»Sechshundert«, sagte sie, eine enorme Zahl, doch er hatte sie mit seiner Frage herausgefordert.

»Legen Sie noch ein Drittel drauf«, erwiderte er nun etwas milder. »Bei der letzten Zählung waren es achthundertfünfunddreißig. Macht im Durchschnitt fünfundfünfzig Menschen pro Haus oder vierzehn pro Stockwerk, das Erdgeschoss eingerechnet. Sie können sich vorstellen, wie eng die Leute aufeinanderhocken und wie schnell sich Krankheiten ausbreiten. Zuschauer sind hier nicht erwünscht.«

Auf einmal wurde ihr klar, dass unter seiner Schroffheit etwas anderes lauerte und zunehmend in den Vordergrund drängte: Leidenschaft.

»Ich habe mich durch die Straßen treiben lassen«, sagte Ida mit leiser, aber immer noch fester Stimme. »Es war nicht meine Absicht, das Elend zu besichtigen.«

Er nickte. »Das glaube ich Ihnen. Nur sollten Sie beim nächsten Mal darauf achten, wohin Sie gehen. Es ist auch nicht ungefährlich. Wo Armut ist, gibt es Verbrechen.«

Ida zögerte. »Gut, dann ... auf Wiedersehen, Dr. O'Connor. Und danke für den Hinweis.«

Er verdrehte leicht die Augen. »Kommen Sie, ich bringe Sie zurück ... woher Sie auch gekommen sind.«

Der Weg war nicht weit. Nach wenigen Minuten bogen sie um eine Ecke und standen wieder in der Sackville Street. Sonderbar, dass tiefes Elend und eine der breitesten Straßen Europas so nahe beieinanderlagen.

Dr. O'Connor sah auf die Uhr und hob den Hut. »Ab hier dürften Sie sich auskennen. Ich wünsche einen guten Tag.«

»Nochmals danke.«

Er zögerte und schaute sie prüfend an. »Ist Ihnen nicht gut?«

Ida zuckte mit den Schultern. Ihr war plötzlich flau im Magen.

Er berührte sie abrupt am Oberarm und deutete nach Süden. »Kommen Sie mit.«

An der nächsten Straßenecke befand sich ein Café mit schön geschliffenen Fenstern und einer hohen Doppeltür mit elegantem Messinggriff. Der Arzt stieß sie auf und ließ Ida eintreten. Das Café war gut besucht, obwohl es noch früh für den Nachmittagstee war. Der Raum wurde von großen Hängelampen beleuchtet, die ein warmes Licht verströmten. An den Wänden hingen Stiche mit alten Stadtansichten.

Dr. O'Connor suchte einen Tisch am Fenster aus, zog ihr den Stuhl zurück und wartete, bis sie sich gesetzt hatte. Er selbst blieb stehen und gab der Bedienung ein Zeichen. »Hier gibt es den besten Tee in der Gegend. Es ist noch ein bisschen früh, aber man hat sicher Mitleid mit einer hungrigen Wanderin. Guten Tag.«

Ida sah ihn überrascht an. »Sie gehen?« Dann presste sie die Lippen aufeinander, als könnte sie die Worte dadurch zurücknehmen. Sie hatte noch nicht ganz verdaut, was in den letzten zwanzig Minuten geschehen war, und fühlte sich auf einmal unsicher. Das hier war anders als die Begegnung mit dem offenen, fröhlichen Séan Mac Diarmada, der jede Verlegenheit im Keim erstickt und sich verhalten hatte, als wären sie alte Bekannte.

Sobald sie glaubte, sich an Dr. O'Connors schroffe, gebieterische Art gewöhnt zu haben, tat er etwas Unerwartetes, das sie erneut aus der Fassung brachte. Wie konnte er sie in ein Café führen und dann einfach sich selbst überlassen?

»Das hatte ich vor. Wie Sie schon sagten, eigentlich ist heute nicht mein Tag fürs Armenviertel.« Er legte den Kopf ein wenig schräg. »Aber ein Tee zum Aufwärmen wäre vielleicht nicht schlecht.« Er nahm den Hut ab, knöpfte den Mantel auf und setzte sich ihr gegenüber.

Als die Bedienung kam, sagte er: »Tee mit allem für die Dame, für mich nur Tee.«

Unterdessen hatte Ida beschlossen, genauso offen zu sein wie er. »Und Ihre Patienten warten geduldig, während Sie bei einer armen Frau Geburtshilfe leisten?«

Dr. O'Connor lehnte sich zurück und lächelte. Noch nie hatte Ida erlebt, dass ein Lächeln einen Menschen so veränderte. Um seine Augen bildeten sich Fältchen, und der harte Zug um seinen Mund verschwand. Die Haarsträhne, die ihm in die Stirn fiel, verlieh seinem Gesicht etwas Jungenhaftes. »Das müssen sie wohl.«

»Aber Sie leben von Ihren Patienten«, rutschte es Ida heraus.

In diesem Augenblick kam die Bedienung und stellte die Teekanne, Tassen, Zucker, Milch und eine Kristall-Etagere mit einer beeindruckenden Auswahl an Gebäck und Sandwiches auf den Tisch.

Der Arzt schenkte ihnen ein und deutete auf die Etagere. »Nur zu. Sie sehen wirklich hungrig aus.«

Ida holte tief Luft und nahm sich ein Sandwich mit Schinken. Das Essen tat gut, obwohl ihre Kehle immer noch eng war.

»Ja, ich lebe von ihnen«, sagte Dr. O'Connor. »Das muss ich wohl. Bis ich endlich erbe.«

Ida verschluckte sich beinahe und sah ihn verwirrt an. »Verzeihung, habe ich das richtig verstanden?«

Er biss sich auf die Lippe, als müsse er ein Lachen unterdrücken. »Ich denke schon. Wenn mein Vater stirbt, erbe ich alles. Keine großen Reichtümer, aber ich hätte mein Auskommen. Bis dahin lebe ich von meinen zahlenden Patienten.«

Ida war noch nie einem Menschen begegnet, der so unverblümt redete.

»Und wenn Sie dann erben und nicht mehr von Ihrer Praxis leben müssen, tun Sie – was?« Sie schob sich den Rest des Sandwiches in den Mund und trank einen Schluck Tee.

»Die Armen behandeln. Klavier spielen. Lesen. Am Strand spazieren gehen.«

Die Worte klangen seltsam intim, und Ida senkte unwillkürlich den Blick. Sie nahm sich einen Scone, bestrich ihn mit Rahm und gab einen Klecks Erdbeermarmelade darauf.

»Und was machen Sie? Außer die Giffords zu besuchen, meine ich.«

Sie blickte auf. Etwas an seinem Ton gefiel ihr nicht. War es Herablassung, die Vermutung, sie sei eine wohlhabende junge Frau, die nur durch die Stadt spazierte und sich in Gegenden verirrte, in denen sie nicht erwünscht war? Sollte sie die Herausforderung annehmen oder ihm selbst überlassen, was er über sie dachte?

»Umziehen. Malen. Ölfarben verkaufen.«

Sein verwunderter Blick zeigte ihr, dass es die richtige Antwort gewesen war.

»Genauer, bitte.«

»Ich habe heute Morgen ein Zimmer in Inchicore bezogen. Und mir eine Stelle in einem Geschäft für Künstlerbedarf besorgt. Wenn ich nicht dort arbeite, male ich.«

»Was malen Sie?«

»Vor allem Porträts. Manchmal auch Straßenszenen.«

»Dublin gibt eine Menge her.«

»Das glaube ich auch.«

»Und die Porträts? Malen Sie im Auftrag?«

»Dafür bin ich nicht bekannt genug. Ich suche mir Modelle, die mich interessieren, und frage, ob ich sie malen darf.«

Er nickte nachdenklich. »Ich begegne vielen interessanten Gesichtern. Ich weiß nicht, wie viel Wert Sie auf Schönheit legen …«

»Was ist Schönheit?«, fragte Ida zurück. Dann erzählte sie von der grünen Lotte und sah, wie sich sein Gesicht veränderte. Sie meinte, etwas wie Respekt darin zu lesen, doch das konnte auch Einbildung sein.

»Das Bild hätte ich gern gesehen.«

Als er aufstand, spürte Ida ein leises Bedauern.

»Ich wünsche Ihnen einen guten Tag.«

Sie beobachtete, wie er den Hut aufsetzte und der Bedienung einen Geldschein in die Hand drückte, bevor er das Café verließ. Sein Aufbruch war ebenso überraschend gewesen wie die ganze Begegnung.

Ida schenkte sich Tee nach. Als sie einen Blick aus dem Fenster warf, sah sie O'Connor mit wehenden Mantelschößen, die Arzttasche in der Hand, die Straße überqueren.

4

Als Ida die Schritte auf der Treppe hörte, stand sie auf und rückte die Staffelei zurecht. Sie hatte den vergangenen Abend damit verbracht, ihre Malutensilien auszupacken, in ein Regal zu räumen, den richtigen Platz für die Staffelei zu suchen und die Skizze von den Bier schöpfenden Menschen weiter auszuarbeiten. Sie dachte an Käthe Kollwitz, die mit ihren Bildern Armut und Ungerechtigkeit anklagte. Ob sie selbst so etwas auch könnte? Die Szene würde sich gut für ein größeres Gemälde eignen.

Als Séan Mac Diarmada an die Tür klopfte, bat sie ihn herein.

»Bin ich hier richtig im Atelier Martens?«, fragte er mit seinem herzerwärmenden Lächeln.

»Atelier ist zu viel gesagt, aber es freut mich, dass Sie gekommen sind, Mr. Mac Diarmada.«

»Séan, bitte.«

»Ida.«

Entweder war er ohne Hut und Mantel gekommen oder hatte beides, was wahrscheinlicher erschien, unten bei Mrs. Fitzgerald gelassen. Er rieb sich die Hände, die rot von der Kälte waren, und schaute sich um. »Wirklich nett haben Sie es hier.« Dann lachte er laut.

»Was ist?« Ida folgte seinem Blick zu dem umgedrehten Jesusbild und wurde rot. »Es … wirkte irgendwie beunruhigend auf mich. Ich bin nicht katholisch«, fügte sie entschuldigend hinzu.

»Oh, jetzt habe ich Sie in der Hand«, stellte Séan belustigt fest. »Mrs. Fitzgerald wird –«

»Womit kann ich Sie bestechen?«, fragte Ida schnell und schob ihm einen Stuhl hin, damit er sein Bein entlasten konnte. Er setzte sich und lehnte den Gehstock an den Tisch.

»Nun, mit einer Zeichnung vielleicht?«

»Sie sind aber bescheiden. Ich könnte Ihnen die Vorstudie schenken.«

Er nickte. »Einverstanden. Wie hätten Sie mich gern?«

Ida trat einen Schritt zurück, um das Zimmer besser in Augenschein zu nehmen. »Setzen Sie sich bitte in den Erker, mit dem Fenster im Rücken.« Sie schob die Staffelei weiter ins Zimmer.

Er stand auf und ging die wenigen Schritte ohne seinen Stock. Ida räusperte sich. »Ich hätte den Stock gern mit auf dem Bild. Er gehört zu Ihnen.«

Er zögerte kaum merklich, bevor er ihn entgegennahm.

»Entschuldigung, ich wollte nicht …«

»Schon gut«, sagte er lächelnd. »Sie haben recht.« Er sah sie erwartungsvoll an.

»Setzen Sie sich so hin, wie Sie gewöhnlich sitzen.« Er schlug die Beine übereinander und legte eine Hand locker auf den Knauf des Gehstocks. Die Geste gefiel ihr.

»Wohin soll ich schauen?«

»Sie können mich ansehen. Aber es macht auch nichts, wenn Sie zwischendurch den Kopf drehen, falls es zu unbequem wird.«

Sie holte ihr Skizzenbuch. Als sie es aufschlug, rutschte ein Blatt mit einer Zeichnung von Dr. O'Connor heraus und flatterte zu Boden. Séan bückte sich rasch und hob es auf, wobei er einen Blick darauf warf.

»Die Welt ist klein.«

»Wieso?« Ida nahm das Blatt entgegen und legte es auf den Tisch.

»Ich kenne Cian O'Connor. Ich hoffe, er hat Sie nicht vor den Kopf gestoßen. Das kann er nämlich gut.«

»Ich wusste nicht, wie er mit Vornamen heißt.«

Séan sah sie belustigt an. »Sie malen also auch Männer, deren Vornamen Sie nicht kennen. Ich bin entsetzt.«

Ida lächelte verlegen. »Übung kann nicht schaden.« Dann wechselte sie rasch das Thema. »Die Welt ist klein und Dublin ein Dorf. Gibt es hier eigentlich Menschen, die einander nicht kennen?«

»Wenige«, sagte Séan und nahm wieder die vereinbarte Haltung ein. »Wenn Sie mit Kunst und Politik zu tun haben, begegnen Sie immer wieder denselben Leuten. Ich kenne Joe Plunkett, und Joe ist mit Cian befreundet, so geht es hier immer.«

»Ist Dr. O'Connor auch politisch tätig?«

»Kommt drauf an, was Sie darunter verstehen«, sagte Séan und sah zu, wie sie ihr Skizzenbuch aufschlug und einen passenden Stift auswählte. Dann setzte sie sich auf einen Hocker und begann zu zeichnen.

»Er ist kein Träumer, der altirische Heldensagen wiederaufleben lassen will. Er trägt keinen Kilt und interessiert sich auch nicht sonderlich für die irische Sprache, obwohl er sie ganz gut beherrscht. Ihm geht es um die Menschen, die im Elend leben. Er kann erstaunlich einfühlsam sein, auch wenn er das gern verbirgt.«

»Das kann man wohl sagen«, rutschte es Ida heraus, worauf Séan lachte.

»Ach, Sie sind schon in den Genuss seines einmaligen Charmes gekommen?«

»O ja. Er hat mich gerettet, als ich nichtsahnend durch die Henrietta Street wanderte. Was man so retten nennt …«

»Lassen Sie mich raten – er hat Sie zunächst ausgeschimpft und Sie sich dann unter den Arm geklemmt und gegen Ihren Willen weggetragen.«

Ida legte den Stift aus der Hand und schüttelte den Kopf. »So geht das nicht. Wenn ich dauernd lachen muss, kann ich nicht zeichnen.«

»Verzeihung«, sagte Séan zerknirscht. »Ich bin jetzt still.«

»Wenn ich fertig bin, gibt es Tee, und Sie dürfen reden, so viel Sie wollen. Einverstanden?«

Danach lief es besser. Die Zeichnung nahm rasch Gestalt an, und Ida fühlte sich, als wäre sie nach einer langen Reise nach Hause gekommen.

Schließlich erhob sie sich und hielt Séan die Skizze hin. Er nahm sie entgegen und betrachtete sie lange. Dann blickte er auf und nickte langsam. »Sie sind sehr begabt, Ida. Es ist, als hätten Sie in meine Seele geblickt.«

»Oh.« Mehr brachte sie nicht heraus und ging zur Tür. »Bin gleich zurück.«

Als sie mit dem Teetablett ins Zimmer kam, hatte sie sich wieder gefasst.

Séan war aufgestanden und nahm ihr das Tablett ab. »Tut mir leid, wenn ich Sie in Verlegenheit gebracht habe. Es war als Kompliment gemeint.«

Ida lächelte und zog den Stuhl zurück zum Tisch. »So habe ich es auch verstanden, aber es kam unerwartet. Danke.« Sie schob ihm einen Teller mit Sandwiches hin. »Sie dürfen jetzt übrigens reden.«

Er goss sich Milch in den Tee und rührte um. »Wo waren wir stehen geblieben?«

»Zuletzt wurde ich von Dr. O'Connor aus der Henrietta Street getragen.«

»Ich erinnere mich.«

»In Wirklichkeit bin ich zu Fuß gegangen, und wir haben zusammen Tee getrunken.«

Séan sah sie überrascht an. »Das ist ein Kompliment. Er ist ein verschlossener Mensch, der nur wenige Freunde hat. Denen ist er dafür treu ergeben.« Er warf einen Blick auf das umgedrehte Bild. »Das würde ihm gefallen. Und, haben Sie sich schon etwas eingelebt?«, wechselte er dann das Thema.

Ida erzählte von ihrem Einkauf und dass sie eine Stelle gefunden hatte. Séan wirkte nicht überrascht.

»In Dublin ist es nicht ungewöhnlich, dass Frauen arbeiten, auch wenn es in manchen Kreisen mit Argwohn betrachtet wird.«

Ida musste an Mrs. Gifford denken. »Zu Hause in Hamburg hätten meine Eltern das nicht geduldet. Ich hätte es gegen ihren Willen tun können, aber der Preis wäre hoch gewesen.«

»Ist es Ihnen schwergefallen, sich von Ihrer Familie zu trennen?«

Sie überlegte lange und antwortete mit Bedacht. »Meine Familie ist nicht sehr … herzlich. Mein Bruder und ich wurden kühl und streng erzogen. Natürlich hatten wir alles, was wir brauchten, aber Wärme habe ich vor allem bei meinem Großvater erfahren. Er konnte wunderbar erzählen und besaß herrliche Dinge, die er von seinen Reisen mitgebracht hatte. Sein Haus erinnerte mich an eine Wunderkammer, wie die Fürsten sie früher besaßen. Ich habe sein Porträt aus dem Gedächtnis gemalt.«

»Haben Sie es noch?«

»Es hängt bei meinen Eltern im Haus.« Sie dachte an den Streit, den es darum gegeben hatte.

»Sie sehen traurig aus. Ich hätte nicht nach Ihrer Familie fragen sollen.«

»Schon gut. Dinge werden nicht besser, indem man sie verschweigt. Sehen Sie mal« – sie ergriff ihr Skizzenbuch und schlug es auf – »diese Szene möchte ich zu einem großen Bild ausarbeiten. Auf dem Weg hierher habe ich ein umgekipptes Fuhrwerk gesehen …«

Die Probe sollte im Keller des Sinn-Féin-Gebäudes in der Harcourt Street stattfinden. Ida hatte die Hoffnung darauf schon fast aufgegeben, da die Begegnung mit Madame bereits einige Monate zurücklag, doch vor einer Woche hatte diese plötzlich über Grace anfragen lassen, ob Ida als Kulissenmalerin einspringen könne. Ida hatte sofort zugesagt.

Sie ging rasch die Grafton Street in Richtung Süden, vorbei am St. Stephen's Green, auf dem noch einige Spaziergänger unterwegs waren. Die Regenwolken vom Nachmittag hatten sich verzogen, und der Maiabend war hell und mild.

Welche Kulissen würde man wohl von ihr verlangen? Sie wusste nur, dass es sich um ein patriotisches Stück über den gescheiterten Aufstand von 1867 handelte. Ein bisschen nervös war sie schon, da sie noch nie in solchen Dimensionen gemalt hatte, freute sich aber auch auf die Herausforderung.

Dann hörte sie Schritte hinter sich. Ein Mann überholte sie, der statt eines Mantels einen weiten, dunkelblauen Umhang trug. Ida erkannte Joe Plunkett, der bei den MacDonaghs gewesen war, als diese sie damals zum Frühstück eingeladen hatten. Er blieb vor einem schlichten roten Backsteingebäude mit Bogenfenstern stehen, bei dem es sich um das Theater handeln musste.

Als Ida sah, wie er anklopfte, beschleunigte sie ihre Schritte. »Guten Abend.«

Er drehte sich um. Er mochte Mitte zwanzig sein, trug eine Brille und hatte ein freundliches, ziemlich blasses Gesicht – er sah aus, als wäre er krank gewesen.

»Verzeihung, ich bin auf dem Weg zur Theaterprobe und war noch nie hier.«

»Dann haben wir denselben Weg«, sagte der Mann freundlich.

Drinnen hingen zahlreiche Plakate an den Wänden, aus einem Raum drang das Klappern einer Schreibmaschine, aus einem anderen hörte man eine angeregte Diskussion. Ida wusste, dass Sinn Féin eine noch junge Partei war, die als besonders radikal galt und für eine strikte Loslösung Irlands von Großbritannien eintrat. Darum nannte man im Volksmund alle Republikaner Sinn Féiner, ob sie der Partei angehörten oder nicht.

»Darf ich mich vorstellen – Joseph Plunkett«, sagte der Mann.

»Ida Martens. Wir haben gemeinsame Bekannte, die Mac Donaghs. Muriels Schwester Grace ist eine gute Freundin von mir.«

Das Lächeln vertrieb den müden Ausdruck aus seinen Augen. »Muriel kenne ich gut. Und MacDonagh war mein Gälisch-Lehrer. Wir sind eng befreundet.«

Er deutete auf eine Tür, hinter der eine Treppe in den Keller führte, und schaute Ida entschuldigend an. »Leider müssen wir dort entlang. Es ist weder warm noch trocken.«

Er stieg vor ihr die Treppe hinunter. Sie gelangten in einen großen Raum, dessen trübes elektrisches Licht durch Kerzen verstärkt wurde. In einer Ecke wurde gehämmert, in einer anderen standen zwei Männer auf einer Empore und probten offenkundig eine Szene des Stückes. Als Ida und Joe eintraten, sprang eine Frau auf und kam mit großen Schritten auf sie zu. Es war Madame Markievicz. Sie trug ein schlichtes Kostüm und hatte ein Wolltuch um die Schultern geschlungen.

»Wie schön, dass Sie kommen konnten. Darf ich Sie Ida nennen? Da drüben gibt es Tee, bedienen Sie sich einfach. Joe, du siehst besser aus als bei unserer letzten Begegnung, aber behalte auf jeden Fall den Umhang an. Das Klima hier unten ist nichts für dich.«

Er ging zu dem Tisch, auf dem der Tee stand, schenkte für sich und Ida zwei Tassen ein, und hielt ihr lächelnd eine hin. »Ich setze mich still in eine Ecke.« Im Gehen drehte er sich noch einmal um. »Sind Sie Schauspielerin?«

»Nein, Malerin. Ich soll mich um die Kulissen kümmern.«

»Sie sind Kulissenmalerin?«

Ida schüttelte den Kopf. »Das hier ist mein erster Auftrag für eine Kulisse. Ich male vor allem Porträts.«

»Das interessiert mich. Darf ich mir bei Gelegenheit einmal etwas von Ihnen ansehen?«

Sie zögerte. »Viel habe ich noch nicht vorzuweisen. Bisher nur ein Porträt von Séan Mac Diarmada.«

Er lachte. »Na so was. Er lässt sich malen und erzählt nichts davon.«

»Vielleicht war es ihm unangenehm. Ich habe ihn ziemlich damit überfallen«, sagte Ida verlegen.

In diesem Augenblick erklangen schwere Schritte hinter ihnen. »Hier findet eine Probe statt. Wenn ihr eure Plauderei draußen fortsetzen könntet …«, sagte der Schauspieler mit finsterer Miene, worauf Ida entschuldigend nickte und Joe in einer dunklen Ecke auf einem Stuhl Platz nahm.

Sie schaute sich nach Madame um und entdeckte sie an einem Tisch, auf dem einige Blätter ausgebreitet waren. Ida trat dazu und sagte leise: »Entschuldigen Sie, es war unhöflich, Sie warten zu lassen.«

»Nein, nein, Joe ist ein netter Kerl«, sagte Constance Markievicz und schaute wieder auf ihre Papiere. »Ich sollte Ihnen erst einmal erzählen, worum es in dem Stück geht. Hauptfigur ist Jeremiah O'Donovan Rossa, ein Fenier. Kennen Sie die Fenier?«

Ida schüttelte den Kopf.

»Irische Freiheitskämpfer, die sich nach den mittelalterlichen Kriegern, der Fianna, benannten. O'Donovan Rossa war einer der Gründer der Irisch-Republikanischen Bruderschaft, die sich eine gewaltsame Befreiung Irlands zum Ziel gesetzt hatte. Er hat viele Jahre in englischen Gefängnissen verbracht und wurde nur unter der Bedingung freigelassen, dass er sich nach Amerika ins Exil begab. Vor etwa dreißig Jahren hat er eine Reihe von Bombenanschlägen in englischen Städten durchführen lassen.« Sie hielt inne, als sie Idas entsetzten Blick bemerkte.

»Was ist?«

»Das … klingt sehr gewalttätig.«

»Darum geht es auch im Stück. Sie diskutieren darüber, ob man unmoralische Mittel einsetzen darf, um moralische Ziele zu erreichen. Es ist ein bisschen gewagt, weil wir eigentlich auf O'Donovan Rossas Seite stehen. Andererseits erscheint es mir nicht angemessen, ihn als strahlenden Helden zu schildern, wenn er solche Mittel gutgeheißen hat. Aber die Aussage des Stückes ist, dass etwas geschehen muss, dass kein Stillstand eintreten darf. Die Selbstverwaltung ist gut und schön, aber wir wollen mehr. Wir wollen eine freie, unabhängige Republik, keine billigen Geschenke aus London.«

Madame hielt inne, als sie merkte, dass sie sich in Rage geredet hatte. »Tut mir leid, Ida, ich habe mich mitreißen lassen. Sie können das Stück lesen, der Text ist hier. Und wenn Sie Ideen für das Bühnenbild haben, wäre ich Ihnen dankbar. Alles, was ich mir gedacht habe, sieht furchtbar kitschig aus. Harfen auf grünem Hintergrund …«

»Kitschig? Ich bin entsetzt, Constance«, sagte eine heisere, belustigte Stimme. Joe war zu ihnen getreten, ohne dass sie es bemerkt hatten.

»Ach, du weißt schon, was ich meine. Natürlich ist die Harfe ein nationales Symbol, aber man darf es nicht überstrapazieren. Außerdem wolltest du dir eigentlich die Probe ansehen, wenn ich mich recht entsinne, und etwas darüber schreiben. Wir bekommen das hier schon hin.«

Sie zwinkerte Ida zu, worauf Joe grinsend davonschlenderte, die Hände in den Taschen seines gut geschnittenen Anzugs vergraben.

»Ist er krank?«, fragte Ida leise. »Sie sagten vorhin …«

Madame schaute sie ernst an. »Joe war schon als Kind krank. Wegen des Klimas hat er einige Zeit in Nordafrika verbracht, unter anderem in Algier. Er spricht gut Arabisch. Stellen Sie sich vor, man hat ihm dort eine Stelle als Rollschuhlehrer angeboten.«

»Soll das ein Witz sein?«

Constance Markievicz schüttelte den Kopf. »Nein, nein, er kann ausgezeichnet Rollschuh laufen.«

Ida warf einen Blick über die Schulter auf den jungen Mann, der sich wieder hingesetzt hatte und konzentriert auf die

Bühne schaute. Dann griff sie nach dem Textheft, das Madame ihr gezeigt hatte, zog einen Hocker heran und überflog das Stück, um sich ein Bild davon zu machen. Als sie fertig war, nahm sie ein Blatt, holte die Halterung mit der Grafitmine, die sie gern zum Zeichnen benutzte, aus ihrer Tasche und machte sich an die Arbeit. Sie zeichnete ein Gittermuster aus senkrechten und waagerechten Linien, die sie mit den Fingern verrieb, bis das ganze Bild einheitlich grau war und die Linien sich nur noch als dunklere Schatten abzeichneten.

Dann erklangen Schritte hinter ihr, und sie blickte auf. Constance Markievicz schaute ihr über die Schulter. »Oh.«

»Es ist nur ein Versuch«, sagte Ida, »aber Gefangenschaft ist ein zentrales Thema im Stück. Daher dachte ich mir, wir könnten dieses schlichte Muster als Hintergrund nehmen. Sie könnten auch weitgehend auf Requisiten verzichten. Nur eine Pritsche und ein Hocker. Die Zellentür wird durch einen Schlitz zwischen zwei Leinwänden angedeutet. Oder ich male das auf zwei Stoffbahnen, die sich wie Vorhänge öffnen lassen.« Sie deutete die Öffnung auf ihrem Entwurf an. »So würde sich alles auf die handelnden Personen konzentrieren, während die Zuschauer dennoch nicht vergessen, an welchem Ort sie sich befinden.«

Ida schluckte nervös, da Madame nicht sofort antwortete.

Doch dann klatschte die Theaterchefin in die Hände und winkte Joe Plunkett und die beiden Schauspieler herüber. Alle zeigten sich angetan von Idas Ideen.

»Modern, das gefällt mir«, sagte einer der Schauspieler, und sein Kollege fügte hinzu: »Wir brauchen aber leuchtende Farben für die Kostüme, damit wir uns abheben. Ansonsten bin ich einverstanden.«

Madame nickte. »Das mit den Stoffen erledige ich. Ein

leuchtendes Grün würde passen.« Sie notierte sich etwas und legte Ida die Hand auf den Arm.

»Bravo. Und ich wäre für große Leinwände auf Holzrahmen, die sich verschieben lassen, um die Tür anzudeuten. Wann können Sie beginnen?«

Die folgenden Abende verbrachte Ida in der Harcourt Street. Sie trug eine alte Kittelschürze, die Mrs. Fitzgerald ihr geschenkt hatte, und hatte die Haare unter eine Mütze geschoben, damit sie ihr nicht dauernd ins Gesicht fielen. Die Arbeit war vor allem körperlich anstrengend, da die beiden Leinwände, die sie bemalen musste, sehr groß waren. Madame hatte einige helle Lampen besorgt, um den gleichen Effekt zu erzielen, den man auf der beleuchteten Bühne im Theater haben würde. Ida versuchte zuerst, im Liegen zu malen, hätte sich dazu aber auf die Leinwände knien müssen, was sie beschädigt hätte. Also entschied sie sich schließlich, im Stehen zu arbeiten und eine Trittleiter zu benutzen. Zwischendurch trat sie immer wieder einige Schritte zurück, um die Wirkung zu prüfen.

Sie und Grace sahen einander seltener. Ida war zweimal mit in der Schule gewesen und hatte Grace und den anderen Frauen geholfen, das Essen auszugeben. Für viele arme Kinder aus der Innenstadt war es die einzige richtige Mahlzeit am Tag, und sie standen geduldig mit ihren Schüsseln in der Schlange, um Suppe und Brot zu bekommen.

Die Arbeit bei Blackett's, im Theater und zu Hause beanspruchte darüber hinaus viel Zeit, und Ida liebte es zudem immer noch, einfach durch die Straßen zu streifen und die Stadt besser kennenzulernen.

Heute aber hatte sie die Freundin gefragt, ob sie am Abend mit ins Theater kommen wolle, da keine Probe stattfand. So könnten sie endlich wieder Zeit allein miteinander verbringen.

»Augenblick, lass uns erst Licht machen.« Mit jeder Lampe wurde der Raum heller, und Grace blieb staunend vor der riesigen Leinwand stehen, die beinahe fertig war. Die nächste Herausforderung war, die zweite so ähnlich zu gestalten, dass kein Übergang sichtbar wäre, wenn sie nebeneinanderstanden. Sie hatten keine Leinwand auftreiben können, die groß genug gewesen wäre, um alles in einem zu malen und sie dann in der Mitte durchzuschneiden.

»Das ist sehr eindrucksvoll«, sagte Grace. Ida hatte ihr erzählt, worum es in dem Stück ging.

»Wenn es Erfolg hat, holen sie es vielleicht sogar ans Abbey Theatre.«

»Ich drücke dir die Daumen. Hättest du dir das im Februar träumen lassen? Ganz ehrlich.«

Ida schüttelte den Kopf. »Nein«, erwiderte sie leise. »Nie im Leben.« Sie warf einen Blick auf das Bühnenbild, war plötzlich um Worte verlegen. Gestern hatte sie einen Brief von ihrer Mutter erhalten, die sich erkundigte, wann mit ihrer Rückkehr zu rechnen sei. Dabei hatte Ida zuvor ausführlich von der Wohnung, der Stelle bei Blackett's und den Menschen, denen sie begegnet war, berichtet. All das hatte Luise Martens anscheinend ignoriert.

»Was ist los?« Grace legte ihr die Hand auf den Arm. »Gerade eben warst du noch so stolz, und jetzt siehst du traurig aus.«

Ida erzählte von dem Brief. »Selbst wenn ich schreiben könnte, dass meine Kulissen auf der Bühne des Abbey Theatre stehen, würde es nichts ändern. Ich begreife nicht, weshalb meine Mutter will, dass ich zurückkomme. Wir haben uns ohnehin nie gut verstanden, während mein Bruder all ihre Erwartungen erfüllt.«

»Dann bleib doch hier, so lange du willst. Der Anfang war gut, und du hast noch viel vor dir. Und nun mach dich an die Arbeit, ich sehe dir zu. Außerdem habe ich eine Idee.«

Ida warf ihren Mantel über einen Stuhl und zog den Kittel an. Dann stopfte sie die Haare unter die Mütze, worauf sie ein leises Lachen hörte.

»Was ist?«

»Ach, nichts.« Grace hatte ihr Skizzenbuch und einen Stift gezückt.

»Was hast du vor?«

»Glaubst du allen Ernstes, du wärst vor mir sicher?«, sagte die Freundin lächelnd und machte eine auffordernde Handbewegung. »Na los, an die Arbeit. Vergiss mich einfach.«

Ida machte sich ans Werk. Bei der ersten Leinwand hatte sie das Gittermuster mit Grafit vorgezeichnet und dann mit Zeichenkohle dick nachgezogen und verwischt. Sie maß die Abstände zwischen den Linien und übertrug diese mit Zeichenkohle auf die zweite Leinwand. Zwischendurch wischte sie sich übers Gesicht, wobei sie schwarze Streifen auf ihren Wangen hinterließ, ohne es zu merken. Als sie sich irgendwann zu Grace umdrehte, sagte diese: »Bleib so.« Grace fügte ihrer Zeichnung einige Striche hinzu. »Jetzt ist es perfekt.« Sie hielt das Skizzenbuch so, dass Ida das Bild sehen konnte.

Grace hatte sie stehend gezeichnet, die Beine weit gespreizt, statt der Mütze Federn auf dem Kopf, statt des Stiftes einen Tomahawk, die schwarzen Streifen im Gesicht dick wie Balken. Darunter hatte sie geschrieben: Die Irokesin Ida auf dem Kriegspfad.

»Wie lustig! Darf ich das behalten?«

Grace trennte das Blatt sorgfältig aus dem Buch, signierte es und hielt es ihr hin. »Wenn du berühmt bist, will ich es zurückhaben. Für meine nächste Karikaturensammlung.«

»Falls«, korrigierte Ida sie.

»Ich habe mit voller Absicht ›wenn‹ gesagt«, erwiderte Grace mit sanftem Trotz. »Du weißt selbst, wie begabt du bist.«

Ida lächelte und machte sich wieder an die Arbeit. Erst eine Stunde später räumte sie ihre Sachen zusammen. »Das reicht für heute. Ich wasche mich schnell.«

Danach gingen sie in ein kleines Restaurant, in dem es spät noch eine warme Suppe gab. Der Abend war kühl, und die Suppe tat nach den Stunden im Keller gut.

Plötzlich legte Grace den Löffel beiseite. »Ach, das hatte ich ganz vergessen. Jemand hat nach dir gefragt. Bei der Essensausgabe in der Schule.«

»Wer denn? Na, sag schon«, drängte Ida.

»Dr. O'Connor«, erwiderte Grace. »Er hat sich nach deiner Arbeit erkundigt.«

»Tatsächlich?«

»Das ist natürlich meine zensierte Version seiner Frage.«

»Und wie lautete sie im Original?«

Grace runzelte die Stirn, als dächte sie angestrengt nach. »Ich glaube, er sagte in etwa: ›Wo ist denn Ihre Malerfreundin, Miss Gifford? Ich hoffe, sie irrt nicht wieder durch die Henrietta Street.‹«

Ida verschränkte die Arme vor der Brust und atmete heftig durch. »Das hat er wirklich gesagt?«

»Du hast ihn doch erlebt«, sagte Grace entschuldigend. »Er meint es nicht so. Ich glaube, er wollte ehrlich wissen, was du machst.«

»Und was hast du ihm erzählt?«

»Die Wahrheit. Dass du Bilder und Kulissen malst und bei Blackett's arbeitest.«

»Und das war alles?«, fragte Ida zögernd.

Grace nickte. »Danach hat er einige Kinder untersucht, die uns Sorgen bereiten. Sie sind eindeutig unterernährt. Er hat versprochen, sich darum zu kümmern. Du solltest sehen, wie er mit den Kleinen umgeht. Bei Kindern wird er ein völlig anderer Mensch.« Dann hob sie ihr Bierglas. »Auf deine erste Kulisse, Irokesin.«

5

Es war ein herrlicher Juniabend, warm und hell, und Ida trat mit leichtem Schritt aus dem Laden, während Mr. Blackett ihr zunickte und die Tür von innen abschloss. Sie hatte sich schnell eingearbeitet und kannte sich im Laden mittlerweile so gut aus, dass Mr. Blackett sie unbesorgt allein ließ, wenn er zur Bank oder zur Post musste. Ida war froh, dass sie die Stelle gefunden hatte, und er legte ihr gegenüber ein väterliches Wohlwollen an den Tag.

Sie wollte gerade in Richtung St. Stephen's Green gehen, als jemand sie mit Namen ansprach. Ida blieb überrascht stehen und sah sich um, worauf sich ein Mann aus einem Hauseingang löste und auf sie zukam.

»Oh. Wollen Sie verhindern, dass ich mich in die Henrietta Street verirre?«

Cian O'Connor hob kurz den Hut, nicht länger und höflicher als unbedingt nötig. »Sie hat es Ihnen also erzählt?«

»Freundinnen verschweigen einem so etwas nicht.«

Er zog eine Augenbraue hoch. »Hätte ich mir denken können.«

Ida war etwas verlegen und trat von einem Bein auf das andere. Offenkundig hatte er in dem Hauseingang auf sie gewartet.

»Es ist nett, dass Sie mich von der Arbeit abholen«, sagte sie mutig und sah ihm in die Augen. »Laden Sie mich auch zum Essen ein?«

Jetzt hatte sie ihn überrascht. »Ich wollte nur ein Versprechen einlösen. Gehen wir ein Stück?«

Sie nickte, worauf sie sich in Richtung O'Connell Bridge wandten. »Was hatten Sie mir denn versprochen?«

Sein dunkler Ärmel streifte im Gehen ihre helle Sommerjacke. »Sie haben damals von Ihrer Arbeit erzählt. Und dann kam mir eine Idee, die Ihnen vielleicht gefallen könnte.«

»Ich bin immer auf der Suche nach Motiven. Worum geht es denn?«

Sie hatten die O'Connell Bridge erreicht. Dr. O'Connor blieb stehen und sah Ida prüfend an. Ein Wind kam auf und wehte ihm die rötlichbraunen Haare ins Gesicht.

»Mögen Sie Dublin?«, fragte er knapp.

»Sehr. Ich empfinde es inzwischen beinahe als Zuhause.«

»Sie könnten mir helfen.«

Idas Neugier war geweckt. »Womit denn?«

»Sind Sie hungrig?«

Sie nickte und überließ sich seiner Führung, als er am Ende der Brücke nicht die breite Sackville Street ansteuerte, sondern in ein Gewirr von Nebenstraßen abbog. Schließlich blieb er vor einem kleinen Laden mit einigen Stehtischen und einer Verkaufstheke stehen, aus dem der Geruch von gebratenem Fisch drang.

»Mögen Sie Fisch?«

Ida lachte. »Ich bin Hamburgerin.«

Drinnen war es blitzsauber. Die Wände waren mit hübschen Kacheln verziert, und in der Theke lagen säuberlich aufgereihte Fischfilets.

Dr. O'Connor bestellte zwei Portionen.

»Sie kennen Fish and Chips sicher schon?«

»Aus London. Es ist lecker«, sagte Ida, die immer noch

nicht recht wusste, was sie von diesem Ausflug halten sollte. Auf einmal war keine Rede mehr von Malerei oder der Hilfe, um die er sie bitten wollte.

»Vor dreißig Jahren ging ein junger Italiener, der nach Amerika auswandern wollte, versehentlich in Irland von Bord. Er machte das Beste aus seinem Irrtum und wurde Gelegenheitsarbeiter in Dublin. Später verkaufte er Fish and Chips von einem Handkarren aus und eröffnete irgendwann ein eigenes Geschäft.«

»Im Ernst? Es ist erstaunlich, wie viele Dinge vom Zufall abhängen.«

»Glauben Sie an den Zufall?«

»Glauben Sie an Vorherbestimmung?«, fragte Ida zurück.

»Religion ist nicht mein Fachgebiet«, erwiderte er, nahm die beiden in Zeitungspapier gewickelten Portionen entgegen und legte sie auf einen Stehtisch.

Sie aßen schweigend. Ida überlegte schon, wie sie sich am besten aus der Affäre ziehen und nach Hause fahren konnte, als Dr. O'Connor sich Mund und Hände an einem Taschentuch abwischte und sie endlich ansah.

»Was die Hilfe angeht … Ich habe einen Verleger gefunden, der einen kleinen Band mit Zeichnungen herausgeben würde.«

»Was für Zeichnungen?«

»Von Kindern. Aus der Henrietta Street und anderen Elendsvierteln.«

Als Ida nicht sofort antwortete, fügte er hinzu: »Sie würden dafür bezahlt.«

Sie hob abwehrend die Hand. »Aber wer würde das Buch kaufen? Wäre das kein Verlustgeschäft für den Verleger?«

Der Arzt schüttelte den Kopf. »Es soll vor allem in Amerika verkauft werden, und das Geld wird gesammelt. Viele Auswanderer, die es zu etwas gebracht haben, können den Leuten in der alten Heimat helfen. Das geht am besten, indem man ihre Gefühle anspricht.«

»Und was ist Ihre Rolle dabei?«

»Ich vermittle zwischen Künstlerin und Verleger.«

Etwas daran erschien ihr immer noch sonderbar. »Warum gerade ich? Es gibt Künstler, die sich besser in der Stadt auskennen als ich.«

»Séan hat mir sein Porträt gezeigt.«

»Oh.« Sie spürte, wie sie vor Freude rot wurde. »Gut, ich bin einverstanden. Ich arbeite auch umsonst, wenn es hilft.«

O'Connors Antwort kam schnell und entschieden. »Auf keinen Fall. Wer gut ist, sollte nicht umsonst arbeiten. Der Verleger bietet ein angemessenes Honorar.«

»Danke.«

»Den Dank schulde ich Ihnen.« O'Connor warf das Papier mit den Fischresten in den Mülleimer. »Gehen wir.«

Er hielt ihr die Tür auf. Als sie draußen standen, fragte er: »Wann hätten Sie tagsüber Zeit?«

»Morgen«, sagte sie spontan. »Da bin ich nicht bei Blackett's.«

O'Connor überlegte kurz. »Gut. Um elf vor dem Café vom letzten Mal?«

»Reicht ein Skizzenbuch?«

»Es geht vor allem um den ersten Eindruck. Und tragen Sie schlichte Kleidung.«

»Natürlich.«

»Ich bringe Sie noch zur Straßenbahn.«

Als Ida nach Hause kam, bemerkte sie das Fahrrad, das neben der Haustür lehnte, und fand Séan bei Mrs. Fitzgerald im Wohnzimmer. Beide begrüßten sie herzlich. Ida lehnte dankend ab, als die Vermieterin ihr einen Teller Suppe holen wollte.

»Ich war mit einem Bekannten von Séan Fisch essen.«

Er sah sie überrascht an.

»Und er hat mir einen Auftrag angeboten.«

»Er hat Sie also gefragt?«, rief Séan erfreut. »Ich dachte schon, er traut sich nie.«

Ida setzte sich und nahm einen Becher Tee mit viel Milch entgegen, den Mrs. Fitzgerald ihr reichte. »Ich weiß, dass ich es Ihnen zu verdanken habe, Séan.«

»Ganz so war es nicht. Cian hat mich gefragt, ob ich jemand kenne, der Zeichnungen in den Armenvierteln machen kann. Er will ein Buch herausgeben, um in Amerika Geld zu sammeln.«

Ida runzelte die Stirn. »Einen Augenblick. Er sprach von einem Verleger, der …«

Séan schüttelte belustigt den Kopf. »Das dachte ich mir. Natürlich gibt es einen offiziellen Verleger, der sich um die Herstellung des Buches kümmert. Aber das Geld dafür bringt Cian auf. Er trägt die Kosten für Druck, Honorare, Versand in die Staaten. Hat er das nicht erwähnt?«

»Mit keinem Wort.«

»Er redet nicht über solche Dinge. Man könnte ihn ja versehentlich für einen guten Menschen halten«, sagte Séan mit sanftem Spott.

Ida schwieg einen Moment. Sie musste die Neuigkeit erst verdauen. »Warum will er nicht für einen guten Menschen gehalten werden?«

Séan zuckte mit den Schultern. »Fragen Sie mich etwas Leichteres. So ist er, seit ich ihn kenne. Ein Einzelgänger. Wenige Freunde. Aber es gibt kaum einen zuverlässigeren Menschen.«

Ida trank schweigend von ihrem Tee.

Dann wandte sich Séan an Mrs. Fitzgerald. »Um auf Ihre Frage zurückzukommen – meiner Ansicht nach müssen wir uns zur Wehr setzen. Die UVF ist eine Bedrohung, die wir nicht einfach hinnehmen können. Da hat Ihr Tony vollkommen recht.«

»Dachte ich's mir. Diesem Carson traue ich nicht so weit.« Mrs. Fitzgerald hielt Daumen und Zeigefinger knapp auseinander. »Er schürt den Hass. Und er will Irland spalten.«

Séan hob beschwichtigend die Hand. »Na, na, Mrs. Fitzgerald, so weit sind wir noch nicht. Das werden wir hier im Süden nicht zulassen.«

»Aber die im Norden haben eine Armee«, beharrte die Vermieterin und schaute Ida beschwörend an.

»Sie sprechen von der Ulster Volunteer Force?«, warf diese ein.

»Genau«, sagte Séan. »Wie gut kennen Sie sich damit aus?«

»Ich versuche, die Zeitungsberichte zu verfolgen. Und Grace hat mir einiges erzählt.«

»In Ulster leben viele Protestanten, die um nichts in der Welt von der Union mit Großbritannien lassen wollen. Sie haben, auch aufgehetzt durch Edward Carson, eine eigene Miliz gegründet, die ungeheuren Zulauf erhält. Das macht uns hier im Süden natürlich Sorgen, da sie sich im Ernstfall auf die Unterstützung der britischen Armee verlassen können.«

»Dann müssen die Nationalisten auch eine eigene Armee gründen«, erklärte Ida, worauf Séan laut lachte. Sie verzog das Gesicht.

»Schauen Sie nicht so, ich lache Sie nicht aus. Sie sehen das klarer als manche Iren, die immer noch auf die Selbstverwaltung hoffen oder dass man uns das Land irgendwann einfach schenkt. Die Briten werden uns nie etwas schenken, außer sie wollen es nicht mehr haben. Aber sie besitzen Irland seit siebenhundert Jahren, da werden sie es kaum freiwillig hergeben.«

Ida stützte den Kopf in die Hand und sah nachdenklich in ihre Tasse. Sie hatte in den vergangenen Monaten viel erfahren, Gespräche mitgehört, Fragen gestellt, und doch waren die politischen Verhältnisse schwer zu durchschauen.

Sie fragte sich manchmal, ob es klüger wäre, sich auch zukünftig herauszuhalten und alles aus der Distanz zu betrachten, eine bloße Beobachterin zu bleiben. So konnte sie nichts Falsches sagen, niemanden versehentlich kränken – oder sich blamieren.

Doch dafür war es zu spät. Die Stadt und ihre Menschen waren ihr ans Herz gewachsen. Spätestens als sie Cian O'Connor zugesagt hatte, die Zeichnungen anzufertigen, hatte sie eine Grenze überschritten. Sie zuckte zusammen, als Séan sie ansprach.

»Verzeihung, ich war in Gedanken.«

»Ich habe gefragt, ob es Ihnen gut geht. Sie wirken auf einmal so … bedrückt.«

Ida lächelte. »Ich habe nur … ich weiß nicht, ob es richtig ist, wenn ich zu solchen Dingen meine Meinung sage.«

Séan stand auf und griff nach seinem Gehstock. »Leider muss ich weg, ich bin noch verabredet.« Er legte Mrs. Fitzgerald die Hand auf die Schulter und machte eine kaum merkliche Bewegung mit dem Kopf, worauf sie sich erhob und ihm mit der Hand durch die Haare fuhr. »Geh mit Gott, mein Junge. Und komm mich wieder mal besuchen, du weißt, wie sehr ich mich darüber freue.«

Mit diesen Worten verließ sie das Zimmer. Séan drehte sich zu Ida, die Hand auf den Stock gestützt, das sonst so fröhliche Gesicht auffallend ernst. »Ich möchte Ihnen etwas sagen. Man hat uns jahrhundertelang nicht gehört. Niemand interessiert sich für eine kleine Insel am Rande Europas, auch wenn dort noch so großes Unrecht geschieht. Niemand hat sich darum geschert, als die Menschen im letzten Jahrhundert zu Hunderttausenden verhungerten, während Schiffe nach England segelten, vollbeladen mit Weizen und Fleisch. Wir Iren sind dankbar für jeden, der in unser Land kommt und uns zuhört und seine Meinung sagt.«

Noch nie hatte Ida ihn so leidenschaftlich erlebt, und sie musste schlucken, bevor sie antwortete. »Dann werde ich von nun an meine Meinung sagen.«

»Reden ist gut«, erwiderte Séan, während sein vertrautes Lächeln zurückkehrte. »Zeichnen ist besser.« Er nickte ihr zu und verließ das Wohnzimmer.

Am nächsten Morgen wurde Ida früh wach. Die Sonne fiel durch die Gardinen, die Vögel zwitscherten, doch es war erst sieben Uhr. Sie verschränkte die Hände hinter dem Kopf und schaute an die Decke, über die helle Flecken Sonnenlicht tanzten. Von draußen hörte sie das Rattern der Straßenbahn, die in Richtung Innenstadt fuhr.

Sie hatte gut geschlafen, aber wirres Zeug geträumt. Sie sollte gebratene Fische malen, den Rest hatte sie vergessen, was vielleicht auch besser war. Sie drehte sich auf die Seite und schloss noch einmal die Augen, obwohl sie spürte, dass sie nicht mehr einschlafen würde.

In vier Stunden war sie mit Cian O'Connor verabredet. Fast gegen ihren Willen spürte sie ein angenehmes Kribbeln. Mit seiner schroffen Art machte er es ihr nicht leicht, doch als er vor dem Laden auf sie gewartet hatte, war sie ohne zu zögern mit ihm gegangen.

Schließlich stand Ida auf, wusch sich und zog ein schlichtes graues Kostüm mit einer langen Jacke und einem gerade geschnittenen Rock an, dessen militärische Strenge durch eine weiße Bluse gemildert wurde. Es passte gut zu ihren Haaren und Augen.

Sie würde erst frühstücken und dann ihre Zeichensachen zusammenpacken. Mrs. Fitzgerald begrüßte es, wenn Ida nicht später als acht Uhr zum Frühstück erschien, da sie sich danach an die Reinigung des Hauses machte. Vermutlich gab es keine Unterkunft in Dublin, die öfter geputzt, gewischt und gefegt wurde als diese. Nachmittags war Mrs. Fitzgerald meist unterwegs, besuchte ihre Frauengruppe oder traf sich mit Freundinnen zu Kartenspiel und Handarbeit.

»Wie immer?«, fragte sie, als Ida hereinkam.

»Ja, bitte.«

»Der Tee ist heute extra stark, Sie haben einen anstrengenden Tag vor sich«, sagte Mrs. Fitzgerald. Sie schien noch etwas sagen zu wollen, biss sich aber auf die Lippe.

»Was ist denn? Sie schauen so besorgt«, fragte Ida und nahm sich eine Scheibe geröstetes Brot.

»Ich habe mitbekommen, was Sie vorhaben … Diese Viertel sind nicht ungefährlich.«

»Ich bin nicht allein«, erwiderte Ida beschwichtigend.

Doch Mrs. Fitzgerald schien nicht beruhigt. »Kürzlich habe

ich einen Vortrag über Tuberkulose gehört. In den Armenvierteln sterben 142 von 1000 Kindern daran. Und die Krankheit ist furchtbar ansteckend. Da wohnen so viele Menschen eng aufeinander und husten dauernd, und der eine steckt den anderen an.«

Ida sah ihre Vermieterin an. »Ich werde mich in Acht nehmen, Mrs. Fitzgerald, ganz sicher. Außerdem habe ich mir überlegt, dass ich auch gern Kinder auf der Straße zeichnen würde, beim Spielen. Natürlich soll das nicht von der Armut ablenken. Aber die vielen Kinder sind mir sofort aufgefallen, als ich dort war, und ich möchte sie gern in allen Facetten zeigen. Die Kranken und Schwachen, aber auch jene, die beim Spiel den düsteren Alltag hinter sich lassen.« Sie zögerte. »Ist das zu rührselig?«

»Gar nicht, meine Liebe. Aber jetzt trinken Sie, der Tee ist fast kalt.« Sie goss ihr nach. »Sie werden das sicher sehr gut machen. Und wenn jemand hustet, laufen Sie schnell weg, das müssen Sie mir versprechen.«

Ida nickte. »Ich gebe mir alle Mühe.«

»Gut. Und jetzt essen Sie.«

Dr. O'Connor erwartete sie bereits am Café, obwohl sie pünktlich war, in der Hand die Arzttasche, gekleidet in einen gut geschnittenen, aber abgetragenen Tweedanzug. Er musterte sie kritisch.

»Etwas Älteres konnten Sie nicht finden?«

Seine Stimme verriet, dass er es ernst meinte. »Das ist das Schlichteste, was ich besitze.«

Ida spürte, wie sich etwas in ihr zusammenzog. Sie umklammerte die Tasche mit ihrem Skizzenbuch und den Zeichensachen und biss sich auf die Unterlippe.

»Dann muss es eben so gehen. Kommen Sie.«

Sie ging neben ihm her, schaute ihn aber nicht an, sondern hielt die Augen vor sich auf den Boden gerichtet. Sie hörte das Klingeln der Straßenbahnen, Automobile, ein Gewirr aus Stimmen, die Rufe der Zeitungsverkäufer, Fetzen von Drehorgelmusik, die Kakophonie eines Großstadtboulevards.

Sie versuchte, den Gedanken an den Mann neben ihr zu verdrängen, doch es gelang ihr nicht. Sie war wütend auf sich selbst, weil einige barsche Worte sie gleich aus der Fassung gebracht hatten. Dabei hatte sie sich auf die Verabredung gefreut, hatte am Abend zuvor noch versucht, sich Werke von Käthe Kollwitz und Heinrich Zille ins Gedächtnis zu rufen, die arme Menschen mit viel Mitgefühl und Witz zeichneten.

Sie bogen nach links ab, beide weiterhin stumm, den Blick nach vorn gerichtet. Als die Straßen stiller und die Häuser ärmlicher wurden, blieb Dr. O'Connor abrupt stehen, sodass Ida nichts anderes übrig blieb, als es ihm gleichzutun.

»Sehen Sie mich an.«

Sie hob zögernd die Augen. Er stand dicht vor ihr, doch sie konnte seinen Gesichtsausdruck nicht deuten. Ungeduld und noch etwas anderes – sie bemerkte, wie er mit den Zähnen an der Unterlippe zupfte. Unsicherheit? Schließlich schob er sich die rotbraunen Haare aus der Stirn und seufzte hörbar.

»Na schön, es tut mir leid. Ihr Kostüm ist hübsch.«

Ida spürte, wie etwas in ihr aufstieg und ihre Kehle zu sprengen drohte. »Halten Sie mich für so oberflächlich, dass ich ein Kompliment für meine Kleidung erwarte?«

Sie verschränkte die Arme, obwohl ihre Tasche sie dabei behinderte. Sein überraschter Blick tat gut.

»Warum sind Sie so wütend?«

»Wenn Sie das nicht wissen …«

Er hob den Arm, als wollte er sie berühren, zog ihn aber sofort zurück.

»Sie sind unhöflich, Dr. O'Connor. Hat Ihnen das noch keiner gesagt?«

Er räusperte sich. »Es ist meine Art.«

»Und dann wundern Sie sich, wenn jemand wütend auf Sie wird? Sie haben mir diese Aufgabe angeboten. Wenn Sie mich für ungeeignet halten, sagen Sie es jetzt, damit ich Klarheit habe. Und nach Hause fahren kann.« Ida wusste selbst nicht, woher sie die Kühnheit nahm, sah ihn aber herausfordernd an.

Er senkte den Blick. »Bleiben Sie. Bitte.« Das letzte Wort kam zögernd, doch es war ihr nicht entgangen.

»Gut. Dann gehen wir.« Mehr sagte sie nicht, doch die Spannung zwischen ihnen hatte sich gelöst.

Die einstmals prächtigen georgianischen Häuser der Henrietta Street standen im starken Gegensatz zu dem Elend, das darin herrschte. Ida fertigte einige Skizzen an: Frauen in einer Wäscherei, die von Nonnen betrieben wurde, ein überfülltes Zimmer, in dem zehn Personen schliefen, ein Kind, das trotz Krücke und verkrümmtem Bein Hüpfkästchen spielte.

»Darf ich Ihnen noch etwas zeigen?«

Ida stand noch ganz unter dem Eindruck der überfüllten Häuser, nahm aber die Herausforderung an und nickte.

»Aber es ist schlimmer als das hier.«

Sie atmete durch. »Ich bin bereit.«

Die Henrietta Street hatte sie nicht auf Faithful Place vorbereitet. *Nichts* hätte sie darauf vorbereiten können. Sie waren von der Sackville Street aus nach Westen gegangen, und Ida hatte sich aufs Neue gewundert, wie nahe geschäftige, wohlhabende Straßen und bittere Armut beieinanderlagen.

Sie bogen in die Lower Tyrone Street, als die Schritte des Arztes langsamer wurden. An der nächsten Straßenecke blieb er stehen. »Hier ist es.«

Die Straße war schmal, die Häuser waren es auch. Kaum breiter als die Ärmelspanne eines Mannes. Ein Fenster unten, ein Fenster oben. Unebenes Kopfsteinpflaster, schiefe Gehwegplatten, keine Laternen. Das Schlimmste aber war der Geruch, kalt, feucht und modrig, der trotz des sommerlichen Wetters aus den Mauern drang. Ein Kind rührte mit dem Finger in einer Pfütze. Dabei hatte es seit Tagen nicht geregnet.

Nach wenigen Metern blieb sie stehen. »Ich würde die Straße gern aus dieser Perspektive zeichnen.«

Der Arzt lehnte sich ein Stück weiter an eine Mauer und wollte sich gerade eine Zigarette anzünden, als ein Junge aus der Haustür gegenüber stürzte und auf ihn zulief.

Ida hatte den Fuß auf einen Sims gestützt, ihr Skizzenbuch auf ihrem Knie platziert und zu zeichnen begonnen. Da hörte sie, wie der Junge stotternd um Hilfe bat.

»M-meine M-Mutter … das Kleine … ich h-hab Sie vom Fenster aus gesehen …«

»Ganz ruhig, Brendan. Dein Bruder ist krank?«

Der Junge nickte und sah den Arzt verzweifelt an, weil ihm die Worte nicht schnell genug über die Lippen kamen. »Er h-hat Durchfall und w-weint immer.«

Dr. O'Connor sah Ida fragend an. »Wollen Sie hier warten?«

Sie schaute zu dem schäbigen Haus, aus dem der Junge gekommen war, und klappte das Skizzenbuch zu. »Ich komme mit.«

Während Brendan vorlief, um seiner Mutter Bescheid zu geben, sagte der Arzt leise: »Zehn Kinder. Vier davon tot. Der Säugling ist vier Monate alt. Ein lohnendes Motiv.«

Ida sah ihn an. Die Wortwahl machte sie einen Moment lang sprachlos. »Sie wollen, dass ich sie zeichne?«

Sein Tonfall strafte die zynischen Worte Lügen. »Wenn Sie es fertigbringen. Wir brauchen solche Bilder, um in Amerika Unterstützung zu sammeln.«

Vor der offenen Haustür blieb O'Connor noch einmal stehen und drehte sich um. Als er Idas Gesichtsausdruck bemerkte, fragte er: »Was ist?« Er schaute ungeduldig in den dunklen Flur, aus dem ein modriger Geruch drang, und hielt dann inne, schien mit sich zu kämpfen. »Mit diesen Motiven können wir die Menschen aufrütteln. Sie müssen sehen, wie schlimm es wirklich ist.«

Der Flur war so eng, dass man die Arme nicht ausbreiten konnte. Eine schmale Treppe mit ausgetretenen steinernen Stufen führte nach oben. Vom oberen Treppenabsatz gingen zwei Türen ab. Eine wurde von dem Jungen bewacht.

Der Arzt klopfte und öffnete auf ein schwaches »Herein« die Tür.

Ida musste einen Würgereiz unterdrücken. Das Zimmer war winzig und vollgestellt mit Betten, es stank nach Krankheit und schmutzigen Windeln. In einem Bett lag eine Frau mit wirren Haaren, neben sich ein Baby, das leise wimmerte. Es war in eine durchlöcherte Decke gewickelt, sodass nur das Köpfchen zu sehen war. Die Schädelknochen zeichneten sich deutlich ab.

Die Frau hustete und tastete nach einer Medizinflasche, die neben dem Bett stand. Sie nahm einen Schluck.

»Danke, Doktor, dass Sie gekommen sind. Der Kleine hat Durchfall. Schon seit zwei Tagen.«

»Ich schaue ihn mir an. Das hier ist Miss Martens, eine Malerin. Sie möchte Sie und Ihr Kind gern zeichnen.«

Die Frau sah ihn fragend an, worauf er ihr kurz von dem geplanten Buch erzählte.

Sie rang nach Luft und nickte.

Ida holte ihr Skizzenbuch hervor und zwängte sich zwischen den Betten hindurch, bis sie am Fenster stand. Die Perspektive war gut, das Licht ausreichend.

O'Connor untersuchte Mutter und Kind, wobei er äußerst behutsam vorging. Ida konnte nicht umhin, seine geschickten Hände zu betrachten, die sanft klopften und tasteten. Er hörte die Frau mit dem Stethoskop ab und runzelte kurz die Stirn. Idas und sein Blick begegneten sich über die Kranke hinweg, und er schüttelte kaum merklich den Kopf.

»Nehmen Sie weiter das Hustenmittel.«

Die Frau sah ihn ängstlich an. »Aber es hilft nicht.«

Er holte Rezeptblock und Stift aus der Tasche und notierte etwas. »Ich lasse Ihren Sohn diese Teemischung besorgen. Was das Kind betrifft, geben Sie ihm Reisschleim. Ich weiß, Reis ist nicht billig, aber ich kümmere mich darum. Er muss mit kaltem Wasser aufgesetzt und so lange gekocht werden, bis er ganz weich ist. Dann streichen Sie ihn durch ein Sieb. Und versuchen Sie es immer wieder mit Stillen. Das Kind braucht Flüssigkeit.«

Die Frau sah ihn dankbar an, worauf er sich abwandte. Ida hielt die Bewegung mit wenigen Strichen fest, bevor sie sich wieder ihrem eigentlichen Motiv widmete. Sie deutete die ärmliche Einrichtung an, konzentrierte sich aber vor allem auf die Mutter mit ihrem Kind. Ihre Haltung erinnerte an ein Madonnenbild, das aber nichts Strahlendes hatte, sondern nur kraftlos und verzweifelt wirkte.

Ida bemerkte den Rosenkranz, der an einem Bettpfosten hing, und beschloss, ihn der Zeichnung hinzuzufügen.

»Fertig?«

Sie zuckte zusammen, als sie die Stimme des Arztes hörte.

»Ja. Den Rest kann ich zu Hause erledigen.«

Sie verabschiedeten sich von der Frau und traten zu dem Jungen, der im Flur gewartet hatte.

»Du kennst doch Mrs. Sweeneys Lebensmittelladen.«

Der Junge nickte, worauf Dr. O'Connor eine Münze aus der Jackentasche holte und sie ihm samt dem Rezept reichte. »Da läufst du jetzt hin und sagst, dass ich dich schicke. Sie sollen dir zwei Pfund Reis und den Tee von diesem Zettel hier geben.«

Brendan schaute auf die Münze. »Danke, Herr Doktor.« Er tippte sich an die Mütze und lief davon.

Ida und O'Connor gingen schweigend nach draußen und blieben vor der Haustür stehen.

»Tuberkulose?«

»Ja.«

»Was können Sie tun?«

Sein Gesicht war düster. »Sie braucht Sonne. Wärme. Trockene Wände. Gutes Essen. Alles, was sie nicht hat.«

»Und das Kind?«

Er zuckte mit den Schultern. »Der Reisschleim wird helfen. Aber auf Dauer … Sie haben das Haus ja gesehen.«

Wie halten Sie das aus?, hätte Ida gern gefragt, traute sich aber nicht.

»Darf ich?« Er hatte die Hand ausgestreckt und deutete auf ihre Tasche. Sie holte das Skizzenbuch heraus und klappte es selbst auf, damit er nicht die Zeichnung sah, die sie von ihm angefertigt hatte.

Er betrachtete das Bild lange, und Ida spürte, wie ihr Herz heftiger schlug.

»Sehr gut.«

Eine unerwartete Wärme stieg in ihr auf.

»Danke.« Sie zögerte kurz. »Wie schaffen Sie es, sich von all dem nicht entmutigen zu lassen? Die Frau hatte einen Rosenkranz am Bett hängen. Vielleicht findet sie Trost im Gebet, aber Sie …« Ida verstummte.

O'Connor zog eine Augenbraue hoch. »Aber ich tue das nicht? Da haben Sie recht. Rosenkränze, Marienbilder, Kerzen – das ist Zirkus, der die Menschen im Elend festhält, der ihnen einredet, Gott hätte es so gewollt. Vom Beten wird man nicht gesund.«

»Aber die Kirche bewirkt doch auch viel Gutes. Denken Sie nur an die Wäscherei in der Henrietta Street …«

»Das sind Dinge, von denen Sie nichts verstehen. Sie sind fremd hier.« Seine Stimme klang kalt.

Ida presste die Lippen aufeinander und versuchte, das Brennen in ihren Augen zu beherrschen. Sie hatte das Gefühl, dass er mit dem einen Satz etwas Kostbares zerstört hatte, das gerade erst gewachsen war.

Resolut schob sie das Skizzenbuch in die Tasche. »Verstehe. Dann bin ich hier wohl falsch.« Mit diesen Worten ließ sie ihn stehen. Während sie davonging, horchte sie gegen ihren Willen auf seine Schritte, doch er folgte ihr nicht.

6

Meine liebe Miss Martens,
ich würde mich freuen, Sie am kommenden Samstag im Haus meiner Eltern in Kimmage zu empfangen. Wir sind eine kleine Runde, und wenn das Wetter mitspielt, können wir ein Picknick unternehmen. Also bitte keine zu elegante Garderobe. MacDonagh und seine liebe Muriel kommen auch, vielleicht können Sie gemeinsam fahren.

Es grüßt Sie,
Joe Plunkett

Ida war überrascht, als sie den Brief öffnete. Gewiss, sie hatten sich damals bei der Theaterprobe angenehm unterhalten, doch inzwischen war es Juli, und sie hatte seither nichts mehr von ihm gehört. Sie zögerte nicht lange und griff zu Stift und Papier, um eine Antwort aufzusetzen, denn sie war für jede Ablenkung dankbar.

Die Auseinandersetzung mit Cian O'Connor lag wie ein Schatten auf ihr, den sie nicht abschütteln konnte, so sehr sie sich auch bemühte. Sie hatte ihre Skizzen aus Henrietta Street und Faithful Place ausgearbeitet und fand sie gelungen, doch nun lagen sie in einer Mappe, die allmählich Staub ansetzte.

Niemand außer Grace hatte sie gesehen, die vor drei Tagen bei ihr gewesen war und sofort versucht hatte, Ida zum Einlenken zu bewegen.

»Ich kenne nicht einmal seine Adresse. Natürlich könnte

ich sie herausfinden, aber darum geht es nicht. Er hat sich unmöglich benommen.«

Grace schaute sie schweigend an.

»Was ist?«, fragte Ida gereizt.

»Bist du wirklich nur wütend?«

»Was heißt hier *nur?*«

Grace trank von ihrem Tee und stellte die Tasse behutsam ab, als wollte sie jedes laute Geräusch vermeiden. »Mir kommt es vor, als wärst du enttäuscht. Enttäuschung ist etwas anderes als Wut. Sie sitzt tiefer. Man wird sie schlechter los. Sie macht einen unnachgiebig.«

Ida stand auf und trat ans Fenster. Hatte Grace recht? Seit zwei Wochen hatte sie nichts von Cian O'Connor gehört. Er schien nicht mehr an ihrer Arbeit interessiert zu sein, an dem Auftrag, für den er sie persönlich ausgewählt hatte. Sie hatte damit gerechnet, dass die Zeichnungen Grund genug für ihn wären, sich bei ihr zu melden, doch das war offenkundig nicht der Fall.

»Ja.«

»Was ja?«

»Ich bin enttäuscht.«

Grace schaute sie nachdenklich an. »Wenn ich dich richtig verstanden habe, ging es bei eurem Streit aber nicht um deine Arbeit.«

Ida drehte sich langsam um. »Nein.« Sie schluckte und gab sich einen Ruck. »Er hat gesagt, dass ich nicht hierhergehöre.«

Grace legte ihr die Hand auf den Arm. »Wer ihn kennt, weiß, dass er verletzend sein kann. Das heißt nicht, dass er recht hat.«

Ida zögerte. »Er wurde so schroff, als ich die Kirche erwähnt habe und sagte, dass sie viel Gutes bewirkt.«

Grace lachte leise. »Da hast du einen wunden Punkt getroffen. MacDonagh hat mal erzählt, dass O'Connor nicht gut auf die Kirche zu sprechen ist.«

»Mag sein, aber ich lasse mir das nicht gefallen. Und dass er sich seither nicht mehr gemeldet hat, heißt wohl, dass er sich im Recht fühlt.«

»Oder dass es ihm unangenehm ist und er nicht weiß, wie er mit Anstand aus dieser Geschichte herauskommen soll.«

Ida ließ sich auf einen Stuhl fallen. »Du siehst in allen Menschen nur das Gute.«

»Keineswegs. Aber in diesem Fall erscheint es mir verfrüht, ein Urteil zu fällen.«

»Und was soll ich machen? Zu Kreuze kriechen?«

»Du könntest ihm schreiben.«

»Ich überlege es mir.«

Doch sie hatte es vor sich her geschoben und letztlich doch nichts unternommen.

Früh am Samstagmorgen öffnete Thomas MacDonagh ihr die Tür und bat sie herein. Es versprach, ein herrlich warmer Tag zu werden.

»Bin ich so richtig angezogen?«, fragte Ida Muriel, die ein leichtes Sommerkleid und eine Strickjacke anhatte. Unter dem Kleid wölbte sich unübersehbar ihr Bauch – sie erwartete im November ihr erstes Kind. Muriels Strohhut war mit Blumen besetzt, und sie sah sehr jung und verliebt aus, als sie ihren Mann betrachtete.

Ida trug ihr graues Kostüm mit einer hellblauen Bluse und dazu eine Baskenmütze aus grauem Leinen.

»Sehr hübsch«, kam MacDonagh seiner Frau zuvor.

»Genau richtig«, bestätigte Muriel, und sie machten sich

auf den Weg zur Straßenbahn. Muriel war ein bisschen außer Atem, und sie mussten zwischendurch kurz stehen bleiben.

Die Fahrt war nicht weit, doch die Gegend wurde schnell ländlicher, und Ida fragte sich, was für ein Haus die Plunketts bewohnen mochten.

Als es nach einem kurzen Fußweg von der Straßenbahnstation aus vor ihnen auftauchte, blieb sie überrascht stehen. Hinter dem Tor erstreckte sich eine Einfahrt bis zu einem stattlichen Anwesen, das von einer Art Park umgeben war. Sie schaute die MacDonaghs verwirrt an.

»Es war von einem Haus die Rede.«

MacDonagh lachte. »Larkfield ist doch ein Haus. Mit einer Bäckerei, einer Scheune, zwei Cottages, einer Mühle und einem Mühlbach als Zugabe.«

Sie gingen die Einfahrt entlang, die von weiten Rasenflächen mit alten Bäumen gesäumt wurde. Das Haus war strahlend weiß getüncht. Zu beiden Seiten der Haustür, zu der einige Stufen hinaufführten, waren hübsche Erker angelegt.

Als sie näher kamen, wurde die Tür geöffnet, und Joe trat heraus. Der helle Anzug unterstrich seine Blässe, doch er sprang fast die Stufen hinunter und lief ihnen entgegen. Ida sah ihn zum ersten Mal in sommerlicher Kleidung und bemerkte die Narben an seinem Hals, die bisher unter Schal oder Mantelkragen verborgen gewesen waren.

Als sie einander begrüßt hatten, schaute er Ida an. »Wie schön, dass Sie kommen konnten. Es war ein bisschen kurzfristig, aber … das Wetter …« Sie bemerkte, wie er einen Blick über ihre Schulter warf, bevor er sie ins Haus führte.

Auch von innen war es sehr viel prächtiger, als Ida erwartet hatte. Die Plunketts mussten wirklich wohlhabend sein. Joe führte sie auf eine Terrasse, wo eine junge Frau mit einem

Picknickkorb wartete. »Meine Schwester Geraldine. Miss Ida Martens.«

Sie gaben einander die Hand, und als sich alle vorgestellt und darauf geeinigt hatten, einander beim Vornamen anzusprechen, deutete Joe auf eine Gruppe Linden, die etwa eine halbe Meile entfernt stand. »Dort fließt der Poddle, ein Bach, der in den Liffey mündet. Unter den Bäumen gibt es eine hübsche Stelle für ein Picknick.«

»Aber wollte nicht –«, setzte seine Schwester an, doch Joe fiel ihr ins Wort.

»Er weiß Bescheid.« Geraldine nickte und griff nach einer karierten Decke.

»So blau ist der Himmel in Irland nur selten«, sagte Joe, als sie über die Wiese gingen, die mit den bunten Tupfen aus Ackersenf, Mädesüß und Mohn wie ein Gemälde aussah. »Einmal am Tag regnet es eigentlich immer.«

»Das habe ich schon bemerkt«, sagte Ida lachend. »Ein Regenschirm war eine meiner ersten Erwerbungen, als ich nach Dublin kam. Aber heute sieht es gar nicht danach aus.«

Joe pflückte im Vorbeigehen einen langen Grashalm und schwenkte ihn durch die Luft.

»Was machen die Kulissen? Wie ich hörte, ist nächste Woche die Premiere. Ich werde auf jeden Fall dabei sein.«

»Sie sind schon lange fertig. Wir sind ganz zufrieden damit.«

Sie schaute zur Seite, als sie Joe lachen hörte. »Zufrieden? Welch eine Untertreibung! Madame und alle anderen haben Sie sehr gelobt.«

Ida spürte, wie sich ein warmes Gefühl in ihr ausbreitete, das nichts mit der Sonne zu tun hatte. »Das freut mich. Aber ich bin seitdem nicht untätig gewesen.« Sie verdrängte die

Traurigkeit, die sie bei dem Gedanken an die Zeichenmappe überkam. »Mein neues Gemälde ist fertig. Es zeigt eine Straßenszene, bei der ein Wagen mit Bierfässern umgekippt ist.« Sie beschrieb mit lebhaften Gesten, was sie damals auf dem Weg zu Mrs. Fitzgerald beobachtet hatte.

»Das klingt interessant«, sagte Joe und hielt inne. Sie waren hinter den anderen zurückgeblieben, und Ida bemerkte, dass er schwer atmete. Sie sah ihn besorgt an, doch er antwortete mit einer wegwerfenden Handbewegung.

»Es geht gleich wieder.«

Er zog das helle Leinenjackett aus und hängte es sich über die Schulter. »Eigentlich ist das Wetter gut für mich. Kälte und Feuchtigkeit sind schlimmer.«

»Dann haben Sie sich wohl das falsche Land ausgesucht«, sagte sie und schämte sich sofort ihrer Taktlosigkeit, doch er lachte nur.

»In der Tat. Ich habe auf meinen Reisen viele Länder besucht, das afrikanische Klima war ideal für mich. Das Licht dort ist ganz anders als hier, der Himmel ist weiter, und nachts sieht man viel mehr Sterne. Für den Dichter in mir war das äußerst inspirierend, aber … nun ja …« Er zuckte mit den Schultern. »Da ist eben immer dieses andere. Der verrückte Wunsch, dieses Land zu dem zu machen, was es eigentlich sein sollte. Ihm das zurückzugeben, was man ihm genommen hat. Notfalls mit Gewalt.«

Ida sah den sanften Mann mit den kurzsichtigen Augen hinter der Brille überrascht an. Diese heftige Entschlossenheit hatte sie nicht erwartet, und doch schwang etwas in seiner Stimme mit, das sie bei so vielen Iren bemerkt hatte.

Joes nächste Worte rissen sie aus ihren Gedanken. »Ich hoffe, ich habe Sie nicht schockiert.«

»Nein. Ich habe inzwischen einiges gelernt«, sagte Ida.

»Wenn Sie mehr wissen möchten, fragen Sie einfach. Wir Iren sind bekannt dafür, dass wir gern reden. Und uns freuen, wenn Menschen sich für unser Land interessieren.«

Sie dachte flüchtig an Cian O'Connors abweisende Worte und spürte, wie sich der Sommertag verdunkelte.

Sie waren so ins Gespräch vertieft, dass Ida erstaunt aufblickte, als sie die Baumgruppe erreichten, wo die anderen schon die Decken ausgebreitet hatten und das Essen und die Getränke auspackten. Geraldine sah ihren Bruder besorgt an, doch er schüttelte den Kopf und ließ sich auf einer Decke nieder.

Ida setzte sich neben Muriel, und bald unterhielten sie sich angeregt, genossen den Schatten der Bäume und der blühenden Holundersträucher, aßen Sandwiches und gebratenes Huhn, tranken Himbeersaft und Bier.

»Solche vollkommenen Sommertage sind in Irland eine Seltenheit«, sagte Muriel. »Du hast Glück, so einen zu erleben.«

Als sie satt war, schob Ida ihre Jacke unter den Kopf, legte sich hin und schloss die Augen. Sie wollte nicht schlafen, sondern einfach den Moment genießen, losgelöst, zu nichts verpflichtet. Es war, als schwebte sie, umhüllt von der warmen Luft, den Stimmen der anderen, dem Duft von Geißblatt, dem Geräusch des fließenden Wassers.

»Da ist er ja!«, rief Joe unvermittelt, und Ida öffnete träge die Lider. Sie sah, wie Joe aufstand und ein paar Schritte in die Richtung machte, aus der sie gekommen waren. Als sie erkannte, wem er im nächsten Moment die Hand schüttelte, zog sich ihr Herz zusammen.

Joe und Cian O'Connor kamen zu ihnen herüber. »Ihr kennt euch ja.«

Der Arzt trug einen Sommeranzug, der diesmal sogar gebügelt aussah, und ein weißes Hemd ohne Krawatte.

Sie nickte knapp in seine Richtung und wandte sich dann Muriel zu, doch diese schaute über die Schulter nach oben. »Dr. O'Connor, wie schön, Sie zu sehen!«

Während Ida zu Boden starrte und fieberhaft überlegte, was sie tun sollte, bemerkte sie zwei Füße in schwarzen Schuhen, die um ihre Decke herumtraten und vor ihr stehen blieben. Plötzlich bereute sie, dass sie keinen Brief geschrieben hatte. Doch sie konnte nicht einfach dasitzen und weiter auf den Boden schauen. Als sie aufblickte, streckte er ihr die Hand entgegen. »Würden Sie ein Stück mit mir spazieren gehen?«

Ida ergriff sie, obwohl sie lieber ohne Hilfe aufgestanden wäre, und ließ sie, sobald sie stand, wieder los. Aus dem Augenwinkel sah sie, wie Muriel ihrem Mann zulächelte, der ihr noch ein Stück Huhn aus dem Picknickkorb reichte.

»Wollen wir?« Cian O'Connors Stimme klang sanfter als sonst. Als sie außer Sichtweite waren, blieb er stehen. »Würden Sie mich bitte ansehen?«

Ida war so überrascht, dass sie unwillkürlich aufblickte.

Er wirkte ernst. »Ich … möchte mich entschuldigen.« Die Worte kosteten ihn sichtlich Mühe. »Joe – ach, verdammt – er hat mir ins Gewissen geredet.«

»Woher wusste er von unserer …« – sie suchte nach einem angemessenen Wort – »… Auseinandersetzung?«

»Er hat mich gefragt, wie wir mit den Zeichnungen vorankommen, da habe ich es ihm erzählt. Er war ziemlich aufgebracht.«

»Tatsächlich?«

Ein Anflug von Ungeduld trat in sein Gesicht, doch er beherrschte sich. »Er hat mich als Dummkopf bezeichnet. Dass ich Ihre Mitarbeit nicht verdient hätte.« Bei diesen Worten bemerkte Ida eine leichte Röte an seinem Hals.

Sie musste ein Lächeln unterdrücken. »Da hat er womöglich recht. Ich bin mit den Zeichnungen nämlich ganz zufrieden.«

»Sie haben daran weitergearbeitet?« Er schob eine Hand in die Hosentasche und blickte auf seine Füße.

»Natürlich. Ich habe darauf gewartet, dass Sie sich bei mir melden.«

O'Connor suchte nach Worten. »Ich bin kein Freund der Kirche, aber das ist keine Entschuldigung. Und natürlich sind Sie keine Fremde hier. Verzeihen Sie mir. Bitte.«

Ihr Herz schlug heftig, und sie konnte nicht länger an sich halten. »Natürlich verzeihe ich Ihnen!«

Er machte einen Schritt auf sie zu und streckte die Hände aus, legte sie auf Idas Schultern und zog sie für einen Moment zu sich heran. Dann hielt er inne und wich zurück.

Doch als er Ida ansah, war der bedrückte Ausdruck aus seinen Augen verschwunden.

Danach begleitete Ida Cian noch einige Male und erstellte eine Sammlung aus dreißig Zeichnungen. Eigentlich sollten die Bilder für sich stehen, Cian wollte nur ein Vorwort beisteuern. Dann aber kam Ida die Idee, den Menschen die Zeichnungen zu zeigen und sie selbst zu Wort kommen zu lassen. Kinder erzählten vom Spiel auf der Straße, Erwachsene beschrieben in einfachen, eindringlichen Sätzen, wie sie lebten. Ida schrieb alles mit und fügte die Texte ihren Zeichnungen hinzu.

Sie legten die Reihenfolge der Bilder und Texte fest, um das Buch möglichst eindringlich zu gestalten, und besprachen mit dem Verleger, wie der Einband aussehen sollte. Cian ließ Ida an jedem Schritt der Herstellung teilhaben, und sie konnte es kaum erwarten, das Buch endlich in Händen zu halten.

An diesem Abend Ende August sollte es offiziell vorgestellt werden. Ida war seit dem Morgen furchtbar aufgeregt. Nur die Tatsache, dass Grace stark erkältet war und nicht dabei sein würde, trübte die Vorfreude. Die Freundin hatte ihr jedoch eine Karte mit einer hübschen Karikatur geschickt, auf der Ida auf einer riesigen Bühne stand und den Applaus des Publikums entgegennahm, während Cian O'Connor mit einer Arzttasche in der Hand im Hintergrund wartete.

Ida versuchte, sich in ihrem Zimmer sinnvoll zu beschäftigen, während sie nur darauf wartete, dass der Tag endlich vorbeiging. Irgendwann hörte sie, wie der Postbote klingelte und mit Mrs. Fitzgerald sprach, bevor Schritte die Treppe heraufkamen.

»Ein Brief für Sie, Miss Martens«, sagte die Vermieterin.

Ida erkannte sofort die Schrift ihres Vaters und nahm den Umschlag beklommen entgegen.

Ihr Vater hielt sich nicht mit langen Vorreden auf.

Nachdem sich Deine Mutter mehrfach brieflich nach Deiner Rückkehr erkundigt und keine klare Antwort von Dir erhalten hat, wende ich mich heute an Dich.

Dein Interesse daran, nach Hamburg heimzukommen und Deine gesellschaftlichen Verpflichtungen wiederaufzunehmen, scheint gering. Obgleich ich nicht verstehe, was Dich in diesem Land hält, und Deine Unternehmungen mir gelinde gesagt unüberlegt und einer Dame unwürdig erscheinen, muss ich Deine Entscheidung hinnehmen.

Da die Erbschaft Deiner Tante Sophie, die Dir bereits übergeben wurde, Deinen Lebensunterhalt jedoch nur vorübergehend sichern dürfte, solltest Du wissen, dass eine zukünftige Unterstützung meinerseits untrennbar mit einer Rückkehr nach Hamburg verbunden ist.

Idas Hand zitterte, als sie den Brief beiseitelegte. Sie hatte ihrer Mutter von der Kulissenmalerei berichtet, von den Zeichnungen aus den Slums und der Arbeitsstelle bei Blackett's. Sie hatte versucht, die Familie in Hamburg an ihrem Leben in Dublin teilhaben zu lassen und ihnen ihre Freude und Aufregung zu vermitteln. Der Brief jedoch zeigte, dass ihre Eltern nichts verstanden hatten.

Ida hatte bisher kein Geld von ihrem Vater erhalten und wollte auch künftig nichts annehmen. Sie lebte bescheiden. Was sie traf, waren die Gleichgültigkeit und das Unverständnis, die aus dem Brief sprachen.

Warum gerade heute?, fragte sie sich, schob den Anflug von Selbstmitleid jedoch rasch beiseite. Gerade heute. Heute würde sie etwas abschließen, auf das sie stolz sein konnte. Eigentlich gab es keinen besseren Tag, um diesen Brief zu erhalten.

Sie nahm ihn noch einmal zur Hand und riss ihn in der Mitte durch. Legte ihn in eine Schale, zündete ihn an und wollte gerade ein Streichholz daran halten, als sie innehielt. Sie blies es aus, griff zu ihrem Briefpapier und setzte eine Antwort auf.

Lieber Vater,
ich bedauere sehr, dass Du Dich gezwungen sahst, mir diesen Brief zu schreiben. Ich wollte Euch nie verletzen, es ging mir nur darum, das zu tun, woran mein Herz hängt und wofür ich ein gewisses Talent besitze.

Ich bin hier von vielen Menschen mit offenen Armen empfangen worden, die meine Arbeit schätzen und mir auch sonst sehr freundlich begegnen. Das alles hätte ich gern mit Euch geteilt.

Ich bin in der Lage, selbst für meinen Unterhalt zu sorgen. Bitte schreibt mir ab und an, damit ich weiß, wie es Euch geht.

Grüße Mutter und Christian ganz herzlich von mir.

Deine Tochter Ida

Dann erst zündete sie ein zweites Streichholz an und sah zu, wie sich der Brief ihres Vaters einrollte und zu grauer Asche zerfiel.

Cian O'Connor öffnete selbst die Haustür. Er war gerade dabei, sich die Krawatte zu binden, gab Ida die Hand und deutete auf seinen Kragen.

»Ich bin leider spät dran. Es kam noch ein Notfall in die Praxis.« Er nickte in Richtung Sprechzimmer.

»Und ich dachte schon, ich wäre zu früh«, sagte Ida erleichtert.

»Keineswegs.« Er nahm ihr Hut und Mantel ab und hängte beides an die Garderobe.

»Ich wohne oben.«

Während sie die Treppe hinaufgingen, schaute Ida sich flüchtig um. Alles wirkte schlicht. Der Teppich war kostbar, aber ein wenig abgenutzt, das Treppengeländer schön geschnitzt. An der Wand hingen keine Bilder, die rot und silbern gestreifte Tapete war die einzige Dekoration.

Im ersten Stock öffnete Cian eine Tür und führte sie in ein helles, geräumiges Wohnzimmer, das mit zwei Sofas und mehreren Sesseln eingerichtet war. Auf einem Tisch standen

Getränke und eine Platte mit Aufschnitt und Sandwiches bereit. Als er ihren Blick bemerkte, lächelte er.

»Meine Haushälterin ist schon gegangen.«

Ida sah sich um. »Das ist ein sehr einladendes Zimmer.«

»Ich benutze es nur, wenn Besuch kommt.« Er deutete nach nebenan. »Ich sitze meist im Arbeitszimmer. Bücher, Tisch, Sessel, das reicht mir.«

Ida schaute zum Klavier. »Außer wenn Sie nach der Arbeit spielen. Das haben Sie mal erwähnt.«

»Das Klavier passte nicht ins Arbeitszimmer«, sagte er lachend.

Ida warf einen verstohlenen Blick auf die Wanduhr. Sieben Uhr, hatte er gesagt, und sie war pünktlich gewesen. Wo blieben die anderen?

Sie spürte, wie er hinter sie trat, und drehte sich um. In dem weißen Hemd und dem dunklen, dreiteiligen Anzug sah Cian eleganter aus, als sie ihn je erlebt hatte. Er schaute zu Boden.

»Ich muss Ihnen etwas gestehen. Die anderen kommen erst um halb acht.« Er fuhr sich nervös durch die Haare. »Sie sollten es vorher sehen.«

Er nahm einen Umschlag vom Klavier und reichte ihn ihr.

Ida zog ein dünnes, in grünes Leinen gebundenes Buch heraus und schlug es auf. *Dunkles Dublin. Armut in Bildern und Stimmen. Mit Zeichnungen von Ida Martens.* Green Mountain Press, Dublin, 1912. Darunter stand von Hand: *Danke, dass Sie mich ertragen haben.* Ida blickte überrascht auf.

»Ich hoffe, es gefällt Ihnen«, sagte er leise.

Sie blätterte darin. Auf der linken Seite war jeweils eine Zeichnung abgebildet, auf der rechten das dazugehörige Zitat. Ida kamen die Tränen, weil die Freude sie einen Moment lang überwältigte. Die Widmung, die Bilder, die Erinnerungen an die Menschen, denen sie bei der Arbeit begegnet war …

»Es ist wunderschön geworden. Und ich hoffe so sehr, dass es etwas bewirkt.« Sie deutete auf die Widmung. »Ich habe es sehr gern gemacht.«

Cian sagte nichts, sondern trat an den Tisch mit den Getränken und goss zwei Gläser Wein ein. Er hielt ihr eins hin, wobei er kaum merklich ihre Hand berührte. »Auf Ihre Geduld. Und Ihr Talent.«

Sie stießen miteinander an.

»Jemand wird die Bücher persönlich nach Amerika bringen und dem Clan na Gael aushändigen. Das ist die größte republikanische Organisation in den Staaten. Sie wird die Verteilung übernehmen. Wenn das Buch Erfolg hat, drucken wir nach.«

Kurz darauf trafen die ersten Gäste ein, darunter John Kelly, der Verleger, Constance Markievicz und ein hochgewachsener, eindrucksvoller Mann, der als James Larkin vorgestellt wurde.

Als alle versammelt waren, trat der Verleger in die Mitte des Raumes und hielt eine kleine Rede, in der er kurz die Entstehungsgeschichte des Buches schilderte. Dann schaute er in die Runde. »Auf die Gefahr hin, dass ich mir ein Donnerwetter einhandle, möchte ich erwähnen, dass wir die Idee zu diesem Buch unserem Freund Cian verdanken, der mir diesen Vorschlag gemacht hat. Und mehr noch. Er hat die Mittel aufgebracht und nach einem Künstler gesucht, der seine Vorstellung am besten verwirklichen konnte. Dabei fand er eine Künstlerin. Miss Ida Martens.«

Die Anwesenden applaudierten, und Ida spürte, wie ihr die Röte ins Gesicht schoss.

»Cian sagte, sie habe den richtigen Blick. Und heute kann ich bestätigen: Du hattest recht.«

Mit diesen Worten verbeugte er sich leicht und trat beiseite.

Alle drängten sich um Ida, um sie zu beglückwünschen. Als Letzter gab ihr der auffallend große Mann namens Larkin die Hand. »Ich bin selbst in einem Slum aufgewachsen und weiß, wie es dort zugeht«, sagte er mit volltönender Stimme, die wie geschaffen schien, um Reden zu halten. »Sie haben das sehr gut gemacht, Miss Martens. Ich hoffe auf reichliche Spenden, wenn das Buch in Amerika verbreitet wird. Es gibt hier nämlich viel zu tun. Meine Gewerkschaft vertritt auch Männer, die trotz ihrer Arbeitsstelle im Elend leben, deren Familien verhungern.«

»Wahlrede, Larkin?«, fragte eine spöttische Stimme von hinten, worauf der große Mann gutmütig lachte und Cian auf die Schulter klopfte.

»Jim ist nicht nur Gewerkschafter, sondern auch Mitgründer der Irish Labour Party«, erklärte Cian. »Wen sollen wir hier denn ansprechen? Das Elend ist allgemein bekannt. Wer helfen will, tut es. Und wem es egal ist, den stimmen auch die Zeichnungen nicht um.«

Larkin legte ihm die Hand auf den Arm. »Was ist mit England? Mit den dortigen Arbeitern? Wir stehen doch alle vor den gleichen Problemen.«

»Wir sollten uns über ganz andere Dinge Gedanken machen. In Ulster haben fast eine halbe Million Menschen einen Pakt unterzeichnet und sich gegen die irische Selbstverwaltung ausgesprochen. Eine halbe Million! Der Norden bewaffnet sich. Sie werden mit allen Mitteln verhindern, dass Irland größere Selbstständigkeit erlangt. Solange unser Land nicht frei ist, wird es auch keine Gerechtigkeit für die Arbeiter und Armen geben. Ohne politische Freiheit werden wir gar nichts erreichen.«

Ida sah Cian überrascht an. Sie hatte nicht gewusst, dass er so leidenschaftlich über Politik dachte. Dann spürte sie seinen Blick auf sich. »Einen Penny für Ihre Gedanken.«

»Lieber nicht.« Zum ersten Mal fragte sie sich, wie weit er selbst gehen würde, um Irland zu befreien. Bei Diskussionen hielt er sich meist abseits und begegnete den Bestrebungen, die irische Kultur wiederzuerwecken, gelegentlich mit Spott. Einmal hatte er sich über MacDonaghs Kilt lustig gemacht und gesagt, er stamme aus Schottland und sei keineswegs ein altirisches Kleidungsstück.

Ida schaute zum Klavier, um von seiner Frage abzulenken, und bemerkte dabei ein gerahmtes Foto, auf das sie vorhin nicht geachtet hatte. Sie trat näher, um es zu betrachten. Es zeigte zwei halbwüchsige Jungen, die unbekümmert in die Kamera lachten. In dem jüngeren, der etwa vierzehn sein mochte, erkannte sie unschwer Cian, der andere schien drei oder vier Jahre älter zu sein.

Sein Bruder, dachte sie, die Ähnlichkeit war unverkennbar. Sie hätte gern nach ihm gefragt, doch etwas hielt sie davon ab.

Später, als alle gegangen waren, lehnte sich Cian ans Klavier und schaute Ida an. »Vergessen Sie nicht Ihr Buch.«

»Wie könnte ich?« Sie zeigte auf ihre Handtasche. »Es war ein gelungener Abend. Ich danke Ihnen für alles.«

»Nein, ich habe Ihnen zu danken. Morgen geht ein Exemplar des Buches an die großen Zeitungen. Man wird Ihre Arbeit loben, da bin ich mir sicher.«

Etwas war anders. Seine Stimme klang sanfter als sonst.

Ida trat auf ihn zu und streckte ihm die Hand entgegen.

»Ich werde diesen Abend nicht so schnell vergessen. Und ich hoffe, das Buch bewirkt etwas.«

Er ergriff ihre Hand, und Ida sah, wie er mit sich kämpfte. Er presste die Lippen aufeinander und blickte dann unvermittelt auf.

»Ich bringe Sie noch zur Tür.« Unten im Flur half er ihr in den Mantel und sagte lapidar: »Falls Ihnen wieder mal nach Tee oder Fisch sein sollte, lassen Sie es mich wissen.«

Als Ida auf der Straße stand, drehte sie sich verwundert zu der inzwischen geschlossenen Tür um. Was war gerade geschehen? Einen Moment lang hatte sie geglaubt, er wolle einen Schritt weitergehen, sie vielleicht sogar küssen. Doch dann hatte ihn etwas davon abgehalten, und er war auf diesen seltsam banalen Abschiedssatz verfallen.

Sie schob ihre leise Enttäuschung beiseite. Immerhin hatte er sie – wenn auch auf seine ganz eigene Art – zum Essen eingeladen.

7

Ida hatte ihren wärmsten Schal, Mütze, Handschuhe und Stiefel mit warmen Socken angezogen und fror noch immer. Auf dem Liffey trieben schon im November Eisschollen, und die Schiffe, die dort vor Anker lagen, trugen Kleider aus blankem Eis. Am Hafen wimmelte es von Männern, Frauen waren in diesem rauen Milieu eher selten anzutreffen. Daher hatte sich Ida schon auf die anzüglichen Blicke und Pfiffe eingerichtet, die prompt über sie hereinbrachen. Auch Jim Larkin hatte sie darauf vorbereitet, als er vor zwei Wochen unverhofft bei ihr zu Hause erschienen war, ein Riese in Mrs. Fitzgeralds kleinem Wohnzimmer, der sich unter der Tür ducken musste und leicht verlegen den Hut in der Hand drehte.

Sowie er zu sprechen begann, hatte er seine Selbstsicherheit wiedergewonnen. »Sie erinnern sich doch an den Abend bei Dr. O'Connor?«

»Natürlich.« Ida war über den Besuch des Gewerkschafters verwundert gewesen, den sie nur dieses eine Mal getroffen hatte. Er überraschte sie mit dem Vorschlag, Zeichnungen von Hafenarbeitern anzufertigen. Seine Gewerkschaft wolle eine Broschüre herausgeben, um auf das Los der ungelernten Arbeiter aufmerksam zu machen. »Ähnlich wie das Buch, das Sie mit O'Connor veröffentlicht haben. Das hat mir gut gefallen.«

Ida nickte. »Den Iren in Amerika auch. Die Spenden beginnen zu fließen, wie ich hörte.«

»Sehen Sie, und das brauchen wir auch. Geld und Unterstützung.« Er hatte ein bisschen herumgedruckst, bevor er ihr gestand, dass sie nicht viel zahlen konnten. »Wir wachsen in einem gewaltigen Tempo, aber die Mitgliedsbeiträge sind gering«, sagte er entschuldigend. »Das sollten Sie wissen, bevor Sie meinen Vorschlag überdenken. Aber nach dem, was ich über Sie gehört habe, setzen Sie sich gern für Ziele ein, die es wert sind. Sie helfen doch auch bei der Schulspeisung?«

»Ja.« Nach der Zusammenarbeit mit Cian war ihr bewusst geworden, dass sie die Armut, die er ihr gezeigt hatte, nicht einfach wieder vergessen konnte. Was sie auf ihren Streifzügen durch die Elendsviertel erlebt hatte, ließ sich nicht verdrängen. Seither ging sie einmal in der Woche mit Grace und ihren Schwestern zur Schulspeisung oder in eine Ambulanz in der Nähe des Hafens, die Cian eingerichtet hatte. Dort wurden Menschen versorgt, die sich keinen Arztbesuch leisten konnten. Da Ida keine medizinische Erfahrung besaß, fielen ihr einfache, gelegentlich auch schmutzige Tätigkeiten zu. Doch sie scheute vor nichts zurück und nutzte die Tage dort, um Material für ihre Bilder zu sammeln.

Und nun stand sie am Hafen. Jim Larkin hatte angeboten, ihr einen Führer mitzugeben, aber sie zog es vor, alles allein auf sich wirken zu lassen. Sie hatte lediglich einen gezeichneten Plan mitgenommen, auf dem die wichtigsten Straßen, Fabriken, Docks und Gasthäuser eingetragen waren.

An einem Verkaufsstand besorgte sie sich einen Becher Tee, da sie schon völlig durchgefroren war. Die alte Frau, die Kopf und Schultern in ein Tuch gehüllt hatte und ihr den Becher mit leicht zitternder Hand reichte, schaute sie fragend an. »Was macht eine Dame wie Sie denn hier? Ist keine gute Gegend, Miss.«

Ida nahm den Becher entgegen, der feucht vom verschütteten Tee war, und pustete darauf. »Ich zeichne.«

»Ach ja? Ich dachte, feine Damen wie Sie zeichnen Blumen und Kätzchen. So ein Bild hab ich daheim. Mein Joey hat es mir geschenkt, Gott hab ihn selig.«

Ida musterte die Frau, die dick vermummt hinter ihrem fahrbaren Geschäft stand. »Ich könnte *Sie* zeichnen.«

»Mich?« Die alte Frau lachte gackernd und holte eine Pfeife aus der Tasche. »Wer malt denn ein altes Weib wie mich?«

Ida stellte den Teebecher ab, holte ihr Skizzenbuch und die Zeichenkohle heraus und trat einen Schritt zurück. Dann warf sie einige Striche aufs Papier, riss das Blatt heraus und reichte es der Frau, die es mit einem überraschten Laut entgegennahm. »Das ist ... na so was aber auch! Das bin ja ich.« Sie drehte sich um und rief über die Schulter: »Millie, sieh dir das an!«

Eine junge Frau, die trotz des Wetters sehr dünn gekleidet war, trat aus einem Hauseingang. Sie eilte zu der Teeverkäuferin und warf einen neugierigen Blick auf Ida.

»Nein, nein« – die Alte zog sie ungeduldig am Ärmel – »hier, sie hat mich gemalt. Guck nur.«

Die Frau namens Millie warf einen Blick auf die Zeichnung und lachte los. »Sie hat dich gut getroffen, Elsie, mit allen Runzeln und Warzen.«

»Hab keine Warzen«, giftete die Alte, während Millie ihr begütigend die Hand auf den Arm legte.

Ida griff wieder zur Kohle und hielt die Szene mit den beiden Frauen fest, wobei Millie sie misstrauisch beobachtete. »Wozu soll das gut sein?«

»Ich will die Arbeiter hier zeichnen. Aber Sie beide sind auch ein lohnendes Motiv.«

Die junge Frau baute sich mit verschränkten Armen vor ihr auf. »Lassen Sie mal sehen.« Dann pfiff sie durch die Zähne und lachte schallend. »Damit kann ich für mich werben. Denk nur, Elsie, die Hafen-Millie hängt Plakate auf. Kommt, Leute, hier wird auch sonntags gearbeitet.« Sie begleitete ihre Worte mit einer obszönen Geste, worauf Ida rot wurde und hoffte, dass Millie es nicht bemerkte.

Diese nickte schließlich und erteilte Ida die Erlaubnis, die Zeichnung für ihre Zwecke zu verwenden.

Nachdem Millie in ihren Hauseingang zurückgekehrt war, fragte Elsie: »Warum wollen Sie die Arbeiter zeichnen?«

Als Ida den Namen Jim Larkin erwähnte, ging ein Leuchten über Elsies Gesicht. »Big Jim schickt Sie? Warum sagen Sie das nicht gleich? Der tut was für die Leute. Mein Joey hat auch auf den Docks gearbeitet. Hat Kohle gelöscht. Die Tuberkulose hat ihn erwischt, da war er noch keine fünfzig. Weiß nicht, wie ich ihr bisher entgangen bin. Unkraut vergeht nicht, wie es heißt.«

»Arbeiten Sie schon lange hier?«, fragte Ida.

Elsie paffte an ihrer Pfeife und grinste, wobei sie ihre fast zahnlosen Kiefer entblößte. »Seit zwanzig Jahren mache ich das jetzt. Ist mühsam, das können Sie mir glauben. Im Sommer mache ich Limonade, im Winter gibt es Tee. Was dabei rumkommt, reicht gerade für mein Zimmer. Hat nur ein einziges Fenster, und das geht auf den Lichtschacht raus. Aber wenn ich abends mein Pfeifchen rauche und die Bibel lese, bin ich froh. Man muss mit dem zufrieden sein, was der Herr einem gibt.«

Ida schaute zu den Schiffen, die am Kai lagen, zu den umherwimmelnden Männern, die mit Säcken und Kisten auf den Schultern von Bord eilten oder schwere Karren zogen oder schoben. Viele waren ungelernt und hatten keine Unterstützung erhalten, bevor Larkin die Irische Transport- und allgemeine Arbeitergewerkschaft gegründet hatte. Seither hatte sich die Bezahlung verbessert, doch es blieb noch viel zu tun.

Ida verabschiedete sich von Elsie und ging langsam zum Liffey hinüber, immer bemüht, den Männern auszuweichen, die mit ihren Lasten über das stellenweise vereiste Pflaster eilten. Sie suchte sich eine geschützte Stelle und begann zu zeichnen. Keine ganze Szene, eher kleine Momentaufnahmen, manchmal auch nur Teile von Menschen, gebeugte Rücken, angespannte Kiefer, gespreizte Beine, die sich gegen schwere Lasten stemmten. Die kalte Luft war erfüllt von Rufen und Flüchen und grobem Gelächter, und über allem hing der schwere, graue Geruch von Teer und Koks. Die Ladekräne ragten wie riesige Arme empor, die in die Bäuche der Schiffe griffen und die Ladung ans Licht beförderten.

Dann ertönte plötzlich ein Schrei: »Vorsicht!«, gefolgt von einem gewaltigen Aufprall, und alles um Ida herum geriet in Bewegung. Sie sprang auf und blickte in die Richtung, aus der der Schrei gekommen war.

Ein Mann neben ihr deutete auf einen Lastkran, von dessen Ausleger ein zerfasertes Seil baumelte. »Da hingen Balken dran. Die haben einen begraben«, stieß er hervor.

»Mein Gott, da liegt jemand drunter!«, rief im selben Moment ein anderer.

Ida überlegte nicht lange, packte ihr Skizzenbuch in die Tasche und lief zur Unfallstelle. Stille hatte sich über die Umstehenden gesenkt, man hörte ein leises Wimmern, unterbrochen von Wortfetzen, von denen Ida nur ein gelegentliches »Maria« verstand. Die Männer standen wie erstarrt da, keiner wagte sich vor.

Unter dem Kran lag ein schwerer Block aus gestapeltem Bauholz, der mit Seilen verschnürt war. An der linken Seite ragten Kopf und Schultern eines Mannes heraus, der übrige Körper war unter dem Holz begraben.

»Anheben!«, rief jemand. »Wir müssen es anheben!«

»Aber wie?«

»Tom holt einen Arzt!«

»Wozu noch?«

Auch ohne medizinische Erfahrung war Ida klar, dass der Mann vollkommen zermalmt sein musste und nicht mehr lange zu leben hatte. Blut sickerte aus seinem Mund.

Entschlossen drängte sie sich an den Umstehenden vorbei und kniete sich neben den Verletzten. Dann nahm sie ihren Schal ab, faltete ihn und schob ihn unter seinen Kopf.

Ida zwang sich, den Mann anzuschauen, obwohl ihr bei dem Anblick beinahe übel wurde. Ihre Kehle wurde eng, und sie musste tief durchatmen.

Er sah sie mit weit aufgerissenen Augen an und rang nach Luft. Die Adern an seiner Stirn traten hervor. »Maria … Mutter Gottes …«

Sie streckte vorsichtig die Hand aus und strich ihm über den Kopf. Er war jung, höchstens Mitte zwanzig. Die Sommersprossen hoben sich kaum von der stark geröteten Haut ab.

»Jemand holt Hilfe«, sagte Ida, wohl wissend, dass es dafür zu spät war.

»Mutter …« Seine Stimme wurde leiser.

Sie strich ihm weiter über die Haare, redete auf ihn ein, ohne zu wissen, was sie eigentlich sagte. Sein Wimmern und Stöhnen wurde lauter, erneut quoll Blut aus seinem Mund, und Ida wünschte, das Holz hätte ihm den Schädel zertrümmert, sodass er sofort tot gewesen wäre.

»Maria … beten …«

Ida war Protestantin und kannte das Ave-Maria kaum, schon gar nicht in einer fremden Sprache, doch sie versuchte, die Worte von seinem Mund abzulesen und mitzusprechen.

Sie merkte nicht, dass Männer begonnen hatten, die Seile, die das Holz zusammenhielten, zu zerschneiden und den Stapel abzubauen. Sie sah nur das Gesicht des Mannes, wie er verzweifelt den Kopf hin und her warf und sich aufzubäumen suchte, als wollte er die Last abschütteln. Sie drückte die Hand fest auf seine Stirn, um ihn zu beruhigen.

Er konnte keine Sätze mehr formen, stieß nur das Wort »Maria« wieder und wieder wie eine Beschwörungsformel hervor. Dann lief plötzlich eine Welle durch seinen Körper, und ein Blutstrom schoss aus seinem Mund, durchnässte Hemd und Jacke und auch Idas Rock, bevor sein Kopf zur Seite fiel.

Sie strich mit der Hand über seine Augenlider, die sich ohne Widerstand schlossen, tastete blind nach ihrer Tasche und wollte gerade aufstehen, als sich rasche Schritte näherten.

»Ida!« Jemand kniete sich neben sie, umfasste ihre Schultern und drehte sie zu sich herum. Sie sah nur flüchtig rotbraunes Haar und grüne Augen, in denen Verwunderung und noch etwas anderes zu lesen war, dann schlug sie die Hände vors Gesicht und sackte in sich zusammen.

Sie merkte kaum, wie sie hochgehoben und ein Stück weiter auf einer Mauer abgesetzt wurde. Jemand drückte ihr eine Flasche in die Hand und dirigierte sie zu ihrem Mund. Etwas brennend Scharfes floss durch ihre Kehle, und sie musste husten, doch die Wärme, die sich in ihr ausbreitete, tat gut. Man legte ihr etwas um die Schultern.

»Mein Schal … er ist noch …«

»Den können Sie nicht mehr gebrauchen.« Erst jetzt wurde ihr bewusst, dass jemand neben ihr saß und sie stützte.

Dann war plötzlich alles da – die Haare, die Augen, die Stimme. Natürlich, die Ambulanz. Sie hatten Cian O'Connor geholt.

»Was tun Sie hier? Das war gefährlich.«

Sie zuckte mit den Schultern. »Keiner ist hingegangen. Er war ganz allein.« Sie atmete tief durch, als neue Übelkeit sie überkam.

»Müssen Sie …?«

»Nein, es geht schon.« Sie schluckte und sah ihn an. »Dass der Mann stirbt, wussten alle. Aber er musste nicht allein sterben. Keiner will allein sterben.«

Sie schloss die Augen und atmete in ihre Hände. Sie merkte, wie Cian wieder näher rückte. »Noch einen Schluck Whiskey?«

Ida schüttelte den Kopf. »Mir ist schon schlecht.«

Sie konnte sich später nicht mehr erinnern, wie sie in Cians Wohnzimmer gekommen war, in eine warme Decke gehüllt und mit Tee versorgt, der verdächtig nach Alkohol schmeckte. So klar ihr Kopf gewesen war, während sie dem sterbenden Mann beistand, so verschwommen erschien die Zeit danach.

Sie entsann sich vage, dass die Polizei an die Unfallstelle gekommen war und mit ihr sprechen wollte, worauf Cian erklärte, sie habe einen Schock erlitten und könne nicht vernommen werden. Er hatte ihren Namen angegeben. Dann hatte sie in einem Wagen gesessen, und ihr war kalt gewesen, so kalt, dass sie die Kontrolle über Zähne und Kiefer verlor. Sie erinnerte sich an den Geruch und den rauen Wollstoff eines Männermantels.

»Trinken Sie.«

Ida setzte die Tasse an die Lippen. Die Wärme tat gut, der Alkohol auch.

»Ich hätte auch nach Hause fahren können.«

»Unsinn.«

Sie spürte den Unmut in seiner Stimme. Er saß ganz ruhig im Sessel, die Beine übereinandergeschlagen, die Hände auf den Armlehnen. Nur der harte Zug um seinen Mund verriet seine innere Anspannung.

»Was ist los?«, fragte Ida.

Cian beugte sich vor und stützte die Ellbogen auf die Knie. Dann fixierte er sie mit seinen grünen Augen, um den Worten Nachdruck zu verleihen. »Wenn ich den Idioten finde, der Sie dorthin geschickt hat …«

Ida spürte, wie sich Widerstand in ihr regte und die Betäubung durchbrach. »Ich bin erwachsen, Cian. Vielen Dank für Ihre Hilfe, aber ich sollte jetzt besser gehen.«

Sie wollte die Decke beiseitelegen und aufstehen, doch er kam ihr zuvor und schob sie sanft zurück. »So war es nicht gemeint. Aber der Hafen ist schmutzig und gefährlich.«

»Ich war zum Arbeiten dort. Mr. Larkin und ich haben das so vereinbart.«

»Dann hätte Mr. Larkin Ihnen jemanden an die Seite stellen sollen, der Sie beschützt.«

Ida wusste selbst nicht, woher ihre Wut kam. »Jemanden wie Sie? Meinen Sie, das Holz wäre nicht herabgefallen, wenn Sie neben mir gestanden hätten?« Sie erkannte sofort, wie ungerecht die Worte waren, konnte sie aber nicht zurücknehmen. Falls sie Cian trafen, verbarg er es gut.

»Ich bin mir sicher, dass sich dort viele Motive finden und es sich lohnt, die Leute zu zeichnen. Aber das ändert nichts daran, dass Sie etwas Furchtbares mit angesehen und einen Schock erlitten haben.«

Ida trank von dem Tee, weil sie hoffte, genügend Kraft zu gewinnen, um das Haus zu verlassen.

»Ein Mensch ist gestorben. Wir sollten nicht streiten«, sagte sie leise.

Cian schwieg eine Weile. »Sie haben recht«, sagte er schließlich. »Ich habe Ihnen keine Vorschriften zu machen.« Sie sah, wie er die Zähne zusammenbiss, als wollte er sich am Weitersprechen hindern. Dann stand er auf und machte sich am Fenster zu schaffen, obwohl es dort eigentlich nichts zu tun gab.

Ida kam ein Gedanke, und sie sprach ihn aus, bevor sie den Mut verlor. »Es ging Ihnen um etwas anderes. Sie wollten nicht, dass mir etwas zustößt.« Ihre Stimme klang verwundert, als staunte sie selbst über die Erkenntnis.

Er blieb am Fenster stehen, den Rücken zu ihr gewandt, und stützte die Hände auf die Fensterbank.

»Woraus schließen Sie das?«

»Dass Sie mir trotz der Kälte den Mantel gegeben und mich vor den Polizisten bewahrt haben.«

»Das hätte jeder getan.«

»Etwas anderes habe ich auch nie behauptet.«

Er drehte sich um und seufzte entnervt. »Sie wollen immer das letzte Wort haben, was?«

»Solange ich etwas zu sagen habe, ja.«

Er strich mit dem Finger über den Klavierdeckel und sagte, ohne sie anzusehen: »Es hat mir nicht gefallen, Sie dort zu finden. Sie gehören nicht dorthin.«

Ida musste lächeln. Wie schwer es ihm fiel, das Offensichtliche auszusprechen. »Weil der Hafen schmutzig und gefährlich ist?«

Er drehte sich mit einem Ruck zu ihr um. »Sie wissen genau, was ich meine. Ich wollte nicht, dass Sie … das miterleben müssen.«

Ida spürte, welche Überwindung ihn die Worte gekostet hatten. »Ich habe überhaupt nicht nachgedacht, sondern bin einfach hingelaufen, weil es sonst keiner tat. So ist er wenigstens nicht allein gestorben.«

»Moralisch haben Sie das Richtige getan. Fragt sich nur, ob es für Sie richtig war.«

»Ich werde den Mann zeichnen. Das könnte mir helfen. Und wenn Mr. Larkin das Bild nutzt, umso besser. Er hat mir erzählt, dass die Arbeitsbedingungen im Hafen entsetzlich sind. Dort passieren ständig Unfälle, nur haben nicht alle so grausame Folgen. Mit diesem Bild hingegen könnte man die Menschen aufrütteln.«

Cian sah sie überrascht an und nickte. »Sie sind stark. Das gefällt mir.«

Ida umfasste den Becher fester und senkte den Kopf, um zu verbergen, dass seine Worte sie verlegen machten.

»Wofür sind die Zeichnungen gedacht?«

»Für eine Broschüre, mit der sie weitere Mitglieder werben wollen. Und Stimmung gegen die Arbeitgeber machen.«

»James Connolly, der Sozialist, ist ein einflussreicher Mann. Wenn sich die beiden zusammentäten, könnten sie den Arbeitgebern die Hölle heißmachen«, erwiderte Cian. »Viele fürchten die Macht, die von ihnen ausgeht.«

»Auf einmal bin ich mittendrin«, sagte Ida leise.

Er nahm ihr sanft die Tasse aus der Hand und schenkte ihr Tee nach. »Nicht ungewollt, oder?«

Bisweilen fühlte sie sich wie ein kleiner Schneeball, der rollte und an Fahrt gewann und immer neuen Schnee mit sich riss.

»Wenn ich es nicht wollte, wäre ich längst nicht mehr hier.«

»Denken Sie schon mal daran heimzukehren?«

Ida setzte sich aufrecht hin. »Je länger ich hier bin, desto seltener denke ich daran. Deutschland rückt immer weiter in die Ferne. Ich lese kaum noch, was über mein Heimatland in den Zeitungen steht.«

Sie meinte, eine Spur von Mitleid in seinen Augen zu lesen. »Warum schauen Sie mich so an?«

Er zuckte mit den Schultern. »Ach, nichts.«

»Bitte.«

»Ich selbst lese sehr wohl, was in den Zeitungen steht. Und es macht mir Sorgen. Wenn es zum Krieg zwischen Deutschland und Großbritannien kommt …«

Ida spürte, wie ihr wieder kalt wurde, und zog die Decke enger um sich. »Das wird nicht passieren.«

»Noch nicht. Aber es wird dunkler in Europa.« Dann seufzte Cian, stand auf und schloss die Vorhänge, als wollte er den Winter aussperren. Oder von seinen düsteren Worten ablenken.

Ida wusste, warum er den Satz nicht vollendet hatte.

Wenn es zum Krieg zwischen Deutschland und Großbritannien kommt, was wird dann aus Ihnen?

8

An diesem kalten Februarabend 1913 hatten Ida und Grace endlich wieder einmal Zeit gefunden, in den United Arts Club zu gehen. Einzelne Schneeflocken tanzten durch die Luft, als sie Arm in Arm durch die dunklen Straßen gingen. Grace berichtete begeistert von den Fortschritten, die ihr kleiner Neffe Donagh machte.

»Er folgt einem mit den Augen schon überall hin. Muriel und Tom sind so glücklich mit dem Kleinen, dass es mir das Herz wärmt«, sagte sie überschwänglich.

»Wie schön, dass sie endlich zu Hause ist.« Muriel war nach der Geburt sehr krank gewesen und hatte einige Zeit bei ihren Eltern verbracht.

»Ja, es war schwer für sie und MacDonagh.« Dann wechselte Grace das Thema. »Aber wie geht es eigentlich Dr. O'Connor?«

Ida zuckte mit den Schultern.

»Was ist los?«, fragte Grace und stieß sie auffordernd an.

»Es ist seltsam. Wenn wir uns sehen, verstehen wir uns gut. Ich habe mich an seine kurz angebundene Art gewöhnt und auch daran, dass er immer offen seine Meinung sagt. Ein paarmal hatte ich sogar das Gefühl, er hätte mich gern.« Sie spürte, wie sie rot wurde. »Dann aber wieder ist es, als zöge er sich zurück, sobald ich mich auf ihn zubewege.« Das beste Beispiel war jener Abend im November gewesen, als er sie nach dem schrecklichen Unfall mit nach Hause genommen hatte. Sie erinnerte sich an seine Worte. *Sie sind stark. Das gefällt mir.* Und dann hatte er plötzlich von Krieg gesprochen. »Ich weiß nicht, was ich davon halten soll.«

»Wie weit bist du mit den Zeichnungen?«, fragte Grace.

»Fast fertig. Jim Larkin ist sehr zufrieden. Er sagt, es könne in diesem Jahr zu einem großen Streik kommen, und er will die Broschüre nutzen, um dafür Stimmung zu machen.«

»Womit wir wieder bei der Politik wären«, meinte Grace lachend, und Ida stimmte erleichtert ein.

»Meine liebe Ida, Jim Larkin singt wahre Loblieder auf Sie«, sagte Madame Markievicz und hob ihr Weinglas. »Ich bin sehr gespannt. Und wir planen gerade die neue Saison. Ich könnte mir vorstellen, dass wir Sie mindestens für ein Stück brauchen. Hoffentlich lässt sich diesmal ein Honorar arrangieren. Es ist mir wirklich unangenehm, mich auf Ihre Großzügigkeit zu verlassen.«

»Das wäre wunderbar, sowohl der Auftrag als auch die Bezahlung.«

Madame Markievicz lachte. »Menschen sollten für die Arbeit bezahlt werden, die sie leisten. Vor allem Frauen. Bei ihnen nimmt man vieles als selbstverständlich hin.«

Ida nutzte die Gelegenheit, um eine persönliche Frage zu stellen. »Übrigens habe ich eine Geschichte über Sie gehört, die mir gut gefallen hat, und wüsste gern, ob sie stimmt.«

»Jetzt bin ich aber gespannt.«

»Man erzählte mir, Sie hätten vor einigen Jahren in Manchester einen Vierspänner mit Schimmeln durch die Stadt gelenkt, um zum Kampf für das Frauenwahlrecht aufzurufen. Ein Unruhestifter habe gefragt, ob Sie denn auch ein Essen kochen können. Worauf Sie erwiderten: ›Ja. Können Sie einen Vierspänner lenken?‹«

Madame lachte. »Einer meiner schlagfertigeren Momente.« Dann schaute sie Ida prüfend an. »Sie sollten einmal mit zu den *Inghinidhe na hÉireann* kommen, den Töchtern Irlands. Dort finden Sie viele kämpferische Frauen.«

»Ich weiß nicht, ob ich dorthin passe«, sagte Ida zögernd. »Ich bin keine Irin.«

»Sie mögen keine Irin sein, aber ich sehe vieles in Ihnen, das die Frauen dort auszeichnet. Mut. Unabhängigkeit. Den Wunsch, Dinge zu ändern. Sie haben sich entschlossen, in den Armenvierteln zu zeichnen – schon das war Politik.«

Als Ida schwieg, legte Madame ihr die Hand auf den Arm. »Die Frauen dort sind bodenständig und praktisch. Sie hielten mich anfangs für eine gelangweilte Dame der Oberklasse, die sich mit einem bisschen Revolution die Zeit vertreiben will.« Sie lachte leise. »Ich habe sie eines Besseren belehrt. Eine Frau wie Sie würde dort mit offenen Armen empfangen. Sie haben gezeigt, dass Ihnen unser Land am Herzen liegt, selbst wenn Sie nicht hier geboren sind.«

Für den nächsten Sonntag hatten die MacDonaghs Ida zum Tee eingeladen. Grace war ebenfalls da, und sie verbrachten einen gemütlichen Nachmittag am Kaminfeuer. Der kleine Donagh lag auf einer Decke, strampelte mit den Beinen und hob den Kopf, als wollte er sich das Zimmer anschauen. Muriel, die noch blass und dünn aussah, drehte ihn vorsichtig auf den Bauch, worauf er den Kopf und die Schultern hob und neugierig von einer Frau zur anderen schaute.

»Na, bewundert ihr unseren klugen Sohn?«, fragte sein Vater, der gerade mit frischem Tee hereingekommen war. MacDonaghs Stimme klang anrührend stolz.

»Tom liest ihm jeden Tag vor«, erklärte Muriel mit einem

nachsichtigen Lächeln. »Er meint, man könne nicht früh genug damit anfangen.«

Als sie sich an den Tisch gesetzt hatten, schaute Muriel ihren Mann besorgt an. »Schade, dass Joe abgesagt hat.«

»Er lädt sich zu viel auf«, sagte Thomas. »Er hat die *Irish Review* praktisch übernommen. Und dann ist er auch noch verliebt.«

»Wie schön für ihn.«

MacDonagh zuckte mit den Schultern. »Allerdings hat er Zweifel, ob sie seine Gefühle erwidert. Hoffentlich sind meine Gedichte nicht nur für die Schublade, hat er gesagt. Liebe sei eine wunderbare Inspiration. Und man könne sie sogar dann dichterisch nutzen, wenn sie vorbei sei oder unerwidert bleibe.«

»Was ist die *Irish Review?*«, erkundigte sich Ida.

»Eine Zeitschrift für Kunst und Politik. Seine Mutter war so großzügig, ihm das Geld zu leihen. Ich glaube, Joe wird sie ganz für seine eigenen Zwecke einsetzen.«

»Die Befreiung Irlands?«, fragte Muriel.

»Um die geht es immer«, erwiderte ihr Mann. »Und Joe ist dabei, sein Herz für die Arbeiter zu entdecken. Er will Larkin und Connolly unterstützen, weil sie das Gleiche wollen wie wir.«

Ida sah ihn fragend an. »Ich dachte, sie kämpfen um Gerechtigkeit für die Arbeiter, nicht um die nationale Befreiung.«

MacDonagh nickte. »Gewiss. Aber es wird das eine nicht ohne das andere geben. Wenn wir uns mit den Gewerkschaftern zusammenschließen, wird uns niemand in England einfach übersehen. Dann werden wir eine Macht, mit der sie rechnen müssen.«

Als das Baby anfing zu weinen, nahm ihr Gastgeber seinen Sohn auf den Arm und trug ihn stolz durchs Zimmer. Plötzlich wurde Ida die Absurdität der Situation bewusst. Eine gepflegte Teetafel, ein niedliches Baby – und die Revolution als Tischgespräch.

Kurz darauf verließ Muriel das Zimmer, um Donagh zu wickeln, und bat Grace, sie zu begleiten. Als Ida und Mac Donagh allein waren, schaute er sie ernst an. »Cian lässt dich grüßen.«

Damit hatte sie nicht gerechnet, und sie konnte einen Moment lang nichts sagen. Ihre ganze Unsicherheit brach sich wieder Bahn, und sie spürte, wie ihre Wangen heiß wurden.

»Danke.« Mehr brachte sie nicht heraus.

MacDonaghs dunkle Augen waren eindringlich. »Joe meint, du solltest bei Cian den ersten Schritt machen. Ich weiß nicht, worum es geht, ich möchte nur, dass du es weißt.«

Ida sah verlegen auf ihren leeren Teller. Auf einmal wurde ihr bewusst, wie oft Cian für sie da gewesen war. Er hatte ihr geholfen, als sie in ihrer Unerfahrenheit allein und unpassend gekleidet durch die Henrietta Street gelaufen war. Er hatte ihr den Auftrag für die Zeichnungen anvertraut, obwohl sie völlig fremd in Dublin war. Er hatte sich bei dem Picknick in Larkfield bei ihr entschuldigt, was ihn sichtlich Mühe gekostet hatte, und sie nach dem Unfall am Hafen mit zu sich nach Hause genommen, bis sie sich von dem Schock erholt hatte.

Sie hätte ihn gern wiedergesehen, doch seine Worte beim Abschied waren ihr nicht aus dem Sinn gegangen. Wenn es nun zum Krieg zwischen Deutschland und Großbritannien kommt? Sie hatte versucht, nicht daran zu denken – vergeblich. Cian O'Connor war jemand, der den Finger dorthin legte, wo es wehtat, der nicht vor offenen Worten zurückscheute, auch wenn sie unangenehm oder verletzend waren. Hätte sie ihn mit einer Pflanze vergleichen sollen, wäre ihr eine Distel oder Rosskastanie in ihrer stacheligen Schale eingefallen. Man brauchte Handschuhe, um ihn zu berühren.

Also war sie ihm aus dem Weg gegangen.

All das schoss ihr in den wenigen Sekunden durch den Kopf, in denen MacDonagh auf eine Antwort wartete, und sie nickte schließlich.

»Sag Joe, ich denke darüber nach.«

Ida brauchte zwei Tage, um genügend Mut aufzubringen, zwei Tage, in denen sie bei der Arbeit im Laden so zerstreut war, dass sie einem Kunden die falsche Farbe verkaufte und sich zweimal beim Wechselgeld verzählte. Mr. Blackett schaute sie besorgt an und fragte, ob sie krank sei. Aufs Malen konnte sie sich auch nicht konzentrieren.

Am Mittwochabend fuhr sie nach Sandymount und ging mit verhaltenem Schritt zu Cians Haus. Sie wollte auf der gegenüberliegenden Straßenseite warten, bis das Licht im Ordinationszimmer ausging, und dann an der Tür klingeln. Das klang unkompliziert, doch ihr Herz schlug so heftig, dass sie kaum atmen konnte. Eine Frau mit einem ausladenden, eleganten Hut trat aus der Tür. Ein Automobil fuhr vor, der Fahrer sprang heraus und ließ sie einsteigen. Ob das Cians übliche Patienten waren? Die Gegend war wohlhabend, das Haus für eine Person großzügig bemessen.

Kurz darauf stieg ein älterer, gebeugter Mann, der sich auf einen Stock stützte, die Stufen zum Eingang hinauf und wurde eingelassen.

Plötzlich kam sie sich lächerlich vor. Was wollte sie überhaupt sagen, wenn Cian ihr die Tür öffnete? Joe Plunkett hat gesagt, ich soll den ersten Schritt machen. Es ist anstrengend, mit Ihnen zusammen zu sein, aber ich möchte nicht auf Ihre Gegenwart verzichten.

Sie schaute die Straße entlang und war versucht, zur Haltestelle zu laufen und heimzufahren. Doch das wäre feige gewesen.

Ida spazierte ein Stück die Straße entlang. Sie wäre gern bis an den Strand gegangen, wollte aber nicht den Augenblick verpassen, in dem Cian die Praxis schloss, um ihn nicht später beim Abendessen zu stören. Ich bin so dumm, dachte sie. Sie hätte ihm in der Ambulanz vorschlagen können, gemeinsam Tee trinken zu gehen. Oder eine andere günstige Gelegenheit abwarten. Doch nun war sie hier und würde nicht nach Hause fahren, ohne bei ihm geklingelt zu haben.

Es wurde allmählich dunkel und kalt, und sie zog den Mantel enger um sich. In dieser Wohngegend gab es kein Café, in dem sie hätte warten können, nur die verlassene Straße und den warmen Lichtschein, der von den eleganten Fassaden auf den Gehweg fiel. Dann hörte sie, wie eine Haustür geschlossen wurde, und sah, wie die Gestalt mit dem Gehstock die Stufen herunterkam. Ida wartete und hoffte, diesmal nicht vergebens. Wenige Minuten später erlosch das Licht im Ordinationszimmer, und sie eilte über die Straße und klingelte, bevor sie es sich anders überlegen konnte.

Cian öffnete selbst, in Hemdsärmeln, das Jackett über dem Arm. Er sah müde aus, und ihr wurde bewusst, dass er einen langen Tag hinter sich hatte.

»Ida, was für eine Überraschung«, sagte er und trat zurück, um sie einzulassen. »Wie schön, Sie zu sehen, aber …« Er wirkte plötzlich besorgt. »Ist etwas passiert?«

»Nein.« Auf einmal kam sie sich reichlich dumm vor. »Ich wollte nur – falls Sie kurz Zeit haben –«

Er nahm ihre Hand und schüttelte leicht den Kopf. »Sie sind ja völlig durchgefroren. Haben Sie etwa in der Kälte gestanden?«

Sie nickte, zu beschämt zum Lügen.

»Einen Augenblick.« Er ging durch den Flur, und sie hörte, wie er mit jemandem sprach.

»Kommen Sie.« Er nahm ihr den Mantel ab und deutete die Treppe hinauf. »Gleich gibt es etwas Warmes zu essen. Sie sind eingeladen.«

Er führte sie ins Wohnzimmer und bot ihr einen Platz auf dem Sofa an. Dann schenkte er ihr ein kleines Glas Whiskey ein.

»Keine Widerrede. Den brauchen Sie jetzt.«

Ida trank einen Schluck und war dankbar für die Wärme, die durch ihre Kehle rann und sich wie ein angenehmes Feuer in ihrem Inneren ausbreitete.

Cian lehnte sich ans Klavier und beobachtete sie mit einem Blick, den sie nicht zu deuten wusste. Er hatte die Ärmel heruntergerollt, als wollte er ein Zugeständnis an seine Besucherin machen, das Jackett aber nicht wieder angezogen. Die Haare fielen ihm in die Stirn, und er schob sie müde beiseite.

»Die Tage in der Praxis sind anstrengender als die anderen. Seltsam, oder?«

Ida war froh, dass er nicht noch einmal fragte, weshalb sie gekommen war. »Eigentlich nicht. Vielleicht sind Sie in der Ambulanz oder in den Schulen mehr mit dem Herzen dabei.«

»Aber hier verdiene ich mein Geld.«

»Das heißt nicht, dass Sie die Arbeit hier lieber tun.« Sie dachte an die Dame, die vorhin das Haus verlassen hatte, und erinnerte sich an die Beschwerde der reichen Patientin, von der Grace ihr einmal erzählt hatte.

»Wie recht Sie haben.« Er sah sie an, als wäre ihm gerade etwas eingefallen. »Warum sind Sie denn nun eigentlich hier?«

»Am Sonntag war ich bei den MacDonaghs.«

O'Connor sagte nichts, schaute sie nur abwartend an.

»Thomas hat mir von Joe Plunkett ausgerichtet …« Sie wurde rot und verstummte. »Danke für die Grüße. Als ich davon hörte, wurde mir klar, dass ich … also dass Sie immer …«

Ida schaute auf ihre Hände und schämte sich für das Gestotter. Dann spürte sie Cians Blick, als hätte er sie berührt. »Sie sind immer auf *mich* zugekommen. Es war an der Zeit, das zu ändern.«

Ida sah ihn nicht an, hörte aber, wie er ein paar Schritte machte und knapp vor ihr stehen blieb.

»Würden Sie mich bitte endlich anschauen?«, fragte Cian.

Sie blickte hoch und bemerkte, dass er ihr die Hände entgegenstreckte.

»Wollen wir essen?«

Das Esszimmer war klein. Der Tisch bot Platz für acht Personen, und mehr als die Stühle und eine Anrichte hätten nicht hineingepasst. Eine ältere Frau trug die Suppe auf, danach gab es Fisch mit Kartoffeln und Gemüse.

»Sie mögen Fisch, nicht wahr?«, fragte Ida.

Er lächelte. »Ich kann Lamm und Hammel nicht ausstehen.«

»Und Rind?«

»Das schon. Aber ich esse wirklich gern Fisch. Und das nicht nur in Backteig.«

»Der war wirklich gut.«

»Hmm.« Er zögerte kurz. »Nett, dass Sie gekommen sind. Ich mag es, wenn man mich überrascht.«

»Tatsächlich? Es gibt Menschen, die Überraschungen hassen. Die alles festlegen und planen wollen«, sagte Ida.

»Ich nicht. Wer alles plant, wird starr. Kann sich nicht auf Neues einlassen. Ist hilflos, wenn etwas Unvorhergesehenes geschieht.« Er schenkte ihr Wein nach.

»Ich bin sehr erleichtert«, gestand Ida. »Eine Sekunde, bevor Sie die Tür geöffnet haben, wollte ich am liebsten weglaufen.«

»Dann wäre ich Ihnen nachgelaufen.« Und als er ihren verwunderten Blick sah, fügte er hinzu: »Pure Neugier.«

Sie lachte und spürte plötzlich eine Leichtigkeit, die nicht nur von dem Wein herrührte. Die Scheu und das Unbehagen, die sie ihm gegenüber so oft empfunden hatte, waren verschwunden.

»Joe ist ein echter Freund«, sagte Cian unvermittelt. »Wir sind grundverschieden, mehr als Sie sich vielleicht vorstellen können. Aber wir würden alles füreinander tun.«

Ida verspürte ein Kribbeln. Er hatte etwas von sich preisgegeben. Ob er ihr vertraute?

In diesem Augenblick kam die Köchin herein, um den Fisch abzuräumen.

»Das Dessert, Dr. O'Connor?«

Er nickte.

Nach dem Apfelkuchen und dem Kaffee sah Ida zur Tür. »Ich danke Ihnen für die Einladung. Aber es ist spät, ich sollte mich auf den Heimweg machen.«

»Noch ein Glas Sherry zum Abschied?«

Sie stand auf und überlegte kurz. »Gern.«

Sie kehrten ins Wohnzimmer zurück, wo er ihr ein Glas

einschenkte. Ida war vor dem Klavier stehen geblieben und warf einen Blick auf das Foto.

Dann war er plötzlich hinter ihr. »Mein Bruder Aidan.« Es klang abweisend, als hätte sich ein Vorhang zwischen ihnen gesenkt.

Ida erkannte die Warnung und hob ihr Glas. »Auf diesen Abend.«

Cian nickte kaum merklich, als wäre er erleichtert, und hob das seine. »Darauf, dass Sie nicht weggelaufen sind.«

Sie tranken.

»Kommen Sie einmal mit an den Strand, wenn das Wetter schöner wird?«, fragte er mit einem Blick aus dem Fenster. »Es wird bald Frühling.«

»Das Meer«, sagte Ida sehnsüchtig. »Da möchte ich gern wieder hin.«

Er wollte sie zur Straßenbahn bringen, doch Ida bestand darauf, allein zu gehen. »Das hier ist doch eine anständige Gegend.«

Er nickte. »Gewiss. Ich dachte nur …«

»Was?« Sie trug schon Hut und Mantel und wartete, dass er ihr die Haustür öffnete.

»Dass man eine befreundete Dame nicht einfach sich selbst überlässt.«

Ida lachte fröhlich auf. »Sie haben schon bewiesen, dass Sie ein Ritter sind.«

Der Händedruck beim Abschied dauerte länger als sonst. Als sich ihre Hände voneinander lösten, strich er mit dem Finger von innen über ihr Handgelenk. Sie spürte die Berührung noch, als sie schon um die nächste Ecke gebogen war.

9

»Rollschuhlaufen?« Ida sah Cian fragend an. »Das habe ich noch nie gemacht.«

Er zuckte mit den Schultern. »Ich weiß, wir wollten eigentlich an den Strand. Aber Joe ist bei diesem Aprilwetter auf der Rollschuhbahn besser aufgehoben.« Er deutete hinter sich auf die Straße, wo sich der Regen in großen Pfützen sammelte.

Ida konnte ein Lächeln nicht unterdrücken, als sie ihn mit zerknirschter Miene, den Hut in der Hand, vor der Tür stehen sah. »Na schön. Kann man auf der Bahn auch Rollschuhe leihen?«

»Sicher.« Sein Gesichtsausdruck veränderte sich. Ida drehte sich um und sah Mrs. Fitzgerald im Flur stehen, die neugierig zur Tür schaute. Sie trat einen Schritt zurück, um Cian einzulassen.

»Dr. O'Connor, Mrs. Fitzgerald, meine Vermieterin.«

»Sehr erfreut. Kommen Sie doch herein, Sir, Sie sind ja ganz nass. Darf ich Ihnen einen Tee anbieten?«

Er schaute von ihr zu Ida.

»Wir sind um drei verabredet. Für einen Tee würde es reichen. Daher nehme ich Ihr Angebot dankend an.«

Im Wohnzimmer setzte er sich in einen Sessel und sah Ida mit hochgezogener Augenbraue an. »Sie ist unerwartet freundlich.«

»Warum auch nicht?«

»Herrenbesuch bei unverheirateten Damen?«

Ida lachte. Dann kam Mrs. Fitzgerald mit dem Tee herein.

»Er läuft ungemein elegant«, sagte Ida bewundernd, worauf Joes Schwester Gerry lachte.

»Sagen Sie ihm das bloß nicht. Er bildet sich schon genug darauf ein.«

Ida spürte den liebevollen Unterton, der ihre Worte Lügen strafte. Von Cian wusste sie, dass Joe im Januar mit seiner Schwester zusammengezogen war. Seitdem war ihr Haus in Donnybrook zu einem Treffpunkt für Künstler und Politiker geworden.

»Gerry ist die Einzige, die Joe an sich heranlässt, wenn es ihm schlecht geht«, hatte er gesagt.

Cian versuchte, mit seinem Freund Schritt zu halten, was ihm gründlich misslang. Er war zwar athletisch gebaut, hatte aber offenbar keinerlei Erfahrung mit Rollschuhen und stolperte ungeschickt dahin, wobei er sich immer wieder am Geländer festhielt. Joe drehte unbekümmert seine Runden, fuhr rückwärts und wagte sogar den einen oder anderen Sprung. Mit Umhang und Schal sah er aus wie ein rollender Opernsänger.

»Ich habe eine Idee«, sagte Gerry und stieß Ida an. »Ich gehe zu Cian und greife ihm unter die Arme. Und Sie lassen sich von Joe führen.«

Eine ausgezeichnete Idee, wie Ida zugeben musste, viel besser als zwei Dilettanten, die blind dahinstolperten und sich aneinanderklammerten, als ginge es ums nackte Überleben.

Joe blieb stehen und streckte ihr die Hand entgegen. Dann zog er sie zu sich heran und legte einen Arm um ihre Taille. »Rechts und links, immer abwechselnd, ganz einfach. Viel einfacher als auf Schlittschuhen.«

In diesem Augenblick begann ein Grammophon zu spielen, und Ida versuchte, sich ganz dem Takt der Musik zu überlassen. Je mehr sie sich entspannte, desto sicherer wurden ihre Bewegungen. Es war erstaunlich, wie viel Halt Joes schmaler Körper bot, und sie konnte die Runden zunehmend genießen. Ihnen gegenüber fuhren Cian und Gerry ebenfalls dicht nebeneinander und lachten. Cian fielen die Haare ins gerötete Gesicht. Ida wünschte sich, diesen vollkommenen Augenblick festhalten zu können.

Später tranken sie Tee, und Ida bemerkte, wie Gerry ihrem Bruder besorgte Blicke zuwarf.

»Jetzt schau nicht so«, sagte er unwillig und zündete sich eine Zigarette an. »Es ist ein so schöner Nachmittag. Cian, wenn mir jemand erzählt hätte, dass ich dich noch auf Rollschuhen erlebe …«

Sein Freund zuckte mit den Schultern. »Und dafür habe ich auf einen Strandspaziergang verzichtet.«

»Augenblick mal«, warf Ida belustigt ein, »so war es nicht. Sie wollten nicht an den Strand, weil das Wetter schlecht war. Und weil Sie unbedingt Rollschuh laufen wollten.« Sie schaute Joe und seine Schwester an. »Ganz im Ernst, er war so enttäuscht, als ich ablehnte, dass ich aus lauter Mitleid –«

»Schluss jetzt.« Cian beugte sich vor, ergriff ihre Hand und drückte sie an die Lippen.

»Oh«, sagte Ida.

Gerry und ihr Bruder grinsten.

Ida schluckte und schaute in ihre Teetasse, zog die Hand aber nicht weg. »Machen Sie das immer, wenn Sie jemand zum Schweigen bringen wollen?«

»Herr im Himmel« – Joe fluchte nur in Ausnahmefällen, doch dies schien einer zu sein – »ihr wollt doch nicht allen Ernstes noch länger Sie zueinander sagen!«

Cian rückte mit seinem Stuhl näher heran und hielt noch eine ganze Weile Idas Hand.

Bald kamen sie auf Politik zu sprechen. Im Januar war das Home-Rule-Gesetz, das die Selbstverwaltung Irlands bedeutet hätte, vom Unterhaus ratifiziert und vom Oberhaus erneut abgelehnt worden.

»Das ist völlig egal«, sagte Joe und beugte sich vor, um seinen Worten Nachdruck zu verleihen. »Das Ding ist ohnehin nichts wert. Alle wichtigen Entscheidungen werden weiterhin in London getroffen, und Irland geht wieder leer aus.«

Gerry nickte. »Wir haben uns seit Monaten damit beschäftigt. Dieses Gesetz ist Augenwischerei, damit wollen sie uns ruhigstellen wie ein Kind, dem man eine Zuckerstange in die Hand drückt.«

Cian sah seinen Freund ernst und skeptisch an. Als er sprach, war seine Stimme betont leise. »Und was heißt das? Welchen Weg wollt ihr gehen?«

Joes sanfte Augen hinter der Brille wurden plötzlich hart. »Den Weg, der nötig ist.«

Ida hielt den Atem an. Cian hatte einmal erwähnt, Joe habe auch eine andere Seite, eine Liebe zu Verschwörungen und geheimen Plänen, er verkläre den militärischen Kampf. Jetzt verstand sie, was er meinte. Joe wirkte so zerbrechlich, doch nun sah sie diese andere Seite.

»Was ist mit Streiks, mit Boykotten?«, fragte Cian. »Mit zivilem Ungehorsam?«

»Wir werden alle Möglichkeiten in Betracht ziehen.« Joe beugte sich noch weiter vor und umklammerte Cians Oberarm. »Gewalt ist nicht der erste, sondern der letzte Weg. Aber wir brauchen gute Leute, die bereit sind, sich für die Freiheit einzusetzen. Leute wie dich.«

Cian sah seinen Freund skeptisch an. »Ich bin Arzt, Joe, kein Revolutionär. Ich bekämpfe Krankheiten und Armut, die Politik überlasse ich anderen.«

Joe schüttelte den Kopf. »Irgendwann musst du dich entscheiden. Du kannst dich nicht ewig darauf berufen, Arzt zu sein. Ich bin auch kein Soldat. Ebenso wenig wie Mac Donagh und Séan und Tom Clarke. Wenn die Revolution kommt, wird sie nicht von irgendeiner Armee kommen, sondern von den Menschen selbst. Aus allen Schichten der Bevölkerung.«

Ida räusperte sich. »Manche behaupten, man könne die Armut nur in einer Republik bekämpfen, in einem freien Irland. Mir scheint, dass es so, wie es jetzt ist, keine Zukunft gibt. Es kommt mir vor, als müsste sich endlich etwas bewegen, eine Art Explosion, damit die Menschen aufwachen …«

»Bravo«, sagte Gerry.

Cian sah Ida überrascht an. Er lehnte sich zurück und sagte ausweichend: »Ich halte einiges von Larkin und Connolly. Mit ihnen zusammen könnte man tatsächlich viel bewegen. Das sind praktische Leute, keine Träumer.«

»So wie ich?«, fragte Joe ironisch.

»Du bist kein Träumer, und genau das macht dich gefährlich«, entgegnete Cian.

Es hatte aufgehört zu regnen, nachdem ein frischer Wind die Wolken vertrieben hatte. Sie stiegen eine Haltestelle früher aus der Straßenbahn und gingen das letzte Stück zu Fuß. Als sie am Kilmainham-Gefängnis vorbeikamen, sagte Ida: »Es bedrückt mich immer, wenn ich hier entlanggehe.«

Cian schaute an den grauen Mauern empor. »Während der

großen Hungersnot haben die Menschen absichtlich gegen das Gesetz verstoßen, um hineinzugelangen. Dort bekamen sie immerhin eine Mahlzeit am Tag.«

»Erzähl mir davon.«

»Die größte Katastrophe unserer Geschichte. Eine Million Tote. Eineinhalb Millionen Auswanderer. Und die ganze Zeit über wurden Lebensmittel nach England geliefert. Viertausend Schiffsladungen pro Jahr.«

Sie blieb stehen. »Im Grunde denkst du genau wie Joe.«

Er lehnte sich an die Gefängnismauer, die Hände in den Jackentaschen, und blickte nach oben. »Ja. Aber ich weiß nicht, welcher Weg richtig ist. Für mich, meine ich.«

Ida schaute ihn an und wünschte sich, er würde wieder ihre Hand nehmen wie vorhin auf der Rollschuhbahn. Sie hatte sich darauf gefreut, mit Cian allein zu sein, und nun hatte sie selbst das Gespräch wieder auf die dunklen Dinge gelenkt.

Dann plötzlich spürte sie die Mauer im Rücken, und ein Schatten legte sich über sie. Hände umfassten ihre Schultern, strichen an ihren Oberarmen auf und ab. »Aber ich weiß, dass dies hier richtig ist.«

Er küsste sie auf den Mund, sanft und doch fest, mit geschlossenen Lippen. Er drängte nicht und wartete ab, ob sie den Kuss erwiderte. Ida griff nach den Revers seiner Jacke und zog ihn an sich.

Sie merkten kaum, dass es zu regnen begann, doch als die Tropfen dichter fielen und stürmischer Wind aufkam, löste Cian sich von Ida und umfasste ihr Gesicht. »Ich fürchte, wir müssen unter ein Dach.«

Ida nickte. Er legte den Arm um sie – der Größenunterschied war genau richtig, um den Kopf an seine Schulter zu lehnen. So kamen sie nur langsam voran, aber Ida konnte sich nicht vorstellen, ihn jetzt loszulassen. Sie hatte noch keine Worte für das, was gerade geschehen war, und hoffte, dass sie nie ans Ziel gelangen würden.

Sie erreichten Mrs. Fitzgeralds Haus viel zu schnell. Der Regen hatte etwas nachgelassen, und Cian blieb unter einem Baum stehen. Das Licht der Straßenlaternen drang nicht bis hierher, sodass sie vor neugierigen Blicken geschützt waren.

»Ich will dich nicht gehen lassen«, sagte er.

Ida schaute zu Boden. Sie spürte seine Anspannung, als er einen Finger unter ihr Kinn legte und vorsichtig ihren Kopf anhob. »War das falsch?«

»Nein. Ich muss es nur erst begreifen.«

Er lachte leise. »Nun, wir haben uns geküsst. Ungefähr so.«

Er beugte sich zu ihr und presste erneut seine Lippen auf ihren Mund, diesmal fordernder, und Ida gab nach, tastete nach seinen Armen, drängte sich an ihn.

»Ich will dich auch nicht gehen lassen«, sagte sie atemlos.

Sie hörte, wie er tief durchatmete, und bedauerte, dass sie ihn im Halbdunkel kaum erkennen konnte. Dann legte sie eine Hand an sein Gesicht, spürte seine Wärme und die Bartstoppeln, die an ihrer Handfläche kratzten. Er bedeckte ihre Hand mit seiner und drückte sanft dagegen. »Wollen wir morgen an den Strand gehen, falls das Wetter besser ist?«

»Soll ich zu dir kommen?«

»Anders herum wäre es höflicher.«

»Aber so ist es praktischer.« Sie lächelte. »Bis morgen.«

Sie löste sich aus dem Schatten der Bäume und lief über die Straße. Und spürte die ganze Zeit seinen Blick warm auf ihrem Rücken.

In ihrem Zimmer warf Ida sich aufs Bett, ohne den Mantel auszuziehen. Sie drückte die Hand, die eben noch Cians Wange berührt hatte, an ihre. Es kam ihr vor, als hätte sie etwas von Cians Wärme mitgenommen, die sie jetzt in ihrem ganzen Körper spürte. Dann schloss sie glücklich die Augen und versuchte, den Druck seiner Lippen heraufzubeschwören.

Der nächste Tag war kühl, aber sonnig, und Ida breitete instinktiv die Arme aus, als sie an der Promenade ankamen. »Was für ein gewaltiger Strand! Wie kann es sein, dass ich noch nicht hier gewesen bin?«

Cian schaute sie belustigt an. »Falsche Gesellschaft. Lauter Stadtvolk. Selbst Joe, der so schöne Gedichte über die Natur schreibt, sitzt am liebsten in verqualmten Zimmern.« Dann wurde er ernst. »Ich bin froh, dass du noch nicht hier warst. Dann bin ich der Erste, der ihn dir zeigt.«

Er nahm ihre Hand und führte sie durchs Dünengras zum Sand hinunter. Es war Ebbe, das Wasser in der Ferne kaum zu sehen. Im Watt staksten langbeinige Vögel umher und pickten nach Würmern und Muscheln.

»Es erinnert mich an meine Kindheit«, sagte Ida. »Mein Großvater ist manchmal mit mir an die Ostsee gefahren, und wir haben Bernstein gesucht. Einmal haben wir sogar welchen gefunden. Weißt du, woran man ihn von einem Stein unterscheiden kann? Er ist ganz leicht und lädt sich auf, wenn man ihn an Wolle reibt.«

Cian legte den Arm um ihre Schultern und zog sie an sich. Ida merkte, dass er sie beim Gehen vor dem Wind schützte, und genoss die Wärme, die es in ihr auslöste.

»Lebt dein Großvater noch?«

»Leider nicht. Dann wäre es mir schwerer gefallen, von zu Hause wegzugehen.«

»Erzähle mir von ihm.«

»Als ich mein erstes großes Porträt plante, überlegte ich verzweifelt, wer mein Modell sein könnte. Es sollte etwas Besonderes werden. Bei einem Spaziergang blieb ich vor dem Schaufenster einer Delikatessenhandlung stehen. Darin waren Teedosen und Kaffeesäcke zu sehen, Schokoladentafeln und Gewürze, angeordnet wie in Aladins Schatzhöhle. Ich habe einfach dagestanden und in die Auslage gestarrt. Und dann schien die Straße um mich herum zu verschwinden, und ich bin in Gedanken in meine Kindheit gereist, ins Haus von Großvater Tienemann. Er hatte einen Raum, den er das Probierzimmer nannte. Für mich war es das Paradies. Ein knarrender, dunkler Holzboden, große Fenster zum Garten hinaus, der sich bis zur Elbe hinunterzog, und ein Duft, so überwältigend, dass er mir den Atem zu nehmen drohte. Es war eine üppige, exotische Mischung aus Kaffee, Tee, Zimt und Schokolade. Als mein Großvater vor zehn Jahren starb, war das mein erster Gedanke – ich habe seinen Duft verloren.« Sie lächelte versonnen. »Er saß immer in seinem Probierzimmer, öffnete Dosen, Gläser und Säckchen und reichte sie den Kunden an, damit sie davon kosten oder daran riechen konnten. Also habe ich ihn in diesem Zimmer gemalt.«

»Wo ist das Bild jetzt?«

»Es hängt bei meinen Eltern im Haus. Das einzige meiner Bilder, das ihnen gefällt.«

»War es leicht für dich, aus Hamburg wegzugehen?«

»Es war eng geworden. Die Stadt ist groß, aber ich begegnete dort ständig Menschen, die mich schon mein Leben lang kannten. Die ein Bild von mir hatten, dem ich entwachsen war. Nach der Zeit in London habe ich mich in Hamburg nie mehr richtig zu Hause gefühlt.«

Sie gingen ein Stück schweigend. Möwen kreisten über ihren Köpfen und stießen gelegentlich im Sturzflug herab, um etwas aus dem Watt zu picken. Plötzlich kam die Sonne hervor und tauchte die weite Fläche in ein goldenes Licht, das die Priele wie Diamanten glitzern ließ.

Cian und Ida blieben unwillkürlich stehen, dicht beieinander, und schauten auf die Bucht hinaus.

Ida drehte sich behutsam in Cians Arm, hob den Kopf und küsste ihn. Sie fühlte, wie sich sein Mund unter ihrem zu einem Lächeln verzog, bevor er den Kuss erwiderte. Es war ihr egal, ob jemand sie dabei beobachtete. Ihr Herz schlug so heftig, dass es ihr fast den Atem nahm. Es war, als gäbe es an diesem Nachmittag mit seinem besonderen Licht nichts und niemanden auf der Welt außer ihnen beiden.

»Du willst also bleiben?« Seine Frage klang vorsichtig, beinahe ängstlich. Ida sah, dass Cian sein Gesicht dem Meer zugewandt hatte. Er trug wie so oft keinen Hut, und der Wind zerrte an seinen Haaren. Es kam ihr vor, als wäre genau das seine Absicht, als wollte er sein Gesicht vor ihr verbergen, während er auf ihre Antwort wartete.

»Willst du, dass ich bleibe?«

»Das entscheidest du.« Hatte sie wirklich geglaubt, er würde es ihr diesmal leicht machen?

»Natürlich. Aber ich wüsste gern, wie du darüber denkst.«

Er drehte sich wieder zu ihr um und schob seine Haare aus der Stirn. Sie sah, wie sein Mund zuckte, während er nach den richtigen Worten suchte. Es fiel ihm offenbar schwer, hinter seiner üblichen Ironie und Barschheit hervorzutreten, weil es ihn verletzlich machte.

»Ich wünschte, du würdest bleiben.« Er atmete tief durch. »Dich wieder zu verlieren … Damit könnte ich nicht gut umgehen.«

Oh. War dies der Grund dafür, dass er Interesse an ihr gezeigt, aber so lange Distanz gewahrt hatte? Dass er auf sie zugegangen und wieder zurückgewichen war, als fürchtete er, ihr zu nahe zu kommen? Sie erinnerte sich wieder an die Frage: Wenn es nun zum Krieg zwischen Deutschland und Großbritannien kommt?

Ida legte Cian die Hände auf die Schultern und sah ihn an. Sie war nervös, weil sie spürte, dass das, was sie jetzt sagen würde, endgültig war. Und doch sprach sie nur aus, was sie seit Langem ahnte.

»Du magst denken, ich sei nur auf Zeit hier, ein verlängerter Urlaub, der Besuch bei einer Freundin, Inspiration für meine Bilder. Das habe ich anfangs auch gedacht. Aber etwas bindet mich an diese Stadt. Sie ist wie ein Handschuh, der nicht mehr schön und neu ist, sich aber fest und warm um meine Hand legt. Besser kann ich es nicht beschreiben.«

»Besser geht es auch nicht.«

Als sie den Blick in Cians Augen sah, fuhr sie mit fester Stimme fort: »Und jetzt das hier …« Sie deutete von ihm auf sich selbst. »Wie könnte ich da wegfahren?«

Ihre Finger bohrten sich in seine Arme, als könnte sie die Worte noch verstärken. »Ich bleibe hier.« Sie ließ ihn los und lehnte den Kopf an seine Brust.

»Wenn das nicht Dr. O'Connor ist.«

Ida zuckte zusammen, als sie die Frauenstimme hinter sich hörte.

Ein elegantes Paar von etwa vierzig Jahren war neben ihnen stehen geblieben. Der Mann sah aus wie ein Offizier und hielt sich militärisch gerade, als trüge er Uniform. Die Frau war hübsch, blond, etwas jünger als ihr Mann und betrachtete Cian schräg unter ihrem ausladenden Hut. Dann taxierte sie Ida wie einen Gegenstand, zu dessen Kauf sie sich nicht ganz entschließen konnte.

Cian legte Ida demonstrativ die Hand auf den Arm. »Darf ich vorstellen? Colonel Rattigan und seine Frau. Miss Ida Martens.«

Sie nickten einander grüßend zu.

»Mrs. Rattigan ist eine meiner Patientinnen«, fügte Cian mit gezwungener Höflichkeit hinzu.

»Martens? Ein ungewöhnlicher Name«, sagte die Frau. »Ist er ausländisch?«

»Deutsch«, sagte Ida, die einen spontanen Widerwillen verspürte.

»Ach so.« Erneut wanderte der Blick der Frau zwischen Ida und Cian hin und her.

»Mein Rücken macht mir wieder Sorgen, Dr. O'Connor. Ich würde Sie gern noch einmal konsultieren.«

»Selbstverständlich. Sie kennen meine Sprechzeiten«, sagte Cian, murmelte einige Abschiedsworte und zog Ida dann sanft mit sich.

»Für manche Leute gibt es keine Entschuldigung«, sagte er, ohne sie anzusehen, »aber ich entschuldige mich dennoch.«

»Der Mann hat kein Wort gesagt, und die Frau hat dich angesehen, als …«

Cian verdrehte die Augen. »Sie hat gar nichts am Rücken, sondern kommt nur aus Langeweile zu mir und weil sie mich … Nun, ihre Ehe scheint sie, um es vorsichtig auszudrücken, nicht zu erfüllen.«

»Sie hat mich angesehen wie eine Lampe, von der sie nicht weiß, ob sie sie kaufen soll«, sagte Ida belustigt.

Cian sah sie erleichtert an. »Du hättest allen Grund, gekränkt zu sein.«

»Ich habe gemerkt, dass du sie nicht leiden kannst. Du hast dich nicht gerade bemüht, es zu verbergen.«

Er zuckte mit den Schultern. »Nur weil ich an ihr verdiene, muss ich sie noch lange nicht mögen. Sie gibt das Geld ihres Mannes aus, und wenn sie dessen überdrüssig ist, bildet sie sich körperliche Beschwerden ein. Ich habe sie ein paarmal ohne Diagnose, Rezept oder Medikament nach Hause geschickt, aber sie kommt immer wieder.«

»Und was sagt ihr Mann dazu?«

»Er ist sehr beschäftigt. Ehemaliger Offizier der britischen Armee, hat sich hier zur Ruhe gesetzt. Er spielt Billard, trinkt mit Freunden, besucht Freudenhäuser und reicht das Geld, das er verdient, an seine Frau weiter.« Ein bitterer Klang hatte sich in Cians Stimme gestohlen.

»Woher hat er das Geld?«

Cian seufzte. »Er besitzt zwei der übelsten Mietskasernen in Dublin. Und bezahlt von seinem schmutzigen Geld die überflüssigen Behandlungen seiner Frau.«

»Damit du die Praxis zwei Tage in der Woche schließen und unentgeltlich für die Armen arbeiten kannst«, erwiderte sie gelassen. Sie wollte die letzten Minuten möglichst schnell vergessen und dorthin zurückkehren, wo man sie unterbrochen hatte.

Cian blieb stehen. »Siehst du immer in allem das Gute?«

»Nicht in allem. Aber ich lasse mir von diesen Leuten nicht den Nachmittag verderben.«

Er schaute sie eindringlich an. »Kannst du mir beibringen,

das Gute zu sehen? Nicht in allem, aber wenigstens ab und zu?« Sein Blick war so entwaffnend, dass Ida seinen Kopf zu sich herunterzog und ihn küsste, drängend, fordernd, ohne auf ihre Umgebung zu achten. Vermutlich war ihr Ruf nach der Begegnung gerade eben ohnehin ruiniert.

Sie gingen noch näher ans Wasser, streiften Schuhe und Strümpfe ab, obwohl die Aprilsonne die Luft noch nicht richtig wärmte, und liefen Hand in Hand über den kühlen, feuchten Sand.

10

»Du kommst nicht mit?« Ida konnte ihre Enttäuschung nicht verbergen. Sie waren bei den Plunketts eingeladen, es wäre ihr erstes Fest als Paar gewesen.

Cian zog das Jackett aus und hängte es an den Garderobenständer, dann trug er seine Tasche ins Behandlungszimmer.

Ida war ihm nachgegangen und lehnte im Türrahmen. Als er sich umdrehte, bemerkte sie, wie erschöpft er war. Ihre Enttäuschung verschwand, und etwas in ihrem Inneren zog sich schmerzhaft zusammen. »Was ist los?«

Cian machte eine abwehrende Handbewegung. »Unruhen unter den Arbeitern. Heute habe ich mehrere Männer behandelt, die von Polizisten verprügelt worden waren. Platzwunden, Knochenbrüche …«

Ida schaute ihn abwartend an. Sie spürte, da war noch mehr.

»Mrs. Fogarty ist gestorben.«

Er bemerkte ihren fragenden Blick. »Du hast sie gezeichnet. Faithful Place. Die Mutter von Brendan.«

Sie sah wieder das enge, stickige Zimmer vor sich, die todkranke Frau mit ihrem kranken Baby, den Jungen, den Cian zum Lebensmittelhändler geschickt hatte, um Reis zu kaufen.

»Es … tut mir so leid«, sagte sie. Ihre Kehle wurde eng.

»Es war nur eine Frage der Zeit«, sagte er knapp. Da war es wieder, dieses Gefühl, als würde er ihr entgleiten, als zöge er sich an einen Ort zurück, an den sie ihm nicht folgen konnte.

»Soll ich bei dir bleiben?«

Er zog das Jackett aus und löste die Kragenknöpfe. Dann schüttelte er den Kopf. »Geh nur. Ich bin heute keine angenehme Gesellschaft.«

Ida versuchte es noch einmal. »Meinst du nicht, es würde dich ablenken, wenn du mitkämst? Joe würde sich freuen, dich zu sehen. Ein bisschen Musik, vielleicht könnten wir tanzen …« Ihr Herz schlug heftig, weil sie sich so sehr wünschte, ihn bei sich zu haben.

»Mir ist nicht danach. Das siehst du doch.« Es war, als errichtete er eine Mauer um sich.

Ida schluckte eine Entgegnung hinunter, ging in den Flur, wo das Telefon hing, und ließ sich mit der Nummer der Giffords verbinden. Grace war zu Hause und sagte spontan und begeistert zu, sich mit ihr bei den Plunketts in Donnybrook zu treffen. Nachdem Ida eingehängt hatte, trat sie zu Cian, der am Fuß der Treppe stehen geblieben war.

»Bis morgen?«

Er zögerte, als wollte er noch etwas sagen, und nickte dann. »Bis morgen.«

»Komm schon!«, rief Ida und streckte Grace die Hand entgegen, außer Atem, das Gesicht vom Tanzen gerötet.

Jemand hatte ein Grammophon zu den Plunketts geschleppt, und die laute Ragtime-Musik drang bis auf die Straße. In guten Zeiten liebte Joe ausgelassene Partys und nutzte es aus, dass er und Gerry endlich dem Elternhaus entkommen waren.

»Das ist ganz schön wild«, sagte Grace und warf einen zweifelnden Blick auf die Tanzenden.

»Unsinn!«, rief Joe, ergriff ihre Hand und zog sie mit sich.

Seine Schwester betrachtete ihn mit einer Mischung aus Freude und Sorge.

Joe wirbelte Grace am ausgestreckten Arm herum, bevor er sie wieder an sich zog. Nachdem das Stück zu Ende war, dankte er ihr mit einer angedeuteten Verbeugung und holte für sie beide ein Glas Bowle.

Ida empfing die beiden lächelnd. »Das ist besser als Sport.«

»Du hättest Cian mitbringen sollen«, sagte Joe vorwurfsvoll. »Es ist nicht gut, wenn er sich vor der Welt verkriecht und seine Abende nur mit Lesen und Klavierspiel verbringt. Wenn es dir nicht gelingt, ihn dort herauszuholen, wem dann?«

»Er hatte einen schweren Tag«, sagte Ida. Joes Worte schmerzten, auch wenn sie es nicht zugeben wollte. »Aber lasst uns nicht darüber reden. Grace hat mir eine Karikatur gezeigt …«

Sie verstummte und folgte Joes Blick. Eine zierliche junge Frau mit hellem Haar war hereingekommen, und es war nicht zu übersehen, dass er nur Augen für sie hatte. Columba O'Carroll. Muriel und ihr Mann hatten erwähnt, dass Joe sie seit Langem verehrte und eine ganze Reihe von Gedichten über und für sie geschrieben hatte. Eine Liebe, die nicht erwidert wurde.

»Was ist los?«, fragte Grace.

»Komm mit nach draußen, hier ist es so laut.« Aus dem Grammophon dröhnte »Alexander's Ragtime Band«. Sie konnten kaum ihr eigenes Wort verstehen, geschweige sich unterhalten.

Hinter dem Haus gab es einen kleinen Hof, in dem Gerry einige Blumenkübel aufgestellt hatte, um ihn freundlicher zu gestalten.

Ida atmete tief durch. »Hier ist es leiser, und die Luft ist besser.«

»Aber weniger amüsant«, stellte Grace fest.

»Die beiden verstehen zu feiern«, sagte Ida. »Es tut gut, Joe so unbekümmert zu sehen.«

»Wer war die Frau, die gerade gekommen ist?«, wollte Grace wissen. »Er schien plötzlich alles um sich herum zu vergessen.«

Ida lehnte sich an die Hauswand und verschränkte die Arme. Es war ein angenehm warmer Abend, ein Anflug von Sommer lag in der Luft. »Columba O'Carroll. Joe ist in sie verliebt.«

»Das war nicht zu übersehen.«

Grace schien nicht weiter interessiert und wechselte das Thema. »Na, sag schon. Wie ist er?«

»Wer?«

»Cian O'Connor.«

»Du kennst ihn doch.«

Grace verdrehte die Augen. »Du kannst mir nicht weismachen, dass er dich wie andere Leute behandelt. Dann würde ich dich für verrückt erklären.«

Ida lächelte. »Er behandelt mich nicht immer wie andere Leute. Manchmal allerdings schon.«

»Erzähle.«

»Erst gestern haben wir gestritten. Cian sagte, Father O'Neill erpresse die Kinder bei der Schulspeisung mit Gebeten. Suppe gegen Ave-Maria, so hat er sich ausgedrückt.«

Grace blickte sie entsetzt an, dann verzog sich ihr Gesicht zu einem Lächeln. »Ich bin nicht mal katholisch und muss trotzdem schlucken.«

Ida schaute nachdenklich auf ihre Hände. »Ich frage mich, warum er so bissig wird, wenn es um die katholische Kirche geht.« Sie zögerte. »Ich weiß noch immer so wenig über ihn.

Einmal hat er seinen Vater erwähnt, zu dem er offenbar kein gutes Verhältnis hat. Und auf dem Klavier steht ein Bild von seinem Bruder. Über ihn will er auch nicht sprechen.«

»Beunruhigt es dich, dass du so wenig über ihn weißt?«

Ida zuckte mit den Schultern. »Ich habe ihm viel von mir erzählt. Auch sehr persönliche Dinge. Versteh mich nicht falsch, ich bin gern mit ihm zusammen, sehr gern. Und er ist zärtlich und leidenschaftlich …« Sie wurde rot.

»Vielleicht braucht er Zeit. Männer gehen nicht so offen mit ihren Gefühlen um. Sieh dir an, wie Joe um diese Columba herumschleicht. Vermutlich hat er ihr nie gesagt, was er für sie empfindet, weil er die Zurückweisung fürchtet, das endgültige Nein. Also lässt er es lieber in der Schwebe und hofft entgegen aller Vernunft weiter.«

Ida war erstaunt über Graces kühle Menschenkenntnis. »Du redest, wie du zeichnest.«

»Vielleicht ist das mein Problem«, sagte Grace mit einem Anflug von Zerknirschung. »Vielleicht bekomme ich keinen Mann ab, weil ich alle durchschaue und es ihnen auch sage. Das mögen sie nicht.«

»Komm, lass uns wieder tanzen gehen. Und ich brauche noch ein Glas Bowle.«

Die ausgelassene Fröhlichkeit dauerte an. Ida tanzte mit Joe, mit Gerrys Verlobtem Thomas Dillon und einem korpulenten Medizinstudenten, der schon gehörig außer Atem war. Als ein langsames Stück erklang, schaute sie sich nach einem freien Stuhl um, weil sie etwas essen und trinken und den anderen in Ruhe zuschauen wollte.

»Darf ich bitten?«

Idas Herz machte einen Sprung, als sie die Stimme hörte.

Cian trug einen Anzug, in dem sie ihn noch nie gesehen

hatte, und eine elegante Krawatte. Auch mit den Haaren hatte er sich Mühe gegeben. »Sag jetzt nicht, du bist zu müde.«

»Niemals.«

Während sie tanzten, verschwammen Zimmer, Rauch, Stimmengewirr und Gelächter, und sie schienen ganz allein miteinander. Ida drückte die Finger in seinen Rücken, als könne sie ihm so eine Botschaft übermitteln, und er antwortete, indem er einen Kuss in ihre Haare hauchte.

Die Wochen schwebten dahin, als mache das frühsommerliche Wetter das Leben einfacher. Selbst die düstersten Straßen wirkten freundlicher, wenn das Pflaster trocken und sonnenwarm war.

Cian schien mit der Jahreszeit aufzutauen. Seit er Ida auf der Party bei den Plunketts überrascht hatte, fühlte sie sich ihm noch näher. Er hatte seine Abneigung gegen lärmende Feste überwunden, um ihr eine Freude zu machen – ein Geschenk, das man nicht kaufen konnte.

Ida ging beschwingt zur Arbeit und sammelte bei ihren Streifzügen durch die Stadt Anregungen für neue Bilder. Ein Mitglied des Stadtrats hatte kürzlich angefragt, ob sie seine Kinder porträtieren wolle, was Cian beim Spaziergang ironisch kommentierte.

»Ideale kann man nicht essen«, hatte Ida entgegnet. »Außerdem ist der Mann anständig. Er besitzt nicht einmal eine Mietskaserne.«

Cian hatte sie über die Schulter geworfen und wie einen Kartoffelsack über die Promenade getragen. Ida hatte mit einer Hand ihren Hut festgehalten und so gelacht, dass sie sich um ein Haar verschluckt hätte, während die Passanten ihnen kopfschüttelnd nachblickten.

Sie entdeckte eine neue Leichtigkeit an Cian. Einmal erwartete er sie mit einer einzelnen Blume, als sie nach Feierabend den Laden verließ. Ein anderes Mal fand sie morgens einen an die Haustür gehefteten Briefumschlag mit ihrem Namen, in dem zwei Theaterkarten für den nächsten Abend steckten. Und dann verkündete er, Ida müsse endlich etwas Gälisch lernen, da sie schon so lange im Land sei.

»Du klingst ja wie MacDonagh«, sagte sie belustigt.

»Nur weil ich keinen Kilt trage und keine irischen Tänze lerne, ist mir unsere Kultur noch lange nicht gleichgültig. Zeit für den Unterricht.«

»Gut, dann erzähle mir mal, was dein Name bedeutet.«

Sie saßen im Garten im Gras, zwischen sich eine Flasche Limonade und zwei Gläser.

Cian zog sein Notizbuch aus der Hosentasche. »Man schreibt ihn eigentlich so: *Cian ó Conchobhair.* Mein Vorname heißt so viel wie ›uralt‹ oder ›von großer Dauer‹. Dazu gibt es natürlich auch Legenden. Im alten Irland lebten mehrere Könige mit Namen Conchobhair, was so viel wie ›Liebhaber von Jagdhunden‹ bedeutet. Eine Sage ist besonders kurios.« Er legte sich zurück und verschränkte die Arme hinter dem Kopf. »Dieser Conchobhair MacNessa war ein König von Ulster, der angeblich am selben Tag wie Jesus Christus geboren wurde, was ich für reine Spekulation halte. Bei einem Kampf wurde er von einer Steinschleuder am Kopf getroffen, und der Arzt konnte das Geschoss nicht entfernen. Doch Conchobhair lebte fröhlich weiter. Als er jedoch von der Kreuzigung Christi hörte, wurde er so zornig, dass das Geschoss herausfiel. Er starb auf der Stelle.«

Ida stützte den Kopf auf die Hand und sah ihn mit hochgezogenen Augenbrauen an. »Das glaubt doch kein Mensch.«

»Wenn du wüsstest, woran meine Landsleute so glauben …«

»Und was war mit den Hunden?«

»Darüber schweigt die Geschichte. Christus und die Zwille waren wichtiger.« Er zog Ida zu sich herunter und küsste sie, bis ihr schwindlig wurde.

Später brachte er ihr einige einfache Sätze bei und ließ sie die Aussprache wiederholen, bis er zufrieden war. Ida hatte schon immer eine Begabung für Sprachen gehabt und konnte sich wichtige Wendungen schnell merken. »Du bist ein strenger Lehrer«, sagte sie dennoch.

»Wir sind noch nicht fertig. Das hier ist deine Hausaufgabe.« Er notierte einen Satz und riss die Seite aus dem Buch. »Den übersetzt du für die nächste Stunde.«

Tá grá agam duit.

In diesem Moment kam die Haushälterin Mrs. Flanagan an die Gartentür.

»Dr. O'Connor, Besuch für Sie.«

»Um diese Zeit?«

Er stand auf und klopfte seine Hose ab. »Vielleicht ein Patient. Bin gleich zurück.«

Ida winkte ihm zu und schaute wieder zum Himmel, der von einem seltenen Blau war. Zarte Federwolken kündeten von warmen Tagen. Sie goss sich gerade Limonade nach, als die Stille von Stimmen unterbrochen wurde, die aus dem Inneren des Hauses drangen. Zwei Männerstimmen, eine davon laut und ungehalten. Ida stellte das Glas ab, trat leise an die Tür und horchte, obwohl sie sich gleichzeitig dafür schämte.

Cian und ein älterer Mann.

»… kommst einfach her, ohne zu fragen …«

»… meinen Sohn um Erlaubnis bitten, wenn ich ihn besuchen möchte?«

»… nicht in ihre Nähe …«

»… so nachtragend …«

Ida stolperte zurück in den Garten, als hätte sie sich verbrannt. Was ging dort drinnen vor? Warum begegnete Cian seinem Vater so feindselig?

Ihr Herz schlug heftig, und sie bereute, dass sie gelauscht hatte. Sie lief im Garten umher, um sich abzulenken, war aber in Gedanken bei den beiden Männern. Der Himmel war so blau wie zuvor, aber sie hatte keinen Sinn mehr dafür. Dann bemerkte sie etwas Weißes im Gras und bückte sich danach. Cians Zettel: *Tá grá agam duit.* Sie steckte ihn achtlos in die Rocktasche. Ihre Gedanken wanderten wieder zu den Gesprächsfetzen, die sie gehört hatte. Nicht in ihre Nähe – hatte Cian von ihr gesprochen? Warum wollte er verhindern, dass sein Vater sie kennenlernte?

Als sie sich gerade entschlossen hatte, aus dem Haus zu schleichen und heimzufahren, trat ein Mann in den Garten. Er war groß und kräftig und trug einen braunen Tweedanzug. In seinem grauen Haar schimmerte noch ein Hauch von Rot, was an Cian erinnerte. Seine Gesichtsfarbe war kräftiger als die seines Sohnes, die Augen eher braun als grün, doch die Ähnlichkeit war unverkennbar.

Cian folgte ihm zögernd. Bevor er etwas sagen konnte, trat sein Vater auf Ida zu und streckte ihr die Hand entgegen.

»Liam O'Connor.«

»Ida Martens. Sehr erfreut, Sir.«

»Die Freude ist ganz auf meiner Seite. Daher kann ich meinem Sohn auch nicht verzeihen, dass er Sie mir vorenthalten wollte.«

Cian war mit verschränkten Armen hinter ihm stehen geblieben. Sein Gesicht verriet keinerlei Regung, und Ida bereute, dass sie nicht die Gelegenheit genutzt und das Haus verlassen hatte. »Willst du uns nichts zu trinken anbieten?«

»Nein.« Cians Stimme klang kalt und endgültig. »Ich möchte, dass du gehst.«

Liam O'Connor schaute mit einer Mischung aus Belustigung und Unbehagen von Ida zu seinem Sohn. »Das meinst du nicht ernst, Cian.«

Die drei standen schweigend da, bis Mr. O'Connor schließlich sagte: »Nun, ich hoffe, wir lernen uns bald besser kennen, Miss Martens. Ihre Arbeit interessiert mich. Ein Freund hat mir kürzlich ein Büchlein mit dem Titel ›Dunkles Dublin‹ geschickt. Wie ich hörte, hat Cian es finanziert. Also hat meine Erziehung zur Nächstenliebe doch nicht ganz versagt.«

»Es reicht«, sagte Cian so scharf, dass Ida zusammenzuckte. Doch sein Vater ließ sich nicht aus der Ruhe bringen.

»Sehr löblich, dass mein Sohn sich so für die Armen einsetzt, auch wenn er kein allzu treuer Freund der Kirche ist. Kein Kreuz, kein Weihwasserbecken, kein Marienbild. Und das im Haus eines katholischen Arztes. Ich frage mich, was deine Patienten denken. Ich könnte einem solchen Arzt nicht vertrauen.« Er tat, als dächte er nach, und lächelte dann. »Natürlich hast du nicht nur katholische Patienten. Hier in Sandymount leben besser gestellte Menschen, die deinen Glauben nicht zwangsläufig teilen. Ihre Verehrung gilt eher den materiellen Dingen, sie werden sich nicht an einer fehlenden Muttergottes stören.«

Cian wollte etwas sagen, doch Ida, die sich mittlerweile gefasst hatte, kam ihm zuvor. »Ich glaube nicht, dass Nächstenliebe an einen bestimmten Glauben geknüpft ist. Auch ich habe mit viel Freude an dem Buch gearbeitet und habe kein Marienbild in meinem Zimmer. Ich bin nicht einmal katholisch.«

»Oh.« Mr. O'Connor wirkte plötzlich verlegen. »Gut, dann werde ich jetzt gehen. Da ich nicht damit gerechnet habe, dass du mir dein Gästezimmer anbietest, habe ich die freundliche Einladung von Father O'Hanlon angenommen. Du weißt also, wo du mich findest.«

»Warum sollte ich dich finden wollen?«

»Na schön, mein Junge. Ich will deine Gastfreundschaft nicht über Gebühr beanspruchen.« Er gab Ida die Hand. »Es war mir ein Vergnügen. Auf bald.«

Dann nickte er seinem Sohn zu. »Du brauchst mich nicht hinauszubegleiten. Ich finde den Weg allein.«

Gleich darauf war er verschwunden.

»Was hatte das zu bedeuten?«, fragte Ida Cian, der sich abgewandt hatte, als wollte er ins Haus gehen. Er blieb stehen, drehte sich aber nicht um.

»Wir verstehen uns nicht«, sagte er nur.

»Das habe ich gemerkt. Aber er wollte mich kennenlernen, ist das so verwerflich?«

Cian schoss unvermittelt zu ihr herum. Seine Miene ließ Ida verstummen. »Mein Vater ist hier nicht willkommen. Und es wäre mir am liebsten, wenn er dich nie gesehen hätte.«

Mit diesen Worten wandte er sich ab und ging ins Haus.

11

Ida war verwirrt und aufgewühlt. Es war ein vollkommener Spätnachmittag gewesen – einfach im Garten sitzen, Limonade trinken und sich von Cian etwas über die irische Sprache erzählen lassen. Zu spüren, wie er sich öffnete, unbekümmerter wurde, sie näher an sich heranließ. Doch dann war die Stimmung in einer Weise zerstört worden, die sie nie erwartet hätte. Es war Samstag, die Praxis seit der Mittagszeit geschlossen, doch wenn es sich bei dem Besucher um einen verspäteten Patienten gehandelt hätte, wäre das nicht ungewöhnlich gewesen. Das gehörte zum Arztberuf. Sie hätte einfach gewartet, bis Cian zurückkam, und ihn mit einem Kuss empfangen.

Aber diesmal hatte es keinen Kuss gegeben.

Sie dachte wieder an Cians Vater. Mr. O'Connor hatte wie ein wohlsituierter älterer Herr gewirkt, der vom Land nach Dublin gekommen war, um seinen Sohn zu besuchen. Er war ihr freundlich begegnet, doch etwas stimmte nicht. Zuerst die Auseinandersetzung im Haus, dann die schmerzhaft peinliche Szene im Garten, bei der Cians Anspannung förmlich zu greifen gewesen war. Es war ein Machtspiel zwischen ihm und seinem Vater, mit Ida als Zuschauerin. Sie fragte sich, wie lange es noch weitergegangen wäre, wenn sie Mr. O'Connor nicht widersprochen hätte. Sie hatte die dunkle Kälte gespürt, die von Cian ausging. Wer so für seinen Vater empfand, hatte einen guten Grund dafür. Warum wollte Cian nicht, dass Ida und sein Vater einander kennenlernten?

Sie hatte die Straßenbahn genommen und lief nun ein wenig ziellos umher, als sie bemerkte, dass sie sich ganz in der Nähe von Thomas Clarkes Tabakgeschäft befand. Kurz entschlossen überquerte sie die Straße und betrat den kleinen Laden, in dem es wie immer angenehm nach Tabak und Papier roch. Sie trat an die Theke und wollte gerade eine Fünferschachtel Zigaretten kaufen, die sie sich ab und zu gönnte, als sie aus einer Ecke angesprochen wurde.

»Was für eine nette Überraschung.«

»Séan! Wir haben uns lange nicht gesehen.«

»Da hockt er in seiner Ecke und wartet auf meine Kundinnen«, knurrte Tom Clarke in seinen Schnurrbart.

Séan hinkte zu Ida herüber und gab ihr die Hand. »Wie geht es Ihnen? Wie ich hörte, haben Sie gut zu tun.«

»Ich habe nicht vergessen, wer mir bei den ersten Schritten geholfen hat.«

»Unsinn, Talent setzt sich durch.«

»Sie sind ein unverbesserlicher Optimist, Séan.«

Tom Clarke machte sich im Hinterzimmer zu schaffen und rief über die Schulter: »Wenn ihr plaudert, könntet ihr auch auf den Laden achtgeben, bis ich hier fertig bin.«

Séan sah sie fragend an.

»Ich habe Zeit«, sagte Ida, dankbar für die Ablenkung. Sie sprachen über Larkin und Connolly und die zunehmende Unruhe unter den Arbeitern.

Als sie sich an eine Kiste mit Zeitungen lehnte, knisterte etwas in ihrer Rocktasche. Da fiel ihr der Zettel wieder ein. Sie holte ihn heraus, zögerte kurz und faltete ihn dann auseinander. »Sie sprechen doch Gälisch.«

Séan nickte eifrig. »Haben Sie angefangen, es zu lernen? Die Sprache ist nicht leicht, aber es lohnt sich. Wenn Sie möchten, kann ich Ihnen das eine oder andere Buch empfehlen.«

Ida hob die Hand, um ihn zu bremsen. »So weit bin ich noch nicht. Im Augenblick habe ich nur eine Frage. Was heißt das hier?«

Sie reichte ihm den Zettel und beobachtete, wie sich sein hübsches Gesicht zu einem Grinsen verzog. Dann schaute er sie mit einem Blick an, der Ida leicht erröten ließ.

»Was ist?«

Er faltete den Zettel behutsam zusammen und gab ihn zurück. »Glückwunsch.«

»Nun sagen Sie schon, was da steht.«

»Ich liebe dich.«

Idas Finger fühlten sich taub an, als sie nach dem Zettel griff. Ihr Herz schlug so heftig, dass sie kein Wort herausbrachte. Erst nach einer Weile bemerkte sie Séans besorgten Blick und spürte seine Hand auf ihrem Arm.

»Wollen Sie sich vielleicht setzen? Sie sind ganz blass geworden.«

»Nein, es geht schon.« Mit zitternden Fingern nahm sie ihre Zigarettenschachtel, holte eine heraus und ließ sich von Séan Feuer geben. »Ich glaube, ich möchte doch sitzen.«

Es war ein einfaches Café in einer Seitenstraße der O'Connell Street, in dem hauptsächlich Arbeiter verkehrten, und Séan schaute sie zweifelnd an, bevor er ihr die Tür öffnete.

»Nicht sehr vornehm, aber sie haben guten, starken Tee. Möchten Sie ein Rosinenbrötchen dazu?«

Ida spürte auf einmal, dass sie hungrig war. Sie hatte seit dem Mittag nichts gegessen. »Gern.«

Séan stand auf und ging zur Theke, wo er sich kurz mit

dem Besitzer unterhielt – er schien Stammgast zu sein. Ida hörte etwas von »Versammlung« und »Larkin«, mehr konnte sie nicht verstehen. Sie sah zu, wie Séan mit einer Hand das Tablett balancierte, blieb aber sitzen, um seinen Stolz nicht zu verletzen.

Sie rührte Zucker in ihren Tee und biss in das Rosinenbrötchen.

»Geht es besser? Ich hatte nicht damit gerechnet, dass Sie so auf meine Übersetzung reagieren.« Séan blickte derart betreten drein, dass Ida lachen musste.

»Ich bin froh, dass wir uns gerade jetzt über den Weg gelaufen sind. Ich war niedergeschlagen und bin eigentlich nur in den Laden gegangen, um ein bekanntes Gesicht zu sehen.« Sie hielt inne. »Hätte ich geahnt, was auf dem Zettel steht, hätte ich Sie nicht damit in Verlegenheit gebracht.«

»Ist er von Cian O'Connor?«

Ida nickte. »Woher kennen Sie ihn eigentlich?«

»Ich gebe seit einigen Jahren *Irish Freedom* heraus. Cian schreibt für uns gelegentlich über soziale Fragen. Wir haben uns sofort verstanden. Er hat viel für mich getan, als ich krank wurde. Im Krankenhaus hat er sich mit einem Arzt angelegt, der veraltete Behandlungsmethoden anwendete, das war vielleicht ein Aufstand! Sie haben quer durch die ganze Station geschrien und hätten sich beinahe geprügelt.«

»Im Ernst?«

»Sie kennen ihn doch. Feste Überzeugungen und entschlossen, sie gegen jeden Widerstand durchzusetzen. Die Schwestern haben mir erzählt, sie hätten vor Angst kaum zu atmen gewagt. Aber sie waren beeindruckt. Und Cian hatte recht mit der Behandlung.« Séan trank von seinem Tee und sah Ida nachdenklich an. »Er versteht es, seine guten Seiten zu verstecken, aber Sie haben sie inzwischen entdeckt, wie mir scheint.«

Als sie nicht antwortete, schaute Séan sie besorgt an. »Habe ich etwas Falsches gesagt?«

Ida schüttelte den Kopf. »Es hat nichts mit Ihnen zu tun. Sagen Sie … was wissen Sie über seine Familie?« Ihr war nicht wohl bei der Frage, doch die Begegnung mit Mr. O'Connor ließ ihr keine Ruhe.

Séan stand auf und holte noch zwei Becher Tee. Er schob ihr einen hin und stützte die Wange in die Hand. »Nichts«, antwortete er dann erst auf ihre Frage.

Ida sah ihn überrascht an. »Ich weiß, dass es sich nicht gehört, Cians Freunde auszufragen, aber vorhin …« Sie zögerte, gab sich jedoch einen Ruck und erzählte ihm die Geschichte. Er hörte aufmerksam zu und ließ sie nicht einmal aus den Augen, wenn er von seinem Tee trank.

»Dann wissen Sie mehr als ich. Ich habe einmal nach seiner Familie gefragt, als wir uns gerade kannten. Die Antwort fiel so scharf aus, dass ich ihn nie wieder darauf angesprochen habe. Ich bezweifle, dass irgendjemand Cian wirklich gut kennt.«

Ida war spät eingeschlafen und fuhr mit einem Ruck auf, als es am nächsten Morgen an ihre Zimmertür klopfte. Sie rieb sich die Augen und schaute auf den Wecker. Viertel nach neun am Sonntag. Durch die Vorhänge fiel helles Sonnenlicht ins Zimmer.

»Miss Martens, Dr. O'Connor möchte Sie abholen.«

Sie sprang aus dem Bett und lief ans Fenster. Vor dem Haus stand ein Automobil.

»Sagen Sie ihm, ich beeile mich, Mrs. Fitzgerald.« Ihr blieb keine Zeit, über den gestrigen Tag nachzudenken, was vielleicht auch besser war. Sie wusch sich, zog eine hübsche Bluse und ihren besten Rock an, steckte die Haare im Nacken zusammen und griff nach Hut und Tasche. Dann warf sie noch einen flüchtigen Blick in den Spiegel.

Mrs. Fitzgerald und Cian blickten ihr entgegen, als sie das Esszimmer betrat.

»Sie trinken eine Tasse Tee und essen etwas, sonst lasse ich Sie nicht aus dem Haus«, erklärte Mrs. Fitzgerald. »Dr. O'Connor ist mit einem Automobil da.« Sie betonte das Wort, als wäre es ein exotisches Juwel. »Damit sind Sie schnell dort, wo immer Sie hinwollen, und haben noch Zeit, sich vorher zu stärken.«

Cian schaute Ida belustigt an und zuckte mit den Schultern. »Wie könnte ich da widersprechen?«

Sie setzte sich, bestrich eine Scheibe Sodabrot mit Butter und biss hinein, während Mrs. Fitzgerald das freundliche Maiwetter lobte. Ida war dankbar für den kurzen Aufschub, bevor sie mit Cian in den Wagen steigen würde.

»Wir fahren in die Dublin Mountains«, sagte er ohne Umschweife.

»Jetzt bin ich aber überrascht.«

»Ist es dir nicht recht?« Die Frage klang beinahe schüchtern.

»Doch. Nur weiß ich nicht, ob ich dafür richtig gekleidet bin.«

»Für eine Wanderung sicher nicht, aber für einen kleinen Spaziergang sollte es reichen«, warf Mrs. Fitzgerald ein. »Mein verstorbener Mann und ich sind an den Wochenenden oft hinausgefahren. Die Gegend ist herrlich! Am Rundturm von Glendalough hat er um meine Hand angehalten.«

Ida bemerkte, dass Cian rot wurde.

Sie aß rasch ihr Brot auf und erhob sich. »Ich brauche nur noch meine Jacke, dann bin ich so weit.«

Cian verabschiedete sich von Mrs. Fitzgerald, hörte sich geduldig ihre Ratschläge bezüglich schöner Aussichten und günstiger Gasthäuser an und reichte Ida den Arm, als sie mit der Jacke über der Hand in der Tür erschien.

»Einen schönen Tag wünsche ich!«, rief Mrs. Fitzgerald ihnen von der Haustür aus nach.

»Seit wann hast du ein Automobil?«, fragte Ida, als er ihr die Wagentür aufhielt.

»Es gehört einem alten Patienten, der nicht mehr fahren kann. Er hat mir angeboten, es jederzeit zu nutzen. In der Stadt verzichte ich meist darauf, aber für einen Ausflug in die Berge ist es wie geschaffen.«

Er kurbelte den Motor an, stieg ein und fuhr los, wobei er die ganze Zeit geradeaus schaute.

Ida hielt mit einer Hand den Hut fest und genoss es, in dem offenen Wagen durch die Straßen zu rollen. Ab und zu schaute sie nach rechts, um einen Blick auf Cian zu werfen.

Sie betrachtete sein Profil, die gerade Nase, die vollen Lippen, die rotbraunen Haare, die im Wind flatterten, da er seinen Hut achtlos auf den Rücksitz geworfen hatte, die schlanken, gepflegten Hände, die das Lenkrad umfasst hielten. Sie hätte den Anblick genossen, wäre da nicht dieses Schweigen gewesen. Seit sie losgefahren waren, hatte Cian kein Wort gesprochen.

»Wie lange fahren wir?«

»Eine Stunde.«

Eine Stunde konnte sehr lang werden, wenn man sich anschwieg, dachte Ida mit wachsendem Unbehagen. Doch sie musste geduldig bleiben. Er wollte mit ihr sprechen, ganz sicher, sonst hätte er sie nicht zu diesem Ausflug abgeholt.

Sie ließen die Vororte hinter sich. Vor ihnen tauchten die Ausläufer der Dublin Mountains auf, und alles war so leuchtend grün, dass es ihr fast den Atem nahm. Obwohl sie nun seit über einem Jahr in Irland lebte, hatte sie bisher nur die Großstadt und ein Stück von der Küste gesehen. Jetzt erkannte sie, was ihr entgangen war.

Von Bergen konnte man eigentlich nicht sprechen, die meisten waren große Hügel, doch da sie sich aus der Ebene um Dublin erhoben, boten sie weite Aussichten über das Land. Auffällig war, dass es nur Wiesen und Büsche gab, aber kaum Bäume. Die Hügelkuppen erhoben sich fast kahl in den Himmel.

»Es ist wunderschön, aber warum stehen hier keine Bäume?«, fragte sie.

In Cians Stimme schwang eine gewisse Erleichterung mit, als wäre er froh, über etwas Unverfängliches sprechen zu können.

»Die großen Eichenwälder wurden vor über dreihundert Jahren gefällt, als die Engländer die Flotte bauten, mit der sie später die spanische Armada schlugen. Man hat sie nie wieder aufgeforstet. Außerdem ist Irland voller Felder und Weiden, die mehr Geld einbringen als unberührte Wälder.«

»Das ist schade.«

»Mehr noch, es ist traurig. In alter Zeit hatten Bäume eine große Bedeutung für die Menschen. Die Druiden benutzten sie für ihre Rituale, vor allem die Stechpalme. Die Eiche, der Weißdorn, der Haselstrauch – sie alle waren Symbole für Glück, Weisheit oder Stärke. Es gibt sogar ein Baum-Alphabet.«

Cian hielt am Rand der einsamen Straße und holte sein Notizbuch heraus. Als Ida sich an den Zettel erinnerte, den er ihr am Vortag gegeben hatte, schlug ihr Herz so heftig, dass sie die Hand dagegenpresste.

»Schau mal.« Er zeichnete eine waagerechte Linie und malte drei Gruppen von Querstrichen darauf. »Das ist dein Name im Ogham-Alphabet. I, D, A, von links nach rechts gelesen. Das I steht für *Iodhadh,* die Eibe, das D für *Dair,* die Eiche, und das A für *Ailm,* die Purpurtanne.«

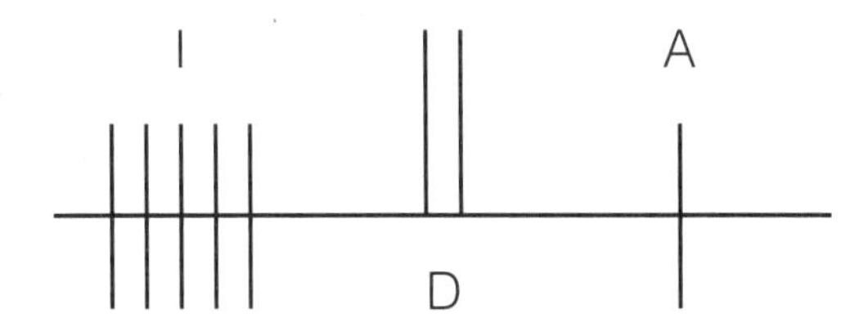

Fasziniert schaute Ida auf die fremdartigen Schriftzeichen. Sie konnte die Augen nicht von dem Blatt und von Cians Fingern lösen, die den Bleistift hielten.

»Tá grá agam duit.«

Sein Kopf schoss herum, und er sah sie zum ersten Mal, seit sie aus Inchicore aufgebrochen waren, richtig an. Sein Mund zuckte, und es brach ihr fast das Herz, ihn so unsicher zu sehen.

»Woher weißt du, wie man es ausspricht?«

»Jemand hat es mir gesagt. Und übersetzt.«

Cian wandte sich ab. »Es tut mir leid ... gestern, das alles. Ich habe nicht gewusst, dass er –«

»Du brauchst dich nicht zu entschuldigen«, fiel Ida ihm

ins Wort und legte ihre Hand behutsam über seine. »Wenn du es mir irgendwann erklärst, bin ich zufrieden.«

Sie hörte nur seinen heftigen Atem. Nach einer Weile begann er zu sprechen, erst langsam und stockend, dann schneller. »Mein Vater … es liegt lange zurück, aber er hat etwas getan, das ich ihm nicht verzeihen kann. Und gestern habe ich erkannt, dass er sich nicht geändert hat. Du darfst dich nicht täuschen lassen. Er kann ungemein charmant sein. Und er versteht sich darauf, sich selbst hell zu malen und mich dunkel.« Er hob die Hand, als Ida etwas sagen wollte. »Ich will kein Mitleid. Ich erkläre es nur. Das Dunkle in mir … daran ist er nicht schuldlos. Ich kann dir nicht alles erzählen, es gibt Dinge, an die ich nicht denken will. Aber er hat mich mit seinem Glauben erdrückt. Das Gewissen als Waffe eingesetzt. Mich zur Beichte geschickt, weil ich mich versündigt hatte, ohne es zu merken.« Sein Lachen klang bitter. »Ich kannte den Katechismus fast auswendig, und doch fand ich manchmal kein Vergehen, das ich hätte beichten können. Also habe ich etwas erfunden. So schlug ich zwei Fliegen mit einer Klappe – ich hatte etwas, das ich beichten konnte, und eine Sünde, nämlich die der Lüge, fürs nächste Mal.«

Ida wagte kaum zu atmen.

»Es war seine Art, für den Tod meiner Mutter zu büßen. Es kam wie so oft – die Frau stirbt im Kindbett, der Mann empfindet sich als Sünder, der sich nicht beherrschen konnte. Es war eine Last, die immer spürbar war.«

»Mir sind diese Vorstellungen fremd«, sagte Ida, »aber ich verstehe jetzt, warum du ihn nicht sehen wolltest.«

»Er würde sagen, dass ich damit in den Augen der Kirche erneut gegen ein Gebot verstoßen habe. Nämlich Vater und Mutter zu ehren.«

»Unsinn!« Sie sprach heftiger als beabsichtigt, weil sie sah, wie es ihn quälte.

»Vor allem wollte ich nicht, dass du ihn triffst. Und er dich.« Damit schien für Cian alles gesagt. Er stieg aus dem Wagen und blieb mit dem Rücken zu ihr stehen. Ida folgte ihm und legte ihm die Hände auf die Schultern. Sie musste hochreichen, weil er größer war als sie, und dann legte er seine Hände über ihre.

Irgendwann drehte er sich zu ihr um und zog sie an sich, fester als je zuvor.

Sie schloss die Augen, atmete tief durch und nahm allen Mut zusammen, den sie in sich finden konnte. *»Tá grá agam duit.«*

Sie hatten einen besonderen Glückstag erwischt. Die Sicht von dem Hügel, auf den sie gestiegen waren, nahm Ida den Atem. Sie breitete unwillkürlich die Arme aus und drehte sich langsam im Kreis.

»Es ist, als könnte ich von hier aus ganz Irland sehen!«

Im Osten blickte sie auf das Häusermeer von Dublin und die Vororte, die sich wie Fangarme ins grüne Umland reckten. Dahinter lagen die flache Küste und die blaugraue See, aus der sich einige Inseln erhoben. Und dahinter war Wales und noch weiter im Osten England – Ida meinte, einen blassen Streifen Land zu erkennen, doch das bildete sie sich vielleicht nur ein. Das Meer war mit großen und kleinen Schiffen getupft, und die Sonne ließ das Wasser funkeln, bis es wie flüssiges Gold aussah.

Nach Westen dehnten sich die Berge aus, braune und leuchtend grüne Kuppen, sanft gerundet, zwischen denen ein See aufschimmerte. An vielen Stellen drang Felsgestein durch die Erde, als wolle es die Vegetation vertreiben. Manche Brocken wirkten wie von Menschenhand geordnet, wie die Ruinen einer uralten Zivilisation.

Cian betrachtete sie mit verschränkten Armen. Der Wind blies ihm die Haare ins Gesicht und ließ ihn plötzlich sehr jung aussehen. Um seinen Mund spielte das erste aufrichtige Lächeln des Tages.

»Das ist mein Geschenk für dich«, sagte er. »Ich habe dieses Wetter nur für dich bestellt. Es war schwierig und nicht ganz preiswert, aber das war es mir wert.«

»Du redest Unsinn«, sagte Ida und küsste ihn zärtlich. »Aber ich höre es gern.«

Er legte den Arm um ihre Schultern und zog sie an sich. »Hierher komme ich, wenn ich in Ruhe nachdenken will. Wenn mir der Strand nicht einsam genug ist. Ich habe auch schon hier oben gezeltet. Das ist aber eine Weile her.«

Sie schaute ihn verwundert an.

»Was ist?«

»Ich habe dich immer für einen Stadtmenschen gehalten, das scheint dein natürlicher Lebensraum zu sein.«

»Heutzutage schon.« Er hielt kurz inne. »Meine Schule lag auf dem Land, in Tipperary, fern der Versuchungen der Großstadt, was gewiss seine Gründe hatte. Wenn wir nicht lernen mussten, waren wir draußen, haben Sport getrieben, Pilze und Pflanzen für den Unterricht gesammelt. Sind gewandert.«

»Das klingt nach einer schönen Schulzeit«, sagte Ida und bemerkte, wie ein Schatten über sein Gesicht huschte. Dann gab er sich einen Ruck. »Lass uns weitergehen.«

Seine Hand war warm und fest, und Ida spürte den Wind in den Haaren, als sie eng beieinander von der Hügelkuppe ins Tal hinuntergingen.

12

Mrs. Gifford thronte wie eine Königin im Wohnzimmer. Ida hatte den Verdacht, dass Graces Mutter sie nicht ohne Hintergedanken eingeladen hatte, sondern ihren Freunden und Bekannten eine Künstlerin präsentieren wollte, um sich interessant zu machen. Sie war hingegangen, um Grace einen Gefallen zu tun, der vor dieser Veranstaltung graute.

»John hat sich gedrückt und Nellie – du kannst dir denken, warum Mutter sie nicht dabeihaben will.«

Falls Mrs. Gifford geglaubt hatte, mit einem interessanten Gast von ihren Familienangelegenheiten abzulenken, wurde sie eines Besseren belehrt.

»Ihre Nellie hat jetzt eine neue Beschäftigung, wie ich hörte?«, fragte eine Dame mit kaum verhohlener Neugier.

Grace schaute Ida an und verdrehte die Augen.

»Sie ist immer noch Hauswirtschaftslehrerin«, erwiderte die Dame des Hauses betont gelassen.

»Gewiss, aber sie ist doch in einer Arbeitsvermittlung tätig. Für Mr. Connolly von der Gewerkschaft.«

Grace machte keine Anstalten, ihre Mutter aus der Verlegenheit zu retten. Sie schaute zwischen den beiden älteren Frauen hin und her, als säße sie bei einem Tennismatch.

»Sie hat ein so gutes Herz«, erklärte Mrs. Gifford, »und begreift gar nicht, wie gefährlich diese Vereine sind. Sie muss erkennen, dass sie romantischen Schwärmereien von Gerechtigkeit anhängt, die nichts mit der Wirklichkeit zu tun haben.«

»Aber Mutter …«, begann Grace, doch Mrs. Gifford fuhr ihr über den Mund.

»Habe ich Ihnen schon Miss Martens aus Deutschland vorgestellt? Sie ist eine Künstlerin und zeichnet ganz allerliebst.«

»Haben Sie nicht die Kinder von Stadtrat Burke porträtiert?«, warf eine Dame mit auffälligem Hut ein. »Das Bild soll ganz reizend sein. Sind Gesellschaftsporträts Ihr Fachgebiet?«

»Das wäre zu viel gesagt. Ich male alle Menschen, die mir interessant erscheinen. Es kann auch ein armes Kind auf der Straße oder eine Obstverkäuferin sein.«

Ida sah aus dem Augenwinkel, wie Grace zufrieden lächelte.

Die Veranstaltung war das, was Mrs. Gifford unter einer ungezwungenen Gesellschaft am Sonntagnachmittag verstand. Gut situierte Bekannte, die Rathmines selten verließen und dann auch nur, um aufs Land zu fahren oder das Theater zu besuchen. Die alles so belassen wollten, wie es war, die mit dem Leben in ihrer kleinen Welt zufrieden waren und Veränderungen als etwas betrachteten, das es mit aller Macht zu verhindern galt.

All das habe ich in Hamburg hinter mir gelassen und nie vermisst, dachte Ida. Und im eleganten Sandymount erinnerte Cian sie stets daran, dass es eine Welt außerhalb der gepflegten Häuser und der britischen Selbstzufriedenheit gab.

Während ihr diese Gedanken durch den Kopf gingen, klingelte es. Sie hörte, wie das Mädchen die Tür öffnete, dann Stimmen im Flur. Als sie Graces erstaunten Blick bemerkte, drehte sie sich um und sah eine Dame mittleren Alters, die in Begleitung eines jungen Mannes ins Zimmer trat. Er war blond und trug eine gut geschnittene Uniform, die inmitten der dezenten Nachmittagskleider seltsam exotisch wirkte.

»Mrs. Spencer, was für eine Freude! Und das ist ihr Sohn, Captain William Spencer«, verkündete Mrs. Gifford und machte mit dem jungen Offizier die Runde. Als sie bei Ida und ihrer Tochter ankam, verbeugte sich der junge Mann und lächelte. »Vielen Dank, Mrs. Gifford, aber ich hatte schon einmal das Vergnügen. Es ist lange her, aber wie könnte ich zwei so charmante Damen vergessen?«

Ida amüsierte sich über den verblüfften Blick ihrer Gastgeberin und sagte rasch: »Wir sind uns in London bei einem Atelierfest begegnet.«

Grace nickte. »Ein denkwürdiger Abend. Wir haben uns prächtig unterhalten. Es gab eine wilde Diskussion über Picasso.«

Mrs. Gifford wollte ihren Gast weiterführen, doch er blieb stehen und schaute die beiden jungen Frauen an. »Miss Gifford, meine Freude ist groß, wenn auch nicht unerwartet. Miss Martens hier zu sehen ist hingegen eine echte Überraschung.«

»Ich lebe jetzt in Dublin«, sagte Ida nicht ohne Stolz. »Seit anderthalb Jahren.«

»Eine ungewöhnliche Wahl, auch wenn die Stadt durchaus ihre Reize haben soll. Malen Sie noch?«

»O ja. Mehr denn je.«

Mrs. Gifford rief nach Grace, doch der Captain blieb unbeirrt bei Ida stehen. »Ich hoffe, wir sehen uns bald wieder. Ich werde einige Zeit in Dublin bleiben.«

Kurz darauf verwickelte eine Dame Ida in ein Gespräch über ihre Kinderzeichnungen. »Sie sind wirklich gelungen, Miss Martens. Und Sie haben diese … Häuser tatsächlich aufgesucht? Wie mutig von Ihnen. Es ist sicher nicht ungefährlich, sich dort zu bewegen. Ich muss gestehen, dass ich diesen Straßen fernbleibe, wenn ich einmal zu Fuß in der Stadt unterwegs bin.«

»Ich hatte einen Begleiter, der sich dort auskannte«, antwortete Ida. »Er hat mich den Familien vorgestellt und mir erklärt, wie sie leben und unter welchen Problemen sie leiden.«

Daraufhin mischte sich ein korpulenter älterer Herr in das Gespräch ein. »Mit Verlaub, aber ich frage mich, ob es angebracht ist, diese Leute in einem Buch zu präsentieren, um Mitleid mit ihnen zu wecken. Viele von ihnen lungern den ganzen Tag untätig herum, trinken übermäßig und kümmern sich nicht um ihre Kinder. Natürlich sind diese zu bedauern, aber es ist die Aufgabe der Eltern und nicht der Gesellschaft, für ihr Wohl zu sorgen. Gewiss, Sie sind fremd hier, daher ist Ihnen kein Vorwurf zu machen, aber ich halte diese Broschüre für einen Fehler. Und dass man sie auch noch in Amerika verteilt und damit ungerechtfertigten Zorn gegen die Verhältnisse in Dublin entfacht ...«

Im Raum war es plötzlich still geworden.

»Sir, ich bin in der Tat fremd hier, wie Sie sagen, aber ich hatte Gelegenheit, mir anzusehen, wie diese Menschen leben.« Es kam ihr vor, als stünde Cian an ihrer Seite – dieser Mann konnte ihr nichts anhaben. »Ich habe es mir angesehen, und es war eine Schande. Ich hätte nicht gedacht, dass es in Europa solches Elend gibt. Manche Häuser sehen aus, als könnten sie jeden Augenblick über den Menschen einstürzen.«

Mrs. Gifford war hinzugetreten und räusperte sich. »Mr. Oliver hat das sicher nicht als Vorwurf gemeint. Ich fand die Zeichnungen anrührend, auch wenn ich bezweifle, dass man den Menschen auf diese Weise helfen kann.«

»Man würde ihnen schon helfen, wenn man sie ihre Arbeit

tun ließe und sie anständig bezahlte, statt sie auszusperren«, ließ sich eine leise, scharfe Stimme vernehmen.

Grace war ein stiller Mensch, doch Ida spürte die Härte in ihren Worten. Sie sah, wie Mrs. Gifford um Fassung rang, doch Mr. Oliver war noch nicht fertig. Er schaute Ida und Grace abschätzig an, als überlegte er, ob es überhaupt lohnte, mit ihnen ein politisches Thema zu erörtern. Dann seufzte er.

»Die Aussperrung der Arbeiter ist vollkommen berechtigt. Die Gewerkschaften sind unser Untergang. Es ist doch nicht zu viel verlangt, wenn die Leute unterschreiben sollen, dass sie nicht in diese Vereine eintreten. Deren Gier kennt keine Grenzen, sie treiben die Arbeitgeber mit ihren Forderungen in den Ruin. Es wird den Leuten eine Lehre sein, wenn sie eine Weile vor verschlossenen Fabriktoren stehen und keinen Lohn bekommen. Sonst enden wir noch im Sozialismus.« Er sah aus, als hinterließe das Wort einen schlechten Geschmack in seinem Mund.

»Sir, hier geht es nicht um Gier. Die Gewerkschaften verlangen für ihre Mitglieder eine Bezahlung, von der man eine Familie ernähren kann«, sagte Grace, die durch ihr politisches Interesse und ihre Arbeit in den Suppenküchen, wo die ausgesperrten Arbeiter und deren Familien versorgt wurden, bestens mit der Lage vertraut war. »Wie sollen die Leute ohne Lohn ihre Familie ernähren?«

»Natürlich geht es um Gier, die Gier der Gewerkschaften!« Mr. Oliver wurde zunehmend lauter, und nun trat auch Captain Spencer interessiert hinzu.

»Der Gewerkschaften, die immer mehr Rechte fordern, die die Firmen unter ihre Kontrolle bringen und den Arbeitgebern vorschreiben wollen, was sie zu tun und zu lassen haben. Die die Loslösung von Großbritannien predigen, die Revolution!«

Captain Spencer nahm eine Zigarette aus seinem Etui und

schaute den empörten Gast nachdenklich an. »Sie werden verzeihen, Sir, ich bin neu in der Stadt und weiß nicht, worum es bei dieser Aussperrung geht. Aber mir scheint, dass Ihr Tonfall den jungen Damen gegenüber nicht ganz angemessen ist.«

Ida sah, wie Mrs. Gifford ihm dankbar zunickte und in den Flur trat. Kurz darauf brachte das Mädchen frische Sandwiches und neuen Tee. Manche Gäste schienen erleichtert, dass sie wieder zu leichtem Geplauder zurückkehren konnten, während Mr. Oliver sich noch nicht beruhigt hatte und erregt auf einen Bekannten einredete. Captain Spencer blieb bei Ida und Grace stehen.

»Ich hoffe, das war nicht unangebracht.«

»Ganz und gar nicht«, sagte Grace. »Ich danke Ihnen.« Ihr schien noch mehr auf der Zunge zu liegen, doch sie beherrschte sich, weil ihre Mutter dazugetreten war.

»Ich muss mich für Mr. Oliver entschuldigen. Möglicherweise fühlt er sich nicht wohl, er war einige Wochen unpässlich. Verzeihen Sie, Captain Spencer, normalerweise sind meine Gäste durchaus wohlerzogen.«

»Er hat jedes Wort so gemeint, wie er es gesagt hat«, erwiderte Grace in kaltem Ton. »So hat er immer schon gedacht, Mutter. Und die Aussperrung hat ihm den nötigen Vorwand geliefert, um es auszusprechen. Beim nächsten Mal solltest du dir überlegen, ob es klug ist, Leute wie ihn und Ida gemeinsam einzuladen.«

Mit diesen Worten wandte sie sich ab und trat an den Teetisch.

Wenige Tage darauf kamen Ida und Grace an einem strahlenden Septembernachmittag durch die Talbot Street, als sie plötzlich Lärm hörten. Dann stürzten Männer aus der nächstgelegenen Nebenstraße, deuteten immer wieder hinter sich und riefen etwas von »Polizei« und »Straßenkampf«.

»Was ist hier los?«, fragte Grace einen älteren Mann, der keuchend in einem Hauseingang stehen geblieben war und sich Blut vom Gesicht wischte.

»Die haben Streikbrecher aus England geholt! Die kriegen jetzt das Geld, das uns zusteht. Wir stehen vor den verschlossenen Fabriktoren, und unsere Familien hungern. Wir sind dagegen auf die Straße gegangen, und dann hat die Polizei eingegriffen. Mit Schlagstöcken.« Er richtete sich mühsam auf und ging dann langsam weiter, sich an den Hausmauern abstützend.

Aus der Nebenstraße erklang wildes Geschrei, die beiden Frauen hörten scharfe Befehle und das Wiehern von Pferden. Steine rollten bis in die Talbot Street, einer blieb knapp vor Idas Füßen liegen. Passanten flüchteten sich in Hauseingänge und Geschäfte.

»Gehen Sie nicht weiter!«, rief einer im Vorbeilaufen. »Die haben vielleicht sogar Pistolen!«

Gleich hinter ihm brach ein junger Mann mit blutendem Kopf auf dem Pflaster zusammen.

Die beiden Frauen sahen einander an.

»Die Ambulanz ist doch ganz in der Nähe, oder? Cian hat heute Dienst. Lass uns die Verletzten dorthin schicken.«

»Bringen Sie die Leute rein!«, rief Ida von der Tür aus. Die Ambulanz war in einem schlichten Backsteinhaus untergebracht, das sich nicht von den übrigen Mietshäusern in der Straße nahe dem Hafen unterschied. Auf dem Gehweg hatte sich eine Schlange gebildet, blutüberströmte Männer wurden von anderen gestützt, manche hatten sich mit letzter Kraft allein von der Talbot Street hergeschleppt. Polizisten mit

Schlagstöcken versuchten, die Straße abzuriegeln und weiteren Arbeitern den Weg zur Ambulanz zu versperren.

»Grace!«, rief Ida über die Schulter. »Halte die Tür auf und sieh zu, dass alles geordnet zugeht. Ich gehe mal kurz –«

»Du willst doch nicht da raus?«, rief Grace und hielt sie an der Schulter fest. »Schau dir an, wie die Männer zugerichtet wurden. Wenn Cian das erfährt …«

»Ich komme sofort wieder«, sagte Ida und trat auf den Gehweg. Sie drängte sich an Männern in schäbigen Jacketts und Schirmmützen vorbei und ging auf die Reihe der Polizisten zu, die eine Kette quer über die Straße gebildet hatten. Vor ihnen standen mindestens dreißig Leute, die sich von Cian behandeln lassen wollten.

Aus den Fenstern ringsum lehnten sich Frauen hinaus, die die Polizisten heftig beschimpften.

»Immer auf der falschen Seite!«

»Unsere Kinder hungern!«

»Schaut euch die fetten Bäuche an!«

Eine schüttete einen Eimer Putzwasser in hohem Bogen aufs Pflaster, genau vor die Füße der Polizisten. Wasser spritzte an den blauen Uniformen hoch.

»Lassen Sie die Leute durch«, sagte Ida von hinten.

Keine Antwort. Vielleicht hatten die Männer sie in dem Durcheinander nicht gehört.

Sie tippte einen Polizisten an, der sich umdrehte und sie herablassend anschaute. »Ja, Miss? Bleiben Sie lieber weg von der Straße, das ist nichts für Damen.«

»Was genau meinen Sie? Dass Leute von der Polizei halb totgeschlagen werden?«, fragte sie. Der Zorn hielt ihre Angst in Schach.

»Ich warne Sie, Miss. Gehen Sie ins Haus.«

»Ich arbeite in der Ambulanz. Die Männer wollen sich dort behandeln lassen, das ist ihr gutes Recht. Wenn Sie sie daran hindern, machen Sie sich strafbar.«

Nun drehten sich auch die anderen Polizisten um.

»Es sind Unruhestifter darunter, Sozialisten und Hetzer. Sie wollten die Streikbrecher daran hindern, die Fabriken zu betreten. Und haben uns mit Steinen beworfen. Wir tun hier nur unsere Pflicht und wahren Recht und Ordnung.«

»Sie verhindern, dass Verletzte ärztlich behandelt werden«, erwiderte Ida. Ihre Angst wuchs, doch sie würde nicht klein beigeben. »Das ist unterlassene Hilfeleistung.«

Die Polizisten kehrten ihr wieder den Rücken zu. Sie presste die Lippen aufeinander und überlegte rasch. Dann kam ihr eine Idee. Sie griff in die Rocktasche und zog das kleine Skizzenheft hervor, das sie immer bei sich trug. Sie stellte sich so hin, dass die Polizisten sie sehen konnten, und begann zu zeichnen.

Ein Mann, dessen linker Arm völlig verdreht herabhing, warf sich verzweifelt gegen die Polizeikette, worauf ihn ein Stiefel knapp unterhalb des Knies traf. Er sackte mit einem Aufschrei zusammen.

»Ihr Schweine! Dreckige Mörder!«, erscholl es aus mehreren Kehlen.

In diesem Moment wandte sich der Polizist, der den Mann getreten hatte, zur Seite und bemerkte Ida. »Was tun Sie da?«

»Oh, ich habe mir nur kurz etwas notiert«, sagte sie und steckte Heft und Stift wieder ein. »Falls die Zeitungen Fragen haben …«

Sie bemerkte seinen Argwohn und wartete atemlos ab. Dann stieß er seine Nebenleute an, und die Kette rückte beiseite, worauf die Arbeiter einander ungläubig ansahen und an den Polizisten vorbeidrängten.

Ida eilte zur Ambulanz zurück, wo Grace ihr besorgt entgegensah. Dann deutete sie überrascht auf die Männer, die ihr folgten.

»Wie hast du das geschafft?«

»Subtile Drohung«, sagte Ida lapidar und bezog wieder ihren Posten an der Tür. »Weißt du, wo das Verbandmaterial ist? Cian wird noch eine Menge davon brauchen.«

»Ich hole es.« Grace eilte in den Flur, während Ida dafür sorgte, dass die Verletzten ruhig und gesittet hineingingen und kein Gedränge entstand.

»Was haben Sie da vorhin gemacht, Miss?«, fragte ein älterer Mann mit struppigem grauem Haar. Er selbst schien unverletzt, stützte aber den Mann mit dem gebrochenen Arm, der den Tritt vors Knie erhalten hatte.

»Ich weiß nicht, was Sie meinen«, sagte Ida.

»Sie haben was gemalt oder so und es einem Polizisten gezeigt. Hab ich doch gesehen. Und dann haben die uns auf einmal durchgelassen.«

Ida zog das Büchlein aus der Tasche, bevor der Mann anfing, irgendwelche Geschichten zu verbreiten, und zeigte ihm die Skizze.

»Sieh nur, Pat«, sagte er zu dem Verletzten, der kaum ansprechbar war, »die Lady hat dich gemalt. Und auch das Schwein, das dich getreten hat.«

»Ich habe gedroht, es an die Zeitungen zu geben.«

Der Mann sah sie zweifelnd an. »Die drucken doch nur, was die Arbeitgeber wollen, Miss.«

»Nicht *Sinn Féin*.«

»Das ist was anderes«, sagte er respektvoll. »Die würden es bringen, ganz sicher.«

Ida schaute den Flur entlang und sah, wie Grace einen

Stapel Verbandmaterial ins Behandlungszimmer brachte, wo Cian und zwei Krankenschwestern mit der Versorgung der Verletzten beschäftigt waren.

Plötzlich entstand Unruhe in der Schlange. Ida blickte hinaus und bemerkte einen Priester, der einen jungen Mann in den Flur zu schieben versuchte.

»Hinten anstellen, wie alle«, knurrte jemand.

»Was ist hier los?«, fragte sie.

Der Priester drehte sich zu ihr um. Er mochte um die fünfzig sein und hatte ein hageres, freundliches Gesicht, das von tiefen Falten durchzogen war.

»Ich bin Father Monaghan. Dieser Mann soll Polizisten angegriffen und zum Aufruhr angestiftet haben. Dabei hat er sich nur gewehrt. Jetzt sind sie hinter ihm her.« Er sah Ida beschwörend an. »Bitte. Er hat Familie.«

»Das ist Kelly«, sagte ein Arbeiter mit blutverschmiertem Gesicht. »Guter Mann. Enger Mitarbeiter von Larkin. Dem sollten Sie helfen.«

Draußen auf der Straße erklangen Schreie, man hörte Fußgetrappel.

Ida drehte sich zu Grace um. »Durchs Souterrain!«, rief sie. »Schnell!«

Grace zog den Mann mit sich und verschwand mit ihm durch eine Tür unter der Treppe, von wo aus man in den Keller gelangte. Wenn der Mann sich einigermaßen klug anstellte, konnte er durch den Lichtschacht vor dem Souterrain wieder auf die Straße gelangen, während Ida seine Verfolger ablenkte.

Zwei Polizisten schoben bereits die Wartenden beiseite und drängten in den Flur.

»Hier sind nur Verletzte und ihre Begleiter«, sagte Ida und

trat den Polizisten entschlossen in den Weg, um Grace und dem Mann Zeit zu verschaffen.

»Wir wissen, dass er hier drinnen ist. Klein, rothaarig, dunkelbraune Mütze.« Sie warfen dem Priester einen unbehaglichen Blick zu. »Verzeihung, Father, aber wir tun nur unsere Arbeit. Und jetzt lassen Sie uns rein, Miss, sonst müssen wir Gewalt anwenden.«

»Na schön.« Sie trat beiseite und deutete auf die Hintertür. »Er ist da raus. Ich habe ihn nur vorbeirennen sehen. Ob er rote Haare hatte, konnte ich nicht erkennen.«

Die Polizisten drängten an den Wartenden vorbei, rissen die Hintertür auf und verschwanden im Hof. Kurz darauf tauchte Grace aus der Kellertür auf und sah sich vorsichtig um, bevor sie sich zu Ida und Father Monaghan gesellte. Sie lächelte zufrieden.

»Er ist weg. Wie ein Affe von einem Lichtschacht in den nächsten geklettert und dann in einer Nebenstraße verschwunden. Keiner hat in seine Richtung geschaut.« Dann sah sie sich im Hausflur um. »Wo sind sie hin?«

Ida deutete auf den Hof. »Ich habe sie nach hinten geschickt. Die Mauer ist ganz schön hoch. Es stehen ein paar alte Kisten davor. Etwas morsch, fürchte ich.«

Father Monaghan betrachtete die beiden Frauen mit einer Mischung aus Belustigung und Respekt. »Solche Lügen verzeiht der Herr gewiss. Ich bin übrigens der Pfarrer von St. Aloysius. Wenn ich helfen kann …«

»Wir hatten bis jetzt keine lebensbedrohlichen Verletzungen«, sagte Ida. »Die schwereren Fälle müssten eigentlich ins Krankenhaus, doch das können die Leute nicht bezahlen.«

»Ich habe gute Beziehungen zu einigen Krankenhäusern, vielleicht lässt sich etwas machen.«

»Ich brauche heißes Wasser, verflucht noch mal!«, ertönte eine ungehaltene Stimme aus dem Behandlungszimmer.

Ida blickte den Priester dankbar an. »Sie könnten uns helfen, indem Sie hier aufpassen.«

Sie sah noch, wie sich Father Monaghan an der Tür postierte und einem der Wartenden Feuer gab. Ihn würde die Polizei jedenfalls mit Respekt behandeln.

Sie und Grace trugen die Eimer ins Behandlungszimmer, wo Cian und die Krankenschwestern die Wunden der Männer reinigten, nähten und verbanden. Dann machten sie sich daran, Verbandmaterial bereitzulegen und blutige Nadeln und Scheren auszukochen.

Irgendwann trat Father Monaghan in die Tür. »Es ist keiner mehr da. Kann ich noch helfen?«

Cian richtete sich auf und drückte die Hände in den Rücken. Dann fuhr er sich mit der Hand über die Augen und trat ans Waschbecken, wo er sorgfältig seine Hände reinigte. Er zog den Kittel aus, warf ihn über einen Stuhl und zündete sich wortlos eine Zigarette an, bevor er den Priester schließlich ansah. »Wer sind Sie?«

»Father Monaghan, der Gemeindepriester von St. Aloysius. Ich habe schon von Ihnen gehört. Sie leisten gute Arbeit, sagen die Leute.«

»Father Monaghan hat vorhin einen Mann hergebracht, der von der Polizei verfolgt wurde. Einen Gewerkschafter. Wir haben ihm den Weg durchs Souterrain gezeigt. Er konnte entkommen«, warf Ida ein.

Cian sah den Priester verwundert an. »Seit wann steht die katholische Kirche auf der Seite der Arbeiter?«

Father Monaghan ließ sich nicht aus der Ruhe bringen.

»Sie sollte immer auf der Seite der Rechtlosen stehen, nach dem Vorbild Jesu.«

Cian schüttelte den Kopf. »Da habe ich andere Erfahrungen gemacht, Father. Ich war in einer Jesuiten-Schule.« Er hielt kurz inne, als hätte er schon zu viel gesagt. »Meist steht die Kirche auf der Seite derjenigen, die Macht und Einfluss haben, und das sind in diesem Fall die Arbeitgeber. Und diese Arbeitgeber sperren die Männer aus, erpressen sie. Sie sollen unterschreiben, dass sie niemals in die Gewerkschaft eintreten. Die Familien leiden bittere Not. Und das alles geschieht unter der Führung von William Martin Murphy, dem ehemaligen Jesuitenschüler.«

»Jesuitenschüler gewesen zu sein ist an sich noch keine Schande«, erwiderte der Priester ironisch.

»Es sei denn, man lernt dort schändliches Verhalten. Schwarz und unbarmherzig, so habe ich die Lehrer in Erinnerung.«

Ida und Grace sahen einander besorgt an, während Father Monaghan keine Regung zeigte. Er schien zwar etwas sagen zu wollen, besann sich dann aber und wandte sich zur Tür, wo er sich noch einmal umdrehte.

»Sie hatten einen anstrengenden Tag, Dr. O'Connor. Ich würde mich freuen, wenn wir uns demnächst einmal in Ruhe unterhalten könnten. Vielleicht stehen wir ja auf derselben Seite. Auf Wiedersehen, die Damen.« Mit einem Nicken war er verschwunden.

»Ich hole meinen Mantel«, sagte Grace und verließ das Behandlungszimmer.

Ida schaute Cian an, der seine Zigarette ausgedrückt hatte und die Hemdsärmel herunterrollte.

»Was sollte das gerade?«

Er schwieg.

»Cian, er hat dem Mann geholfen und ihn vor der Polizei beschützt, obwohl er Gewerkschafter war! Du kannst nicht alle Priester oder Jesuiten oder wen auch immer über einen Kamm scheren, nur weil du mit ihnen …«

Noch während sie sprach, sah sie, wie sich sein Gesicht verhärtete. Ihr fiel ein, was er zu Father Monaghan gesagt hatte: Schwarz und unbarmherzig, so habe ich die Lehrer in Erinnerung.

Sie und Cian waren einander in diesem Sommer sehr nahegekommen, hatten öfter die Plunketts in Larkfield besucht, abends nach der Arbeit am Strand gesessen, Joes Theaterproben besucht, wenn Ida die Kulissen malte. Der Schatten, den Liam O'Connor über sie geworfen hatte, war verblasst. Cian hatte Ida in sein Leben gelassen – nur über eines sprach er nie: seine Kindheit und Jugend. Als hätte er beides mit einer Mauer umgeben, die nicht zu überwinden war.

Ida hatte ihn mit Geschichten aus ihrer Heimat unterhalten, vom geliebten Großvater und den Ausflügen zum Hafen, den steifen Abendgesellschaften ihrer Eltern, bei denen sie und ihr Bruder Christian manchmal von einem Geheimversteck aus zugeschaut und gehofft hatten, dass etwas Interessantes passieren würde. Einmal war eine Dame fast an einem Hühnerknochen erstickt, was Ida und Christian sehr aufregend fanden. Das Kindermädchen hatte furchtbar mit ihnen geschimpft.

Mit vierzehn Jahren hatte sie sich Zeichenstunden zu Weihnachten gewünscht und sie auch bekommen, weil sich so etwas für ein junges Mädchen gehörte. Aber es hatte Ida weit größere Mühe gekostet, ihrem Vater das Jahr an der Slade abzutrotzen, während ihr Bruder durch ganz Europa reisen durfte, weil ihn das auf seine Aufgaben in der Firma vorbereitete.

Cian hatte zugehört und gelacht und interessierte Fragen gestellt, aber nie im Austausch etwas von seiner eigenen Jugend erzählt. Ida ahnte, dass es eine Wunde gab, die nicht verheilt war und an die niemand ungestraft rührte.

Grace stand bereits an der Haustür und blickte ihr besorgt entgegen. Ida ging hin und nahm Graces Hände, ohne etwas zu sagen. Grace nickte und erwiderte ihren Händedruck ganz fest.

»Er braucht dich, auch wenn er es nicht immer zeigen kann. Aber er ist nicht einfach, oder?«

Ida zuckte mit den Schultern. »Ich wollte es wohl so.«

»Auf bald.« Mit diesen Worten war Grace verschwunden.

Seufzend ließ Ida die Tür ins Schloss fallen, holte ihren Mantel und blieb zögernd vor der Tür des Behandlungszimmers stehen. Sie wollte gerade nach der Klinke greifen, als Cian von innen öffnete und überrascht zurückwich.

»Ich habe die Tür gehört … ich dachte …«

»Du hast gedacht, ich wäre einfach gegangen? Hältst du mich für so feige? Nun, um das wiedergutzumachen, darfst du mir Fish and Chips kaufen.«

13

An einem Sonntag im Oktober waren Ida und Cian bei Joes Eltern zum Mittagessen eingeladen. Joe und Gerry hatten von Dr. O'Connors deutscher Freundin erzählt und die beiden neugierig gemacht.

Cian hatte Ida im Vorfeld darüber in Kenntnis gesetzt, dass Josephine Plunkett zu heftigen Gefühlsausbrüchen und einer gewissen Unberechenbarkeit neigte. Sie war eine überaus wohlhabende Frau, die ihr Geld jedoch sehr exzentrisch verteilte. Für manche Dinge gab sie Unsummen aus, während sie sich in anderer Hinsicht mehr als geizig zeigte, wenn man ihren Kindern glaubte.

Der Empfang verlief sehr herzlich. Die Gräfin Plunkett – ihr Mann war vom Papst in den Grafenstand erhoben worden – kam sofort auf das Theater in der Hardwicke Street zu sprechen. »Mein Sohn hat mich überredet, den Raum als Theater zur Verfügung zu stellen. Wenn er sich etwas in den Kopf setzt, kann ich schwer Nein sagen. Jetzt besitzt er eine eigene Zeitung und ein Theater.«

»Besitzen ist nicht das richtige Wort«, warf Joe ein.

»Immerhin darfst du das Gebäude nutzen«, entgegnete seine Mutter und wandte sich wieder an Ida. »Joe hat mir Ihre Kulissen gezeigt, die haben mir sehr gefallen. Das Grün wirkt wunderbar frisch.«

»Dr. O'Connor und ich wandern gern in den Dublin Mountains. Ich habe mich von den Farben dort inspirieren lassen.«

Die Gespräche verstummten, als ein gewaltiger Rinderbraten und Schüsseln mit Gemüse aufgetragen wurden. Alle griffen herzhaft zu. Nachdem Ida bereits zu dem Schluss gelangt war, dass nichts mehr in ihren Magen hineinpasste, servierte das Mädchen riesige Stücke Apfelkuchen mit Vanillesoße.

»Schaut euch Idas entsetzten Blick an«, sagte Cian lachend. »Sag bloß, du bist satt.«

»Bei Plunketts geht niemand ohne Apfelkuchen nach Hause«, verkündete Joes Vater, ein freundlicher, gebildeter Mann mit dichtem Vollbart und klugen Augen, der als Rechtsanwalt tätig war. Den Adelstitel verdankte er seinen großzügigen Spenden an ein Nonnenkloster.

Ida hatte sich gewundert, dass Cian diesen katholischen, tiefgläubigen Mann bewunderte. Als sie jetzt jedoch hörte, wie besonnen er über die Aussperrung der Arbeiter und das Streben der Iren nach Unabhängigkeit sprach, verstand sie, was Cian an ihm schätzte.

»Das Schlimmste ist, dass sie den Menschen ihre Würde nehmen – denen, die nur ihre Arbeit tun und ihre Familien ernähren wollen«, sagte Plunkett gerade.

Joes Leidenschaft loderte sofort empor. »Genau, Vater, es ist eine Schande. Ida, Cian, ihr habt mit eigenen Augen gesehen, wie die Polizei mit den Leuten umgegangen ist.«

»Das haben wir in der Tat«, sagte Cian. »Es war barbarisch.«

Während Joe sich über die Rücksichtslosigkeit der Arbeitgeber empörte, bemerkte Ida, wie sich die Miene seiner Mutter verdüsterte. Zum Glück hatte Cian sie vorgewarnt.

Die Gräfin sprang abrupt auf und schlug mit der Hand auf den Tisch. »Ich will so etwas in meinem Haus nicht hören!«, rief sie mit schriller Stimme. »Wie könnt ihr es wagen, diese

Unruhestifter zu verteidigen? Wenn man ihnen einmal nachgibt, werden sie immer gieriger! Sie werden uns den Wohlstand nicht mehr gönnen, sie werden nicht ruhen, bis sie uns alles genommen haben! Und ihr gebt ihnen auch noch recht?«

Ida schaute auf das Tischtuch vor ihr.

Joe war noch blasser als sonst, hielt dem Zorn seiner Mutter aber stand. »Die Menschen hungern. Sie haben nichts, gar nichts. Sie bekommen kein Streikgeld, weil sie nicht streiken, sondern ausgesperrt wurden, nur weil sie sich gewerkschaftlich organisieren wollen. Es ist ihr gutes Recht, zu arbeiten.«

»Recht?«, kreischte sie und fuhr so temperamentvoll herum, dass ihr Stuhl umkippte und zu Boden fiel. »Sie haben ein Recht auf Arbeit? So einen Unsinn habe ich noch nie gehört. Sie dürfen arbeiten, so sieht es aus. Und wenn sie nicht tun, was man von ihnen verlangt, haben die Arbeitgeber jedes Recht, sie nach Hause zu schicken. Wo kommen wir denn hin, wenn jeder behaupten kann, ihm stünde eine Arbeit zu?«

»Bist du je in einer Mietskaserne gewesen, Josephine?«, fragte ihr Mann und schaute sie eindringlich an. »Hast du dir angesehen, wie die Menschen dort hausen? Die Katastrophe in der Church Street ist erst wenige Wochen her. Menschen wurden unter Trümmern begraben, weil die Häuser, in denen sie vegetierten, baufällig waren.«

Doch die Gräfin war rettungslos in ihrem Zorn gefangen. Sie riss die Tür auf und schlug sie wieder zu. »Seid ihr alle verrückt geworden? Sie verlangen nach Arbeit. Verlangen! Sie haben nichts zu verlangen, sondern ihre Arbeit zu tun. Dafür und nur dafür werden sie bezahlt. Wenn wir Menschen wie Larkin nicht Einhalt gebieten, werden sie uns alles nehmen, was wir besitzen. Der Mann ist Sozialist! Er wird uns rauben, was uns gehört, was unseren Familien gehört, was wir uns erarbeitet haben! Joe, du verrätst deine eigene Herkunft, wenn du solche Leute unterstützt! Wie kannst du hier den Sozialismus predigen, wenn du von unserem Geld –«

Ihr Mann erhob sich und trat auf sie zu. »Josephine, du solltest dich ein bisschen ausruhen. Unser Besuch wird sicher verstehen, dass deine Nerven überreizt sind.«

Sie sah ihn an, als würde ihr jetzt erst bewusst, dass sie nicht unter sich waren. Dann nickte sie Ida und Cian zu und verließ das Zimmer. Die Übrigen saßen schweigend um den Tisch, ohne einander anzuschauen.

Joe sprach als Erster. »Danke, dass du eingeschritten bist, Vater. Wir gehen jetzt besser.« Als er aufstand, musste er sich am Tisch abstützen, und Gerry legte ihm behutsam die Hand auf den Arm, bevor sie ihn hinausführte.

Graf Plunkett schaute seine Gäste an. »Es gibt keine Entschuldigung, also versuche ich erst gar nicht, eine zu erfinden. Ich bedauere den Vorfall sehr und hoffe, dass Sie nicht schlecht über meine Frau denken. Sie ist bisweilen etwas unbeherrscht.«

Als Ida und Cian auf der Straße standen, holten sie tief Luft und sahen einander an.

»Gehen wir ein Stück«, sagte er.

Es war frisch, aber trocken, und ein Wind trieb die ersten Herbstblätter vor sich her. Sie gingen Arm in Arm, und Ida war froh über Cians Wärme, da der Zwischenfall sie erschüttert hatte.

»Es hat mir Angst gemacht, dass sie so völlig von ihren Gefühlen beherrscht wurde. Von ihrem Zorn.«

Cian nickte. »Sie ist eine sonderbare Frau. Joe hat mir erzählt, dass sie ihn und seine Geschwister auch geschlagen hat. Einmal ist er dazwischengegangen, als sie auf eine seiner Schwestern eingedroschen hat.«

Ida sah ihn entsetzt an. »Es hat ihn furchtbar mitgenommen.«

Cian seufzte. »Er ist ein Idealist, während sie stets ihren Besitz im Auge hat.« Er zögerte. »Ich frage mich, ob ihr Mann absichtlich die eingestürzten Mietshäuser erwähnt hat.«

Sein Tonfall ließ sie aufhorchen. »Wie meinst du das?«

Cian zog sie enger an sich. »Was ich dir jetzt sage, darf Joe nie erfahren. Seine Mutter besitzt selbst ein übles Mietshaus in der Abbey Street.«

Ida blieb abrupt stehen. »Willst du damit sagen, er stellt sich öffentlich auf Larkins Seite, der die Vermieter als Mörder und Ausbeuter brandmarkt, während seine eigene Mutter eine von ihnen ist?«

Cian nickte. »Ich habe es zufällig erfahren und vermute, dass ihr Mann davon weiß. Aber selbst wenn, würde er es Joe nicht sagen. Er würde wohl beide schützen, seine Frau und seinen Sohn.«

Sie gingen langsam weiter, jeder in seine Gedanken vertieft.

»Armer Joe«, sagte Ida schließlich sanft. »Er hätte ein besseres Leben verdient.«

Plötzlich fühlte sie sich schier überwältigt von dem, was gerade auf sie eingedrungen war – das drückende Elend der Arbeiter, Joes Kummer mit seiner Mutter und im Gegensatz dazu ihr eigenes Glück. Es war, als drängte all das nach draußen, es erfüllte ihren ganzen Körper, und Ida konnte kaum atmen und musste stehen bleiben. Als Cian sie verwundert ansah, umfasste sie sein Gesicht mit den Händen und küsste ihn, als wäre es das letzte Mal.

Dann zog sie seinen Kopf zu sich heran und flüsterte: »Lass uns zu dir gehen. Jetzt.«

Ida schreckte hoch, als das Telefon klingelte. Sie setzte sich schlaftrunken auf und rüttelte Cian an der Schulter.

»Was ist?«, nuschelte er und tastete nach ihrer Hand. »Ist schon Morgen?«

»Nein, das Telefon.«

Er erhob sich rasch und verließ das Schlafzimmer. Ida zog die Decke um sich und vergrub den Kopf im Kissen. Hoffentlich kein Notfall. Sie hatte schon mehr als einmal bei ihm übernachtet, und er war nie aus dem Bett geholt worden. Sie rutschte ein Stück nach links, hinein in die Wärme, die sein Körper hinterlassen hatte, und wartete.

Dann hörte sie Schritte auf der Treppe. Cian schaltete das Licht an und trat an den Kleiderschrank, zog wahllos Hemd, Anzug und Socken heraus und begann, sich anzuziehen.

»Was ist los?«, fragte sie besorgt.

»Das war Gerry. Joe ist krank. Sie hat große Angst um ihn.«

Cian knöpfte in fliegender Hast sein Hemd zu. »Er hat eine Entzündung in beiden Knien. Sein Arzt hat ihm Tuberkulin gespritzt, das war ein Experiment. Jetzt hat Joe vierzig Grad Fieber, und sie kann den Arzt nicht erreichen.«

»Soll ich mitkommen?«

»Nein, es ist kalt und nass draußen. Ich hole den Wagen und fahre sofort los.« Er fluchte leise, als er mit dem Manschettenknopf kämpfte.

»Lass mich.« Sie legte ihm die Knöpfe an.

»Dieser Idiot! Das Mittel wird nur noch bei Tuberkulosetests eingesetzt, weil es solche heftigen Reaktionen hervorruft, vor allem, wenn der Patient an TB erkrankt ist.«

»Grüß die beiden von mir. Ich hoffe, es geht alles gut.«

Cian küsste sie flüchtig und eilte aus dem Zimmer.

Ida setzte sich aufs Bett und schaute sich ratlos um. Es war vier Uhr, doch sie war hellwach – vermutlich würde sie so bald nicht wieder einschlafen. Sie legte sich hin und verschränkte die Arme hinter dem Kopf. Dann schaute sie auf das leere Bett neben sich und strich mit der Hand über die Stelle, wo Cian eben noch gelegen hatte.

Schließlich stand sie auf und sah aus dem Fenster in den trüben, kalten Oktobermorgen. Das schwache Licht der Straßenlaternen ließ nur die Umrisse der Bäume erkennen, und der Regen peitschte in Böen gegen die Scheibe. Ida dachte an Cian, der inzwischen bei den Plunketts sein musste und sich um seinen Freund kümmerte. Als ihre Füße kalt wurden, drehte sie sich um und überlegte, ob sie ein Buch holen sollte, um sich die Zeit zu vertreiben. Da fiel ihr Blick auf die offene Tür des Kleiderschranks. Sie wollte sie gerade schließen, als sie auf dem Boden ein Hemd bemerkte, das wohl herausgefallen war, als Cian vorhin die Kleidung so übereilt herausgerissen hatte.

Sie bückte sich, um es aufzuheben, und stutzte. Es war alt und oft geflickt. Das Hemd eines heranwachsenden Jungen.

Ida legte es aufs Bett, um es ordentlich zu falten. Etwas knisterte unter ihrer Hand. Sie biss sich auf die Lippe und schaute unwillkürlich zur Tür, wohl wissend, dass niemand hereinkommen würde.

Dann schob sie behutsam die Hand in das Hemd und zog einen kleinen, mehrfach gefalteten Zettel heraus. Er war so brüchig, dass er an den Falzen zu reißen drohte. Es standen nur wenige Worte darauf.

Ich kann nicht anders. Es tut mir so leid. Vergib mir. A.

»Mein Bruder Aidan.« Unvermittelt hörte sie wieder Cians knappe Worte, die keine Nachfrage geduldet hatten, erinnerte sich an den Augenblick, als sie das Foto auf dem Klavier betrachtet hatte. Ihr Herz schlug so heftig, dass ihr fast schlecht wurde, und sie faltete den Zettel und schob ihn mit zitternden Fingern zwischen die Lagen des Hemdes. Sie packte es zuoberst auf den Stapel, schloss die Schranktür und lehnte sich mit der Wange an das kühle Holz.

Cian kam erst nach drei Stunden zurück. Ida war inzwischen aufgestanden und hatte Tee gemacht, weil sie nicht mehr schlafen konnte, aber erst um neun im Laden sein musste. Sie goss ihm eine Tasse ein. Er ließ sich schwer in einen Sessel fallen und fuhr sich mit beiden Händen durch die Haare.

»Wie geht es ihm?«, fragte Ida.

»Etwas besser. Es lag an diesem verfluchten Tuberkulin, der Arzt ist verantwortungslos.«

»Kannst du Joe nicht selbst behandeln?«

Er zuckte mit den Schultern. »Joe hat es immer vorgezogen, die Dinge zu trennen. Außerdem …«

Als sie seinen Gesichtsausdruck bemerkte, wurde ihr trotz des Kaminfeuers kalt. »Du kannst ihm nicht helfen?«

Er machte eine kleine, ruckartige Kopfbewegung. »Es ist ein Auf und Ab, aber seine Gesundheit ist so angegriffen, dass er sofort das Land verlassen müsste. In ein warmes, trockenes Klima ziehen. Ruhe, gute Ernährung.«

»All das, was er hier nicht hat.«

»Und nicht haben will. Er hat sich entschieden.«

»Wie meinst du das?«

Ida schenkte ihnen Tee nach, hatte ihre Frage aber nicht vergessen. »Was hat Joe entschieden?«

»In Irland zu bleiben. Die Aussperrung hat viel verändert. Ich erlebe es täglich in der Praxis und in den Armenvierteln. Keiner bleibt davon unberührt, alle empören sich, wenn auch aus unterschiedlichen Gründen. Die Lage lässt niemanden kalt. Schon gar nicht Joe.«

»Du meinst, die Politik ist ihm wichtiger als seine Gesundheit?« Oder … sein Leben.

»Für ihn ist es mehr als Politik, es ist ein inneres Feuer, das ihn verbrennt. Außerdem geht es ihm nicht nur um die Rechte der Arbeiter, er denkt weit darüber hinaus.«

Ida wusste genau, was Cian meinte. »Er ist aber kein Soldat.«

Er lachte bitter. »Das kümmert ihn nicht. Er wird werden, was er sein möchte. Was immer es ihn kostet.«

Ida hörte die Traurigkeit in seiner Stimme und erinnerte sich plötzlich an das Hemd in seinem Schrank. Ihr Blick wanderte zum Klavier, und sie erkannte, was in Cians Stimme mitschwang. Es war Angst. Die Angst, seinen Freund zu verlieren, wie er vor Jahren seinen Bruder verloren hatte.

Sie zuckte zusammen, als die Haushälterin einen Teller mit Sandwiches brachte.

»Danke, Mrs. Flanagan.« Ida nahm ein Sandwich mit Schinken, doch es schmeckte wie Watte. Die Ereignisse der Nacht hatten sie mitgenommen, und auch Cian sah aus, als müsse er sich zum Essen zwingen. Als er sie anschaute, schien sein Gesicht heller zu werden.

»Ich bin froh, dass du hier bist. Immer – und heute Morgen ganz besonders.«

Die Wärme, die sie durchflutete, hatte nichts mit dem Tee zu tun.

14

»Ich bin gespannt auf Ihren Vorschlag, Madame«, sagte Ida und stellte ihre Tasche im Salon ab. Sie war gleich von der Arbeit hergekommen und neugierig, weil Constance Markievicz sie um ein Gespräch gebeten hatte.

»Wenn ich ehrlich bin, ist es reine Sentimentalität«, erklärte ihre Gastgeberin und bot Ida einen Platz an. »Mein Mann hat mir im Februar zum Geburtstag ein Porträt geschenkt, aber ich soll mir selbst aussuchen, *wer* es malt. Wir leben seit Langem getrennt, und er ist nun in die Ukraine gezogen und wird nicht mehr nach Irland zurückkehren.« Ein wehmütiges Lächeln spielte um ihren Mund. »Es war immer beruhigend, ihn in meiner Nähe zu wissen, und nun ... Jedenfalls habe ich mich entschlossen, mich seinem Wunsch gemäß porträtieren zu lassen. Und da sind Sie mir eingefallen. Ich habe Ihre Arbeit verfolgt und schätze Sie sehr. Über das Honorar brauchen wir nicht zu sprechen, ich zahle jeden angemessenen Preis.«

»Vielen Dank, dass Sie mir die Verhandlungen ersparen«, sagte Ida erleichtert. »Ich male oft arme Menschen, um ihnen ein Gesicht zu geben. Und lehne Aufträge von denen ab, die es sich leisten können, weil mich die Arbeit nicht reizt. Aber bei Ihnen ist es anders – ich möchte Sie wirklich gern malen. Und wenn Sie mich auch noch bezahlen können, umso besser«, schloss Ida errötend.

»Das nenne ich ein offenes Wort. Künstler sollten weder hungern noch sich selbst verleugnen müssen.« Constance

Markievicz stand auf und holte ein Blatt Papier von der Anrichte. Es war eine schraffierte Bleistiftzeichnung von ihr selbst, der Oberkörper und die Kleidung nur angedeutet, der Kopf mit dem Hut stärker ausgestaltet. »Die hat mal ein Bekannter gemacht. Aber so etwas will ich nicht.« Sie lächelte reumütig. »Verzeihung. Die künstlerischen Entscheidungen überlasse ich natürlich Ihnen.«

Ida betrachtete die Zeichnung. »Es ist gut zu wissen, was Sie nicht möchten.« Sie musterte Madame aufmerksam und schaute sich im Zimmer um. »Haben Sie einen Sekretär oder Schreibtisch?«

»In meinem Arbeitszimmer. Kommen Sie mit.«

Madame führte sie in den ersten Stock des eleganten Hauses und öffnete eine Tür. Das Zimmer war schlicht, beinahe asketisch eingerichtet. Keine Dekorationen wie Porzellan oder Vasen, nur Bücherregale, ein Aktenschrank, ein zierlicher Sekretär, der nicht ganz zu den schweren Möbeln passte.

»Mein feminines Zugeständnis«, erklärte sie belustigt.

»Setzen Sie sich bitte an den Sekretär, als würden Sie arbeiten. Vergessen Sie, dass ich hier bin. Machen Sie weiter, wo Sie aufgehört haben.«

Ida lehnte sich an den Türrahmen und sah zu, wie die ältere Frau sich setzte, zum Federhalter griff und zu schreiben begann, als wäre sie allein. Ida wartete einige Minuten, bevor sie sagte: »So ist es gut.«

Madame blickte auf, etwas überrascht, als hätte sie die Besucherin tatsächlich vergessen. Ihre Miene spiegelte Achtsamkeit, aber auch leichte Verwunderung und einen Hauch von Versunkenheit.

Ida zog rasch ihr Skizzenbuch hervor, um den Gesichtsausdruck einzufangen, weil er am schwierigsten zu wiederholen sein würde. Die Haltung als solche war kein Problem, aber den Ausdruck musste sie schon jetzt festhalten, da sie Madame Markievicz gern genau so zeigen wollte. Nicht als elegante Dame inmitten der vornehmen Gesellschaft und auch nicht in ihrer Uniform, wie sie mit den Jungs Schießen übte, sondern in diesem Raum, in dem sie nachdachte und schrieb und ganz für sich sein konnte.

Ida hielt ihr die Skizze hin. »Würde es Ihnen so gefallen?«

Madame trat mit dem Blatt ans Fenster, um das letzte Nachmittagslicht zu nutzen. »Das würde mir sehr gefallen. Sie haben einen guten Blick.«

»Ich stelle mir Öl vor, etwa diese Größe.« Ida beschrieb den Umfang mit den Händen. »Ein schlichtes Zimmer, das nicht von Ihrem Gesicht ablenkt. Und die Kleidung sollte auch eher einfach sein.« Ida schaute die andere Frau fragend an. »Gewiss haben Sie eine prachtvolle Garderobe, aber …«

»Sie sollten mal die Männerhosen und Stiefel in meinem Schrank sehen«, sagte Madame Markievicz lachend. »Kommen Sie, trinken wir Tee. Immerhin haben wir schon einiges geschafft.«

Ida genoss den Tee, die dünnen Sandwiches und die Scones. Ihre Gastgeberin lachte leise. »Es gibt Dinge, die die Engländer einfach beherrschen. Der Nachmittagstee gehört dazu. Allerdings vertrete ich die Ansicht, dass Irland diese Errungenschaft zwar ruhigen Gewissens übernehmen, aber ansonsten seinen eigenen Weg gehen sollte.«

»Sie glauben wirklich an die Unabhängigkeit?«

Madame antwortete mit einer Gegenfrage. »Kennen Sie Jim Connolly?«

»Nicht persönlich, aber ich habe viel Gutes über ihn gehört. Cian hält große Stücke auf ihn.«

»Ein ganz großer Mann. Wahrhaftig, kompromisslos, ohne jede Furcht. Die Aussperrung hat ihn so empört, dass er plant, eine eigene Kampfgruppe zu gründen.«

Ida sah sie überrascht an.

»Es ist ihm sehr ernst.« Constance Markievicz beugte sich vor. »Sie werden keine Waffen außer Stöcken haben, jedenfalls am Anfang. Aber wenn sich viele Arbeiter zusammenschließen und bewaffnen, wird die Angst groß sein. Und Angst ist genau das, was wir erreichen wollen. Angst und irgendwann Respekt. Ich werde mich dieser Gruppe anschließen. Nellie, die Schwester Ihrer Freundin Grace, ist auch dabei.«

»Geht es Connolly auch um die politische Unabhängigkeit?«, fragte Ida.

Madame sah sie eindringlich an. »Wir alle wissen, dass es ohne Republik keine Gerechtigkeit gibt. Und nur ein unabhängiges Irland wird eine Republik.«

Ida spürte, wie sie unwillkürlich den Atem anhielt. »Das alles ist sehr gefährlich, nicht wahr?«

»Natürlich«, erwiderte Constance Markievicz unbekümmert. »Die Briten werden unangenehm, wenn man sie provoziert. Aber das wird uns nicht aufhalten. Und Connolly und seine Leute stehen nicht allein. Sie kennen doch Tom Clarke und seinen Freund Séan. Die beiden haben große Pläne.«

Ida sah sie über den Rand der Tasse an. »Sind Sie wirklich für eine Republik, selbst wenn man sie mit Gewalt durchsetzen muss?«

Madame Markievicz lehnte sich im Sessel zurück und schloss die Augen. »Ich bin fünfundvierzig Jahre alt und habe viel gesehen, ich habe die unterschiedlichsten Menschen kennengelernt, wunderbare und hassenswerte, Genies und Idioten und viele ganz gewöhnliche Leute, die versuchen, ein Leben in Würde zu führen. Ich habe eine Suppenküche eingerichtet und bin beschimpft worden, ich hätte damit meine eigene Klasse verraten. Ich bin ausgelacht worden, als ich im Abendkleid bei einer Versammlung von Frauenrechtlerinnen erschien.« Sie schlug die Augen wieder auf und sah Ida mit einem eindringlichen Blick an, den sie fast wie eine körperliche Berührung spürte. »Glauben Sie mir, ich hasse Gewalt. Ich hasse Polizisten, die auf Demonstranten einprügeln, und ich hasse es, wenn Männer aus Verzweiflung ihre eigene Familie schlagen. Aber ich bin auch davon überzeugt, dass sich nichts, aber auch gar nichts ändern wird, wenn wir nur zuschauen und abwarten und Ja sagen, wie wir es seit Jahrhunderten tun.«

»Ich habe im letzten Jahr viel gelernt und kann Sie verstehen, Madame, und doch erschreckt mich die Gewalt.« Ida dachte an die Straßenkämpfe, die verletzten Männer, die sie in der Ambulanz behandelt hatten. Und das war noch gar nichts im Vergleich zu dem Blutvergießen, das bei einem Aufstand gegen die britische Herrschaft drohte.

»Mich auch. Und ich erschrecke vor mir selbst, weil ich sie in Erwägung ziehe. Aber wenn ich Ihre Bilder sehe, spüre ich darin Mitgefühl und Zorn. Und das sind die Wurzeln jeder Revolution.«

»Manchmal frage ich mich, wo mein Platz in all dem ist.«

»Den werden Sie finden, aber Sie dürfen sich keine Illusionen machen. Man hört immer wieder Gerüchte, dass es in den nächsten Jahren in Europa zum Krieg kommen wird. Mir scheint, dass Sie hier ein neues Zuhause gefunden haben – und mehr. Sie werden sich entscheiden müssen, ob Sie sich an Irland binden. In jeder Hinsicht.«

Ida spürte, wie sie ein bisschen rot wurde. »In dieser Stadt bleibt wohl nichts geheim.«

»Wenn es geheim bleiben soll, müssen Sie es schon geschickter anstellen«, erwiderte Madame unverblümt. »Dr. O'Connor ist ein guter Mensch. Ich hoffe, Sie sind mir nicht böse, wenn ich so offen spreche.«

»Natürlich nicht.« Ida konnte dieser Frau, deren Charme und Selbstbewusstsein so viele Menschen in ihren Bann zogen, unmöglich böse sein. »Aber was Sie vorhin gesagt haben …«

Madame wurde ernst. »Es kann noch jahrelang gut gehen. Und was die Politik betrifft, tun Sie schon viel mit Ihrer künstlerischen Arbeit. Nicht alle sind zum Kämpfen geboren.«

Ida schluckte, doch sie vermochte nichts zu erwidern. Die ältere Frau stand auf und legte ihr die Hand auf die Schulter. »Es tut mir leid, ich wollte Sie nicht beunruhigen.«

»Ich muss in Ruhe nachdenken«, stieß Ida hervor. »Im Augenblick läuft in meinem Kopf alles durcheinander.«

Madame trat wortlos an einen Seitentisch, auf dem eine Ansammlung von Karaffen stand, und goss zwei Gläser Whiskey ein. Sie drückte Ida ein Glas in die Hand und stieß mit ihrem leicht dagegen. »Slainté!«

Ida nickte und trank einen Schluck, der warm in ihrer Kehle brannte. Als das Feuer tiefer sank und sich in ihrem Magen ausbreitete, empfand sie ein Gefühl des Trostes.

Ida zog den Mantel enger um sich und achtete nicht auf den kalten Nieselregen, der die Stadt in einen feinen Nebel hüllte und die Straßenlaternen wie leuchtende Inseln über dem Gehweg schweben ließ.

Sie werden sich entscheiden müssen, ob Sie sich an Irland binden. In jeder Hinsicht.

Sie wusste, was Madame Markievicz damit gemeint hatte. Sie und Cian hatten bisher nie von Heirat gesprochen, von Tag zu Tag gelebt, keine Pläne gemacht. Und es hatte sie nicht gestört. Weder Cian noch sie legten Wert auf Konventionen, und solange sie sich diskret verhielten und nicht unverheiratet zusammenlebten, würde man sie in Ruhe lassen. Doch der Gedanke, dass etwas Unbeherrschbares wie ein Krieg sie auseinanderreißen könnte, machte Ida Angst.

Sie hatte sich selten so sehr nach Cian gesehnt wie jetzt, doch er würde den ganzen Abend in der Praxis verbringen. Wegen der Arbeit in der Ambulanz hatte er Patienten vertrösten müssen, die er nun nach Feierabend behandelte, um sie nicht an einen Kollegen zu verlieren.

Ida ging in Gedanken versunken dahin und merkte erst jetzt, dass sie in belebtere Straßen gelangt war. Trotz des trüben Wetters war ihr nicht danach zumute, nach Hause zu gehen und allein in ihrem Zimmer zu sitzen. Grace war bei Verwandten zu Besuch, und sonst hatte sie niemanden, bei dem sie uneingeladen erscheinen konnte. Zum ersten Mal, seit sie nach Dublin gekommen war, fühlte sie sich einsam und sehnte sich nach menschlicher Gesellschaft.

An einer Straßenecke stieß ein Mann sie achtlos an, und sie wollte sich schon umdrehen und ihn zurechtweisen, als ihr Blick auf ein blassgelbes Plakat fiel, das im Schaufenster eines Zeitschriftenladens hing.

Orgel-Konzert
J. S. Bach – Toccata, Adagio und Fuge in C-Dur
Auszüge aus »Die Kunst der Fuge«

6. November 1913, 7 Uhr abends
Kirchengemeinde St. Aloysius, Eintritt frei
Spenden zugunsten der Familien ausgesperrter Arbeiter

Bach. Der vertraute Name war wie ein Wink aus der alten Heimat. Ida erinnerte sich an ihre Kindheit, an die Sonntagmorgen in der Kirchenbank, an denen sich die Orgelmusik mit ihren bisweilen gleichförmigen und doch fesselnden Melodien wie ein klingender Teppich über sie gelegt hatte. Die Kirche, in der das Konzert stattfinden sollte, war die von Father Monaghan, den sie in guter Erinnerung behalten hatte.

Sie fragte eine ältere Frau nach dem Weg und sah auf die Uhr. Zehn vor sieben. Das konnte sie noch schaffen.

Ihre Niedergeschlagenheit verschwand, als sie schnellen Schrittes durch die Seitenstraßen ging. Wie so oft in Dublin tauchte man in eine andere Welt ein, sobald man die breiten Straßen verließ. Selbst in der Nähe der Sackville Street gelangte man sehr bald in dunkle Ecken mit rußgeschwärzten Häusern und engen Durchgängen, in denen sich Unrat türmte.

Dann stand sie vor der Kirche, die innen hell erleuchtet war und durch die Fenster einen Lichtschein auf die ganze Nachbarschaft warf. Aus dem Inneren drangen schon die Läufe der Orgel, mit denen sich der Organist einspielte. Ida hielt kurz inne und schaute an der Fassade empor. Sie war in Dublin noch nie in einer katholischen Kirche gewesen. Dann öffnete sie die Tür und trat ein.

Der Geruch, der sie empfing, war anders als in der Kirche ihrer Kindheit. Eine Mischung aus Holz, Kerzenwachs und etwas ganz eigenem, das sie nicht einordnen konnte. Gleich darauf fiel es ihr ein. Weihrauch.

Die Kirche wirkte von innen erstaunlich groß und war schön gestaltet. Schlichte weiße Wände, aber ein prachtvoller Kreuzweg aus Ölgemälden in vergoldeten Rahmen. Die Bankreihen waren dicht besetzt, die Zuhörer bunt gemischt. Ida sah einfache Kopftücher und Tweedmützen, wie die Arbeiter sie trugen, dazwischen aber auch elegante Hüte. Leute aus der Gemeinde und auch andere, die Musik liebten und vielleicht wie sie zufällig auf das Plakat gestoßen waren.

Auf einem kleinen Tisch in der Nähe des Eingangs stand ein geflochtener Korb für die Spenden. Ida warf einen großzügigen Betrag hinein und suchte sich einen Platz in einer der hinteren Bänke.

Hinter dem Altar hing ein gewaltiges Kruzifix, in einer Seitenkapelle brannten Kerzen vor einem Gemälde, das einen jungen Mann in schwarzer Soutane mit weißem Kragen darstellte. In den Ecken des Bildes waren eine Lilie, ein Kreuz, ein Schädel und ein Rosenkranz dargestellt. Einen Moment lang hörte sie Cians spöttische Stimme, verdrängte sie aber, um sich auf die Musik konzentrieren zu können.

Als der Organist zu spielen begann, nahmen die Klänge der Orgel sie sofort gefangen. Ida vergaß ihre Umgebung und gab sich ganz der Musik hin, die in dem weiten Raum ihren vollen Klang entfaltete. Beim Adagio, das sie besonders liebte, dachte sie an Cian, spürte ihn so deutlich, als säße er neben ihr. Ihre Augen brannten, und sie biss die Zähne zusammen, um nicht zu weinen. Allmählich löste sich jedoch die Spannung in ihrem Inneren, und ihre Gedanken wurden klarer.

Wollte sie Cian heiraten? Wie wäre es, mit ihm zusammenzuleben, Kinder zu haben, das ganze Leben mit ihm zu teilen? Sie liebte ihn und wollte ihm gern noch näher sein als im Moment. Sie hatte ihre Beziehung nie für eine vorübergehende Affäre gehalten, und doch war da etwas, das sie zögern ließ.

War es die Vorstellung, sich endgültig für Irland und gegen ihre Heimat zu entscheiden? Wenn es wirklich zum Krieg käme, wäre ihr der Weg zurück nach Deutschland versperrt.

Nein, es gab noch etwas anderes, und es hatte mit Cian selbst zu tun.

Ida schrak kurz aus ihren Gedanken hoch, als das Adagio endete und der Organist nach einer kurzen Pause die Fuge anstimmte. Draußen war es ganz dunkel geworden, und die Kirche wurde jetzt fast ausschließlich vom warmen Licht der Kerzen erhellt. Über den Köpfen der Zuhörer verlor sich alles in der Dunkelheit. Es war eine ganz eigene Atmosphäre, die Ida zusammen mit dem fremden, angenehmen Geruch in eine Art Schwebezustand versetzte.

Sie schaute auf und bemerkte einen Geistlichen, der aus dem Schatten einer Säule getreten war. Als er sich umblickte, erkannte Ida Father Monaghan. Er schaute lächelnd auf die vollbesetzten Bankreihen. Sie erinnerte sich an den Nachmittag, an dem sie dem Priester zum ersten Mal begegnet war, und an Cians Feindseligkeit ihm gegenüber. Wie verächtlich er von den Lehrern seiner Schule gesprochen hatte. Schwarz und unbarmherzig. Er hatte bitter geklungen.

Doch Ida wagte nie, daran zu rühren. Es war ein Geheimnis, ebenso wie das heikle Verhältnis zu seinem Vater – und der Bruder, über den er niemals sprach, wenngleich sein Bild auf dem Klavier stand.

Das war es, dachte sie plötzlich. Sie liebte Cian, aber es gab dunkle Winkel in seinem Wesen, Untiefen, die sie nicht ausloten konnte. Etwas quälte ihn, tauchte bisweilen an der

Oberfläche auf und verschwand wieder, lauerte aber stets im Hintergrund und drohte, ihn irgendwann zu verschlingen.

Sie schaute noch einmal zu Father Monaghan. Ob sie ihn wohl um Rat fragen könnte?

Dann überließ sie sich wieder der Musik, schloss die Augen und versuchte, vorübergehend alle Sorgen abzustreifen.

Als das Konzert zu Ende war, brauchte sie einen Moment, um wieder in die Wirklichkeit zu finden. Die meisten Menschen bewegten sich zum Ausgang, einige blieben noch vor dem Gemälde in der Seitenkapelle stehen und zündeten eine Kerze an.

Ida war auch auf dem Weg zur Tür, als eine Hand sie am Arm berührte.

»Verzeihung, Sie waren doch neulich in der Ambulanz?«, fragte Father Monaghan. Die Kerzen warfen flackernde Schatten auf sein kluges, gütiges Gesicht.

»Ja, ich heiße Ida Martens. Und Sie sind Father Monaghan.«

Eine ältere Frau ging grüßend vorbei, und der Geistliche nickte. Dann folgte ein Paar mit einem älteren Jungen, die drei grüßten ebenfalls.

»Sie sind aus meiner Gemeinde«, sagte Father Monaghan. »Haben Sie noch etwas Zeit? Ich verabschiede die Leute, danach könnte ich Ihnen eine Tasse Tee anbieten.«

Das Pfarrhaus lag neben der Kirche, ein bescheidener Backsteinbau, der schon bessere Tage gesehen hatte, aber sauber und ordentlich gehalten war.

Father Monaghan schloss selbst die Tür auf und sagte entschuldigend über die Schulter: »Meine Haushälterin kommt nur tagsüber. Die Gemeinde ist nicht sehr wohlhabend.«

Ida trat hinter ihm in den Flur. An der Wand hingen ein Kruzifix und ein kleines Weihwasserbecken. Der Geistliche nahm ihr Hut und Mantel ab und bat sie in ein geräumiges Wohnzimmer. Die Möbel waren alt, aber tadellos gepflegt, der ganze Raum strahlte eine anheimelnde Atmosphäre aus. An der Wand hingen einige Gemälde, die irische Landschaften zeigten. Auf einem Eckschrank stand eine kleine Marienstatue mit einer Kerze davor.

Father Monaghan kniete sich vor den Kamin und entzündete rasch und geschickt ein Feuer. Als er sah, dass Ida stehen geblieben war, deutete er auf einen Sessel.

»Wie unhöflich von mir. Bitte setzen Sie sich. Ich hole den Tee.«

Als Ida allein war, dachte sie wieder an Cian. Was würde er sagen, wenn er sie im Wohnzimmer eines katholischen Pfarrhauses sähe? Doch ihr war der Geistliche schon bei ihrer ersten Begegnung sympathisch gewesen, er strahlte eine Ruhe und eine Überzeugungskraft aus, die sie berührten.

Father Monaghan kehrte zurück und balancierte ein Tablett in einer Hand. Ida erhob sich und nahm es ihm ab, worauf er sich bedankte und die Tür schloss. Er bestand darauf, ihr den Tee einzugießen, und deutete auf einen Teller, auf dem einige Scheiben Früchtekuchen lagen.

»Von Mrs. Doyle. Sehr zu empfehlen. Sie haben sicher Hunger.«

Ida griff dankbar zu. Sie aßen einige Minuten schweigend, dann fiel ihr etwas ein. »Was ist eigentlich aus dem Mann geworden, der von der Polizei gesucht wurde?«

Father Monaghan stellte seine Tasse ab und lächelte zufrieden. »Der ist wieder bei seiner Familie. Er hatte sich einige Tage bei Verwandten auf dem Land versteckt. Zum Glück kannte die Polizei seinen Namen nicht. Sie sind auch noch hier im Pfarrhaus erschienen und haben mich befragt, und ich habe freundlich erklärt, dass ich ihnen aus moralischen Gründen keine Auskunft geben kann. Sie waren recht aufdringlich, um es vorsichtig auszudrücken. Irgendwann hat mich einer von ihnen angesehen, als wäre ihm ein Licht aufgegangen. ›Beichtgeheimnis?‹, hat er gefragt, und ich habe ihn würdevoll und betreten angeschaut. Daraufhin haben sie sich verabschiedet.« Er grinste. »So musste ich nicht einmal zu einer Notlüge greifen.«

Ida gefiel der trockene Humor des Geistlichen. »Der Mann wohnt in Ihrer Gemeinde?«

»O ja. Und er beichtet tatsächlich mindestens einmal wöchentlich bei mir.« Dann wurde er wieder ernst. »Das Elend hier ist groß, und ich kann wenig tun. Einen Familienvater vor dem Gefängnis zu bewahren ist das Mindeste. Die Aussperrung ist ein größeres Verbrechen als alles, was die Arbeiter tun, um sich dagegen zu wehren.«

Cian dachte genauso. Auch er wollte den Leuten helfen. Schade, dass er nicht bereit war, mit Father Monaghan zusammenzuarbeiten.

Der Geistliche schien ihre Gedanken zu lesen. »Leider habe ich Dr. O'Connor seit damals nicht mehr gesehen, aber die Gemeindemitglieder sprechen oft von ihm. Sie wünschen sich, er würde seine Praxis ganz in diese Gegend verlegen. Ich habe ihnen erklärt, sie sollten dankbar sein, dass ein Gentleman wie er überhaupt für sie da ist.«

Etwas in seinem Ton weckte Idas Widerspruchsgeist. »Es klingt, als stünde er in irgendeiner Weise über diesen Leuten. Damit tun Sie ihm unrecht. So denkt er nicht. Dr. O'Connor behandelt seine wohlhabenden Patienten in Sandymount, damit er an den anderen Tagen in den Armenvierteln arbeiten kann. Er spricht nicht gern darüber, das ist alles.«

Der Geistliche zog eine Augenbraue hoch. »Sandymount?«

Sie nickte.

»Das muss schwierig für ihn sein«, stellte Father Monaghan nachdenklich fest. »Zwei Welten, und er steht genau dazwischen.«

Ida sah ihn überrascht an. »In gewisser Weise schon. Aber sein Herz ist hier, das weiß ich.«

»Trotzdem. Die Patienten dort sind sicher anspruchsvoll und schätzen es nicht, dass sie so oft auf ihn verzichten müssen.«

Auf einmal kam es ihr vor, als würde sie Cian hintergehen, obwohl nichts wirklich Vertrauliches besprochen wurde. Father Monaghan schien es zu merken und goss ihr Tee nach.

»Aber wir sollten dankbar sein, dass wir ihn haben, auch wenn er mit der katholischen Kirche auf nicht allzu gutem Fuß zu stehen scheint.«

»Das war nicht zu übersehen«, bestätigte Ida und war erleichtert, als der Geistliche lachte.

»Ich habe Schlimmeres erlebt, Miss Martens. Es geht mich auch nichts an. Ich bedauere nur, dass wir uns nicht besser unterstützen. Aber ich respektiere es, wenn er Abstand zur Kirche hält.«

»Ich werde ihm erzählen, dass wir uns getroffen haben. Vielleicht ändert er seine Meinung mit der Zeit.«

»Das würde mich freuen«, erwiderte der Geistliche. »Zusammen könnten wir einiges bewirken.«

Danach plauderten sie über unverfänglichere Dinge wie das Konzert und die bevorstehende Adventszeit. Kurz bevor sich Ida verabschiedete, fiel ihr noch etwas ein.

»Wissen Sie zufällig, wo es in der Grafschaft Tipperary eine Schule gibt, die von Jesuiten geleitet wird?«

Father Monaghan schaute sie verwundert an. »Sicher weiß ich das. In den Galtee Mountains existiert ein Jungeninternat, die St. Columba School. Meinen Sie die?«

»Ich … bin mir nicht sicher«, sagte Ida verlegen. »Es war nur ein Gedanke.«

Sie begegnete dem prüfenden Blick des Geistlichen und kam sich plötzlich entblößt vor.

»Ich kenne die Schule nicht aus eigener Erfahrung«, sagte er in beiläufigem Ton. »Sie hat einen guten Ruf, gilt aber als recht … streng. Für mich hat Güte in der Erziehung immer Vorrang, aber es gibt Amtsbrüder, die meine Ansicht nicht teilen. Natürlich brauchen Jungen eine feste Hand, aber ich halte es im Zweifelsfall mit dem Evangelisten Markus. ›Wahrlich, ich sage euch: Wer das Reich Gottes nicht empfängt wie ein Kind, der wird nicht hineinkommen. Und er herzte sie und legte die Hände auf sie und segnete sie.‹ Damit habe ich gute Erfahrungen gemacht.«

Ida erhob sich. »Ich sollte Sie jetzt nicht länger aufhalten. Herzlichen Dank für alles, Father Monaghan.«

»Es war mir eine Freude. Kommen Sie doch zum nächsten Konzert auch wieder, sie finden regelmäßig statt. Wenn man eine so prächtige Orgel besitzt, sollte man sie nicht verstecken.«

Sie gaben einander die Hand, nachdem er ihr in den Mantel geholfen hatte. Father Monaghan hielt ihr die Tür auf. »Haben Sie keinen Regenschirm? Soll ich Ihnen einen leihen?«

»Nein, danke. Es ist zu windig.«

»Eins noch, Miss Martens. Wenn ich irgendetwas für Sie

oder Dr. O'Connor tun kann, melden Sie sich. Versprechen Sie mir das?«

Sein Blick war so offen und aufrichtig, dass sie nur nicken konnte. An der Ecke drehte Ida sich noch einmal um und sah ihn in der Haustür stehen, die ihn wie ein leuchtender Rahmen umgab.

15

In den folgenden Wochen arbeitete Cian oft abends, um den Andrang der Patienten zu bewältigen. Um diese Jahreszeit litten viele Menschen unter Erkältungen und Bronchitis, die im schlimmsten Fall zu einer Lungenentzündung führen konnten.

Ida konzentrierte sich an solchen Tagen auf ihre Arbeit, traf sich mit Grace oder besuchte Joe Plunkett und seine Schwester. Doch sie vermisste Cian immer. Es war wie ein körperlicher Schmerz, den sie mit anderen Dingen zu verdrängen suchte.

Mit Joe sprach sie über Politik, hörte aufmerksam zu und lernte, wer in welcher Organisation tätig war und wer welche Ziele verfolgte. Ihr Interesse an diesen Fragen wuchs zusehends.

Es gab auch dunkle Tage, an denen sie allein in ihrem Bett lag und sich fragte, was aus Cian und ihr werden sollte. Am nächsten Tag aber ging sie mit neuem Mut an die Arbeit und verbot sich, allzu viel zu grübeln. Grübeln war gefährlich, es konnte einen lähmen und daran hindern, nach vorn zu schauen. Und ihr blieb ja nichts als der Blick nach vorn.

Das Wetter wurde kälter, das Elend größer. Die Aussperrung dauerte an, und Ida half den Gifford-Schwestern dabei, Lebensmittel, Kleidung und Spielzeug zu sammeln, aus denen Pakete für bedürftige Familien zusammengestellt wurden. Dies, ihre Malerei und die Arbeit bei Blackett's füllten ihre Tage aus.

Wenn sie Cian traf, waren beide wie ausgehungert und stolperten ins Schlafzimmer, noch bevor sie zu Abend gegessen hatten. Er kämpfte ständig gegen die Erschöpfung, und es schien ihr, als suchte er mithilfe ihres Körpers das Vergessen.

Sie hatte ihm von dem Konzert und der Begegnung mit Father Monaghan erzählt. Cian hatte nicht so ablehnend reagiert wie erwartet, was aber an seiner Müdigkeit liegen konnte. Ida hatte sich deshalb vorgenommen, ihn noch einmal darauf anzusprechen, wenn sie wirklich Zeit füreinander hatten.

Dann traf ein Telegramm von Joe ein.

Sonntag 8 Uhr, Versammlung. Rollschuhbahn an der Rotunda. Kommt Ihr mit? Gerry verhindert. J.

Cian winkte ab, als Ida ihm das Telegramm zeigte. »Mir ist nicht nach politischen Versammlungen. Geh nur hin. Aber gibt acht, es könnte unruhig werden.«

»Danke.«

»Wofür?«, fragte er überrascht.

»Dass du mich nicht für zu schwach hältst und mir davon abrätst.«

Cian betrachtete sie belustigt. »Erstens halte ich dich tatsächlich nicht für schwach. Zweitens braucht Joe jemanden, der auf ihn achtgibt. Und drittens würdest du ohnehin tun, wonach dir der Sinn steht. Also …« Er zog sie an sich und küsste sie mit einer Heftigkeit, die alle Gedanken an politische Versammlungen vertrieb.

»So wichtig ist die Sache?«, fragte Ida, die sich mit Joe vor der Rollschuhbahn am nördlichen Ende der Sackville Street getroffen hatte und nun sah, dass aus allen Richtungen Menschen herbeiströmten, weit mehr, als sie erwartet hatte. Sie kannte zwar die Vorliebe der Iren für politische Versammlungen und Demonstrationen, doch das hier übertraf alles, was sie bisher in Dublin erlebt hatte.

»O ja«, sagte Joe, dessen Wangen nicht nur von der Kälte gerötet waren. »Hast du dein Skizzenbuch dabei? Hier kannst du ein Ereignis für die Ewigkeit festhalten.« Er hielt ihr einen Zettel hin. »Lies mal, so war es ursprünglich geplant.«

Ida schaute auf den Zettel.

Am Sonntag, dem 25. November, findet um acht Uhr abends im großen Konzertsaal der Rotunda eine öffentliche Versammlung statt, bei der ein irisches Freiwilligenkorps aufgestellt wird. Den Vorsitz führt Eoin MacNeill

»Eigentlich sollte die Versammlung im Konzertsaal stattfinden, aber sie haben schnell gemerkt, dass der Andrang gewaltig sein würde. Also haben sie alles auf die Rollschuhbahn verlegt. Aber die wird auch nicht reichen, wenn ich mir den Ansturm ansehe.«

»Eine Armee? Es geht um eine eigene irische Armee?«, fragte Ida erstaunt.

Joe zog sie am Arm mit sich. »Allerdings. Wir werden vor den Augen der Briten exerzieren, und sie werden uns nicht ernst nehmen, so wie immer. Aber sieh dir die Menschenmenge an.« Sie hörte die Erregung in seiner Stimme.

»Willst du dich auch melden?«

Etwas in ihrem Ton ließ Joe innehalten. Er blieb auf dem Gehweg stehen und rückte die Brille zurecht, bevor er antwortete. »Ich habe Gerry gefragt, ob ich ihnen nützen kann. Ob ich zu irgendetwas tauge.«

Ida hörte den Schmerz in seiner Stimme und bereute ihre Frage sofort.

»Sie hat mich ermutigt. Also habe ich MacDonagh um Rat gebeten, der die Versammlung mit organisiert hat. Er meint, dass ich als Dichter und Herausgeber der *Review* einen sinnvollen Beitrag leisten kann.«

»Du hast natürlich recht, Joe«, sagte sie beschämt. »Es tut mir leid, falls ich dich gekränkt habe.«

Er lächelte jungenhaft. »Wenn ich auf meinen Körper hören würde, würde ich mein ganzes Leben im Bett verbringen. Also los!«

Sie überquerten die Straße und reihten sich in die Schlange der Wartenden ein, die ins Gebäude drängten. Es mussten Tausende Menschen sein, meist Männer, aber es waren auch einige Frauen darunter. Ida war erleichtert, dass es friedlich zuging. Man sah erstaunlich wenige Polizisten.

Schließlich war die Rollschuhbahn gedrängt voll, und selbst auf der Straße warteten noch Tausende, die hofften, etwas von dem historischen Ereignis mitzubekommen.

Ida und Joe hatten gute Plätze auf der Rollschuhbahn erhalten, da ein Ordner Joe erkannt und sie durchgewinkt hatte. Er schaute sich die ganze Zeit aufgeregt um und erklärte ihr, wer die Redner auf dem Podium waren. Sie erkannte Thomas MacDonagh, der neben einem Mann mit auffallend sanftem Gesicht saß.

»Das ist Patrick Pearse, Schuldirektor und Dichter. Er sieht harmlos aus, nicht wahr? Aber er ist ein geborener Redner, der die Menschen mitreißen kann.«

Es wurde zunehmend wärmer in dem überfüllten Raum. Der Geruch von feuchter Wolle, Tabak, Schweiß, Alkohol und Parfüm nahm Ida fast den Atem.

Dann begannen die Reden. Die Männer betonten, dass sie die Freiheit aller Iren anstrebten und für sich das Recht in Anspruch nähmen, dies auch als Soldaten zu tun. Es kam zu einem Tumult, als Gewerkschaftsanhänger in den Saal riefen und die Rede übertönten, doch sie wurden von einem militärisch wirkenden Mann zur Ordnung gerufen.

Dreitausend Freiwillige schlossen sich noch an diesem Abend den Irish Volunteers an, eine Zahl, die Joe in höchste Begeisterung versetzte. Er zog Ida mit sich zu der Gruppe, die die Versammlung geleitet hatte. MacDonagh begrüßte sie herzlich, und sie wurde den anderen Herren vorgestellt. Spontan zog Ida kurz darauf ihr Skizzenbuch hervor. »Darf ich?«

Da kein Fotograf zugegen war, erteilte Professor Eoin MacNeill, der Vorsitzende, seine Zustimmung. »Wenn Sie uns die Zeichnung zur Verfügung stellen würden, Miss Martens? Wir möchten gern ein Dokument dieses historischen Augenblicks aufbewahren.«

Sie vereinbarten, dass sie ihnen ein Gruppenbild überlassen würde und die übrigen Zeichnungen den Zeitungen zum Kauf anbieten durfte.

Ida trat ein Stück zurück und begann die Szene zu skizzieren.

An einem Abend Mitte Dezember kam Cian mit schweren Schritten die Treppe herauf. Es war schon nach neun, er hatte gerade den letzten Patienten entlassen. Ida hatte ihm das Essen bereitgestellt, nachdem die Haushälterin gegangen war, und wartete mit einer Kanne Tee auf ihn.

Er warf das Jackett achtlos über einen Sessel, bevor er sie auf die Stirn küsste. Ida sagte nichts zu seinem Zustand, da

Cian es nicht mochte, wenn sie Aufhebens um ihn machte, doch die Schatten unter seinen Augen wurden immer tiefer.

Er begann zu essen, schien aber kaum zu bemerken, was er vor sich auf dem Teller hatte.

»Cian, so geht es nicht weiter«, sagte sie schließlich, wohl wissend, dass sie sich auf dünnes Eis begab. »Die Leute halten es mittlerweile für selbstverständlich, dass du abends für sie da bist. Und dienstags und donnerstags kommst du sowieso erst spät nach Hause.«

Als er antwortete, wusste sie sofort, dass er sie absichtlich missverstand. »Ich muss Geld verdienen, wie du weißt. Und ich kann die Patienten, die sich keinen Arzt leisten können, nicht im Stich lassen. Bedauere, wenn du auf abendliche Vergnügen wie Theater oder Konzerte verzichten musst, aber das lässt sich zurzeit nicht ändern.«

Ida schluckte. Er ist erschöpft, sagte sie sich. Er meint es nicht so. »Du weißt genau, dass es mir nicht darum geht.«

»Dann solltest du es hinnehmen.«

Ida schaute ihn an. Er war aufreizend ruhig geblieben, und sie merkte, wie eine gehörige Wut in ihr aufstieg. Die Wut ließ sie alle Vorsicht vergessen. »Kennst du eine St. Columba School?«

Das hatte gesessen. Sie sah, wie er blass wurde, und schämte sich, als sie einen Anflug von Schadenfreude spürte.

»Ich wüsste nicht, was dich das angeht«, sagte Cian kalt. Sein Ton machte deutlich, dass er nicht bereit war, auch nur einen weiteren Satz darüber zu verlieren.

Ida stand auf und verließ das Zimmer, blieb unschlüssig im Flur stehen. Dann ging sie nach nebenan ins Arbeitszimmer und schloss die Tür hinter sich. Im Kamin brannte kein Feuer. Zum Glück hing eine alte Strickjacke von Cian an einem

Haken, und sie wickelte sich darin ein, roch an der rauen Wolle. Tabak, Seife, Cians ganz eigener Geruch. Sie ließ sich schwer in einen Sessel fallen und stützte den Kopf in die Hände.

Kein Zweifel, Cian hatte sie mit seinen Worten gekränkt, aber sie hatte auf eine Weise zurückgeschlagen, die sie bereute. Und sich verraten, denn nun würde er sich wundern, woher sie den Namen der Schule kannte.

Was sollte sie tun? Nach Hause gehen? Ohne Abschied? Etwas in ihr sträubte sich dagegen.

Während sie noch überlegte, erklang aus dem Wohnzimmer Klaviermusik. Zuerst dachte sie, Cian habe eine Grammophonplatte aufgelegt, doch dann stockte das Stück, als hätte sich der Pianist verspielt.

Cian spielte selbst. Das hatte sie noch nie gehört.

Es war ein Stück, das sie nicht kannte, nichts Klassisches, mehr wie ein Volkslied. Eine sanfte, wehmütige Melodie, und Ida fragte sich, wie seine Stimmung so schnell umgeschlagen war. Sie lauschte beinahe atemlos und kam sich wie ein Eindringling vor, als stünde es ihr nicht zu, die Musik mit anzuhören.

Sie biss sich auf die Lippen und zog willkürlich ein Buch aus dem Regal. Erst als sie es aufschlug, bemerkte sie, dass es ein medizinisches Lehrbuch war. Vielleicht würde es ihre ganze Aufmerksamkeit fordern und sie von der Musik ablenken, die aus dem Nebenzimmer drang. Inzwischen war Cian bei Schumanns »Träumerei« angelangt. Die Töne schwebten zart und sanft herüber, und Ida fragte sich, an wen er wohl beim Spielen dachte.

Sie starrte auf die Seiten des Buches und merkte nicht, wie es ihr irgendwann aus der Hand fiel.

Als sie aufwachte, schaute sie sich orientierungslos um. Ihr Nacken tat weh, doch immerhin fror sie nicht. Jemand hatte eine Wolldecke über sie gebreitet und um ihre Schultern festgesteckt. Jemand, der sie nicht hatte wecken wollen.

Ida stand auf, raffte die Decke um sich und trat in den Flur. Keine Klaviermusik mehr. Cian musste ins Bett gegangen sein. Ihr Nacken schmerzte so sehr, dass sie keinesfalls weiter im Sessel schlafen wollte.

Sie stieg die Treppe in den zweiten Stock hinauf und blieb unschlüssig vor der Schlafzimmertür stehen.

Da hörte sie ein Geräusch von drinnen.

Es klang wie ein Stöhnen, gefolgt von einem Aufschrei. Ida schrak zusammen und spürte ihren Herzschlag in der Kehle. Sie legte die Hand an die Tür und zögerte. Sie hatte noch nie erlebt, dass Cian schlecht träumte. Sollte sie hineingehen und ihn wecken?

Sie lehnte den Kopf an die Tür und verharrte einen Augenblick so. Wie war es dazu gekommen? Noch vor wenigen Stunden war es ein ganz gewöhnlicher Abend gewesen, doch dann waren sie in einen Strudel aus Ungeduld, Übermüdung und Missverständnissen geraten. Und am Ende hatte ihre Frage gestanden, die sie sich nicht verzieh.

Während sie noch unschlüssig wartete, hörte sie wieder Cians Stimme. Diesmal konnte sie verstehen, was er rief. »Aidan!«

Er rief nach seinem Bruder.

Ida drückte die Klinke hinunter und stieß leise die Tür auf. Das Zimmer wurde nur vom schwachen Schein der Straßenlaternen erhellt, der durch die Vorhänge fiel. Die Dielenbretter knarrten unter ihren Füßen, als sie ans Bett trat. Cian lag auf der Seite, die Finger ins Kopfkissen gekrallt. Er murmelte

Worte, die sie nicht verstand. Dann warf er sich unruhig auf den Rücken und streckte die Arme aus, als wollte er nach etwas – oder jemandem – greifen. Plötzlich schrie er auf, setzte sich abrupt hin und atmete schwer, als fassten seine Lungen nicht genügend Sauerstoff.

Ida kniete sich neben das Bett und legte ihm die Hand auf den Arm.

»Cian, es ist alles gut. Du bist zu Hause. Ich bin bei dir.«

Als er nichts sagte, hob sie vorsichtig die Hand an sein Gesicht. Es war nass. Sie zog sie behutsam zurück und drückte seine Schulter. »Soll ich dir ein Glas Wasser holen?«

Sie spürte sein Nicken mehr, als dass sie es sah.

Als Ida mit dem Wasser zurückkam, hatte er sich ans Kopfende gelehnt, aber kein Licht eingeschaltet.

»Danke.« Cians Stimme klang rau.

»Soll ich dich allein lassen?«, fragte sie und blieb zögernd neben dem Bett stehen. Als keine Antwort kam, biss sie sich auf die Lippen und wandte sich zur Tür.

»Bleib.« Nur das eine Wort, kaum hörbar.

Sie setzte sich auf die Bettkante, doch Cian deutete neben sich, auf die vertraute Stelle, an der sie sonst lag.

Sie streifte die Schuhe ab und legte sich angekleidet aufs Bett. Tastete nach seiner Hand. Er griff danach und drückte sie so fest, dass es beinahe wehtat, doch Ida ließ es zu. Alles war besser, als hilflos vor der Tür zu stehen.

»Möchtest du es mir erzählen?«

Er schwieg so lange, dass sie schon glaubte, er sei eingeschlafen.

»Ich hatte den Traum seit Jahren nicht.«

Sie merkte, wie er sich auf die Seite drehte, zu ihr gewandt, ohne ihre Hand loszulassen.

Als er nicht weitersprach, fragte sie vorsichtig: »Hat es … mit deinem Bruder zu tun?«

Er nickte. »Lass uns schlafen«, sagte er dann leise.

Ida lag noch lange wach, auf der Seite, die Hand in seiner. Sie konnte nicht einschlafen, das Erlebte hatte sie zu sehr aufgewühlt. Irgendwann wurde sein Griff locker, doch sie ließ ihre Hand dort liegen und bewegte nur vorsichtig die eingeschlafenen Finger.

Später drehte Cian sich auf die andere Seite, und Ida massierte ihre linke Hand. Dann legte sie sie auf ihre Brust und hielt sie mit der Rechten umfangen. Sie war froh, dass Cian sie nicht zurückgewiesen hatte.

Ida spürte, wie sich endlich eine angenehme Ruhe in ihr ausbreitete. Sie war wieder mit sich im Reinen und konnte sich verzeihen, dass sie die Schule erwähnt hatte. Denn mit diesem Vorstoß hatte sie offenbar die Mauer durchbrochen, die Cian so lange um sich gezogen hatte. Mit dem Gedanken schlief sie ein.

Die Tage vergingen, und Cian erwähnte den Vorfall nicht mehr. Ida zwang sich, geduldig zu bleiben, auch wenn es ihr schwerfiel. Sie hoffte, dass die Weihnachtstage ruhiger würden und sie endlich mehr Zeit füreinander hätten. Viele Arbeiter hatten nachgegeben, sich verpflichtet, nicht in eine Gewerkschaft einzutreten, und waren an ihre Arbeitsplätze zurückgekehrt. Mutlosigkeit lag über der Stadt, die auch die Erwartung des bevorstehenden Festes nicht vertreiben konnte. Die bittere Armut war durch die Aussperrung noch schlimmer geworden. Zum Glück gab es viele Menschen, die halfen, wo es nur ging, die Pakete packten und Suppe verteilten, warme Decken und Kohle zu denen brachten, die am stärksten betroffen waren. Doch das Elend blieb überwältigend groß.

Cian arbeitete noch immer viel, aber wenn sie einander sahen, war er jetzt müde und sanft statt müde und gereizt. An jenem Abend hatte sich etwas verändert, auch wenn Ida nach wie vor nicht wusste, was mit Cians Bruder geschehen war. Zwischen ihnen war eine neue Nähe entstanden, die sie sehr glücklich machte.

Sie planten, Heiligabend gemeinsam zu verbringen. Cian wollte allerdings zuerst noch seine Runde bei den Armen machen und erklärte, er wisse nicht, wann er zurück sei. Am ersten Weihnachtstag waren sie bei den Giffords zum Essen eingeladen, Silvester würden sie mit den Plunketts verbringen. Joe hatte laute Musik und wildes Tanzen angekündigt, was Ida begeistert und Cian mit einem schiefen Grinsen aufgenommen hatte.

Nachdem sie an Heiligabend gegessen hatten – Mrs. Flanagan hatte einen köstlichen Truthahn für sie gebraten und warmgestellt, bevor sie zu ihrer Familie nach Hause ging –, schenkte Cian ihnen Portwein ein.

»Ein guter Jahrgang«, sagte er mit einem Blick auf das Etikett.

Sie stießen miteinander an, tranken und saßen in angenehmem Schweigen da. Als Ida zum Klavier hinüberschaute, stand Cian auf. »Soll ich etwas spielen?«

»Ja, gern. Etwas Weihnachtliches?«

Er stellte sein Glas ab, zog den Hocker zurück und setzte sich. Dann spielte er aus dem Kopf »Adeste fideles« und einige andere Lieder, deren Melodien Ida kannte. Schließlich zog er ein einzelnes Blatt aus einem Heft hervor, das auf dem Notenpult stand.

Als die ersten Töne erklangen, schlug Ida die Hand vor den Mund, um nicht zu schluchzen, doch dann liefen ihr Tränen über die Wangen, und sie stand auf. Cian zögerte kurz, worauf sie ihm die Hand auf die Schulter legte. Er spielte weiter.

»Danke«, sagte sie danach.

»Ich wollte dich nicht traurig machen.«

»Bei ›Stille Nacht‹ muss ich immer weinen«, sagte sie und zog die Nase hoch. »Hast du die Noten für mich besorgt?«

Er nickte. »Natürlich gibt es das Lied auch auf Englisch, aber wir haben es zu Hause nie gesungen. Möchtest du?«

Er legte wieder die Hände auf die Tasten und spielte, während Ida zuerst zögernd und dann sicherer den deutschen Text sang. Als sie fertig waren, legte sie ihm von hinten die Hände um die Schultern und vergrub den Kopf an seinem Hals.

»An dem Abend – du weißt, welchen ich meine – hast du eine Melodie gespielt. Wie ein langsamer Walzer, sie klang ein bisschen wehmütig.«

Sie spürte, wie sich sein Körper flüchtig anspannte, dann nickte er. »Das Lied heißt ›Eileen Alannah‹. Ziemlich sentimental, aber eine hübsche Melodie.«

Ida trat beiseite, damit Cian spielen konnte, und lehnte sich erleichtert an die Wand. Cian blickte hoch und warf einen flüchtigen Blick auf das Foto seines Bruders, ließ ansonsten jedoch keine Regung erkennen. Danach ging er wie in jener Nacht zur »Träumerei« über, und als er geendet hatte, klappte er den Klavierdeckel zu, stand auf und schenkte ihnen Wein nach.

»Aidan hat mir früher Schumann vorgespielt. Er war siebzehn, als er starb«, sagte Cian unvermittelt.

Ida merkte, wie fest sie ihr Glas umklammert hielt, und stellte es auf den Tisch. Ein Windstoß fuhr durch den Kamin, dass das Feuer zischte und Funken sprühten. Ansonsten war es ganz still im Zimmer.

»Wir gingen beide noch zur Schule. St. Columba. Er war drei Jahre älter als ich.« Cian trank einen Schluck Wein, ohne sie anzuschauen. »Mein großer Bruder.«

Ida spürte, wie sich etwas in ihr zusammenzog.

»Mein Vater war schuld. Darum will ich ihn nicht mehr sehen. Und dich von ihm fernhalten.«

Ida erinnerte sich an den Brief, der in dem gefalteten Hemd gelegen hatte. *Ich kann nicht anders. Es tut mir so leid. Vergib mir. A.* Sie wartete ab, doch Cian schwieg. Ida drängte ihn nicht. Wenn er sich nur langsam öffnen konnte, würde sie sich gedulden. Irgendwann würde sie vielleicht die ganze Wahrheit erfahren.

Sie stand auf, kniete sich vor seinem Sessel auf den Boden und legte den Kopf auf Cians Knie. Ida spürte seine Hand, die vorsichtig die Nadeln aus ihren Haaren löste und dann sanft und mit den immer gleichen Bewegungen über ihre Kopfhaut strich. Sie schloss die Augen und horchte auf den Wind, der die Scheiben erzittern ließ und dann und wann einen kalten Luftschwall durch den Kamin jagte. Dann loderte das Feuer besonders hell, und im Zimmer breitete sich eine wohlige Wärme aus.

Der Silvesterabend wurde genau so, wie Joe versprochen hatte. Laute Musik und wildes Tanzen, das Grammophon stand nicht still. Und wenn einmal die Platte gewechselt wurde, brach irgendjemand in lauten Gesang aus. Auf dem Tisch standen Punsch, Wein und Whiskey. Die Gäste hatten große Teller mit Sandwiches und andere Leckereien mitgebracht, da die Gräfin Plunkett seit dem Familienstreit die Ausgaben ihrer Kinder streng überwachte.

Joe ging es so gut, dass er kaum einen Tanz ausließ, doch Ida bemerkte den fiebrigen Glanz in seinen Augen und die geröteten Wangen.

Gerry kam mit einem Glas Punsch auf sie zu und stieß mit ihr an. Dann schaute sie nachdenklich zu ihrem Bruder, der gerade voller Anmut einen Foxtrott tanzte.

»Schau ihn dir an. Er will das Leben mit beiden Händen greifen und nichts verpassen. Wie kann ich ihm da sagen, er soll sich schonen?« Sie deutete auf Cian, der am Fenster eine Zigarette rauchte und angeregt mit Gerrys Verlobtem Thomas Dillon diskutierte. »Alles gut bei euch?«

»O ja«, sagte Ida, und Gerry lächelte überrascht angesichts der vehementen Antwort.

»Aber ihr könntet endlich einmal miteinander tanzen. Augenblick.« Gerry eilte durchs Zimmer zu Cian, zog ihn am Ärmel und deutete zu Ida, die grinsend mit den Schultern zuckte. Cian drückte die Zigarette aus, nickte Tom Dillon zu und kam zu ihr herüber.

»Wie ich hörte, willst du mit mir tanzen?«

»Ungemein charmant«, spottete Ida. »Das ist schließlich keine Hinrichtung.«

In diesem Moment drang ein Knistern aus dem Trichter des Grammophons. »Für die romantischen Seelen unter uns!«, rief Joe. »Die neue Aufnahme von McCormack!«

Ida erkannte sofort die ersten Töne von »Eileen Alannah« und sah Cian unsicher an, doch er nahm ihre Hand und zog sie mit sich. In dieser Fassung klang das Lied viel sentimentaler, als wenn er es auf dem Klavier spielte. Einige sangen mit, aber Ida lehnte sich an Cians Schulter und genoss es, sich langsam mit ihm im Kreis zu drehen und die anderen Gäste einen Moment lang zu vergessen.

»Joe amüsiert sich«, sagte sie, als sie danach an der Fensterbank lehnten und auf die dunkle Straße schauten.

»Hm, ja«, sagte Cian zögernd. »Aber lass dich nicht täuschen. Er mag heute seinen Spaß haben, aber das ist es nicht, was ihn bewegt. Er hat sich ganz und gar dem Kampf verschrieben.«

Ida wusste, dass sie unter Freunden waren, schaute sich aber unwillkürlich um.

»Mir gegenüber deutet er es nur an«, sagte Cian. »Er will mich nicht in Schwierigkeiten bringen. Aber ich höre so einiges, von Séan und anderen.«

»Machst du dir Sorgen um ihn?«

»Das wäre sinnlos. Er ist erwachsen. Ich habe gelernt, dass man Menschen nicht vor sich selbst beschützen kann.«

Sie hörte die leise Bitterkeit in seiner Stimme und legte ihm die Hand auf den Arm. »Lass uns heute einfach feiern. Sorgen können wir uns auch 1914 noch machen.«

»Du hast recht.« Er stellte sein Glas ab, legte beide Hände um Idas Gesicht und küsste sie. Sie spürte seine Zunge, die über ihre Lippen strich, und erwiderte den Kuss, als befände sich sonst niemand im Zimmer. Er strich über ihre Oberarme, drückte seine Finger hinein, nicht schmerzhaft, aber fordernd, als wäre er in diesem Moment am liebsten mit ihr allein. Und plötzlich war es ihr egal, was das nächste Jahr bringen würde, solange sie es mit Cian verbringen konnte.

Als um Mitternacht die Glocken läuteten, stießen alle miteinander an, umarmten sich und wünschten einander ein frohes neues Jahr. Dann bildeten sie einen Kreis, fassten sich an den Händen und sangen »Auld Lang Syne«, das Ida schon vom letzten Jahreswechsel kannte und mitsingen konnte. Als sich die Gäste wieder im Raum zerstreut hatten und Joe das

Grammophon anwarf, spürte Ida, wie Cian sie am Ärmel zupfte und zur Tür deutete.

»Was ist? Willst du schon gehen?«

»Nein, aber komm mal mit nach draußen. Und vergiss deinen Mantel nicht.«

Der Sternenhimmel war atemberaubend, die Luft klar und von klirrendem Frost erfüllt. Das Straßenpflaster glitzerte wie winzige Diamantsplitter, und Ida hielt die Hände vor den Mund, weil ihr die Luft so eisig in die Kehle drang.

Cian legte den Arm um sie und zog sie eng an sich. »Wir können gleich wieder zu den anderen gehen. Ich wollte nur einen Moment mit dir allein sein.«

Etwas in seiner Stimme ließ sie aufhorchen.

Cian drehte sie zu sich und legte ihr die Hände auf die Schultern. Sein Atem stand wie eine weiße Wolke vor seinem Gesicht, als er zu sprechen begann. »Ich bin kein großer Redner. Und es ist verdammt kalt.« Er lächelte flüchtig. »Darum komme ich gleich zur Sache. Ida, ich möchte dich heiraten. Wir können ruhig bis zum Frühjahr warten, bis es wärmer ist. Aber es würde mich sehr glücklich machen.«

Sie stand da und starrte ihn an. Spürte die Kälte an Händen und Füßen, doch ansonsten war ihr ganzer Körper warm.

»Willst du …?«

Die Unsicherheit in seinen Augen traf sie wie ein Schlag, und sie griff nach seinen Revers und zog ihn an sich und drückte die Stirn an seine Schulter. »Ja, ich will! Egal wann. Wir können gern auf wärmeres Wetter warten, wenn du es dir nur nicht anders überlegst.«

Sie spürte, wie seine Brust vor Lachen vibrierte. »Das war nicht sehr romantisch, was?«

Sie suchte nach Worten und musste schlucken, weil ihr der Augenblick die Kehle zuschnürte. »Oh, doch. Es war wunderbar. Jetzt möchte ich dich küssen. Und dann gehen wir rein und tauen auf.«

II

Der Schatten des Krieges

»Die Lampen gehen in ganz Europa aus,
wir werden sie in unserem Leben
nie wieder leuchten sehen.«

Edward Grey,
britischer Aussenminister,
am 3. August 1914

16

»Eine Hochzeit im Mai?«, fragte Joe. »Ich wusste gar nicht, dass du so romantisch veranlagt bist.«

Ida wurde warm ums Herz, als sie sah, wie Cian grinste.

»Das Wetter ist dann schöner«, sagte er nur.

Joe, der mit einer Decke über den Beinen am Kamin saß, schaute zwischen ihnen hin und her. »Und wie wollt ihr es mit der Religion halten? Du bist Protestantin, nicht wahr?«

Cians Miene erstarrte. Tatsächlich hatten sie noch gar nicht darüber gesprochen, nicht zuletzt, weil Ida nicht sehr religiös war.

»Das ist noch nicht entschieden«, sagte sie und stieß Joe unauffällig an, worauf er rasch das Thema wechselte.

Ida und Cian hatten ihre Freunde zu einer kleinen Verlobungsfeier eingeladen. Joe war früher gekommen als die anderen, weil er mit Cian einen Artikel für die *Review* besprechen wollte.

Nacheinander trafen bald darauf Gerry Plunkett, Grace, Muriel und Thomas MacDonagh, Séan MacDiarmada und einige andere ein. Sie gratulierten, hatten kleine Geschenke dabei und bedienten sich gerade mit Tee und Kuchen, als es an der Tür klingelte.

»Fehlt noch jemand?«, fragte Cian.

»Nicht dass ich wüsste.«

Schritte erklangen auf der Treppe, dann öffnete Mrs. Flanagan die Zimmertür. »Die Gräfin Markievicz.«

Ida drehte sich überrascht um. Madame stand da, auf dem

Kopf einen auffälligen Hut, in der Hand ein verpacktes Geschenk. »Verzeihung, wenn ich mich selbst einlade, aber die Kunde über das frohe Ereignis ist durch liebe Freunde bis zu mir gedrungen.« Sie nickte Séan zu. »Miss Martens, Dr. O'Connor, ich möchte Ihnen ganz herzlich zur Verlobung gratulieren. Dieses Geschenk richtet sich vor allem an Ihre Verlobte, Dr. O'Connor, wenn Sie mir die Unhöflichkeit verzeihen. Praktisch ist es auch nicht, kommt aber von Herzen.«

Sie drückte Ida das Päckchen in die Hand, worauf Cian ihr ein Glas Champagner reichte. »Es ist mir eine Ehre, Sie in meinem Haus zu begrüßen.«

Das Geschenk war ein Album mit Zeitungsausschnitten und Fotografien. Eine Besprechung des Buches mit den Kinderzeichnungen. Anzeigen für Theateraufführungen, bei denen Ida das Bühnenbild gestaltet hatte. Sogar die alte Abbildung der »grünen Lotte«, die noch vor ihrer Ankunft in Dublin erschienen war. Das Gruppenbild von der Gründung der Irish Volunteers. Und auf der letzten Seite war das Porträt von Madame abgebildet, das Ida Anfang des Jahres fertiggestellt hatte.

Ida war sprachlos, und zum Glück übernahm Constance Markievicz das Reden. »Da Sie nun stumm wie ein Fisch sind, ergreife ich die Gelegenheit, Ihnen noch einmal für das wunderbare Porträt zu danken. Alle, denen ich es gezeigt habe, waren begeistert. Außerdem möchte ich darauf hinweisen, dass dieses Büchlein natürlich auch ein Geschenk für Ihren zukünftigen Mann ist. Er hat allen Grund, stolz auf seine Frau zu sein.« Sie hob ihr Glas und schaute in die Runde.

»Trinken wir auf das glückliche Paar!«

Alle stießen mit ihnen an, und Ida fand so weit die Sprache wieder, dass sie sich bedanken konnte. Sie war etwas verlegen, doch als sie zu Cian schaute, traf sein Blick sie wie eine gewaltige Flutwelle. Sie las tatsächlich Stolz darin und Liebe, aber auch noch etwas anderes. Unsicherheit? Verletzlichkeit?

Ida trat auf ihn zu und legte ihm wortlos die Hand auf den Arm, worauf er sie an sich zog.

Als Cian sie später nach Hause brachte, blieb er unschlüssig vor der Tür stehen.

»Was ist los? Es war ein schöner Abend, nicht wahr? Hoffentlich hat es dich nicht gestört, dass die Gräfin so hereingeplatzt ist, ich hatte keine Ahnung …«

Er hob lächelnd die Hand. »Ganz und gar nicht. Ich war sehr stolz auf dich. Und habe mich gefragt, ob ich dich überhaupt verdiene.«

»Cian!« Ida legte ihm die Hand auf den Mund. »Red keinen Unsinn.« Sie schwankte zwischen Bestürzung und Belustigung.

»Schon gut.« Er hielt inne und sprach dann in einem gewichtigen Ton weiter, als wäre er gerade zu einem Entschluss gelangt: »Morgen gehe ich zu Father Monaghan.«

Damit hatte Ida nicht gerechnet. Das Konzert lag lange zurück, und danach war Cian so überarbeitet gewesen, dass sie den Pfarrer von St. Aloysius nicht mehr erwähnt hatte. »Das freut mich. Und ihn wird es noch mehr freuen. Er hat sehr darauf gehofft, enger mit dir zusammenzuarbeiten. Für die Menschen in seiner Gemeinde wäre es gewiss eine große Hilfe.«

»Warten wir ab«, sagte Cian vorsichtig.

Plötzlich erinnerte sich Ida an den unbehaglichen Moment, als Joe ihre unterschiedlichen Konfessionen erwähnt hatte. Doch dies war nicht der Augenblick, darüber zu reden.

»Father Monaghan ist ein guter Mensch«, sagte sie stattdessen und fügte hinzu: »Schlaf gut. Ich liebe dich.«

Am nächsten Tag sahen sie sich erst abends, als Cian sie von der Arbeit abholte. Es lag ein Hauch von Frühling in der Luft, dieses ganz besondere leichte Gefühl, das unverkennbar war und sich doch so schwer beschreiben ließ.

»Woran hast du gerade gedacht?«, fragte Cian, als sie in Richtung St. Stephen's Green gingen.

»Ich habe mich an ein Gedicht erinnert. Ein Frühlingsgedicht von Eduard Mörike.«

»Sag es auf.«

»Aber du verstehst es nicht.«

»Ich will es trotzdem hören.«

Ida schloss kurz die Augen, bevor sie begann.

Frühling lässt sein blaues Band
Wieder flattern durch die Lüfte;
Süße, wohlbekannte Düfte
Streifen ahnungsvoll das Land.
Veilchen träumen schon,
Wollen balde kommen.
Horch, von fern ein leiser Harfenton!
Frühling, ja Du bist's!
Dich hab' ich vernommen.

»Und jetzt übersetze es mir.«

Ida bemühte sich, die Worte poetisch klingen zu lassen.

»Das gefällt mir. Und das Gefühl kenne ich auch.«

»Schreibt Joe auch Frühlingsgedichte?«

Cian lachte. »Ich weiß nicht … schließlich hat das Thema weder mit Religion noch mit Liebesleid zu tun.«

Ida fragte sich manchmal, was die beiden Männer verband. Joe ließ spöttische Bemerkungen über Cians »Gottlosigkeit«

fallen, während Cian sich bisweilen über dessen mystische Gedichte lustig machte. Und doch war etwas zwischen ihnen, das diese Gegensätzlichkeiten überwand.

»Und auch nicht mit Politik«, sagte Ida. »Wenn ich mir seine Zeitschrift ansehe …«

»Irgendwann wird sie verboten, das weiß er genau. Er will sehen, wie weit er gehen kann. Bis jetzt lassen ihm die Behörden freie Hand. Vielleicht nehmen sie ihn nicht ernst. Was dumm von ihnen wäre.« Sie waren im Park angekommen, und Cian deutete auf eine Bank. »Oder ist dir zu kalt?«

Ida schüttelte den Kopf. Sie setzten sich und beobachteten einige Kinder, die den Tauben Brotkrumen hinstreuten und schreiend wegliefen, wenn die Tiere flatternd aufstoben.

»Wie war es bei Father Monaghan?«, fragte sie.

»Wir haben einiges vereinbart. Er wird eine Liste aufstellen, in der besonders bedürftige Familien und Härtefälle verzeichnet sind: chronische Krankheiten, Behinderungen, Väter im Gefängnis oder arbeitslos, ledige Mütter.«

»Das ist gut. Er kennt seine Gemeinde sicher am besten.«

Cian räusperte sich. »Er ist wirklich … fähig. Und mitfühlend. Das ist mehr, als man von vielen anderen sagen kann.«

»Diesen Eindruck hatte ich auch. Und er ist den Menschen sehr nahe. Ich glaube, ihm kann man sich in vielem anvertrauen … oder nicht?«

Cian zog sie enger an sich. »Doch. Er hilft sogar Frauen in extremer Not.«

Ida drehte sich um und sah ihn fragend an. Cians Miene verriet nichts. »Wie meinst du … oh.«

»Er hat erzählt, dass er Familien sucht, die Kinder adoptieren wollen. Und er kennt Ärzte, die helfen, wenn das Leben der Mütter in Gefahr ist.«

Ein ungeheuerliches Wagnis für einen katholischen Priester, dachte Ida. Für jeden Priester.

»Er hat dir eine ganze Menge anvertraut«, sagte sie verwundert.

»Dass ich überhaupt zu ihm gekommen bin, hat ihn wohl überrascht. Und gefreut«, sagte Cian nachdenklich. Er schaute geradeaus, und Ida betrachtete das Profil, das ihr so vertraut geworden war. Sie saßen still und friedlich da, weshalb sie seine nächsten Worte umso mehr überraschten.

»Ich muss demnächst für einige Tage verreisen.«

»Oh, und wann genau?«

»In etwa zwei Wochen.«

Ida wartete vergeblich auf eine nähere Erklärung. An diese abrupten Wechsel konnte sie sich einfach nicht gewöhnen, die Momente, in denen er ihr von einem Augenblick zum anderen fremd wurde. Wäre er nicht so schweigsam geworden, hätte sie an eine Überraschung geglaubt, irgendeine Vorbereitung für die Hochzeit. Hatte es mit seinem Besuch bei Father Monaghan zu tun? Immerhin hatte Cian unmittelbar bevor er die Reise ankündigte, von dem Priester gesprochen. Aber Ida hatte die Erfahrung gemacht, dass sie ihn nicht drängen durfte. Sie musste ihm die Zeit lassen, die er brauchte, dann würde sie irgendwann die Wahrheit erfahren.

Sie stand auf und reichte ihm die Hand. »Lass uns essen. Ich habe gewaltigen Hunger.«

Ida hatte Grace zum Tee nach Hause eingeladen, weil sie ihr die neuesten Bilder zeigen, vor allem aber wieder einmal mit ihr ungestört sein wollte. Mrs. Fitzgerald hatte es sich nicht nehmen lassen, den Tee für sie zu kochen, und den Kuchen hatte Ida in ihrer Lieblingsbäckerei besorgt.

Sie lachten viel, tauschten Neuigkeiten über gemeinsame Bekannte aus, und Grace berichtete entzückt von den Fortschritten, die ihr Neffe machte. MacDonaghs wünschten sich ein zweites Kind, hatten aber Bedenken, weil Muriel nach der ersten Geburt so lange krank gewesen war.

Ida zeigte ihr die neuen Zeichnungen und ein angefangenes Porträt von Cian, das ihn im Profil auf einer Mauer zeigte, im Hintergrund das Meer bei Sandymount.

Die Stimmung war lustig und friedlich, bis Graces Blick auf einen ungeöffneten Brief fiel, der auf der Kommode lag.

»Von deinen Eltern?«, fragte sie.

»Von meiner Mutter.« Ida spürte den prüfenden Blick ihrer Freundin. »Ich lese ihn später.« Sie hoffte, damit weiteren Fragen aus dem Weg zu gehen, doch Grace blieb hartnäckig.

»Hast du sie eingeladen?«

»Zur Hochzeit, meinst du?«

Grace nickte und verschränkte herausfordernd die Arme. »Du willst nicht allen Ernstes heiraten, ohne es deinen Eltern zu sagen.«

»Ich habe dir von unserem Streit erzählt. Als ich mich weigerte, nach Hause zurückzukehren, war das ein endgültiger Schritt. Das haben sie mir nicht verziehen.«

»Aber du bist ihre Tochter. Ich verstehe mich auch nicht mit meiner Mutter und würde ihr trotzdem erzählen, wenn ich heirate. Du musst sie ja nicht um ihre Zustimmung bitten, aber sie sollten es wenigstens wissen.«

»Du würdest es deiner Mutter nur deshalb erzählen, weil sie es ohnehin erfahren würde«, konterte Ida. »Ich habe mir hier ein eigenes Leben aufgebaut, fern von Hamburg und ohne ihre Hilfe, was sie mir nie zugetraut hätten. Mein Vater hat damals geschrieben, ich solle heimkommen, bevor ich auf

Almosen angewiesen sei. Bevor ich einem bohemienhaften Leben verfallen und dadurch aus der guten Gesellschaft ausgestoßen würde.«

Ida hatte die Erinnerung daran verdrängt und sich ganz auf ihr neues Leben eingelassen. Sie war nun seit über zwei Jahren in Dublin und hatte nie an Rückkehr gedacht. Der Mann, den sie liebte, die Freundinnen und Freunde, ihre Arbeit – all das war hier. Vor einigen Monaten hatte ihre Mutter noch einmal geschrieben, doch Ida hatte den Brief ungelesen weggeworfen.

»Lies ihn trotzdem«, sagte Grace. »Vielleicht ist es wichtig. Nicht jetzt, das kannst du machen, wenn du allein bist.«

Doch Ida seufzte gottergeben auf und öffnete ihn energisch. Sie überflog die wenigen Zeilen und hielt Grace das Blatt hin. »Da.«

Die Freundin sah sie verlegen an.

»Na los.«

Grace nahm den Brief unwillig entgegen und las. Dann biss sie sich auf die Unterlippe, hob den Kopf und schaute Ida bestürzt an.

»Du sollst erkennen, wohin du gehörst? Dich für deine Heimat und gegen das Fremde entscheiden?«

»Weißt du, was seltsam ist?«, fragte Ida, ohne auf Graces Worte einzugehen. »Als mein Vater mich damals nach London an die Slade geschickt hat, war er ein großer Bewunderer der Briten. Er hatte nur Lob für England übrig. Beste geschäftliche Beziehungen. Du erinnerst dich, dass ich wiederholt von seinen Bekannten eingeladen wurde. Und jetzt das.«

»Es ist traurig«, sagte Grace. »Was willst du tun?«

Ida zuckte mit den Schultern und holte die Tageszeitung. »Sieh mal, worüber hier berichtet wird.« Sie blätterte die

Seiten durch. »Der neue König von Albanien wurde gekrönt. Die Suffragette Mary Richardson attackiert Velázquez' Gemälde der ›Venus vor dem Spiegel‹. Friedensvertrag zwischen Serbien und der Türkei geschlossen. Die neuen Lieder der Saison – ›You've Got Your Mother's Big Blue Eyes‹ und ›Oh You Million Dollar Doll‹. Große Erregung über D.H. Lawrences Skandalroman ›Sons and Lovers‹.«

»Und?«, fragte Grace verwundert.

»Das ist es, worüber die Menschen hier reden. Aber seit einiger Zeit lese ich auch die kleinen Meldungen auf den hinteren Seiten, die verborgenen Hinweise. Und sie sind bedrohlich.«

Die Welt war wie ein heller Sommertag, an dem ganz fern und kaum bemerkt ein Gewitter heraufzog. Man musste schon den Kopf heben und nach oben blicken, um die Anzeichen zu sehen.

Und dass sich ihr eigener Vater gegen die früheren Freunde wandte, war für Ida ein unheilvolles Zeichen.

»Wie kann ich ihm sagen, dass ich einen von ihnen heirate?«, fragte Ida leise. »Er unterscheidet nicht zwischen Iren und Engländern, sie alle sind Fremde für ihn. Er sieht sie als Bedrohung. Und meine Mutter schließt sich stets seiner Meinung an.«

Grace schaute nachdenklich drein. »Trotzdem. Sag es ihnen. Dann bist du mit dir im Reinen. Du könntest sie auch anrufen, dann hättest du es schneller hinter dir. Sie haben doch Telefon, oder?«

Ida nickte. Der Vorschlag besaß einen gewissen Reiz. Zwar würde es sie mehr Mut kosten, ihren Eltern mündlich von der Hochzeit zu berichten, doch sie war ein Mensch, der nicht vor unangenehmen Aufgaben zurückscheute.

Am nächsten Tag begab sich Ida in die Hauptpost an der Sackville Street und meldete am Schalter ein Ferngespräch nach Hamburg an. Sie ging mit klopfendem Herzen in die Kabine, die man ihr zugewiesen hatte, und schloss die Tür hinter sich.

Seltsam, schoss es ihr durch den Kopf, bevor sie zum Hörer griff, weder meine noch Cians Eltern werden zu unserer Hochzeit kommen, obwohl drei von ihnen noch am Leben sind. Hatte sie es sich so vorgestellt? Nein, aber sie hatte sich ohnehin ihre Hochzeit nie ausgemalt, wie es andere junge Mädchen taten. Sie hatte an Reisen gedacht, an ihre Arbeit, hatte davon geträumt, einmal eines ihrer Bilder in einer Ausstellung zu sehen – doch von Brautkleidern oder einem Ehemann hatte sie nie geträumt.

Dann meldete sich von weit her eine Frauenstimme. »Bei Martens.«

»Hier spricht Ida Martens. Sind meine Eltern zu Hause?«

Stille. Sie konnte nicht erkennen, ob das Hausmädchen überrascht oder die Verbindung schlecht war. »Natürlich, gnädiges Fräulein, einen Augenblick, bitte.«

Idas Herz schlug so heftig, dass sie kaum atmen konnte. Dann hörte sie die Stimme ihrer Mutter.

»Ida, bist du das? Was ist passiert?«

»Mutter, ich …« Sie suchte nach der richtigen Eröffnung und merkte, dass es keine gab. »Ich werde heiraten. Im Mai.«

Stille. Geräusche im Hintergrund, Schritte, leise Stimmen.

»Was hast du zu deiner Mutter gesagt?« Ihr Vater klang ruhig und kalt. »Sie ist in Tränen ausgebrochen und wollte mir nicht erklären, was los ist. Bist du krank? Brauchst du Hilfe?«

»Nein. Ich habe ihr erzählt, dass ich im Mai heiraten werde. Er heißt Cian O'Connor und ist Arzt.«

»Du willst …« Ihr Vater brach ab und setzte neu an. »Du willst heiraten und sagst uns das am Telefon? Schämst du dich nicht? So etwas wird gemeinhin mit den Eltern geplant und nicht einfach verkündet. Wann sollen wir den Mann deiner Ansicht nach denn kennenlernen?«

Ida schloss die Augen und verfluchte Grace, die sie zu diesem Anruf überredet hatte. »Vater, ich habe in den vergangenen zwei Jahren bewiesen, dass ich so etwas allein entscheiden kann. Dies geht nur Cian und mich etwas an. Wir heiraten im –«

»Im Beisein seiner Eltern, vermute ich. Während wir unseren Bekannten erklären müssen, weshalb die Hochzeit unserer Tochter ohne uns stattfindet. Es ist schlimm genug, immer neue Entschuldigungen zu erfinden, warum sich deine Heimkehr verzögert.«

Da kam die Wut, eine kalte, stille Wut, die Ida nicht blendete, sondern alles klarer sehen ließ. »*Darum* geht es also – die Meinung eurer Bekannten? Dass ihr Entschuldigungen erfinden müsst, damit das Verhalten eurer Tochter kein schlechtes Licht auf die Familie wirft? Eigentlich müsste es mir wehtun, aber ich bin vor allem wütend, und das macht es einfacher.«

»Wenn hier jemand Grund hat, wütend zu sein, sind wir das wohl. Wütend und enttäuscht.«

»Nein, Vater. Du hast einen Fehler begangen, als du mir erlaubt hast, in London zu studieren. Einen Fehler, für den ich dir ewig dankbar sein werde, denn damit hast du die Tür aufgestoßen. Danach hielt mich nichts mehr in Hamburg. In London habe ich erkannt, was ich aus meinem Leben machen möchte, und in Dublin habe ich es verwirklichen können. Ich bin glücklich hier. Warum könnt ihr das nicht verstehen?«

Es dauerte eine Weile, bis er antwortete. »Wie ich sehe,

hast du dich mit einem Leben in bescheidenen Verhältnissen abgefunden. Aber wie lange wird das Abenteuer dauern? Wenn du mit diesem Mann nun nicht glücklich wirst? Wenn niemand deine Bilder kaufen will?«

Fast hätte sie gelacht. Sie hatte sich selten so stark gefühlt wie in diesem Augenblick. »Muss ich denn schon an das Ende denken, wenn das Neue gerade erst beginnt?« Sie spürte, wie etwas Warmes in ihr aufstieg – es war, als stünde Cian neben ihr. Sie hatte in diesen zwei Jahren viel Gutes erfahren, und das verlieh ihr Kraft. »Ihr könnt ja zur Hochzeit kommen.«

»Ich habe zurzeit nicht vor, ins Ausland zu reisen.« Es klang wie ein Schimpfwort. »Gewiss bist du dir über die politische Lage nicht im Klaren, aber ich bin ehrlich besorgt. Überall schwelt es. Ich habe gute Verbindungen nach Berlin, wie du weißt, da höre ich so einiges.«

Es war genug. Mehr konnte sie nicht ertragen. »Vater, ich lebe, wie du schon sagtest, in bescheidenen Verhältnissen und muss das Gespräch jetzt beenden. Grüße Mutter von mir.« Dann hängte sie ein und lehnte sich für einen Augenblick mit geschlossenen Augen an die Wand der Kabine. Auf einmal fühlte sie sich leer. Aber sie hatte es durchgestanden, und das allein zählte.

17

Als Cians Abreise näher rückte, wurde er schweigsam. Am letzten Abend gingen sie noch einmal spazieren, weil das Wetter in diesem April so mild war. Der Strand lag verlassen da, und die untergehende Sonne tauchte das Meer in ein rotgoldenes Licht. Doch für Ida verblasste die Schönheit der Natur ein wenig, weil immer noch zu viel Unausgesprochenes zwischen ihnen stand.

Als sie nach Hause kamen, lag ein Brief auf dem Garderobenschrank im Flur. Er musste mit der Abendpost gekommen sein.

Cian warf einen Blick darauf und riss ihn mit einer energischen Handbewegung auf. Er überflog ihn, steckte ihn wieder in den Umschlag und stieg wortlos die Treppe hinauf, den Brief in der Hand. Ida folgte ihm.

»Was ist?«, fragte sie, als sie das Wohnzimmer betraten. »Schlechte Neuigkeiten?«

Cian lachte bitter. »Das kann man wohl sagen.« Er deutete auf den Brief, den er in den Papierkorb geworfen hatte. »Mein Vater will zur Hochzeit kommen. Father O'Hanlon hat ihm davon erzählt, er hat vermutlich meine Ankündigung in der Zeitung gelesen. Er spie den Namen wie ein Schimpfwort aus.

»Wer ist dieser Father O'Hanlon?«

»Ein ehemaliger Lehrer. Er lebt in Dublin.«

»Und dein Vater ist mit ihm befreundet?«

»Ja.« Cian goss einen Whiskey ein und drehte sich mit der Karaffe in der Hand zu ihr. »Du auch?«

»Nein, danke.«

Der Rest des Abends verlief unbehaglich. Ida versuchte, ihre Traurigkeit zu verbergen, und verabschiedete sich gegen halb zehn. »Du musst morgen früh aufstehen, daher fahre ich lieber nach Hause.«

Cian sah sie überrascht an, widersprach aber nicht. »Ich bringe dich zur Straßenbahn.«

Sie gingen schweigend nebeneinander durch die Dunkelheit. Es schien, als brannten die Straßenlaternen schwächer als sonst, und Ida spürte eine Enge in der Brust. Sie konnte es kaum erwarten, sich zu Hause in ihrem Zimmer zu verkriechen.

Als die Bahn kam, umarmten sie einander.

»Ich melde mich, sobald ich zurück bin«, sagte Cian. Er ließ Ida nur zögernd los, und sie spürte, wie ihre Augen brannten, als sie in den Wagen stieg und sich noch einmal umdrehte.

Sie setzte sich auf einen der hinteren Plätze und schaute zum Fenster, in dem sich nur der dämmrig beleuchtete Innenraum spiegelte. Warum konnten sie nicht einfach glücklich sein? Wie sollte sie einen Mann heiraten, der einen ganzen Abschnitt seines Lebens vor ihr verbarg, bei dem sie auf ihre Worte achtgeben musste, um keine rätselhafte Wunde zu berühren?

Ungewollt kamen ihr die Worte ihres Vaters in den Sinn. Aber wie lange wird das Abenteuer dauern? Wenn du mit diesem Mann nun nicht glücklich wirst?

Sie schob den Gedanken fort. Dann dachte sie wieder an den Brief und was Cian über Father O'Hanlon gesagt hatte. *Ein* ehemaliger Lehrer. Nicht *mein* ehemaliger Lehrer. Doch er schien ihn zu kennen. Bestand eine Verbindung zwischen

Liam O'Connor, Father O'Hanlon und der Schule, die Cian und Aidan besucht hatten? Lag darin vielleicht der dunkle Kern von Cians Unglück?

Die Ungewissheit wurde langsam unerträglich.

Die Haushälterin schüttelte bedauernd den Kopf. »Father Monaghan ist leider gerade in der Kirche. Möchten Sie in einer halben Stunde wiederkommen?«

Ida schaute über die Schulter. »Ich höre mir das Ende des Gottesdienstes an. Vielen Dank.«

Die Frau schloss die Tür. Ida überquerte die Straße, stieß leise das Kirchenportal auf und trat in den dämmrigen Vorraum. Der Geruch war schon vertraut. Aus dem Altarraum erklang die Stimme von Father Monaghan, der das Vaterunser betete. Ida bewegte sich auf Zehenspitzen zur letzten Bank, in der niemand saß, und glitt hinein.

Sie sah zu, wie sich die Gemeinde zur Kommunion aufreihte. Es waren viele alte Menschen darunter, die Jüngeren waren um diese Zeit wohl bei der Arbeit oder kümmerten sich um ihre Kinder. Die Kirche war voll, die Schlange bewegte sich nur langsam voran, doch das kümmerte sie nicht, sie hatte Zeit.

Ida genoss die Ruhe und das Licht, das durch die bunten Fenster fiel und blassrote und hellblaue Flecken auf die steinernen Fliesen malte. Auch wenn ihr in dem weiten Kirchenraum vieles fremd war, empfand sie hier einen Frieden wie nirgendwo sonst in Dublin. Ihr Blick wanderte zu dem Gemälde des Heiligen Aloysius, vor dem wie immer zahlreiche Kerzen brannten.

Bei ihrem letzten Besuch hatte Father Monaghan ihr von dem italienischen Jesuiten erzählt, der sich der Krankenpflege gewidmet hatte und gestorben war, als er sich mit dreiundzwanzig Jahren mit der Pest infizierte.

»Er vertrat die Ansicht, dass auch den Armen ein würdiges Begräbnis zusteht. Darin habe ich ihn mir zum Vorbild genommen. Und auch in anderen Dingen«, hatte Father Monaghan gesagt.

Als Ida wieder zum Altar blickte, war die Schlange deutlich kürzer geworden, und bald waren alle Gläubigen an ihre Plätze zurückgekehrt.

Father Monaghan sprach den Segen.

Benedicat vos omnipotens Deus, Pater et Filius et Spiritus Sanctus.

Amen, antwortete die Gemeinde.

Ite, missa est.

Deo gratias.

Die Menschen verließen still die Kirche, einige entzündeten Kerzen vor dem Aloysius-Gemälde und der Marienstatue oder verharrten noch im stillen Gebet. Father Monaghan zog sich in die Sakristei zurück, um sich umzukleiden. Ida blieb in einem Seitengang stehen und spürte erstaunt, wie friedlich es in ihr geworden war. Die quälende Unruhe, die sie den ganzen Tag über verspürt hatte, war gewichen, obwohl sich eigentlich nichts verändert hatte. Es musste an der Atmosphäre in der Kirche liegen, dem flackernden Kerzenlicht, dem eigentümlichen Geruch und der Orgelmusik, die zum Auszug der Gemeinde gespielt wurde.

Ida ging langsam auf und ab und wickelte sich enger in die Jacke. Im Kirchenraum war es kühl.

»Miss Martens.« Er war unbemerkt zu ihr getreten.

»Guten Abend, Father Monaghan. Hätten Sie einen Augenblick Zeit für mich? Verzeihung, wenn ich Sie so überfalle, aber ich habe das Bedürfnis …«

Er hob die Hand und deutete zum Ausgang. »Kommen Sie.« Kurz darauf saßen sie beim Tee in seinem behaglichen Wohnzimmer mit den abgenutzten Möbeln.

Father Monaghan breitete die Hände aus, eine angedeutete Einladung. »Was kann ich für Sie tun?«

Auf einmal wollten Ida keine Worte einfallen. Ihr Mund zuckte, doch sie brachte nichts heraus.

»Geht es um eine Glaubensfrage?«

»Nein. Jedenfalls nicht im religiösen Sinn. Mit Glauben hat es allerdings schon zu tun. Und mit Vertrauen.«

Und dann war der Damm gebrochen. Sie erzählte, dass Cian seinen älteren Bruder verloren hatte, seinen Vater zu hassen schien, und verschwieg auch nicht, dass sie einen Brief gelesen hatte, der nicht für sie bestimmt war. Als sie zu Ende gesprochen hatte, schaute sie Father Monaghan in die Augen und las darin nur Güte und Verständnis.

»Besser?«

Sie nickte. »Sie sind der Erste, mit dem ich darüber spreche. Ich kann die Ungewissheit nicht länger ertragen. Wir wollen heiraten, und ich weiß so vieles nicht …«

»Sie könnten abwarten, was geschieht, wenn er von der Reise zurückkommt. Vielleicht braucht er diese Zeit, um Antworten für sich zu finden, und kehrt mit leichterem Herzen zurück.«

Ida schluckte. »Ich … das weiß ich. Aber ich habe Angst, dass sich nichts ändert. Dass er mir nie vertrauen wird. Ich weiß nicht, ob ich ihn heiraten kann, wenn er mir nicht vertraut.« Nun war es heraus. Sie spürte, wie ihre Augen brannten, und kämpfte nicht dagegen an.

Father Monaghan bot ihr ein Taschentuch an. Sie nahm es und weinte hinein. »Sein Vater will zur Hochzeit kommen. Er hat es von einem Freund erfahren, Father O'Hanlon. Ihn scheint Cian ebenfalls zu verabscheuen.«

Ida sah, wie sich der Gesichtsausdruck des Geistlichen veränderte.

»Meinen Sie Father Timothy O'Hanlon?«

»Ich kenne seinen Vornamen nicht.« Als Father Monaghan schwieg, fügte sie hinzu: »Wissen Sie etwas über ihn?«

Er zuckte mit den Schultern, und ein harter Zug erschien um seinen Mund. »Vor Jahren wurde einiges geredet. Und die katholische Kirche ist nicht immun gegen Klatsch. Darin sind wir ebenso fehlbar wie alle anderen.«

»Was wurde geredet?«, fragte Ida mit klopfendem Herzen.

Father Monaghan knetete die Hände. Ida hatte ihn noch nie so unsicher erlebt.

»Es ist Jahre her. Und ich weiß nicht viel darüber. Vielleicht mache ich mich sogar der Sünde der üblen Nachrede schuldig, wenn ich darüber spreche. Der Father O'Hanlon, von dem ich weiß, war früher Lehrer an der St. Columba School in Tipperary. Es wurde vom Selbstmord eines Schülers geredet. Einzelheiten habe ich nie erfahren, aber so etwas wirft kein gutes Licht auf eine Schule.«

Ich kann nicht anders. Es tut mir so leid. Vergib mir. A.

Ida merkte, wie ihr kalt wurde.

»Miss Martens, ist Ihnen nicht gut?« Father Monaghans Stimme schien von weit her zu kommen. Eine Hand schloss sich um ihren Unterarm. Dann hielt er ihr ein Glas an den Mund, aus dem ein scharfer Geruch aufstieg. Es brannte in der Kehle, als sie schluckte.

»Whiskey. Hilft immer.«

»Danke.«

»Tut mir leid, wenn ich Sie beunruhigt habe. Vermutlich hätte ich den Vorfall gar nicht erwähnen sollen, da ich so wenig darüber weiß. Es muss nichts bedeuten. Ich glaube, Sie sollten wirklich warten, bis Dr. O'Connor von seiner Reise zurückkehrt.« Er zögerte. »Andererseits kommen Sie mir vor wie ein Mensch, der ungern auf Antworten wartet.«

»Ist Ungeduld eine Sünde?«, fragte Ida zerknirscht.

Er lachte leise. »Jedenfalls keine Todsünde. Und der Herr verzeiht vieles.«

Ida stand auf. »Ich danke Ihnen, dass Sie mir zugehört haben, Father Monaghan.«

»Dafür bin ich da. Geht es Ihnen gut genug, um ...« Er deutete in Richtung Straße.

»Danke, ich fühle mich schon viel besser. Eine Frage noch – wissen Sie, wo ich Father O'Hanlon finde?«

»Sie wollen sich in die Höhle des Löwen begeben?«, fragte er mit hochgezogenen Augenbrauen. »Fragen Sie im Provinzialat der Jesuiten nach. Einen Augenblick.« Er verließ das Zimmer und kam nach einigen Minuten mit einem Zettel zurück, auf dem er die Adresse notiert hatte.

»Danke. Ich danke Ihnen sehr.«

Er gab ihr die Hand. »Lassen Sie mich wissen, wie es Ihnen ergangen ist. Ich wünsche Ihnen, dass Sie die Antworten finden, die Sie suchen, und dass sie Ihnen Frieden verschaffen. Der Herr möge Sie segnen.«

Ida senkte flüchtig den Kopf und wandte sich zur Tür.

Sie zögerte, als sie vor dem Haus stand. Halb acht. Eigentlich zu spät, um jemanden zu belästigen. Man hatte ihr die Adresse von Father O'Hanlon gegeben, nachdem sie im Provinzialat der Jesuiten vorgesprochen und eine fantasievolle Geschichte aufgetischt hatte, nach der sie sich um eine gute katholische Schule für ihren kleinen Jungen bemühe und gern mit einem ehemaligen Lehrer von St. Columba sprechen wolle.

Der Mann im schlichten schwarzen Anzug war zunächst verwundert gewesen, hatte ihr dann aber freundlich Auskunft gegeben.

Danach war Ida zur nächsten Straßenbahnhaltestelle geeilt und zu der fraglichen Adresse gefahren.

Ihr Herz schlug heftig, ihr Magen zog sich zusammen. Sie wusste nicht, ob es Furcht oder Hunger war – sie hatte bei ihren Wanderungen durch die Stadt das Abendessen völlig vergessen.

Als ihr klar wurde, dass sie keine Ahnung hatte, wie sie sich bei dem Jesuiten vorstellen oder ein Gespräch anfangen sollte, verließ sie beinahe der Mut. Sie zwang sich, an Cian zu denken. An seine Albträume. An den Brief, den er seit Jahren zwischen seinen Hemden aufbewahrte. An das Foto auf dem Klavier, über das er nie sprach. Sie schluckte, atmete tief durch und überquerte gerade die Straße, als die Tür des Hauses aufging.

Zwei ältere Männer kamen heraus. Der eine in einem schwarzen Anzug, wie ihn der Jesuit im Provinzialat getragen hatte. Der andere war Liam O'Connor.

Ida drehte sich rasch um, doch bevor sie weggehen konnte, hörte sie ihren Namen.

»Miss Martens? Sind Sie das?«

Sie wandte sich zu den beiden Männern um. »Ja.«

Liam O'Connor wirkte überrascht, lächelte aber freundlich wie bei ihrer ersten Begegnung. Wie charmant er wirkt, dachte sie, ganz anders als sein Sohn.

»Was verschafft uns das Vergnügen? Verzeihung, dies ist Father Timothy O'Hanlon, ein alter Freund von mir. Tim, das ist Miss Ida Martens, Cians Verlobte.«

Der Jesuit gab Ida die Hand. »Es hat mich sehr gefreut, als ich hörte, dass Cian heiraten wird. Es ist ein Segen, wenn ein Mann, der so lange allein gelebt hat, eine Gefährtin findet.«

Liam O'Connor schaute sie freundlich an. »Meine liebe Ida – so darf ich Sie doch nennen, wo wir bald verwandt sein werden –, es kommt mir vor, als wollten Sie meinen Freund hier besuchen. Benötigen Sie seelischen Beistand?«

»Nein. Ich … ich habe nur eine Frage. Aber ich würde lieber allein mit Ihnen sprechen«, sagte sie an Father O'Hanlon gewandt.

Dieser schaute sie neugierig an und legte Cians Vater die Hand auf die Schulter. »Liam, wir sehen uns morgen. Ich muss mich um die junge Dame kümmern.«

»Es war mir ein Vergnügen, Miss Martens. Grüßen Sie Cian von mir.«

Mit diesen Worten ging Liam O'Connor davon.

Das Wohnzimmer, in das der Jesuit sie führte, wirkte spartanisch und bei Weitem nicht so einladend wie das von Father Monaghan. Es gab keinen Wandschmuck außer einem Kruzifix und einem Gemälde, das einen Mann in der Kleidung des 16. Jahrhunderts zeigte.

»Der heilige Ignatius von Loyola, der Gründer der Gesellschaft Jesu«, erklärte O'Hanlon. »Aber Sie sind sicher nicht hergekommen, um das zu erfahren. Was kann ich für Sie tun?«

»Sie können mir etwas über die St. Columba School erzählen.«

Sein Gesicht zuckte kaum merklich. »Ich bin seit Jahren im Ruhestand.«

»Aber Sie haben dort unterrichtet, als Aidan O'Connor starb.« Es war ein Schuss ins Blaue, doch der Pfeil hatte getroffen. Ida sah befriedigt, wie Father O'Hanlon bleich wurde.

»Was wissen Sie über Aidan O'Connor?«

»Nichts«, erwiderte sie kühl. »Besser gesagt, fast nichts.«

»Warum fragen Sie nicht Cian?«

Die vertraute Anrede weckte ihren Zorn. »Weil er nicht über seinen Bruder spricht. Nie.«

Father O'Hanlon wiegte den Kopf und schaute sie mitleidig an. »Er wird seine Gründe haben.«

Ida biss sich auf die Lippe. »Dann gibt es wohl nichts mehr zu sagen.« Sie wollte aufstehen, doch der Jesuit hielt sie zurück. Er schien mit sich zu ringen und nickte dann ruckartig.

»Es gibt Dinge, die vertraulich sind und es auch bleiben sollten. Nur so viel – der junge Aidan hatte eine schwere Sünde auf sich geladen. Eine unverzeihliche Tat. Mir scheint, dass Cian nie darüber hinweggekommen ist. Den großen, bewunderten Bruder zu verlieren ist eine Wunde, die vielleicht nie ganz verheilt. Aber er sollte seinem Vater verzeihen. Unbarmherzigkeit ist auch eine Sünde.«

Ida griff nach ihrer Tasche und stand auf. »Was Sie nicht sagen, verrät mir mehr als Ihre Worte, Father O'Hanlon.« Seine Miene war bestürzt, doch er schwieg.

Sie wandte sich zur Tür. »Bemühen Sie sich nicht, ich finde allein hinaus.«

Ida rang die ganze Nacht mit ihrem Entschluss, Cian nachzureisen. Natürlich konnte sie nicht mit letzter Sicherheit wissen, wohin er gefahren war, aber so vieles passte zusammen. Der Brief, den er in dem Hemd aufbewahrte, der Albtraum, die Weigerung, über seinen Bruder zu sprechen, seine Verachtung für die Jesuitenschule, in der er Father O'Hanlon begegnet war. Er wollte heiraten, mit ihr etwas Neues beginnen. Was läge näher, als sich jetzt der Vergangenheit zu stellen?

Dann meldete sich die Unsicherheit zurück. Vielleicht wollte er es mit sich allein ausmachen und erst danach zu ihr zurückkehren. Würde er sich hintergangen fühlen, wenn sie ihm folgte?

Und wenn alles anders verliefe?, fragte die leise, aufreizende Stimme in ihrem Inneren. Wenn er zurückkehrte und weiter schwieg? Konnte sie einen Mann heiraten, der ihr nicht vertraute, der etwas Wesentliches vor ihr verbarg?

Es war kein Misstrauen, sagte sie sich, nur der überwältigende Wunsch, dass nichts mehr zwischen ihnen stand. Dass sie Cian lieben konnte, ohne sich davor zu fürchten, etwas Falsches zu sagen und ihn damit zurück hinter die Mauer zu treiben.

Früh um halb sieben packte sie eine kleine Reisetasche und erklärte Mrs. Fitzgerald, sie müsse Dublin für einige Tage verlassen. Auf dem Weg zum Bahnhof gab sie auch Mr. Blackett Bescheid, der verständnisvoll lächelte und sagte, er hoffe, sie frisch und gesund wiederzusehen.

Auf dem Bahnhof ging sie zum Schalter und nannte ihr Ziel. Sie würde mit der Great Southern & Western Railway bis Limerick fahren und dort in Richtung Tipperary umsteigen.

Als der Zug den Bahnhof verließ, lehnte Ida sich auf ihrem Sitz zurück und schloss die Augen. Sie hatte sich eine Fahrkarte erster Klasse geleistet, um ihre Ruhe zu haben, und musste das Abteil zum Glück mit niemandem teilen. Die schlaflose Nacht saß ihr in den Knochen, und doch spürte sie eine Rastlosigkeit, die sie nicht zur Ruhe kommen ließ. Diese Reise ist verrückt, sagte die Stimme in ihrem Inneren.

In Limerick besorgte sie sich rasch etwas zu essen und bekam zum Glück eine gute Verbindung nach Tipperary, sodass sie nur zehn Minuten auf den Anschluss warten musste. Viel hatte sie nicht von der Stadt gesehen, nur einen flüchtigen Blick auf den Shannon und die mittelalterliche Burg geworfen. Eines Tages würde sie mit Cian durchs Land reisen und sich alles anschauen, bis an den Atlantik fahren und aufs Wasser blicken und sich vorstellen, dass irgendwo weit im Westen Amerika lag. Die Vorstellung machte ihr Mut.

In dem kleinen Ort, der der Schule am nächsten lag, stieg Ida aus und blieb unschlüssig auf dem winzigen Bahnsteig stehen.

Die Unsicherheit vom Morgen war wieder da. Wohin jetzt? Gab es hier ein Hotel? Sollte sie gleich zur Schule fahren? Wie würde Cian reagieren, wenn er tatsächlich auch dort war und sie einander plötzlich gegenüberstanden?

Es gab kein Zurück. Wenn sie jetzt den Mut verlor und nach Hause fuhr, würde sie sich selbst nicht mehr ins Gesicht sehen können. Entschlossen begab sie sich zum Ausgang und schaute sich auf dem Vorplatz suchend um. Der Ort schien fast nur aus einer Hauptstraße mit weiß getünchten Häusern zu bestehen, auf deren Ziegeldächer eine schwache Aprilsonne fiel.

»Kann ich Ihnen helfen, Miss?«, fragte eine hohe Stimme. Ida drehte sich um und hätte fast die kleine alte Frau mit dem Kopftuch übersehen, die neben ihr aufgetaucht war.

»Gibt es hier ein Hotel?«

Die Frau sah sie an, als hätte sie nach einem Schwimmbad gefragt.

»Ein Hotel? Hier bei uns? Nein. Aber der Wirt vom *Golden Lion* vermietet ein Zimmer.« Sie deutete die Straße entlang. »Da rechts, gleich neben der Fleischerei.«

Ida bedankte sich und ging mit ihrer Tasche die Straße entlang. Sie war nicht sonderlich elegant gekleidet, bemerkte aber die Blicke, mit denen die Leute sie bedachten. Hier fielen wohl alle Fremden auf.

Der Wirt, ein alter Mann mit weißem Haarkranz, warf einen Blick auf ihr Gepäck und lächelte bedauernd, wobei er fürchterlich schiefe Zähne entblößte.

»Es tut mir wirklich leid, Miss, aber wir haben nur ein Zimmer, und das ist vergeben.« Er zuckte mit den Schultern. »Gewöhnlich haben wir nicht viele Besucher, jedenfalls nicht so früh im Jahr. Im Sommer kommen die Wanderer. Manche zelten auch in den Bergen. In den größeren Orten gibt es natürlich einige Hotels.«

Ida runzelte verwirrt die Stirn, als der Mann weiterplauderte: »Ich habe meinen Augen nicht getraut. Natürlich ist es lange her, aber ich habe ihn sofort erkannt. Manche Columba-Jungs trinken bei uns heimlich ihr erstes Bier. Tradition. Nicht dass wir es den Brüdern auf die Nase binden würden.«

»Einen Augenblick, bitte. Wen meinen Sie?«

»Na, unseren Gast. Er war früher auf der Jesuitenschule, ganz in der Nähe. Heute ist er Arzt in Dublin.« Der Mann sagte es mit unverhohlenem Stolz.

Ida konnte ihre Erleichterung nicht verbergen. »Dr. O'Connor?«

»Genau der. Kennen Sie ihn? Sind Sie mit ihm verabredet?«

»Ja«, sagte Ida spontan, »das bin ich. Können Sie mir sagen, wo ich ihn finde? Und kann ich meine Tasche bei Ihnen unterstellen?«

Der Wirt grinste. »Da hol mich doch … Aus den Jungs werden Leute, daran merke ich immer, wie alt ich bin.« Er öffnete die hölzerne Klappe der Theke und winkte Ida näher. »Stellen Sie die Tasche hier ab, da ist sie gut aufgehoben.«

»Wissen Sie zufällig, wohin Dr. O'Connor gegangen ist?«

»Er wollte zur Schule wandern, alte Erinnerungen auffrischen, wie er sagte. Das ist allerdings schon Stunden her, er ist heute Morgen aufgebrochen. Kommen Sie.«

Der Mann trat mit ihr vor die Tür und erklärte ihr den Weg. Dann warf er einen Blick auf ihre Füße und nickte zufrieden.

»Bequeme Schuhe. Die werden Sie brauchen. Ist ein anständiger Marsch.«

Ida bedankte sich und brach auf.

Es war ein typischer Apriltag. Nach wenigen Minuten ging ein Schauer nieder, und Ida war froh, dass sie ihren warmen Mantel angezogen hatte. Es war windig, und die Tropfen peitschten ihr ins Gesicht, doch sie hatte das Dorf schon hinter sich gelassen und stellte sich kurz unter einen Baum, bis sich der Regen verzogen hatte.

Dann brach die Sonne durch die Wolken, und Ida erfreute sich am Anblick des Regenbogens, der sich in der Ferne über den Himmel spannte. Sie nahm es als gutes Zeichen und ging mit federndem Schritt die ungepflasterte Straße entlang. Die Worte des Wirtes hatten ihr neue Kraft verliehen – sie war ungeheuer erleichtert, dass sich ihre Vermutung bestätigt hatte und Cian tatsächlich hierhergereist war. Lächelnd fragte sie sich, ob auch er sein erstes Bier in diesem Pub getrunken hatte.

Links von der Straße floss ein Bach durch die üppig grünen Wiesen, die durch niedrige Mauern aus geschickt geschichteten Steinen voneinander getrennt waren. Hier und da standen weiß getünchte Häuser mit Strohdächern, neben denen Kühe weideten. Ida knöpfte den Mantel auf, da die Sonne die feuchte Kühle vertrieben hatte. Sie schob sich eine Haarsträhne aus dem Gesicht und beschloss, an den Bach zu gehen und aus der hohlen Hand zu trinken. Deshalb kletterte sie über die Grenzmauer zu ihrer Linken, stapfte durchs feuchte Gras bis ans Wasser, kniete sich hin und trank. Dann kehrte sie auf die Straße zurück.

Bald darauf tauchte zu ihrer Rechten eine hohe Mauer auf, in die ein zweiflügeliges, mit zwei Kreuzen geschmücktes Tor eingelassen war. In den rechten Torpfosten war eine Messingtafel mit der Aufschrift »Katholisches Jungeninternat St. Columba« eingelassen. Hinter dem Tor lag eine kiesbestreute Auffahrt.

Sie hielt einen Augenblick inne. Hier waren Cian und sein Bruder ein und aus gegangen. Dann trat sie näher ans Tor und schaute hindurch, doch es war niemand zu sehen.

Plötzlich bemerkte sie eine Bewegung zwischen den Bäumen rechts der Auffahrt. Ein Mann trat auf den Kies, die Hände in den Hosentaschen, den Kopf gesenkt. Er trug einen Tweedanzug und einen offenen Mantel. Keinen Hut, der Wind fuhr durch sein rötlich-braunes Haar. Er bewegte sich auf das Tor zu, ohne Ida zu bemerken.

Sie stand reglos da. Wie würde Cian reagieren? Sie presste die Lippen aufeinander und zwang sich zu warten.

Er streckte die Hand zum Tor aus, blickte hoch – und entdeckte Ida. Ihm entfuhr ein überraschter Laut, dann wurde seine Miene hart.

Ida trat einen Schritt zurück. Wenn er sie jetzt wegschickte, wäre etwas zwischen ihnen unwiderruflich zerbrochen.

»Ich habe mit Father O'Hanlon gesprochen.«

Cian schloss flüchtig die Augen. Dann zog er das Tor hinter sich zu und ergriff ihren Arm. »Du bist zu ihm gegangen?«

»Ja.«

»Warum?«

Ida spürte, wie irrationaler Zorn sie überkam. »Weil du mir nicht vertraust! Wir wollen heiraten, aber ich weiß so wenig von dir! Ich laufe immer wieder gegen Mauern und stelle Fragen, auf die ich keine Antworten bekomme. Du hast Albträume. Du hast deinen Bruder verloren. Ich sehe, wie du leidest, und kann dir nicht helfen.«

»Warum ausgerechnet er?«

»Du hast mir nie von Aidan erzählt. Ich wusste, dass vor Jahren etwas passiert ist, was dich bis heute verfolgt, aber ich habe nicht gewagt, dich danach zu fragen. Als ich erfuhr, dass O'Hanlon einmal als Lehrer hier gearbeitet hat …«

Cian schwieg noch immer.

Ida löste sich von ihm und blieb unschlüssig stehen. Sie spürte ihren Herzschlag bis in die Kehle. Warum sagte er nichts?

Als die Stille unerträglich wurde, ging sie langsam davon, in Richtung Dorf. Sie spürte Cians Blick im Rücken und presste die Lippen aufeinander. Nicht weinen. Ihr Atem kam stoßweise, und sie wollte weg von hier, nur weg.

Nach wenigen Metern, die ihr wie Meilen vorkamen, hörte sie seine Schritte hinter sich.

»Warte.«

Ida blieb stehen, ohne sich umzudrehen. Dann berührte Cian sie leicht, beinahe zaghaft, an der Schulter.

»Da drüben.« Er deutete auf eine einfache Holzbank, die am Straßenrand stand. Sie nickte, und sie gingen hinüber und setzten sich.

Er hielt Abstand zu ihr und schaute sie nicht an, sondern blickte geradeaus auf die Mauer, hinter der die Schule lag.

»Als ich dreizehn und Aidan siebzehn war, lernte er in den Sommerferien ein Mädchen kennen. Sarah war wunderschön, und es war Liebe, sofort und unwiderruflich. Keine Schwärmerei zwischen jungen Leuten, es ging viel tiefer, das konnte selbst ich als Dreizehnjähriger erkennen. Die beiden verbrachten jeden Tag miteinander. Ich wunderte mich allerdings, weshalb Sarah nie zu uns nach Hause kam. Aidan bat mich, unserem Vater zu erzählen, er sei bei Freunden, beim Sport, im Fluss schwimmen, beim Angeln – was immer ihm gerade einfiel. Ich bewunderte meinen Bruder sehr. Er war immer für mich da, nachdem unsere Mutter früh verstorben war, und hat mir alles beigebracht, was man wissen musste. Auch was Mädchen anging.« Cian lächelte traurig. »Eines Tages kam ich von einem Besuch bei einer Tante zurück. Ich hörte meinen Vater, noch bevor ich das Haus betrat. Er hatte Aidan gegen die Wand im Flur gedrängt, und ich sah die roten Flecken, die auf seinen Wangen brannten. ›Du machst uns Schande!‹, schrie Vater. ›Sie ist keine von uns! Du missbrauchst deinen Bruder, um dieses widerliche Treiben zu verstecken! Oder hast du es ausgenutzt, dass sie kein anständiges katholisches Mädchen ist?‹ Aidan presste die Lippen aufeinander und schwieg. Erst als sich mein Vater verausgabt hatte, sagte er: ›Ich werde Sarah heiraten.‹ Nicht ›ich möchte‹ oder ›ich will‹, sondern ›ich werde‹, als wäre es eine unumstößliche Tatsache, an der nichts in der Welt etwas ändern konnte. Ich bewunderte seinen Mut. Damals hätte ich meinem Vater nicht die Stirn geboten.« Er machte eine Pause. »Er sperrte Aidan in den Keller und verbot mir, in seine Nähe zu gehen. Ich hörte meinen Bruder toben und gegen die Tür hämmern, doch ich traute mich nicht hinunter. Spät am Abend kam mein Vater zurück. Er erklärte, er habe die Sache aus der Welt geschafft. Am nächsten Morgen rannte Aidan zu Sarah nach Hause, wo man ihm sagte, sie sei verreist. Es sei ausgeschlossen, dass sie einen Katholiken heirate. Sie werde zu Verwandten nach Amerika fahren, wo es ein Cousin finanziell gut angetroffen habe. Der junge Mann habe schon länger mit ihr korrespondiert, eine Heirat sei von allen Seiten gewünscht.« Cian atmete tief durch, als müsse er Mut sammeln, um fortzufahren. »Kurz darauf kehrten wir in die Schule zurück. Aidan war nicht mehr derselbe Mensch. Er sprach kaum, aß fast nichts, verkroch sich in seinem Zimmer. Unser Vater erzählte den Lehrern, dass sein Sohn unglücklich verliebt sei, wie das bei jungen Leuten eben vorkomme. Father O'Hanlon solle ihn im Unterricht ruhig hart anfassen und regelmäßig beichten lassen, dann werde er die Sache schnell vergessen. Aber das passierte nicht. Aidan weigerte sich, den Gottesdienst zu besuchen, bekam Streit mit den Lehrern und verbrachte die meiste Zeit in seinem Zimmer. Auch mit mir wollte er nicht sprechen.« Cian schluckte. »Wie gesagt, ich war dreizehn und hatte keinen Sinn für solchen Kummer. Irgendwann wandte ich mich wieder meinen Freunden zu, dem Sport, trank heimlich mein erstes Bier in der Dorfkneipe.« Er streckte die rechte Hand aus, ohne Ida anzusehen, und legte sie auf ihren Arm. »Eines Morgens fand ich einen Umschlag mit einem Zettel darin, jemand hatte ihn unter der Tür hindurchgeschoben. Darauf stand nur: ›Ich kann nicht anders. Es tut mir so leid. Vergib mir. A.‹«

Er fuhr sich über die Augen, als mache es ihm Mühe, sich an den genauen Ablauf zu erinnern. »Mir war sofort klar, dass etwas Schreckliches passiert sein musste. Ich zog mich in rasender Eile an, lief zu Aidans Zimmer und weckte Stephen, seinen Mitbewohner. Wir durchsuchten das Zimmer und fanden auf dem Schreibtisch einen Brief von Sarahs Schwester. Sarah habe sich verlobt. Aidan solle sich bitte künftig von der Familie fernhalten und ihr nicht mehr schreiben.«

Ida legte ihre Hand auf Cians und drückte sie fest.

»Ich weiß nicht mehr, warum, aber ich bin nach draußen gelaufen, Stephen kam hinter mir her. Über den Wiesen hing ein weißer Nebel, durch den wir wateten, ohne unsere Füße zu sehen. Wir fanden Aidan in der hintersten Ecke des Parks. Der Baum, an dem er sich erhängt hatte, war gar nicht so hoch. Seine Füße berührten fast den Boden.«

Idas Herz hämmerte so sehr, dass es ihre Kehle zu sprengen drohte. Er hat ihn gefunden, er hat ihn gefunden. In ihrem Kopf war für keinen anderen Gedanken Platz.

»Die Lehrer erklärten mir, ich müsse nun umso inniger für ihn beten, da er eine Todsünde begangen habe, indem er das von Gott geschenkte Leben einfach wegwarf. Mein Vater äußerte sich später ähnlich.« Cian sprach jetzt in einem kalten, beinahe klinischen Ton. »Ich weiß nicht mehr, wie ich gepackt habe. Sie fanden mich Stunden später auf dem Bahnhof, ohne Mantel, ohne Mütze. Danach war ich lange krank. Ich weigerte mich, in die Schule zurückzukehren. Mein Vater gab nach und stellte einen Privatlehrer ein. Es war das einzige Zugeständnis. Ich habe nie ein Wort der Reue oder des Bedauerns von ihm gehört. Er sagte, sein Glaube habe ihm die Kraft gegeben, damit fertigzuwerden, dass sein Sohn sich gegen sich selbst und Gott versündigt hatte. Alle haben ihn bedauert und dafür gelobt, wie tapfer er sein Schicksal ertrug. O'Hanlon hat ihm geholfen, eine offizielle Erklärung zu verbreiten. Sie haben von geistiger Verwirrung gesprochen, von der Lebenskrise eines Heranwachsenden, lauter dummes Zeug. Mein Vater hat Aidans Leben zerstört, weil ihm der Glaube eines Mädchens nicht passte.«

Endlich drehte sich Cian zu Ida um, und sie sah die Tränen in seinen Augen. »Verstehst du, warum ich nicht wollte, dass mein Vater auch nur in deine Nähe kommt?«

Cian lehnte sich zurück, und Ida rückte näher an ihn heran, ohne seine Hand loszulassen. »Seit du die Schule erwähnt hast, spürte ich den Drang, ein letztes Mal herzukommen. Ich bin zu dem Baum gegangen und habe lange davorgestanden und versucht, dort etwas von Aidan wiederzufinden. Aber da war nichts. So wie schon an jenem Morgen nichts mehr von ihm da war. Er ist hier und hier.« Cian deutete auf seine Brust und seinen Kopf. »Das ist alles. Ich glaube nicht an ein Leben nach dem Tod. Man lebt nur in den Menschen weiter, die man zurücklässt, nicht in irgendeinem Himmel.«

»Hat Sarah je davon erfahren?«

Cian zögerte. »Ich weiß es nicht. Ich hoffe, sie ist in Amerika glücklich geworden. Es wäre nicht recht, sie damit zu quälen. Es ist lange her.«

»Hat es dir geholfen herzukommen?«

Er nickte. »Ich weiß nicht, ob ich in Zukunft immer ruhig schlafen kann, aber es ist, als hätte ich endlich etwas abgeschlossen.«

»Und dein Vater?«

Er hob abwehrend die Hand. »Ich weiß es nicht. Dafür ist es zu früh.« Cian holte tief Luft und drehte sich zu ihr. Dann legte er die Hände vorsichtig um ihr Gesicht, als könne sie zerbrechen, und küsste sie. Ida tat es ihm nach und zog ihn enger an sich, öffnete den Mund, und sie brauchten keine Worte mehr.

18

»Natürlich habe ich das Taschenmesser eingepackt«, sagte Cian im Brustton der Überzeugung und wühlte im Picknickkorb.

»Wo ist es dann bitte?«, fragte Ida mit blitzenden Augen und deutete auf den aufgeklappten Korb.

»Wie ein altes Ehepaar«, bemerkte Joe und verschränkte die Arme hinter dem Kopf.

»Es sind noch keine zwei Monate«, sagte Ida. »Ich habe mich kaum an den Namen gewöhnt. Manchmal reagiere ich gar nicht, wenn Leute mich mit Mrs. O'Connor ansprechen.«

Joe war im Mai zu krank gewesen, um zu ihrer Hochzeit zu kommen, und so hatten sie ihn nachträglich zu einem Picknick eingeladen, weil das Wetter gerade einzigartig schön war. Sie hatten den Korb im feinsten Delikatessenladen Dublins füllen lassen und waren nach Larkfield gefahren.

Er schob die Hand lässig in die Hosentasche und hielt Cian ein Taschenmesser hin, ohne sich aus dem Gras zu erheben. »Mit Korkenzieher.«

Cian machte sich daran, die Flasche zu öffnen, und hielt sie ein Stück von sich weg, als der Korken herausflog und der Schaum sich auf die Wiese ergoss.

»Lass noch etwas drin«, spottete Ida gutmütig und packte in Servietten gewickelte Gläser aus.

Joe setzte sich, nahm sein Glas und brachte einen Toast aus. »Auf Ida und Cian O'Connor – mögen sie lange und in Freiheit leben.«

Sie stießen an und tranken, und dann zog Cian eine Augenbraue hoch. »Heißt es nicht eher ›in Frieden‹?«

In diesem Augenblick ertönten in der Ferne Rufe, und man hörte Schüsse.

»Was ist das?«, fragte Ida besorgt.

Joe deutete gelassen über die Schulter. »Unsere Irish Volunteers, du warst doch bei der Gründung dabei. Mutter lässt sie hier üben.«

Ida war es, als hätte sich die Sonne verdunkelt. Sie wusste, dass Joe regelmäßig zu den Treffen der Volunteers ging, dass seine Zeitschrift zunehmend revolutionärer wurde und ein Verbot geradezu herausforderte. Aber dieser Tag war so vollkommen, der Himmel blau wie selten, und über der Wiese lag der süße Duft der Sommerlinden.

Joe schob die Brille zurecht und stellte sein Glas neben sich ins Gras. »Heute ist euer Tag, ich will ihn nicht mit Politik verderben. Aber die Jungs sind leider nicht zu überhören.«

»Wie ernst ist es?«, fragte Cian.

Joe rückte näher an sie heran, obwohl weit und breit niemand zu sehen war.

»Wir verhandeln wegen Waffenlieferungen.«

Ida spürte, wie ihr kalt wurde. Sie schaute zu Cian und bemerkte die kleinen Anzeichen, die seine innere Erregung verrieten. Den harten Zug um den Mund, die zusammengepressten Lippen.

»Mit wem?«

»Sei kein Dummkopf, Cian, das kann ich nicht verraten«, erwiderte Joe gelassen. »Die Volunteers im Norden sind bestens ausgerüstet und bereit, die Union mit Waffengewalt zu verteidigen. Wir müssen uns vor ihnen schützen.«

Ida sah ihn fragend an. »Nur schützen?«

Joes Antwort klang erstaunlich kalt. »Was schützen bedeutet, entscheiden wir.«

Da begriff sie, dass Joe trotz aller Zerbrechlichkeit genau das geworden war, was Cian seit Langem prophezeite: ein Soldat.

Ida stand auf und ging zu den Linden am Bach, an die sie sich von ihrem ersten Besuch erinnerte. Wie lange war das her? Zwei Jahre. Ein ganzes Leben.

Sie drehte sich um und sah zu den beiden Männern hinüber, die im Gras sitzen geblieben waren. Ihr war heute einfach nicht danach, über Kampf und Politik zu sprechen.

Während sie hinüberschaute, zog sich ihr Herz vor Liebe zusammen. Cian kniete vor Joe und redete heftig auf ihn ein. Die Sonne fiel auf seine Haare und verlieh ihnen einen Kupferschimmer. Nach dem Besuch in Tipperary hatte er sich verändert, er war jetzt sanfter mit sich und anderen. Der Zwist mit seinem Vater war nicht beigelegt, und er stand der Kirche nach wie vor ablehnend gegenüber, suchte Father Monaghan aber regelmäßig im Pfarrhaus auf, um zu besprechen, was in der Gemeinde verbessert werden konnte.

Endlich konnte sie das Leben mit Cian genießen. Der Schatten, der schon immer über ihm gelegen hatte, würde vielleicht nie ganz verschwinden, aber es stand nichts Unausgesprochenes mehr zwischen ihnen. Sie liebte Cian mit einer Heftigkeit, die sie selbst überraschte, da sie noch nie so für einen Menschen empfunden hatte. Kurz vor der Hochzeit hatte sie noch einen Brief von ihrer Mutter erhalten, in dem sie Ida beschwor heimzukehren, statt ihr Leben an »diesen Mann« zu verschwenden.

Wie wenig sie verstand.

Idas Blick fiel auf Joe, und sie spürte einen Anflug von Zärtlichkeit. Während ihr die soldatische Härte, die sie bisweilen in ihm spürte, ein wenig Angst machte, bewunderte sie die Kraft, die er aus dem Nichts zu schöpfen schien. Seine Gedichte wurden immer besser, auch wenn ihr die religiöse Metaphorik fremd geblieben war. Sie handelten von Liebe und Tod, universellen Themen, die auch eine Saite in ihr anschlugen. Besonders eines, das er im Februar geschrieben hatte, war ihr im Gedächtnis geblieben.

Ich wählte in der Dunkelheit
Den öden Weg, für mich allein
Doch soll ein Funken Gnade bleiben
Bekannt und unbekannt und dein.

Und wenn ich von dir geh, dass meine Liebe
Die Arche deiner Seele nicht mit Lehm verklebe
Dann breite aus die hellen Schwingen, Taube –
Denn ich beschreit den dunkelsten der Wege.

Vieles in seinen Gedichten blieb ihr rätselhaft, aber sie liebte die Atmosphäre, die aufrichtigen Gefühle und war fasziniert von dem dunklen Ton, der darin mitschwang.

Schließlich kehrte sie zu den Männern zurück.

»Verzeih mir«, sagte Joe und hielt ihr einen Hühnerschenkel hin. »Eine Rose habe ich gerade nicht zur Hand.«

Ida ließ sich lächelnd auf die Decke fallen und zog Cian an sich, um ihn zu küssen.

»Lasst euch nicht stören«, sagte Joe, »ich esse derweil ein Sandwich.«

Alle drei lachten, und der Sommertag war wieder so strahlend wie zuvor.

Sie blieben lange auf der Wiese und saßen später auf der

Terrasse des Hauses, Joe mit einer Decke über den Knien, da er trotz des warmen Wetters häufig fror. Es war eine Woche nach der Sommersonnenwende, das Tageslicht wollte nicht schwinden.

Als sie sich schließlich verabschiedet hatten und in ein Taxi stiegen, fragte der Fahrer über die Schulter: »Wissen Sie schon von dem Attentat? Ein Fahrgast hat davon erzählt. Hatte den Namen noch nie gehört.«

Cian beugte sich vor. »Wovon sprechen Sie? Welchen Namen?«

»Sera… nein, Sarajewo. Da haben sie den österreichischen Thronfolger umgebracht. Irgendeinen Herzog. Und seine Frau.«

Als sie in eine belebte Straße kamen, ließ Cian den Fahrer anhalten. Er sprang hinaus und kaufte einem Jungen, der trotz der späten Stunde noch seine Waren ausrief, eine Zeitung ab. Sie blätterten rasch, entdeckten aber nur eine kleine Notiz im Innenteil.

Der österreichische Thronfolger Erzherzog Franz Ferdinand und seine Gattin Sophie wurden am heutigen Sonntag in Sarajewo Opfer eines Anschlags. Dem Vernehmen nach sind beide ihren schweren Verletzungen erlegen. Bei dem Attentäter soll es sich um einen Studenten handeln, der dem Paar entgegentrat und aus nächster Nähe das Feuer eröffnete.

Ida begriff, dass etwas Unwiderrufliches geschehen war, auch wenn es klein und hinten in der Zeitung verborgen war. Es kam ihr vor, als hätte eine Wolke den vollkommenen Tag in Schatten gehüllt. Sie und Cian schauten sich an, sagten aber nichts.

An einem Abend Anfang Juli saß Ida mit Cian im Garten. »Ich war heute mit Gerry verabredet.«

Er sah sie fragend an. »Du wirkst so bedrückt.«

»Gerry glaubt, dass Joe sich einer geheimen Organisation angeschlossen hat, deren Pläne weit über die der Volunteers hinausgehen. Er will es vor ihr verbergen, aber vergeblich, da ständig Leute bei ihnen ein und aus gehen. Zuerst hat er getan, als ginge es nur um die Volunteers, doch in letzter Zeit spricht er manchmal von ›der Organisation‹.«

»Das klingt nach einem Sensationsroman. Aber es ist ihm bestimmt völlig ernst. Jeder Versuch, ihn umzustimmen, wäre sinnlos.« Cian fuhr sich müde mit der Hand über Augen und Mund. »Und ich kann ihn verstehen. Er ist sechsundzwanzig, lebt vom Geld seiner Eltern und ist zu krank, um allein zu wohnen. Und so voller Leidenschaft, dass er fast daran erstickt.« Er schüttelte traurig den Kopf. »Er hat alles erdenkliche Glück verdient, und wenn er glaubt, es in diesem Kampf zu finden … Wenn er mein Bruder wäre, würde ich vielleicht versuchen, ihn davon abzuhalten, aber …«

In seinen Worten lag keine Bitterkeit. Ida legte die Hand auf seine, spürte die warme Haut und genoss, dass sie so dasitzen und das Gleiche denken konnten.

»Morgen bin ich bei Mrs. Fitzgerald zum Tee.« Ida schlug einen leichteren Ton an. »Sie bedauert es immer noch, dass ich ausgezogen bin. Sie hat Séan gefragt, ob er ihr wieder eine so angenehme Mieterin besorgen kann.«

Cian lachte und zog sie an sich. »Diese bekommt sie jedenfalls nicht zurück.«

Joe gründete mit Tom MacDonagh und einem Geldgeber das Irish Theatre und bot Ida an, sie als Bühnenbildnerin zu beschäftigen. Sie planten, moderne internationale Stücke von Dramatikern wie Ibsen, Strindberg und Tschechow aufzuführen, die gewiss Aufsehen erregen, wenn nicht gar Skandale hervorrufen würden. Ida war begeistert, und Cian freute sich für sie mit. Über diesen Neuigkeiten vergaßen sie beinahe den Anschlag, der den Kontinent erschüttert hatte.

Später dachte Ida oft an diese Sommertage mit dem selten schönen Wetter. Sie waren ein Abschiedsgeschenk gewesen, während in der Ferne ein Unwetter heraufzog. In den ersten Tagen nach dem Attentat hatten die Zeitungen groß berichtet, doch für die meisten Iren war das Geschehen weit weg und hatte nichts mit ihrem Alltag zu tun.

Ida arbeitete noch einen Tag in der Woche bei Mr. Blackett – Cian wusste, dass er keine Frau geheiratet hatte, die zu Hause sitzen und warten würde, bis er abends aus der Sprechstunde kam. In einem hellen Raum im zweiten Stock hatten sie ein Atelier für sie eingerichtet, in dem sie an den Entwürfen für die Dramen arbeitete, die Joe und seine Partner ab September aufführen wollten. Sie zeichnete Bühnenbilder für drei verschiedene Stücke und fuhr mit den Entwürfen alle paar Tage zu Joe, der mit seiner Schwester zurzeit in einem Cottage in Larkfield wohnte. Die Stadtluft bekam ihm nicht, doch er wollte unbedingt in der Nähe von Dublin bleiben.

Seine Krankheit warf einen Schatten auf den Hochsommer, genau wie die verwirrenden Neuigkeiten, die vom Kontinent herüberdrangen. Ihre Sorge wuchs, und Ida fühlte sich an eine Reihe von Dominosteinen erinnert – warf man den ersten um, kippten die anderen mit, bis kein Stein mehr aufrecht stand. Nach dem Attentat von Sarajewo stellte Österreich-Ungarn, das vom Deutschen Reich uneingeschränkt unterstützt wurde, ein hartes Ultimatum an Serbien. Wenn Serbien es verstreichen ließ, konnte es zum Krieg auf dem Balkan kommen. Dann wiederum würde Russland eingreifen, und auch Frankreich würde mit hineingezogen …

Frankreich, dachte Ida beklommen, das klang viel näher als Serbien oder Österreich-Ungarn. Und wenn Russland und Frankreich Deutschland den Krieg erklärten, würde Großbritannien nicht mehr abseits stehen.

In dieser unsicheren Zeit zog es Ida zu ihrer Freundin, und sie besuchte Grace bei ihren Eltern.

»Deine Mutter hat mich etwas kühl empfangen«, sagte sie und streifte die Schuhe ab, bevor sie sich im Schneidersitz auf Graces Bett niederließ. Sie hatten sich in ihr Zimmer zurückgezogen, da sie in Mrs. Giffords Beisein nicht vertraulich miteinander sprechen konnten.

»Das ist sie doch immer«, sagte Grace leichthin, schaute Ida aber nicht an.

»Was ist los? Habe ich deine Mutter irgendwie gekränkt?«

Grace seufzte, setzte sich auf die Fensterbank und lehnte sich gegen die Scheibe. Ida sah, wie ihr Atem einen feuchten Kreis aufs Glas malte.

»Es geht nicht um etwas, das du *getan* hast, sondern um das, was du *bist*.«

Ida spürte, wie etwas in ihr erstarrte. »Was ich bin?«

Grace schaute sie immer noch nicht an. »Du liest doch die Zeitungen.« Sie zögerte, das Sprechen schien sie anzustrengen. »Meine Mutter ist eine britische Patriotin. Wenn es zum Krieg kommt …«

Ida atmete tief durch. »Ich glaube, ich habe in den vergangenen Jahren gezeigt, wohin ich gehöre.« Sie konnte nicht weitersprechen, in ihrer Brust wuchs ein Schmerz, der sie zu verschlingen drohte.

Grace drehte sich endlich um. Ida sah die Tränen in ihren Augen und musste schlucken. »Wir werden niemals Feinde sein.«

Grace war ein Mensch, der seine Gefühle nicht zur Schau stellte und vor körperlicher Nähe eher zurückschreckte. Nun aber rutschte sie von der Fensterbank, stolperte durchs Zimmer und sank auf das Bett. Dort zog sie Ida an sich, wie sie es noch nie getan hatte, und flüsterte ihr ins Ohr: »Ich weiß. Aber wenn du uns beiden einen Gefallen tun willst, komm nicht mehr her. Ich besuche dich gern. Aber hier …« Ihre vage Handbewegung schloss das ganze Haus ein. »Es ist kein Ort für dich. Das hast du nicht verdient. Ich schäme mich für meine Mutter.«

Ida legte ihr die Hand auf den Arm. »Du brauchst dich nicht zu schämen. Und ich danke dir. Du bleibst immer meine Freundin.«

Dann sprachen sie über andere Dinge – sie planten eine Wanderung die Küste entlang, Grace zeigte ihre neuesten Karikaturen und erzählte von ihrem Neffen Donagh, dem Stolz der ganzen Familie. Und doch konnte die bemühte Normalität nicht darüber hinwegtäuschen, dass sich etwas verändert hatte.

Ida dachte an die Frage, die Cian ihr vor langer Zeit gestellt hatte. Wenn es nun zum Krieg zwischen Großbritannien und Deutschland kommt? Und an die Worte von Madame Markievicz. Sie müssen sich ohnehin irgendwann entscheiden.

Sie hatte sich entschieden, endgültig und aus freien Stücken. Doch wenn es trotzdem nicht genug war?

19

Als sie im Wagen saßen, sah Ida ihren Mann fragend an. »Hältst du es wirklich für eine gute Idee, nach Howth zu fahren?«

Joes Wangen hatten fiebrig geglänzt, als er sie um den Gefallen gebeten hatte. »Betrachtet es als Sonntagsausflug. Was würde ich darum geben, selbst dabei zu sein!«

Cian zuckte mit den Schultern. »Wir tun es für Joe. Außerdem wird heute vielleicht Geschichte geschrieben. Wir halten uns im Hintergrund, uns wird nichts passieren.« Ida lächelte, weil er seine Aufregung nicht ganz verbergen konnte. Eigentlich hatten sie für den Sonntag andere Pläne gehabt, doch Joe hatte sie angefleht, nach Howth zu fahren und ihm später von der Aktion zu berichten, die er entscheidend mitgeplant hatte.

»Das passende Sonntagsvergnügen für Jungverheiratete.« Ida konnte sich das Lachen nicht verbeißen. »Jedenfalls kann niemand behaupten, wir würden uns am Wochenende langweilen.«

»Deshalb habe ich dich geheiratet«, verkündete Cian und legte die linke Hand auf ihr Bein. »Wir werden ein wenig umherspazieren und ganz gelassen nach einer Jacht Ausschau halten, die in den Hafen einläuft.«

Ida lehnte sich im Sitz zurück und genoss die Sonne, die warm auf ihren Schoß fiel. Sie hatte den Hut mit einem Schal unter dem Kinn befestigt, damit er nicht im Fahrtwind davonflog. Als sie eine Straßenbahn überholten, bemerkte sie einige Volunteers in Uniform und tippte Cian auf den Arm. »Sieh mal, die haben denselben Weg wie wir.«

Sie kamen durch Clontarf und Raheny und bemerkten immer wieder Männer zu Fuß oder auf Fahrrädern, die in Richtung Küste unterwegs waren. Manche trugen die Uniform der Volunteers, andere nur grüne Kleidungsstücke, Mützen oder Abzeichen. Einige waren wie zu einem Sonntagsausflug gekleidet und gar nicht als Soldaten zu erkennen.

Ida warf einen bewundernden Blick auf die Männer. »Ich glaube, die haben die Sache gut geplant. Die Volunteers halten ständig Aufmärsche und Paraden ab, da fällt es gar nicht auf, wenn sie an einem schönen Sommersonntag nach Howth marschieren. Die Jungs sind clever. Ein tollkühner Plan, aber nicht undurchführbar.«

Cian drehte sich zu ihr um. »Und wer war vorhin noch so skeptisch?«

Ida zuckte mit den Schultern. »Die Stimmung ist ansteckend. Alle sind so begeistert – Joe, Séan, Tom Clarke, Tom MacDonagh, Madame. Das färbt ein bisschen auf mich ab.«

Cian zog eine Augenbraue hoch. »Es sind seltsame Zeiten, nicht wahr? Wir fürchten den Krieg auf dem Kontinent und hoffen gleichzeitig, dass diese Aktion hier glatt verläuft.«

Seine Worte dämpften Idas Übermut. Die Situation in Europa wurde zunehmend kompliziert. Sie wollte nicht daran denken und wurde doch täglich daran erinnert. Vielleicht war Mrs. Giffords Verhalten nur ein Vorgeschmack gewesen. Wie würden die Menschen ihr begegnen, wenn Deutschland zum Feind wurde? Wäre sie dann Ida O'Connor, die Frau eines angesehenen Arztes, oder Ida Martens, die Deutsche?

Sie biss sich auf die Lippen und deutete auf einen weiteren Trupp Volunteers, die am Straßenrand entlangmarschierten. Ein Mann radelte an ihnen vorbei und rief ihnen einen Gruß zu.

»War das nicht Séan?«, fragte Ida.

»Der hat auf seinem Rad inzwischen den Erdball umrundet. Erstaunlich, wie er das mit seinem Bein schafft.«

Ida dachte immer mit besonderer Zuneigung an Séan. »Wir sollten ihn mal wieder einladen, wenn er nicht gerade in geheimer Mission unterwegs ist.«

Sie hatten die Vororte hinter sich gelassen und fuhren über die Landenge, die die Halbinsel Howth Head mit dem Festland verband. Als sie sich dem Hafen näherten, waren die Volunteers nicht mehr zu übersehen. Cian musste ganz langsam fahren, da sich vor ihm eine Kolonne von Fahrrädern bewegte. »Was für eine bunte Truppe.«

»Sie haben Kinder dabei«, sagte Ida beunruhigt, bevor sie Madame Markievicz erkannte, die eine Gruppe ihrer Fianna-Jungs anführte.

Cian bog in eine Nebenstraße, auf der man ebenfalls zum Hafen gelangte. »Zeichensachen?«

Wie sie das liebte – manchmal zeigte er mit einem einzigen Wort, dass er sich Gedanken gemacht hatte und genau wusste, was ihr wichtig war.

Ida deutete auf den Rücksitz. »Natürlich.«

Sie stellten den Wagen auf einem kleinen Platz in der Nähe des Hafens ab.

»Ich habe Hunger«, verkündete Ida und reckte dann den Hals. »Wie soll das Schiff aussehen?«

»Eine Zwei-Mast-Jacht. 51 Fuß. Sie gehört Erskine Childers, dem Schriftsteller, und seiner Frau Molly. Ein Hochzeitsgeschenk.«

»Eine Jacht fehlt uns noch«, sagte Ida leicht spöttisch. »Lass uns Fish and Chips essen, das gibt es hier doch sicher.«

Cian lachte. »Ein feierliches Sonntagsmahl.« Er deutete auf eine kleine Holzbude, vor der einige Leute warteten.

Sie reihten sich ein und hielten bald ihr in Zeitungspapier gewickeltes Essen in der Hand. Sie suchten sich eine Rasenfläche, von der aus sie einen guten Blick auf den Hafen hatten, und machten es sich bequem. Die Brise vom Meer war angenehm, die Sonne glitzerte auf dem Wasser.

Nach dem Essen zeichnete Ida die geduldig wartenden Männer, den Hafen und Cian, der sich ins Gras gelegt und die Hände hinter dem Kopf verschränkt hatte. Sie schaute mitleidig zu den Männern in ihrer warmen Kleidung, die in der Sonne gewiss furchtbar schwitzten.

Dann ging ein Raunen durch die Menge, weil sich eine weiße Jacht mit geblähten Segeln dem Ufer näherte. Sie wurde von einer Frau gesteuert, einige Männer machten sich an Kisten zu schaffen. Ida rüttelte Cian, der eingedöst war. Er setzte sich mit einem Ruck auf, und sie deutete aufs Wasser. Sie beobachteten, wie Anführer der Volunteers die Männer zur Ordnung riefen und in Gruppen einteilten, die vermutlich beim Entladen helfen sollten.

Hinter den Wartenden standen mehrere Automobile und ein Karren, der von den Fianna-Jungen geschoben wurde.

»Da ist auch die Polizei«, sagte Cian wenig überrascht, als einige Uniformierte auftauchten, sich aber im Hintergrund hielten. Niemand machte Anstalten, ins Geschehen einzugreifen.

Die Jacht näherte sich dem Ufer und legte schließlich an, wobei die Frauen an Bord tüchtig mithalfen. Man hörte knappe Befehle, Kisten wurden entladen und auf Automobile und Wagen verteilt. Alle arbeiteten zügig und geschickt zusammen, als hätten sie es lange und sorgfältig geplant.

Dann wurden die Kisten mit den Gewehren geöffnet, und man reichte den Männern, die geordnet vorrückten, jeweils eine Waffe. Die Polizisten drängten nach vorn, wichen aber unschlüssig wieder zurück, als sie die Gewehre bemerkten.

»Nicht geladen«, murmelte Cian, »aber das können sie ja nicht wissen.«

Als Ida sah, wie sich die Anführer der Volunteers vom Kapitän des Schiffes verabschiedeten und den Befehl zum Abzug gaben, stieß sie erleichtert die Luft aus.

»Gut gegangen. Ich hatte wirklich Angst, dass die Situation entgleist. Und was machen wir jetzt?«

»Lass uns ein bisschen am Wasser entlanggehen.«

Ida spürte jedoch, dass ihn etwas beschäftigte. »Wir könnten ihnen auch hinterherfahren.«

Cian schüttelte den Kopf. »Nein, die Männer brauchen zu Fuß viel länger als wir mit dem Wagen. Eine Stunde gönnen wir uns noch.«

Beide versuchten, den Spaziergang zu genießen, die salzige Luft, die Sonne und den Anblick der Möwen, die gierig über dem Wasser kreisten, waren aber eigentlich nicht bei der Sache. Schließlich blieb Ida stehen.

»Lass uns heimfahren. Wir können auch bei uns an den Strand gehen, nachdem wir uns vergewissert haben, dass sie sicher nach Hause gekommen sind.«

Cian lächelte und ergriff wortlos ihre Hand.

»Ich bin hin- und hergerissen«, sagte Cian schließlich, als sie in Richtung Dublin fuhren. Sie kamen nur langsam voran, weil die meisten Volunteers denselben Rückweg hatten wie sie. »Waffengewalt ist nicht mein Weg. Aber die Volunteers oben im Norden haben Anfang des Jahres 50 000 Gewehre ins Land geholt, und mehrere Millionen Schuss Munition. Niemand hat sie daran gehindert, weder die Polizei noch das

Militär. Und sie werden nicht zögern, die Waffen zu gebrauchen. Darum müssen wir gerüstet sein.«

In Raheny säumten bewaffnete Polizisten die Straße, doch die Lage blieb weitgehend ruhig. In Clontarf stießen sie jedoch auf eine Straßensperre. Cian hielt am Ende der Kolonne und winkte einen der Volunteers herbei. »Was ist hier los?«

Der Mann, der stolz sein Gewehr über der Schulter trug, deutete nach vorn. »Alles abgesperrt. Wir haben versucht, sie von außen zu überholen, aber jetzt stehen sie wieder vor uns.«

»Wer? Die Polizei?«

Der Mann schüttelte den Kopf. »Nein, das sind Soldaten. Die Kings's Own Scottish Borderers, wie es heißt. Wir wären eine ›illegale Versammlung‹, haben die gesagt. Unsere Leute verhandeln gerade.«

Cian und Ida standen auf und reckten die Hälse, konnten aber nicht erkennen, was am vorderen Ende der Kolonne geschah, da sich Hunderte von Männern zwischen ihnen und den Anführern drängten. Plötzlich kam Bewegung in die Menge, es wurde geflüstert, dann stoben die Volunteers mitsamt ihren Gewehren in alle Richtungen davon.

»Meinst du, die Anführer halten vorn die Soldaten hin, damit die Männer weiter hinten verschwinden können?«

»Sieht ganz so aus.«

Als Schüsse ertönten, ließen einige Volunteers in Panik ihre Waffen fallen. Ihre besonneneren Kameraden hoben die Gewehre auf und nahmen sie mit, als sie den Rückzug antraten. Sie verschwanden in schmalen Hausdurchgängen, hinter Hecken und Büschen oder tauchten in Häusern unter, deren Türen sich wie von selbst geöffnet hatten.

Schließlich hatten Ida und Cian freie Sicht auf die kleine Truppe, die noch übrig war.

»Da ist MacDonagh«, sagte Cian und deutete auf einige Männer, die mit dem Anführer der Soldaten diskutierten. Nach einer Weile schienen sie zu einer Übereinkunft zu gelangen, und die Borderers zogen sich zurück.

Cian hielt neben MacDonagh. »Was verschlägt euch denn hierher?«, fragte dieser mit gerunzelter Stirn.

»Wir haben einen kleinen Ausflug nach Howth unternommen. Das Wetter war so schön. Angeblich sollte es heute etwas zu sehen geben.«

MacDonagh grinste triumphierend und deutete über die Schulter. »Sie haben nur drei Waffen beschlagnahmt! Die Aktion war ein voller Erfolg.« Er tippte sich an den Hut. »Muriel lässt grüßen. Ihr sollt bald mal zum Essen kommen.« Dann wandte er sich wieder seinen Begleitern zu, und Cian schaute nach vorn auf die Straße.

»Nach Hause und an den Strand?«

Ida nickte und lehnte sich an ihn. Es war ein langer Tag gewesen.

Sie kamen von Norden aus in die Stadt und fuhren die Sackville Street entlang. Ida malte sich schon aus, wie sie sich Schuhe und Strümpfe ausziehen und barfuß über den feuchten, harten Strand von Sandymount laufen würde, als Cian abrupt anhielt.

Rechts von der O'Connell Bridge, auf dem Bachelors Walk, der am Liffey entlangführte, hatte sich eine Menschenmenge versammelt. Man hörte Gelächter und laute Rufe. Cian fuhr so weit wie möglich heran. Eine alte Frau bückte sich und hob kleine Steine vom Boden auf, die sie nach vorn durchreichte.

»Was machen Sie da?«, fragte Cian.

Die Frau drehte sich um und grinste zahnlos. »Steine sammeln. Es geht auf die Soldaten! Unsere Jungs haben Tausende von Waffen reingeschmuggelt, vor deren Augen.«

Ein Mann drängte sich vor. »Das sollen des Königs eigene Truppen sein? Da würde ich mich an Georgies Stelle aber schön bedanken!«

Der Lärm der Menge wurde lauter, sie hörten militärische Befehle, die aus der Entfernung nicht zu verstehen waren.

Ida sah, wie Cian zögerte und sich umschaute. Dann fuhr er langsam an den Leuten vorbei, bis plötzlich Schüsse ertönten. Er stellte den Motor ab, sprang aus dem Wagen und rief über die Schulter: »Warte hier, ich bin gleich zurück!«

Doch Ida lief ihm hinterher. Die Stimmung war abrupt umgeschlagen – die Menge geriet in Bewegung, die Schreie waren jetzt erfüllt von Angst und Wut.

»Mörder!«

»Sie schießen!«

»Da vorn gibt es Tote!«

Ida sah, wie Cian sich mit beiden Armen den Weg bahnte. »Ich bin Arzt! Lassen Sie mich durch!« Als die Leute nicht rasch genug beiseite gingen, packte ihn die Wut, und er riss einen Mann an der Schulter zurück. »Ich bin Arzt! Es könnte Verletzte geben, die Hilfe brauchen!«

Ida versuchte, dicht hinter ihm zu bleiben, wurde angerempelt und gestoßen, bekam einen Ellbogen ins Gesicht. Sie presste die Hand davor und schob sich weiter nach vorn, obwohl ihr vor Schmerz die Tränen kamen.

Dann plötzlich teilte sich die Menge. Cian kniete neben einer Frau, umringt von Soldaten, die ihre Gewehre auf die tobende Menge gerichtet hatten. Er blickte flüchtig hoch und winkte Ida heran.

»Hol meine Notfalltasche aus dem Wagen.«

Sie nickte, sah den Blutfleck auf dem Bauch der Frau. Unter ihrem Körper hatte sich eine rote Lache gebildet, sie wirkte schon leblos.

»Machen Sie Platz!«, rief ein Soldat. »Lassen Sie die Frau durch. Sie gehört zu dem Arzt.«

Ida holte so schnell es ging die Tasche und kehrte zu Cian zurück, der sofort Mullbinden faltete und auf die Wunde drückte. »Hand drauf. Fest drücken.«

Er schaute zu den Soldaten. »Sie muss auf dem schnellsten Weg ins Krankenhaus. Wo sind die anderen Verletzten?«

Er stand auf und rutschte beinahe auf einem fauligen Apfel aus, den jemand nach den Soldaten geworfen hatte. Die Stimmung war noch immer aufgeladen, auch wenn nach den Schüssen die Angst überwog. An den Rändern der Menge zogen sich schon einige zurück und verschwanden in die umliegenden Nebenstraßen.

Cian versorgte zwei Männer, die ebenfalls von Kugeln getroffen worden waren, schüttelte aber den Kopf. Keine Hoffnung.

»Hier liegt noch einer«, hieß es plötzlich. Der Mann war nicht niedergeschossen, sondern offenbar mit einem Bajonett angegriffen worden.

»Abscheuliche Waffe«, murmelte Cian, während er sich um den Schwerverletzten kümmerte.

Um ihn und Ida hatte sich ein Kreis gebildet, in dem man ihnen freie Hand ließ, und es kamen immer mehr Leute herbei, die verletzt waren, aber noch aus eigener Kraft gehen konnten oder gestützt wurden. Inzwischen halfen weitere Ärzte dabei, die Opfer zu versorgen. Wagen rollten heran, die die Toten und Schwerverletzten ins nächste Krankenhaus transportierten.

Als Ida endlich Zeit zum Durchatmen fand, bemerkte sie, wie still es geworden war. Die Leute, die geblieben waren, wirkten betreten und ernüchtert darüber, dass sich ihr leichtfertiger Hohn in brutale Gewalt verwandelt, dass man Worte und Steinwürfe mit Gewehrkugeln und Bajonettstichen vergolten hatte.

Allmählich zerstreute sich die Menge. Cian griff nach seiner Tasche und legte Ida die Hand auf den Rücken. »Lass uns nach Hause fahren.«

Wenige Tage später bewegte sich der Trauerzug für die Todesopfer vom Bachelors Walk durch die Straßen von Dublin, begleitet von mehreren Musikkapellen, Mitgliedern der Volunteers und der Irish Citizen Army, die stolz ihre Gewehre präsentierten. Die Sonne schien heiß auf die Menschen in ihrer schwarzen Kleidung, der blaue Himmel spannte sich gleichgültig über die Trauernden. Die Zuschauer am Straßenrand und in den Fenstern der umliegenden Häuser jubelten dem Trauerzug zu, als wäre es ein Triumphmarsch. Die Parole »Denkt an den Bachelors Walk« verbreitete sich in rasender Eile und heizte die Stimmung gegen die Soldaten weiter an.

Ida war mit Grace hingegangen und entdeckte einige bekannte Gesichter im Trauerzug. Sie konnte nicht umhin, sich vom Trotz und der Begeisterung mitreißen zu lassen, und spürte, wie ihre Wangen glühten.

Dann bemerkte sie Graces Blick. »Was ist los?«

Die Freundin sah sie traurig und liebevoll zugleich an. »Es hat dich gepackt, was? Du fühlst mit ihnen.« Sie machte eine Handbewegung, die den Trauerzug, die Zuschauermenge und die ganze Stadt umfasste.

»Ja.« Ida spürte, wie ihre Kehle eng wurde. Die Zeitungsmeldungen wurden zunehmend bedrohlicher, Österreich-Ungarn hatte Serbien den Krieg erklärt. Halb Europa wartete mit angehaltenem Atem darauf, wie sich die Russen entscheiden würden. Falls sie den Serben beistanden, würden mehr und mehr Länder in den Strudel hineingezogen, ein großer Krieg wäre dann unvermeidlich. Wie groß, daran wagte Ida nicht zu denken.

»Am Sonntag ist etwas mit mir passiert. Ich kann es schlecht erklären, es fing so harmlos an. Ein Abenteuer, ein Sonntagsausflug, ein verrückter Plan, der funktionierte. Wir waren beinahe übermütig, Cian und ich. Und dann plötzlich die Gewalt … natürlich haben die Leute die Soldaten provoziert, sie ausgelacht und mit Steinen beworfen. Aber das« – sie deutete auf die Särge, die an ihnen vorbeigefahren wurden – »das war anders. Das waren Soldaten mit geladenen Waffen. Sie warfen keine Steine oder faulen Äpfel, sie hatten Bajonette und geladene Gewehre und haben sie gegen Zivilisten eingesetzt.« Ida zögerte. »Auf einmal hatte ich das Gefühl, ich müsste mich entscheiden. Als könnte ich nicht mehr einfach zusehen.«

Grace nickte. »Wenn du so empfindest, bist du wirklich eine von uns.«

20

Der Anruf kam am nächsten Abend. Cian trat mit bestürzter Miene ins Atelier und deutete nach unten in den Flur. »Deine Mutter ist am Telefon. Ich glaube, sie weint.«

Idas Hand wurde taub, sie ließ den Pinsel fallen, ohne es zu bemerken. Seit der Hochzeit hatte sie nichts mehr von ihren Eltern gehört und ihnen auch nicht geschrieben. Sie hatte kurz mit dem Gedanken gespielt, ihnen ein Foto von sich und Cian zu schicken, sich aber dagegen entschieden. Die Verletzung saß zu tief.

Ida ging die Treppe hinunter in den Flur, wo das Telefon stand. Ihre Hand zitterte, als sie nach Hörer und Mundstück griff.

»Mutter?«

»Kind, bitte! Noch ist Zeit. Komm nach Hause.« Sie sprach leise, als hätte sie Angst, belauscht zu werden, und Ida musste sich anstrengen, um sie zu verstehen. Sie schloss die Augen und versuchte, möglichst ruhig zu atmen. Ihre Hände waren feucht.

»Mutter, ich bin verheiratet. Ich gehöre zu Cian.«

»Aber es gibt Krieg. Was soll dann werden?«

Ida tröstete sich mit dem Wissen, dass Cian oben auf sie wartete, dass sie sich gleich in ihm verkriechen konnte und nie wieder hervorkommen musste.

»Ich weiß es nicht. Vielleicht kommt es doch nicht zum Schlimmsten.« Aber sie sprach ohne echte Überzeugung. Denn die Dunkelheit rückte näher.

»Dein Vater weiß nicht, dass ich anrufe. Er hat mir verboten, über dich zu sprechen. Aber du bist mein Kind ...« Ihr versagte die Stimme. Die Auseinandersetzungen der letzten Jahre erschienen plötzlich nichtig.

Wenn es nun um *sie* und *ihr* Kind ginge? Unwillkürlich legte sie die Hand auf ihren flachen Bauch. Wenn dieses Telefon das Einzige wäre, das sie mit ihrem Kind verband, das ihre Stimme über dreizehnhundert Kilometer trug? Sie lehnte den Kopf an die Wand und spürte, wie die ersten Tränen kamen.

»Ich habe dich lieb, Mutter. Ich vergesse dich nicht. Ich bin immer deine Tochter.«

»Darf ich dir schreiben?«

»Natürlich.«

»Und wenn ...« Sie hörte, wie ihre Mutter aufschluchzte und dann mit festerer Stimme fortfuhr: »Wenn ich Großmutter werden sollte, lass es mich wissen. Bitte.« Danach hängte sie ein.

Ida blieb reglos neben dem Telefon stehen.

In diesen wenigen Minuten war so viel über sie hereingebrochen, dass sie sich wie betäubt fühlte. Sie bemerkte kaum die Schritte auf der Treppe. Dann stand Cian vor ihr und zog sie an sich, drückte ihren Kopf an seine Schulter und strich mit den Lippen sanft über ihre Haare.

»Tut es dir leid?«

Ida zuckte zusammen. »Was meinst du?«

»Dass du dich für dieses Leben hier entschieden hast.«

Sie nahm seinen Kopf in beide Hände, nicht so, dass es ihm wehtat, aber dennoch energisch. »Sieh mich an. Ich sage es nur einmal, und ich hoffe, dass ich diese Frage nie wieder von dir höre. Mir tut es nicht leid, ich bereue nichts. Es war allein meine Entscheidung. Du hast mich schon vor langer

Zeit gewarnt, dass es zu einem Krieg kommen könnte. Ich habe lange darüber nachgedacht, aber nie ernsthaft an meiner Wahl gezweifelt. Alles, was mir wichtig ist, habe ich hier.« Dann stellte sie sich auf die Zehenspitzen, küsste ihn auf die Stirn und auf den Mund.

»Das ist die schönste Antwort, die du mir geben konntest«, sagte Cian, und seine Stimme klang seltsam brüchig.

Séan hinkte aufgebracht im Wohnzimmer auf und ab, schwenkte dabei bedenklich sein Weinglas und sah Ida und Cian voller Empörung an.

»Er ist in die britische Armee eingetreten!«

»Das tun viele«, sagte Cian beschwichtigend. »Gerade Männer, die bei der Aussperrung letztes Jahr alles verloren haben. Für sie ist es die beste Gelegenheit, ihrer Familie das Überleben zu sichern. Ein geregeltes Einkommen zu haben.«

»Aber doch nicht Männer wie Tony Fitzgerald!«, rief Séan ungehalten. »Er war auf unserer Seite, hat uns von England aus unterstützt … Weiß er überhaupt, was er seiner Mutter damit antut?«

Ida biss sich auf die Lippen. Es war ein heikles Thema, und sie wusste nicht, ob sie sich dazu äußern sollte. Sie hatte Mrs. Fitzgerald gern, war ihrem Sohn aber nie begegnet.

Cian lehnte sich mit verschränkten Armen an die Wohnzimmertür und schaute Séan ernst an. »Wenn es zum Krieg kommt, werden sich noch viel mehr Iren zur Armee melden. Jene, die sich ohnehin als Briten betrachten, und auch alle, die hoffen, endlich der Armut zu entkommen. Und dann werdet *ihr* die Verräter sein.«

Ida sah besorgt zu Séan. Er war blass geworden, und sie fürchtete einen Moment lang, er würde auf seinen Freund losgehen. Doch dann ließ er sich in einen Sessel fallen und nickte. »Du hast ja recht.« Er seufzte und fuhr sich durch die Haare. »Noch vor wenigen Tagen hörte man überall ›Denkt an den Bachelors Walk‹, die Menschen empörten sich gegen die Soldaten. Der Trauermarsch war eine einzige Demonstration gegen die Herrschaft der Briten. Wir waren so kurz davor. Aber jetzt …«

»Ich kenne euch«, sagte Cian mit einer Mischung aus Bewunderung und Resignation. »Ihr werdet euch eine Weile lang ruhig verhalten, um keinen Verdacht zu erregen, während ihr im Geheimen weiterarbeitet. Ihr habt deutsche Waffen ins Land gebracht. Als ob du oder Tom Clarke oder Joe oder MacDonagh euch von einem Krieg daran hindern lassen würdet, Irland zu befreien.«

Ida hatte ihn selten so geliebt wie in diesem Augenblick. Er nahm Séan ernst, ohne sich von dessen ungestümem Idealismus mitreißen zu lassen. Er sorgte sich um seine Freunde, wusste aber nur zu gut, dass er sie nie von ihren Plänen abbringen konnte. Also nahm er es hin, auch wenn die Angst wie ein Schatten über jeder Begegnung mit ihnen lag.

Séan ließ sich Zeit mit der Antwort. »Und was ist mit dir? Auf welcher Seite stehst du?«

»Muss ich auf einer Seite stehen? Ich bin Arzt und behandle jeden, der Hilfe braucht«, erwiderte Cian diplomatisch, doch Séan ließ es ihm nicht durchgehen.

»Würdest du dich zur britischen Armee melden? Dort werden Ärzte gebraucht.«

»Ich werde mich niemals freiwillig zu irgendeiner Armee melden. Ich bin kein Soldat. Darum trage ich auch nicht die Uniform der Volunteers. Eure Ziele sind auch meine, aber ich werde nicht auf andere schießen, um sie durchzusetzen.

Und was die britische Armee angeht: Wenn man die Wehrpflicht für Irland einführt – was ich bislang bezweifle –, werde ich mir Gedanken machen. Vorher nicht. Glaubst du allen Ernstes, ich würde freiwillig gegen Deutschland in den Krieg ziehen?«

Sein Freund schaute von Cian zu Ida und wurde rot.

»Verzeiht mir, das war gedankenlos.«

»Schon gut, Séan«, sagte Ida. »Wenn es wirklich zum Krieg kommt, werde ich mich auf sehr viel Schlimmeres gefasst machen müssen.« Sie hob die Hand, als Cian etwas einwenden wollte. »Ich weiß, du willst mich schützen. Aber mir hilft es mehr, mir die Angst einzugestehen, ihr ins Gesicht zu sehen, statt mich zu verstecken. Wenn ich auf alles gefasst bin, trifft es mich weniger.«

»Du bist mutig«, sagte Séan beeindruckt.

»Das ist kein Mut, sondern Tapferkeit«, sagte Cian, der leise neben sie getreten war. »Wer Angst hat und ihr dennoch ins Auge sieht, ist tapfer.« Er legte Ida die Hand auf die Schulter, und sie lehnte den Kopf an seine Seite. Cian hob sein Glas. »Auf meine tapfere Frau.«

In diesen Tagen arbeitete Ida fieberhaft an neuen Bildern. Sie hatte den Waffenschmuggel in Howth vor Ort und die blutigen Szenen am Bachelors Walk aus dem Gedächtnis gezeichnet. Die Jacht, die schnell und geschickt entladen wurde, die Männer, die am Hafen geduldig auf ihre Gewehre warteten und sich zu Fuß oder mit ihren Fahrrädern auf den Rückweg nach Dublin machten, die Polizisten und Soldaten, die mehr oder weniger tatenlos dabei zusahen – diese Bilder hatte sie Joe für seine Zeitschrift überlassen.

Aus den Eindrücken vom Bachelors Walk entstand jedoch

eine Reihe kleinerer Ölgemälde, die sie vor allem für sich selbst malte. Als Wandschmuck für ein Privathaus waren sie kaum geeignet, es waren eher Dokumente eines Ereignisses, die später einmal in einem Museum hängen konnten. An einem Ort, der daran erinnern sollte, dass an jenem Julisonntag an einer der belebtesten Kreuzungen Dublins vier Menschen gestorben waren, erschossen von Soldaten, deren Anführer möglicherweise nicht einmal zur Rechenschaft gezogen würden. Der drohende Krieg hatte die Empörung darüber verdrängt, nur wenige verbreiteten noch die Parole »Denkt an den Bachelors Walk«.

Ida aber konnte den Anblick der Toten und Verwundeten nicht vergessen. Er war wie ein Omen, ein Vorzeichen für die Dinge, die aus dem Osten heraufzogen, ein schwaches Abbild dessen, was geschehen konnte, wenn mitten in Europa ganze Armeen aufeinanderprallten.

Sie arbeitete intensiv an den Bildern und den Kulissen für Joes Theater. Die Abende verbrachten sie und Cian draußen im Garten oder am Strand, meist ohne viel zu reden. Sie hatten gelernt, dass man auch in der Stille Nähe finden konnte, solange es ein Schweigen und kein Verschweigen war.

Bisweilen erzählte Cian ihr von Aidan. Manchmal war es nur ein Satz, an den er sich erinnerte, dann wieder ein kleines Abenteuer, das sie als Kinder erlebt hatten. Sein Vertrauen war wie ein Geschenk.

Dann ging alles sehr schnell. An einem Samstag erklärte das Deutsche Reich Russland den Krieg. Ida warf die Zeitung beiseite und verließ überstürzt das Haus, während Cian mit seiner Buchführung beschäftigt war, für die er unter der Woche keine Zeit fand. Sie ging zwei Stunden in energischem

Tempo am Wasser entlang, wo es trotz des Sommerwetters menschenleer war, als hätte die Nachricht vom Kontinent alle ans Haus gefesselt. Ida hatte keinen Blick für die Wellen, die in der Sonne wie Diamantsplitter glänzten, oder die Boote oder die Möwen, die kreischend über ihr dahinflogen, als begegneten sie den Sorgen der Menschen mit Verachtung.

Als sie zurückkehrte, stand Cian in der Haustür und wollte gerade nach ihr suchen.

»Es hat angefangen«, sagte sie nur, und er verstand sie ohne große Worte.

Am Sonntag hielt die Welt den Atem an. Deutschland fühlte sich durch Frankreich bedroht, das angeblich Truppen an der belgischen Grenze zusammenzog und durch das Nachbarland nach Deutschland marschieren wollte. Also stellte das Deutsche Reich Belgien ein Ultimatum: das kleine neutrale Land solle der deutschen Armee den freien Durchmarsch nach Frankreich gewähren.

Am Montagmorgen, dem 3. August, lehnte Belgien das Ultimatum ab, worauf deutsche Truppen einmarschierten. Am selben Tag erklärte Deutschland Frankreich den Krieg, einen Tag später auch Belgien.

Die Begeisterung im Reich war überschwänglich, man hoffte auf ein großes Abenteuer mit dem Ziel Paris und plante, Weihnachten schon wieder zu Hause zu feiern.

Ida saß reglos mit den Zeitungen da, während ihr die Tränen übers Gesicht liefen. Sie sah Fotos von Soldaten, die übermütig ihre Mützen schwenkten, von Güterwaggons, auf denen mit Kreide patriotische Parolen standen, die sie Cian stockend übersetzte.

»Auf Wiedersehen auf dem Boulevard.«

»Ausflug nach Paris.«

»Auf in den Kampf, mir juckt die Säbelspitze.«

Auf den Plätzen der deutschen Großstädte versammelten sich Menschenmengen in einem Jubelrausch und begrüßten den Krieg, als brächte er die Befreiung aus einer allzu satt gewordenen friedlichen Welt. Hier schien es nicht um Tod und Blutvergießen zu gehen, sondern um ein großes Abenteuer, die Verheißung von etwas Großem, Wunderbarem, das man Deutschland allzu lange vorenthalten hatte.

Das ist nicht mehr mein Land, dachte Ida verwundert. Seit zweieinhalb Jahren war sie nicht dort gewesen, hatte die vertraute Sprache kaum noch gesprochen, waren vereinzelte Briefe und Telefongespräche die einzige Brücke in die alte Heimat gewesen. Und doch erkannte sie erst jetzt, wie fremd ihr Deutschland geworden war.

Diese Hüte und Fahnen schwenkenden Massen, die den ausrückenden Soldaten Blumen an die Bajonette steckten, waren nicht die Menschen, unter denen sie aufgewachsen war. Oder doch? Hatte die Kriegslust immer in ihnen geschlummert, war sie nur betäubt gewesen, solange der brüchige Friede währte?

In einem Brief, den ihre Mutter offenbar bereits kurz nach ihrem Telefonat geschrieben hatte, berichtete sie, Idas Bruder Christian habe sich freiwillig zur Armee gemeldet.

Cian fand Ida im Wohnzimmer sitzend, reglos, die Augen starr auf den Brief gerichtet. Er nahm sie einfach in die Arme, strich ihr über die Haare und flüsterte ihren Namen wie eine Beschwörungsformel.

Am Dienstag erklärte Großbritannien Deutschland den Krieg.

An diesem Abend gingen sie lange am Wasser entlang, und auch diesmal schien niemand außer ihnen dort zu sein. Die

Stimmung in Irland war gedrückt, man spürte kaum etwas von der Begeisterung, die Menschen fügten sich in das, was unvermeidlich schien, und hofften nur, der Krieg möge wieder zu Ende sein, bevor er richtig angefangen hatte. Die britische Armee versprach den Männern, die arbeitslos oder unterbeschäftigt waren, und ihren Familien ein sicheres Auskommen. Sie verpflichteten sich und nahmen Abschied von daheim, aber nüchtern und sachlich, als zögen sie in eine englische Fabrik. Vom Tod fürs Vaterland sprach keiner.

Ida und Cian setzten sich auf einen großen Stein und schauten aufs Wasser. Es war die dunkelste Stunde, seit sie sich kannten, und doch waren sie einander nie so nah gewesen wie in diesem Augenblick.

21

Eigentlich hätte es Ida nicht überraschen dürfen, doch der Schlag kam von einer unerwarteten Seite.

Mr. Blackett hatte sie gebeten, nach Feierabend noch zu bleiben. Sie hatte sich nichts dabei gedacht. Es kam öfter vor, dass er sie in geschäftlichen Belangen um Rat fragte, doch diesmal wirkte er seltsam unsicher, als er die Ladentür abschloss und sich zu ihr umdrehte.

»Ich weiß gar nicht, wie ich anfangen soll. Wir kennen uns schon so lange, und Sie haben wunderbare Arbeit geleistet. Waren immer zur Stelle, wenn ich Sie gebraucht habe. Meine Frau und ich haben Sie wirklich gern.«

Ida ahnte plötzlich, worum es ging, und machte es ihm leicht. »Ich glaube, ich weiß, was Sie mir sagen wollen.« Sie betrat den kleinen Nebenraum, in dem ihr Mantel hing, hängte ihn über den Arm, da das warme Sommerwetter erstaunlicherweise anhielt, und griff nach ihrer Tasche. »Ich habe Ihnen viel zu verdanken, Mr. Blackett. Sie haben mir Arbeit gegeben, als ich noch niemanden kannte und dringend eine Stelle brauchte. Das werde ich Ihnen nicht vergessen.«

Sie gab ihm die Hand, und er ergriff sie mit gesenktem Kopf. Ida trat an ihm vorbei zur Tür und wartete, dass er sie aufschloss, doch er rührte sich nicht.

»Es ist feige. Und Sie machen es mir auch noch leicht, feige zu sein. Das ist nicht gerecht, Ida.«

»Was hat das mit Gerechtigkeit zu tun?«, fragte sie. »Dieser

Krieg ist über uns hereingebrochen, wir haben ihn nicht herbeigewünscht.«

»Trotzdem.« Sie spürte, wie schwer es ihm fiel, darüber zu sprechen, und wie sehr es ihn drängte, es dennoch zu tun. »Es gab einige Beschwerden. Ich nenne keine Namen. Aber ich muss an mein Geschäft denken …« Er verstummte, noch immer den Blick auf den Boden gerichtet.

»Mr. Blackett, ich weiß, dass Sie diese Meinung nicht teilen.« Sich ihr aber auch nicht widersetzen, fügte eine leise Stimme in ihrem Inneren hinzu, die sich nicht übertönen ließ. Ida verstand ihn und war dennoch enttäuscht. Er war ihr immer so freundlich begegnet, hatte ihr die Stelle gegeben, obwohl sie Ausländerin und gerade erst nach Dublin gekommen war. Sie hatte bei ihm und seiner Frau zu Abend gegessen. Er war besorgt gewesen, als sie Kummer mit Cian hatte.

Es ist dein gutes Recht, enttäuscht zu sein, sagte die Stimme.

»Ich kündige mit sofortiger Wirkung. Sie können mir einen Scheck über meinen ausstehenden Lohn schicken. Ich wünsche Ihnen alles Gute.«

Ida wartete, bis sie auf der Straße stand. Erst dann erlaubte sie sich zu zittern, nachdem sie sich so lange mühsam beherrscht hatte. Sie taumelte einige Schritte den Gehweg entlang und musste sich an einer Laterne abstützen, schloss die Augen, bis die Straße nicht mehr um sie kreiste.

Ohne dass sie bewusst darüber nachgedacht hätte, lenkten ihre Schritte sie in Richtung Sackville Street. Es war keine rationale Entscheidung, und als sie später darüber nachdachte, konnte sie sich kaum erinnern, wie sie zu Thomas Clarkes Laden gelangt war.

Der hochgewachsene Clarke stand wie immer ein wenig gebückt hinter dem Tresen und bediente eine dicke Frau, die von ihrer kranken Mutter berichtete. Ida wartete und war kurz davor, wieder zu gehen, weil sie plötzlich Angst vor der eigenen Courage bekam. Dann stieß die Frau eine letzte Salve hervor: »Die Milz war auf doppelte Größe angeschwollen, sagt der Arzt, ich wusste gar nicht, wofür man die braucht, ob man auch ohne die leben kann, habe ich gefragt, und da hat er gesagt, im Notfall schon. Aber ich weiß nicht, ob ich den Ärzten traue, ich meine, ein ganzes Organ … Da zünde ich lieber eine Kerze für sie an.« Damit schien alles gesagt. Sie nickte Ida zu und verließ den Laden.

Thomas Clarke schaute sie durch seine kleine runde Brille an und lächelte verhalten. »Mrs. O'Connor, was kann ich für Sie tun?«

»Eigentlich habe ich nur eine Botschaft für Sie – und für Séan natürlich.« Er schaute sie fragend an, und sie musste schlucken, bevor sie weitersprechen konnte.

»Wenn Séan oder Sie oder Ihre Organisation je meine Hilfe brauchen, werden Sie sie bekommen.«

Tom Clarke neigte den Kopf zur Seite und wirkte leicht verwundert, nickte dann aber. »Ich richte es aus. Und danke. Wir können immer Hilfe gebrauchen.«

Ida verabschiedete sich. Erst als sie auf die Straße trat und ein leichter Wind über ihre Haut strich, spürte sie, wie heiß ihr Gesicht war.

Sie wandte sich in Richtung Liffey und glitt wie eine Schlafwandlerin durch die Menschenmassen. Wie durch ein Wunder stieß sie mit niemandem zusammen.

Sie hatte sich stoisch gegeben, doch die Entlassung war ein Schock, den sie auch körperlich spürte. Sie setzte die Füße unsicher voreinander, und ihre Hände waren kalt. Was um alles in der Welt hatte sie dazu bewogen, zu Clarke in den Tabakladen zu gehen und diese Nachricht zu überbringen? War sie völlig verrückt geworden?

Ida blieb vor einem Schaufenster stehen, ohne die Waren darin zu sehen. Es war, als könne sie keinen Schritt mehr gehen. Sie schloss die Augen und versuchte, ruhig zu atmen, die vergangene Stunde mit dem Verstand zu erfassen. Sie wünschte sich Cian herbei, doch er war in der Praxis und konnte ihr nicht helfen.

Allmählich verlangsamte sich ihr Puls, ihre Gedanken rasten nicht mehr so ungestüm dahin.

Sie hatte ihre Hilfe angeboten und damit eine Grenze überschritten, hatte sich endgültig für eine Seite entschieden. Nicht die Seite ihrer Heimat, aber auch nicht die Seite Großbritanniens. Eigentlich durfte sie sich nicht angreifbar machen, nicht nach dem, was heute geschehen war. Doch tief in ihr flackerte ein Funke Trotz, eine leise Stimme, die sie daran erinnerte, wie viele ihrer Freunde von einem anderen Irland träumten, einem Irland, das für sich selbst stand, einer Republik, die die Last der Armut abwerfen konnte, die das Land wie ein schwarzes Tuch bedeckte.

Ida ging langsam weiter. Was würde aus ihnen allen werden? Joe, Séan, MacDonagh – sie hatten große Ideen und Visionen, aber ihr Land befand sich jetzt im Krieg. Konnten sie sich auf Dauer heraushalten? Mehr noch, waren ihre Ziele überhaupt noch erwünscht?

Sie gab sich einen Ruck und rief eine Droschke. Sie musste zu Cian. Wenn sie das, was sie erlebt hatte, für ihn in Worte kleidete, würde sie die Welt und sich selbst besser verstehen. Dann fiel ihr ein, dass Grace nach dem Essen vorbeikommen wollte. Auch sie würde den Abend heller machen.

Der Tisch war bereits gedeckt. Als Ida nach unten in die Küche ging, kam Cian mit. Mrs. Flanagan hatte alles warmgestellt und war früher nach Hause gegangen, weil sie sich um ihren kranken Mann kümmern musste.

»Ich helfe dir tragen.«

Ida lächelte erstaunt. »So schwer ist es nun auch wieder nicht.« Sein Blick ließ sie innehalten. »Ist etwas?«

Er biss sich auf die Unterlippe und zog die Augenbrauen hoch, ohne einen Ton zu sagen.

Ida stieß ihm spielerisch mit der Faust gegen den Oberarm. »Na, sag schon. Ich hatte einen unerfreulichen Tag, da solltest du mich lieber nicht reizen.«

»Warum unerfreulich?«, fragte er, während er zwei Tabletts aus dem Schrank holte und die Schüsseln darauf stellte. Dann schob er ihr das leichtere hin.

»Das erzähle ich später. Sag mir lieber, warum du mich so angeschaut hast. Na los, heraus mit der Sprache.«

Er zog sie an sich und vergrub den Mund in ihren Haaren. »Vertrau mir, ich bin Arzt. Und ich habe in meinem Leben mehr als eine schwangere Frau gesehen.«

Ida wich zurück und spürte, wie sie rot wurde. »Aber ich –«

Cian brachte sie mit einem Kuss zum Schweigen. Als sich ihre Lippen voneinander lösten, strahlte er sie an. »Wenn ich mich irre, darfst du mich öffentlich zum Gespött machen. Aber ich irre mich selten, was das angeht.« Dann wurde er plötzlich ernst. »Freust du dich denn nicht?«

Sie spürte, wie ihre Augen brannten. Der Tag hatte sie derart mitgenommen, dass die wunderbare Nachricht sie jetzt sprachlos machte. Cian zog sie wieder an sich und hielt sie fest.

»Natürlich freue ich mich. Ich hätte mir nur gewünscht, es an einem schöneren Tag zu erfahren.«

»Unsinn«, sagte er knapp. »Gerade an schlechten Tagen braucht man eine gute Nachricht.«

»Du hast recht.«

In diesem Augenblick klingelte es. Ida sah auf die Uhr. Zu früh für Grace. Als Cian die Tür öffnete, stand Joe davor. Ida bemerkte sofort den fiebrigen Glanz in seinen Augen – der Mann gehörte ins Bett. Doch damit war in diesen Tagen nicht zu rechnen.

»Ich will euch nicht aufhalten«, sagte Joe, nachdem er sie umarmt hatte. Sie spürte förmlich die Hitze, die von ihm ausging. »Deine Entwürfe sind sehr gut angekommen. Nur wenige Änderungswünsche, der Regisseur hat sie markiert.«

»Das freut mich. Bleib doch zum Essen«, sagte sie spontan. Sie wäre gern mit Cian allein gewesen, es gab doch jetzt so viel zu bereden! Doch sie spürte, dass Joe die Gesellschaft guttun würde.

»Danke, wenn es euch recht ist.«

Als sie am Tisch saßen, versuchte Ida mit Macht, den Gedanken an eine Schwangerschaft zu verdrängen, und verkündete: »Ich werde mich von nun an ganz meiner künstlerischen Tätigkeit widmen.«

Cian schaute sie überrascht an, doch sie zog nur eine Augenbraue hoch. »Blackett hat mich entlassen.«

»Was?« Joes Temperament loderte auf wie eine Flamme. »Du arbeitest doch schon so lange für ihn.«

»Einige Kunden haben sich beschwert. Sie wollen nicht vom Feind bedient werden.«

Cian ließ sein Besteck klirrend fallen. »Hat er es so ausgedrückt?«

»Nein, aber darauf läuft es hinaus. Er war sehr zerknirscht und hat sich entschuldigt.« Ida bemühte sich, Haltung zu bewahren. »Auf Dauer hätte ich ohnehin nicht dort weiterarbeiten können.«

»Darum geht es nicht«, sagte Cian in einem Ton, den sie nur zu gut kannte. Es war der gleiche Ton, in dem er mit seinem Vater gesprochen hatte – kalt und verächtlich. »Es geht darum, dass du seit zweieinhalb Jahren für ihn arbeitest und er dir vertraut hat. Und jetzt beugt er sich dem Druck einiger Idioten und …«

In diesem Moment erkannte Ida, dass es Cian mehr traf als sie. Das ist Liebe, dachte sie. Es verletzt ihn mehr, als wenn es ihm selbst zugestoßen wäre. Ihre Augen brannten.

»Lass gut sein«, sagte sie sanft und legte die Hand auf seine. »Ich habe mit so etwas gerechnet. Natürlich tut es weh, aber es gibt viele Menschen, die mir freundlich begegnen. Und da wir gerade dabei sind«, sagte sie, um die Schwere zu vertreiben und auch dieses Geständnis hinter sich zu bringen, »ich war bei Thomas Clarke und habe etwas ausgerichtet. Wenn die Organisation« – sie schaute Joe nachdrücklich an – »jemals meine Hilfe braucht, werdet ihr sie bekommen.«

»Was meinst du damit?«, fragte Cian, und sie hörte die Sorge in seiner Stimme.

»Ich werde mir keine Uniform kaufen und nicht mit der Waffe in der Hand kämpfen«, sagte sie rasch. »Aber wenn ich auf andere Weise zeigen kann, dass ich mich als Irin fühle, werde ich das tun.«

Das Schweigen der beiden Männer war schlimmer als wütende Worte oder Unverständnis. Sie schluckte und schaute auf ihren Teller.

»Würdet ihr bitte etwas sagen? Irgendetwas?«, fragte sie schließlich.

»Ich danke dir.« Joe hatte ein Taschentuch hervorgezogen und polierte nervös seine Brille. »Cian?«

Ida spürte den Blick ihres Mannes. Sie hatte keine Ahnung, wie er reagieren würde. Sie erinnerte sich an die Freude in seinen Augen, als er ihr vorhin seine Vermutung mitgeteilt hatte. Sie hielt die Gabel so fest umklammert, dass ihre Knöchel weiß wurden.

»Wenn es dein Wunsch ist, werde ich dich nicht daran hindern. Nur eines …« Er hielt inne. Ida schaute auf und sah die Angst in seinen Augen. »Bring dich nicht in Gefahr. Das ist alles, worum ich dich bitte.«

Sie senkte den Kopf und nickte. Die Spannung im Raum war so groß, dass Joe sich verlegen räusperte. »Um auf die Bühnenbilder zurückzukommen …«

Ida und Cian lachten erleichtert und wandten sich wieder ihrem Essen zu.

»Ich glaube, ihr kennt euch noch nicht«, sagte Ida, als sie Grace ins Wohnzimmer führte. Joe erhob sich aus seinem Sessel und gab ihr die Hand.

»Wir haben uns einmal flüchtig in Pearses Schule gesehen. Es ist mir ein Vergnügen, die bekannte Karikaturistin Miss Gifford endlich persönlich kennenzulernen«, sagte er mit einer eleganten Verbeugung.

Grace lächelte auf ihre zurückhaltende Art. »Nicht bekannt genug, fürchte ich.«

»Oh, ich kenne Ihre Bilder durchaus«, sagte Joe. »Es grenzt übrigens an ein Wunder, dass wir uns noch nicht begegnet sind, wir haben so viele gemeinsame Bekannte.«

Es wurde ein vergnügter Abend. Ida holte irgendwann ihren Skizzenblock, und Grace zeichnete auf die Schnelle witzige Porträts, während die anderen um die Wette raten mussten, wen sie darstellten. Ida gewann haushoch und kassierte die Pennymünzen ein, die sich in der Mitte des Tisches angesammelt hatten.

»Die Damen sind die Siegerinnen des Abends«, verkündete Cian und schenkte Joe noch einen letzten Whiskey ein. »Da können wir nicht mithalten. Besser gesagt, ich nicht. Du könntest immerhin ein Gedicht vortragen.«

Ida bemerkte, wie Joe ein wenig rot wurde.

»Ich kenne ›The Circle and the Sword‹«, sagte Grace. »Manche Gedichte daraus lese ich wieder und wieder.«

Ida fing einen Blick ihres Mannes auf, der eine Augenbraue leicht gehoben hatte. Ein Lächeln spielte um seinen Mund.

Ida hatte den Abend genossen, war aber froh, als der Besuch gegangen war und Cian die Haustür hinter den beiden abgeschlossen hatte.

Er blieb am Fuß der Treppe stehen und kehrte in einer verwunderten Geste die Handflächen nach außen. »Er hat ihr angeboten, sie im Beiwagen nach Hause zu bringen.«

»Oh. Das hat er mir noch nie angeboten«, sagte Ida in gespielter Entrüstung, während sie die Gläser an die Spüle stellte. »Ich wollte schon immer mal mit seinem Motorrad fahren.«

Sie spürte, wie Cian hinter sie trat. Dann legte er die Hände auf ihre Schultern und zog sie vom Spülbecken weg. »Lass das. Morgen kommt Mrs. Flanagan. Für diese Arbeit ist Mrs. O'Connor nicht zuständig.«

»Sag das noch mal.«

»Was, dass Mrs. Flanagan kommt?«

»Dummkopf.« Ida drehte sich um und boxte ihn gegen die Brust. »Mrs. O'Connor. Ich höre das gern.«

»Tatsächlich?« Er legt die Hände um ihr Gesicht und flüsterte ihr ins Ohr: »Wie wäre es, wenn wir ins Bett gehen, Mrs. O'Connor?«

Ida spürte ein Ziehen im Unterleib und strich mit der Hand über seinen Oberschenkel. »Eine gute Idee.«

Als sie nackt war, legte Cian die Hand auf ihren flachen Bauch.

»Und du meinst wirklich …?«

»Warte ab. Aber ich bin mir ziemlich sicher.« Er zögerte. »Würde es auch dich glücklich machen?«

Ida drängte sich an ihn und hielt ihn fest, als wollte sie ihn nie wieder loslassen. »Sehr sogar. Ich war vorhin nur so durcheinander, aber es würde mich sehr, sehr glücklich machen.«

Cian hob sie hoch und legte sie behutsam aufs Bett. Dann begann er, ihren ganzen Körper mit Küssen zu bedecken, fing bei der Stirn an, tastete sich weiter über Wangen, Nase und Mund den Hals hinunter, zu den Brüsten und immer weiter, bis die Leidenschaft sie beide verschlang.

22

Cian behielt mit seiner Vermutung recht, und Ida erzählte Grace belustigt und verlegen zugleich, wie früh er es erkannt hatte.

»Das ist wunderbar, ich gratuliere euch«, erwiderte ihre Freundin und umarmte sie herzlich.

»Gewöhnlich überrascht die Frau ihren Mann mit solch einer Nachricht, aber wenn man mit einem Arzt verheiratet ist …«

Sie saßen gemeinsam in Idas Atelier. Ida arbeitete an einem großformatigen Bild, das den Trauerzug am Bachelors Walk darstellte, und Grace hatte ihren Zeichenblock auf den Knien.

»Wie fühlst du dich?«

»Gut, wirklich gut. Keine Übelkeit. Angeblich deutet das auf einen Jungen hin, aber Cian meint, das sei ein Ammenmärchen.« Sie trat ein Stück zurück, um das Bild in Augenschein zu nehmen. Dann beugte sie sich vor und korrigierte die Handhaltung eines Mannes, der sein Gewehr fest umfasst hielt.

Grace lachte. »Nun ja, nach einem anderen Ammenmärchen erwartet eine Frau auch einen Jungen, wenn sie gut aussieht. Und du siehst aus wie das blühende Leben. Ähnlich wie Muriel damals.«

»Es ist mir egal, solange das Kind gesund ist«, erklärte Ida gelassen.

»Habt ihr schon Namen ausgesucht?«

Ida schwieg einen Moment. Ihr erster Gedanke war gewesen, Aidan als Jungennamen vorzuschlagen, doch sie hatte gezögert. Vielleicht wäre es besser, ihr Kind nicht mit der Erinnerung an einen Toten zu belasten. Sie erwähnte es nicht, da Grace nichts von Aidans Schicksal wusste. Diese Geschichte gehörte nur ihr und Cian.

»Wir haben einige Ideen, aber es bleibt ja noch genügend Zeit. Ich würde dem Kind gern einen irischen Namen geben.«

»Und vielleicht einen zweiten Vornamen aus dem Deutschen?«, fragte Grace.

Ida legte seufzend den Pinsel beiseite und lehnte sich an die Wand. »Ich habe meinen Eltern geschrieben, das war nicht einfach. Der Brief musste unverfänglich formuliert sein, vermutlich wird alles zensiert. Kein Wort über Politik oder den Krieg, keine Nachfragen, wie die Lage in Hamburg ist. Mir blieb im Grunde nichts anderes übrig, als ihnen die nackte Neuigkeit zu schreiben. *Ich hoffe, es geht Euch gut. Ihr werdet Großeltern. Alle sind gesund.*«

Grace warf ihr einen prüfenden Blick zu. »Fehlt dir deine Mutter? Jetzt, wo du selbst Mutter wirst, meine ich.«

Ida schüttelte den Kopf. »Nein, sie war nie … wir hatten kein vertrautes Verhältnis.« Sie lachte verlegen. »Ich bin froh, dass Cian sich auskennt. Natürlich ist er ein Mann, aber er kann mir viele Dinge sachlich erklären. Das hilft.«

»Muriel erwartet übrigens ihr zweites Kind. Sie wird dir sicher gern zur Seite stehen, wenn du sie fragst. Manches kann eine Frau dann doch besser erklären als ein Arzt und Ehemann.«

»Du wirst wieder Tante! Gratuliere, das freut mich. Es geht Muriel also besser?«

»Wir sind alle sehr froh. Es ist schön zu sehen, dass das Leben trotz allem weitergeht«, fügte sie nachdenklich hinzu.

Mrs. Flanagan klopfte und brachte ihnen Tee. »Dr. O'Connor lässt Ihnen ausrichten, dass er nach der Sprechstunde noch einmal zu Father Monaghan fährt. Er werde aber nicht spät zurückkommen.«

Grace schaute Ida überrascht an, die Teekanne in der Hand. »Cian trifft sich mit einem Priester?«

»Erinnerst du dich an den Tag in der Ambulanz letztes Jahr? Als wir dem Arbeiter bei der Flucht geholfen haben? Cian ist bei dem Priester, der den Mann zu uns gebracht hat, er ist Pfarrer in St. Aloysius.«

»Und er arbeitet mit ihm zusammen?«

Sie setzten sich an den Tisch, nachdem Ida die Malutensilien beiseite geräumt hatte. »Anfangs war er skeptisch. Aber dann hat er gemerkt, dass der Mann viel Gutes tut, ohne den Menschen mit Hölle und Verdammnis zu drohen, wenn sie gegen die Gebote verstoßen. Das hat ihm gefallen.«

Grace griff nach einem Keks, biss jedoch noch nicht davon ab. »Ich kenne den Namen. Father Monaghan ist nicht nur ein hingebungsvoller Gemeindepriester«, sagte sie. »Er unterstützt auch die Rebellen. Joe hat es mal erwähnt. Ich weiß nicht, wie weit sein Engagement geht, aber er ist zweifellos Republikaner.«

Ida war nicht überrascht, wenn sie daran dachte, wie Father Monaghan den Arbeiter vor der Polizei geschützt hatte.

»Es würde mich nicht wundern, wenn er den Leuten predige, dass sie vor allem Gott verantwortlich sind, dann ihrem Land und ganz zuletzt den Briten.«

»Meinst du, Cian würde sich auf etwas Gefährliches einlassen?«, fragte Grace besorgt.

Ida zuckte mit den Schultern. »Ich bin mir nicht sicher. Er betont immer, er sei vor allem Arzt, aber ich weiß, dass er genau wie die anderen denkt. Vor allem hofft er, dass ein irischer Staat die furchtbare Armut beenden kann. Allerdings glaube ich nicht, dass er mit der Waffe in der Hand kämpfen würde. Aber ich traue ihm zu, dass er sich in Gefahr bringen würde, um einem anderen zu helfen.«

Grace schaute ihre Freundin zweifelnd an. Sie spürte, dass sich die Stimmung plötzlich verdunkelt hatte.

»Dr. O'Connor, es ist mir eine Freude, Sie zu sehen.«

Father Monaghan bat ihn herein und führte ihn in das wohnliche Zimmer, das Ida ihm vor vielen Monaten so anschaulich beschrieben hatte.

»Darf ich Ihnen einen Tee anbieten? Oder lieber etwas Stärkeres?«

»Tee wäre gut, vielen Dank.«

Der Geistliche kam nach einigen Minuten mit einem Tablett zurück und stellte es auf einen Tisch. »Mein Mädchen ist gerade beschäftigt, sie schleppt Kohlen. Die Männer fehlen an allen Enden.«

Cian nickte und rührte Zucker in seinen Tee. Zwischen den Männern herrschte keine Freundschaft, aber tiefer Respekt, und daher legte er sich seine Worte sorgfältig zurecht.

»Es geht um Tim O'Brien.«

Father Monaghan sah ihn gleichmütig an und ließ sich in seinem Sessel nieder. Er wirkte müde. In diesen Kriegstagen sah man viele müde Gesichter.

»Was ist mit ihm?«

»Er kam in die Sprechstunde. Dann stellte sich heraus, dass er gar nicht krank war, sondern meinen Rat einholen wollte.«

Der Priester sah aus, als ahnte er, worauf sein Besucher hinauswollte, sagte aber nichts.

»Er hatte mit dem Gedanken gespielt, sich zur Armee zu melden. Und Sie haben ihm davon abgeraten. Ich habe seine Kinder behandelt, die vier jüngsten sind unterernährt. Die Frau erwartet schon das nächste. Der sechzehnjährige Sohn findet keine Arbeit. Ein regelmäßiger Sold könnte ihnen helfen, über die Runden zu kommen.«

Der Priester wirkte noch immer ruhig. »Nun, er hat mich ebenso um Rat gebeten wie Sie, in meiner Eigenschaft als Geistlicher. Und ich habe ihm als Geistlicher geantwortet.«

Cian stellte seine Tasse ab und schaute Father Monaghan abschätzend an. »Tatsächlich?«

»Zweifeln Sie daran?«

»Ich frage mich, ob Sie ihm davon abgeraten haben, weil Sie gegen Blutvergießen als solches sind oder weil Sie politische Gründe dafür haben.« Cian beugte sich vor und sah den Priester eindringlich an. »Wollten Sie vielleicht vor allem verhindern, dass ein weiterer Ire in die britische Armee eintritt und gegen die Deutschen kämpft? So wie 300 000 andere vor ihm?« Die Zahl war gewaltig und ließ ihn nicht mehr los. Auf den Verlustlisten tauchten zunehmend vertraute irische Namen auf. »Hätten Sie ihm auch abgeraten, wenn es darum ginge, für die Unabhängigkeit Irlands zu kämpfen?«

Father Monaghan schwieg einen Moment, und Cian sah, wie er schluckte. Ansonsten ließ er keine Gefühlsregung erkennen. »Dr. O'Connor, ich verstehe Ihre Beweggründe. Ich weiß, wie sehr Ihnen das Wohl der Menschen am Herzen liegt, dass Sie gegen Armut und Unwissenheit und Krankheit kämpfen. Aber es kann nicht richtig sein, dass diese Männer sich als Söldner verdingen, um ihre Familien –«

»Söldner?«, unterbrach ihn Cian. »Ich glaube, Sie gehen zu weit, Father.«

»Finden Sie? Schauen Sie sich doch um. Warum ist dieses Land so arm? Warum fühlen sich viele Männer gezwungen, Soldat zu werden, obwohl sie eigentlich Metallarbeiter oder Fuhrleute oder Bäcker sind? Warum hat Dublin die schlimmsten Elendsviertel in ganz Europa? Warum verliert dieses Land immer noch einen großen Teil seiner Jugend an Amerika und Australien, warum sehen die jungen Menschen hier keine Zukunft? Solange wir nicht frei sind, solange wir nicht unseren eigenen demokratischen Staat und unsere eigenen Gesetze haben, gibt es für Irland keine Zukunft. Und schon gar nicht, indem wir unsere Männer in einen Krieg schicken, den sie nicht gewollt haben, für ein Land, das ihnen nie etwas gegeben, und *gegen* ein Land, das ihnen keinen Schaden zugefügt hat.« Er zögerte, wirkte einen Moment lang unschlüssig und fügte dann hinzu: »Diese Männer kämpfen gegen das Land Ihrer Frau.«

Cian hatte sich mit einem Ruck erhoben. Sein Herz schlug heftig. »Das ist Ihrer nicht würdig, Father. Solche Argumente gehen unter die Gürtellinie, wie man beim Boxen sagt.« Er wollte sich zur Tür wenden, als ihn die sanfte, unerbittliche Stimme des Priesters zurückhielt.

»Cian – ich hoffe, ich darf Sie so nennen? Ihre Frau ist ein wunderbarer Mensch. Sie ist mir ans Herz gewachsen. Und sie liebt Sie sehr. In einem Land, das nicht mit ihrer Heimat im Krieg liegt, hätte sie es leichter.« Er seufzte. »Aber so weit sind wir noch nicht. Und es gibt schwierige Situationen, in denen jede Entscheidung falsch erscheint, in denen uns selbst Gott nicht weiterhilft. Sie haben O'Brien vermutlich geraten, zur Armee zu gehen. Und ich habe ihm meinen Standpunkt erklärt. Entscheiden muss er letztlich selbst, das können wir ihm nicht abnehmen. Aber bedenken Sie eines – es mag sehr wohl sein, dass ihn seine Familie nie wiedersieht. Und ob die Witwenrente für sechs Kinder reicht, ist fraglich.«

Cian kehrte langsam zu seinem Sessel zurück. »Sie sind ein harter Mann, Father.«

Der Priester lachte und schüttelte bedächtig den Kopf. »Nein, ich bin Realist. Und ich glaube, dass Gott uns Fingerzeige gibt, wir unseren Weg aber allein gehen müssen. Wer bin ich, dass ich einem anderen Menschen vorschreiben kann, was er zu tun hat, vor allem, wenn es dabei um Leben und Tod geht? Wenn ein Mann Soldat wird, sollte er es aus Überzeugung tun und nicht, weil man ihn dafür bezahlt. Denn wenn er dann tötet, lädt er eine Last auf seine Seele, an der er irgendwann zerbricht.«

»Sie meinen also, ein Mensch darf töten, aber es muss aus den richtigen Gründen geschehen?«, fragte Cian herausfordernd, worauf Father Monaghan lachte.

»Ich frage mich, warum wir nicht öfter über Fragen der Moral diskutieren.« Dann schaute er nachdenklich auf seine gespreizten Finger. »Meine Antwort – und es ist nur *meine* Antwort, ich spreche für niemanden sonst – lautet nein. Er darf es nicht. Kein Mensch darf jemals einen anderen töten. Aber es ist ein Unterschied, ob ich jemanden aus Habgier oder Rachegefühlen umbringe oder für ein höheres Ziel kämpfe.«

Cian schwieg eine Weile. »Wie verträgt sich das mit Ihrem Glauben?«

Father Monaghan lachte bitter. »Es gibt vieles, das sich nicht mit meinem Glauben verträgt. Dass Kinder sterben, weil ihre Väter keine Arbeit haben, dass Menschen in Unterkünften leben, in die ein Bauer sein Vieh nicht pferchen würde.

Wie kann ich den Menschen sagen, dass sie sich damit abfinden müssen, weil dies nun einmal ihr Platz im Leben ist? Wenn sie meinen Rat wollen, sage ich ihnen, dass sie selbst etwas verändern müssen, dass es ihnen keiner abnimmt. Dass sie selbst denken müssen, statt sich von anderen lenken zu lassen.«

»Sie sind ein ungewöhnlicher Priester«, sagte Cian.

»Ich glaube, Sie haben in Ihrem Leben schlechte Erfahrungen mit Priestern gemacht. Wir unterscheiden uns voneinander wie alle anderen Menschen auch«, sagte Father Monaghan. »Aber um auf Ihre ursprüngliche Frage zurückzukommen – wenn Sie der Ansicht sind, dass es O'Briens Familie retten kann, wenn er in die Armee eintritt, war es richtig, ihm dazu zu raten. Wissen Sie, wie er sich entschieden hat?«

»Ich musste nicht viel tun, um ihn zu überzeugen«, sagte Cian zögernd. »Ihre Argumente verblassten angesichts der Not seiner Familie. Er ist von der Ambulanz geradewegs zum Meldebüro gegangen.«

»In diesen Zeiten ist es manchmal schwer, das Richtige vom Falschen zu unterscheiden.«

Cian staunte über die plötzliche Wendung. »Sie zweifeln also auch?«

»Ständig, Dr. O'Connor. Ich bin ein Mensch.« Die Bitterkeit war aus seinem Gesicht verschwunden, als er mit sanfter Stimme fragte: »Ich hoffe, Ihrer Frau geht es gut? Richten Sie ihr doch aus, dass nächste Woche um die übliche Zeit wieder ein Orgelkonzert stattfindet. Vielleicht möchte sie kommen.«

»Wir erwarten ein Kind«, sagte Cian spontan. Die leidenschaftlichen Worte des Priesters hatten etwas in ihm angerührt.

Father Monaghan lächelte. »Meinen Glückwunsch, das freut mich sehr. Ich wünsche Ihrer Frau alles Gute. Und wenn sie sich danach fühlt, soll sie zum Konzert kommen. Das lenkt ein wenig von all dem ab.« Er machte eine vage Handbewegung.

»Ich danke Ihnen. Es wird Ida freuen. Sie hat es nicht ganz leicht in dieser ... dieser Zeit.«

Der Priester legte ihm die Hand auf den Arm. »Keine Sorge, ich kenne viele Leute, die nicht die Deutschen als ihre Feinde betrachten.«

»Komm mit!« Cian zog Ida an der Hand aus dem Zimmer. »Wir müssen zu Joe fahren, er ist kurz davor, Selbstmord zu begehen.«

»Was redest du da?« Ida blieb stehen.

Er drehte sich um und sah sie entschuldigend an. Dann zog er ein Blatt aus der Tasche seines Jacketts und hielt es ihr hin. »Als Herausgeber, meine ich. Lies das. Er hat es mir vorab geschickt, aber die Ausgabe soll in Kürze erscheinen.«

Ida ging mit dem Blatt zurück ins Atelier, wo sie gerade gemalt hatte.

Die Überschrift des eng bedruckten Blattes lautete: *Zwanzig offenkundige Fakten für Iren.* Das klang harmlos. Beim Weiterlesen wurde ihr allerdings klar, weshalb Cian so besorgt wirkte.

1. Der Ire, der behauptet, er wolle lieber unter deutscher als unter englischer Herrschaft leben, ist ein Sklave.
2. Der Ire, der behauptet, er wolle lieber unter englischer als unter deutscher Herrschaft leben, ist ein Sklave.

Sie schaute Cian fragend an.
»Lies weiter.«

3. Der Ire, der weiß, dass er unter irischer und keiner anderen Herrschaft leben sollte, ist in der Lage, sich zu befreien.

Bei Punkt 7 stockte ihr beinahe der Atem.

7. Der Ire schuldet England keine Untertanentreue.

»Werden sie ihn dafür verhaften?«, fragte Ida und dachte entsetzt, was ein Gefängnisaufenthalt für Joes Gesundheit bedeuten würde.

Cian schüttelte den Kopf. »Die Engländer sind aufsässige Iren gewöhnt. Was da steht, ist im Grunde nicht neu. Aber es zeigt, wie ernst es Joe damit ist. Und wir befinden uns im Krieg. Sieh her.« Er zeigte auf Punkt 10. »Joe schreibt, dass die britische Regierung die Volunteers daran gehindert hat, sich mit Waffen auszurüsten, um Irland zu verteidigen. Und dann kommt das hier.«

12. Jedes Land, aus dem die Irish Volunteers Waffen beziehen könnten, befindet sich im Krieg oder ist neutral.

»Deutschland«, sagte sie tonlos. »Du denkst an Deutschland. Sie wollen dort Waffen kaufen, hinter dem Rücken der Regierung. Das ist Hochverrat, oder?«

Cian nickte. »Die Waffen aus Howth stammten auch aus Deutschland.« Er biss sich auf die Lippe. »Ich weiß nicht, was das für uns bedeutet, aber es ist gefährlich. Er bewegt sich auf verdammt dünnem Eis.«

»Lass uns hinfahren.«

Es war ein herrlicher Septemberabend, und wenn Ida die Augen schloss, konnte sie sich vorstellen, sie wären wieder auf dem Weg zu einem Picknick in Larkfield. Doch die unbeschwerten Tage waren vorbei, und wer mochte sagen, ob sie jemals wiederkehren würden?

»Ich dachte gerade an meinen ersten Tag dort«, sagte sie versonnen. »Man hatte mir etwas von einem Landhaus gesagt. Ich rechnete mit einer Bauernkate, nicht mit einem herrschaftlichen Anwesen.«

Cian lachte. »Die Plunketts mögen sonderbar sein, aber nie langweilig. Ohne seine schreckliche, reiche Mutter könnte Joe das alles nicht bewältigen.«

»Was ist eigentlich aus Columba O'Carroll geworden?«, fragte Ida.

Cian zuckte mit den Schultern. »Joe spricht nicht über sie. Aber wenn ich mir seine Gedichte ansehe, kommt es mir vor, als wäre er noch immer in sie verliebt. Es wird Zeit, dass er sie vergisst.«

»Das klingt nicht gerade mitfühlend.«

Cian verdrehte die Augen. »Er schmachtet sie seit Jahren vergeblich an. Er sollte sich nach einer Frau umsehen, die ihn zu schätzen weiß.«

Sie bogen in die Auffahrt, und Ida bemerkte ein glänzend poliertes Damenrad, das neben der Tür an der Hauswand lehnte.

In diesem Augenblick wurde die Tür geöffnet, und Grace trat heraus. Sie schaute Ida und Cian überrascht an und wurde rot. »Oh, wie nett, euch zu sehen. Leider muss ich nach Hause, bevor es dunkel wird.« Sie deutete auf das Fahrrad.

Ida schob Cian ins Haus. »Ich komme gleich nach.« Dann

warf sie Grace einen prüfenden Blick zu und lächelte. »Mit dir hatte ich nun wirklich nicht gerechnet. Habt ihr euch auf dem Motorrad näher kennengelernt?«

Grace war immer noch rot und schüttelte heftig den Kopf. »Ich helfe ihm ein bisschen bei der *Review*. Er sagt, ich hätte einen guten Blick fürs Layout. Das Schreiben besorgen andere, ich schaue mir nur an, wie man die Artikel am besten platziert, wo Bilder oder Gedichte hinpassen.« Ein Anflug von Stolz huschte über ihr Gesicht. »In der nächsten Ausgabe wird auch eine Karikatur von mir abgedruckt. Joe wollte sie unbedingt haben.«

»Das freut mich.« Hoffentlich würde die Ausgabe überhaupt erscheinen, dachte Ida skeptisch, als sie an Joes 20 Fakten dachte. Sie warf einen Blick aufs Haus. »Er ist ein interessanter Mann.«

Grace lächelte, sie hatte sich wieder ganz in der Gewalt. »Ja, aber kein Mann für mich.« Dann musterte sie die Freundin. »Du siehst gut aus. Die Schwangerschaft bekommt dir. Wir sehen uns bald, ich muss jetzt los.« Sie umarmte Ida flüchtig, schwang sich aufs Rad und war kurz darauf am Ende der Auffahrt verschwunden. Ida sah ihr noch einen Augenblick nach, bevor sie ins Haus ging.

Aus dem Arbeitszimmer hörte sie Cians Stimme. Sie trat näher und blieb abwartend in der Tür stehen.

»Was hast du dir dabei gedacht?« Er hatte das Blatt aus der Tasche gezogen und hielt es Joe auffordernd hin.

Sein Freund blieb gelassen. »Wann nimmst du mich endlich ernst?«, fragte er mit sanftem Spott. »Du hast deinen Kampf und ich habe meinen. Du kämpfst gegen Armut und Krankheit, ich für die Freiheit Irlands.« Er sprach so ruhig, dass die Worte gar nicht theatralisch wirkten. Ida betrachtete sein blasses Gesicht mit der runden Brille, die Hände mit den auffälligen Ringen, das Tuch, das er um die Schultern trug, obwohl es im Zimmer recht warm war, und staunte wieder über den Kontrast zwischen seinem schwachen Körper und dem unbezwingbaren Geist.

»Der Unterschied ist, dass du dich in Gefahr bringst«, sagte Cian nachdrücklich. »Das ist ein Aufruf zum Hochverrat. Und die Engländer sind nicht dumm, die verstehen das genau wie jeder andere. Vielleicht hättest du es auf Gälisch veröffentlichen sollen.«

»Das kaum einer spricht, weil die Engländer uns die Sprache geraubt haben.«

Ida räusperte sich. »Ich will nicht stören, deshalb setze ich mich ganz still in eine Ecke und trinke Tee.«

Joe stand auf und umarmte sie herzlich. »Ida, was für ein Unsinn. Deine Meinung ist mir immer willkommen.« Er goss ihr Tee ein, setzte sich ebenfalls und legte wieder das Tuch um die Schultern.

»Die Engländer nehmen uns nicht ernst. Die lassen die Irish Volunteers in aller Öffentlichkeit exerzieren, selbst nach der Geschichte in Howth. Sie unterschätzen uns, und genau das ist unsere Chance. Außerdem sind sie durch den Krieg abgelenkt.«

»Den Krieg, in dem so viele Iren kämpfen. Auch Volunteers«, gab Cian zu bedenken.

»Ihr werdet nicht glauben, welchen Zulauf wir haben«, sagte Joe mit funkelnden Augen. »Natürlich gibt es jene, die sich überreden lassen, die meinen, dass Irland in der Not an der Seite Großbritanniens stehen muss. Aber das sind nicht alle.« Dann schaute er zu Ida.

»Wir könnten bald deine Hilfe gebrauchen.«

»Benötigt ihr jemanden, der patriotische Bilder malt?« Aus dem Augenwinkel bemerkte sie, wie ernst Cian geworden war.

»Nein, wir brauchen jemanden, der Deutsch spricht und uns Briefe und andere Dokumente übersetzen kann.«

Cian sah ihn besorgt und unwillig an. »Ich weiß nicht, welche Pläne ihr verfolgt, aber wenn ich mir deine 20 Fakten ansehe, habe ich eine Vorstellung, in welche Richtung sie sich bewegen. Und das macht mir Sorgen. Wir sind im Krieg mit Deutschland. Meine Frau ist in Deutschland geboren und hat deswegen hier ihre Stelle verloren. Sie erwartet …« Er zögerte und schaute rasch zu Ida. »Wir erwarten ein Kind. Wie kannst du es wagen, sie in Gefahr zu bringen, indem du so etwas von ihr verlangst?«

Er war aufgestanden und ans Fenster getreten. Seine Schultern verrieten, wie heftig sein Atem ging.

Joe schaute Ida bestürzt an und schien um Worte verlegen. Er wollte gerade ansetzen, als sie die Hand hob.

»Ich möchte auch etwas dazu sagen, Cian. Ich habe Joe und seinen Leuten meine Hilfe angeboten, aus Überzeugung. Und ich werde das Angebot nicht zurücknehmen.«

Cian hatte ihnen den Rücken zugekehrt. Joe stand auf und ging zur Tür. »Ich schaue nach, ob es Kuchen gibt«, sagte er mit heiserer Stimme, dann waren sie allein.

Ida trat hinter Cian und lehnte sich an ihn. »Ich verstehe, warum du das gesagt hast, und ich liebe dich dafür. Aber ich kann für mich selbst sprechen.«

Er drehte sich um und zog sie an sich. Sie spürte, dass es ihm schwerfiel, die richtigen Worte zu finden.

»Du hast recht. Aber ich … ich habe Angst. Ein bisschen jämmerlich, aber so ist es.«

»Nicht jämmerlich. Niemals.«

»Ich will dich nicht verlieren.« So wie Aidan. Er sprach es nicht aus, doch die Worte schwangen lautlos mit.

Ida löste sich von ihm und umfing sein Gesicht mit den Händen. »Du wirst mich nicht verlieren, warum solltest du? Ich bin gesund, das hat mir mein Arzt bestätigt.« Sie lächelte. »Und wenn ich Joe helfe, dann nur im Geheimen. Ich werde an einem Tisch in einem warmen Zimmer sitzen und Dokumente übersetzen. Niemand wird erfahren, was ich tue. Und niemand kann beweisen, wer die Übersetzung angefertigt hat.«

Sie sah, dass Cian nicht ganz überzeugt war, doch für den Augenblick musste es reichen. Ida war nicht bereit, sich seinem Willen zu beugen, so sehr sie ihn auch liebte.

»Du kannst ihn nicht von seinen 20 Fakten abbringen, oder?«

Cian setzte sich wieder in den Sessel und schenkte ihnen Tee nach. »Nein, dafür ist es zu spät. Was war das eigentlich vorhin mit Grace?«

Sie konnte ihn gerade noch auf den neuesten Stand bringen, bevor sich die Tür öffnete und Joe mit einer Kuchenplatte hereinkam. »Tut mir leid, es hat ein bisschen gedauert. Die Köchin war nicht da, ich musste suchen.«

Er schaute von einem zum anderen. »Oder soll ich noch Sahne holen?«

Ida brach in Gelächter aus. Cian grinste und nahm Joe die Platte ab. »Setz dich. Kein Ehestreit, versprochen, und du siehst im Übrigen furchtbar aus.«

»Danke«, erwiderte Joe trocken und schlug sich dann vor die Stirn. »Ich bin ein Idiot. Meinen allerherzlichsten Glückwunsch! Ich freue mich sehr für euch. Zu meiner Entschuldigung kann ich nur vorbringen, dass mich eure … Meinungsverschiedenheit abgelenkt hat. Ich hoffe, ihr nehmt es mir nicht übel.« Dann hob er seine Teetasse. »Auf die nächste Generation O'Connors. Dass sie in Frieden und Freiheit aufwachsen möge.«

23

An einem Nachmittag Mitte Oktober war Ida in der Stadt unterwegs, um Malutensilien zu kaufen. Sie hatte sich einen anderen Händler gesucht, da sie sich geschworen hatte, Blackett's nie wieder zu betreten. Als sie aus dem Laden kam, der in einer Nebenstraße der Sackville Street lag, hörte sie, wie jemand ihren Namen rief. Ihren früheren Namen. Sie stutzte und drehte sich um.

Vor ihr stand ein Offizier in englischer Uniform, der sich auf einen Gehstock stützte. Sie brauchte einen Moment, bis sie ihn erkannte. Es war William Spencer, ihr Bekannter aus London, dem sie zuletzt bei Mrs. Giffords Teegesellschaft begegnet war.

»Lieutenant Spencer! Oder sind Sie inzwischen …?«

»Captain Spencer«, sagte er lächelnd und tippte sich an die Mütze. »Ich bin auf Heimaturlaub. Also habe ich die Gelegenheit genutzt, um meine Verwandten in Dublin zu besuchen.«

»Sie sind Captain. Und ich heiße jetzt O'Connor«, sagte Ida lächelnd.

»Ich gratuliere.« Er schaute sich um, als ein junger Bursche mit Schirmmütze eine Beleidigung in seine Richtung rief und dann in der nächsten Gasse untertauchte.

»Wie ich sehe, sind britische Uniformen nicht überall willkommen. Darf ich Sie zum Tee einladen?«

Ida nickte.

Sie passte ihren Schritt dem seinen an, während sie das

nächste Café ansteuerten. Captain Spencer hielt ihr die Tür auf, und man bot ihnen sofort einen bevorzugten Platz an, als der Kellner seine Uniform bemerkte. Wie unterschiedlich die Menschen reagierten. Wie kompliziert dieses Land war, dachte Ida.

Sie wartete, bis Tee und Gebäck serviert waren, bevor sie zu dem Gehstock wies, den er an seinen Stuhl gelehnt hatte.

»Wie ist es dort drüben? Erzählen Sie mir nicht, was in den Zeitungen steht. Ich wüsste gern, was wirklich geschieht.«

Er schaute sie überrascht an und legte den Löffel auf die Untertasse.

»Nun, die Zeitungen lügen nicht. Wir und die Franzosen haben auf ganzer Linie gesiegt. Wir haben verhindert, dass Deutschland Frankreich im Handstreich erobert. Sie kämpfen jetzt an zwei Fronten, das wird sie teuer zu stehen kommen.«

»So habe ich es nicht gemeint. Mich würde interessieren, was Krieg überhaupt bedeutet. Wie Sie ihn erlebt haben. Wie es dort aussieht.«

»Vielleicht sollte ich mit einer Dame …«, setzte er an, doch Ida unterbrach ihn sofort.

»Sie brauchen keine Rücksicht zu nehmen.«

Also berichtete er von dem Lärm, dem Gestank, dem undurchdringlichen Rauch, den Gräben, in denen sie hockten und die sich bei Regen in zähen Morast verwandelten, berichtete von der Nähe des Feindes – bei dem Wort zuckte er flüchtig zusammen, als würde ihm erst jetzt bewusst, mit wem er am Tisch saß – und dass man manchmal hören konnte, was in den gegnerischen Schützengräben gesprochen wurde. »Als würden sie im Nachbargarten stehen. Wir sehen ihre Zigaretten in der Dunkelheit glühen. Und am nächsten Morgen werfen wir Granaten aufeinander.«

»Gehen Sie dorthin zurück, wenn Sie gesund sind?«

»Natürlich, das ist meine Pflicht.« Er schluckte hörbar. »Falls mein Bein wieder in Ordnung kommt. Die Wunde hatte sich entzündet, sie mussten noch einmal operieren.«

»Das tut mir leid.«

Er tat ihre Bemerkung mit einer Handbewegung ab. »Das ist gar nichts. Nur das Bein. Schlimm sind die Kopfverletzungen, die Gesichter. Man flickt sie zusammen und schickt sie nach Hause, und die Menschen erschrecken sich vor ihnen. Und viele da drüben sind so jung. Viel jünger als ich. Manchmal ein ganzer Trupp aus demselben Dorf. Wenn man die ins Feuer schickt, fragt man sich, ob …«

Ida hörte ihm atemlos zu. Es war das erste Mal, dass sie mit jemandem sprach, der den Krieg selbst erlebt hatte.

»Dieser Krieg ist anders als alle vorherigen. Es werden gewaltige Schützengräben angelegt, die von der belgischen Küste bis an die Schweizer Grenze reichen.« Er zeichnete mit den Fingern zwei parallele Linien auf den Tisch. »Da sind wir und genau gegenüber die Deutschen. Und dann sitzen wir alle in unseren Gräben und warten. Ein Vorstoß hier, ein Rückzug da, ein Scharmützel, dann und wann eine große Schlacht, wenn einer die Offensive wagt.«

»Und was bedeutet das?«

»Dass es bis Weihnachten nicht vorbei ist. Wir stehen erst am Anfang. Ich fürchte, dieser Krieg wird lange dauern.«

Ida spürte, wie ihr trotz des Tees kalt wurde. Sie hatte daran gedacht, nach der Geburt des Kindes nach Hamburg zu reisen und ihren Eltern Cian und das Enkelkind vorzustellen. Falls Captain Spencer recht behielt, machte sie sich falsche Hoffnungen.

»Verzeihung, wenn ich Sie geängstigt habe.«

»Ich ziehe immer die Wahrheit vor.«

»Trotzdem, Sie sehen etwas blass aus. Soll ich Ihnen einen Schnaps bestellen?«

»Danke, nein«, winkte Ida ab. »Es geht schon wieder. Ich dachte nur an meine Familie. Ich habe sie lange nicht gesehen, und bei Ihren Worten wurde mir bewusst, dass ein Wiedersehen in weiter Ferne liegt.«

Nachdem er gezahlt hatte, half er ihr in den Mantel. Vor dem Café verabschiedeten sie sich. Captain Spencer wollte sie noch zur Straßenbahn bringen, doch Ida verspürte plötzlich das Bedürfnis, allein dorthin zu gehen. Vielleicht war es ihm gegenüber nicht gerecht, da er ihr sehr freundlich begegnet war, doch sie wollte nicht länger mit einem britischen Offizier gesehen werden.

»Danke für den Tee.« Sie schaute auf sein Bein. »Ich hoffe, Sie werden wieder ganz gesund. Und bleiben es auch.« Ein letztes Mal nickte sie ihm zu und tauchte in der Menge unter.

Im Oktober und November hatte Cian wie in jedem Herbst und Winter viel zu tun. Es kamen Patienten mit schweren Erkältungen und Lungenerkrankungen, und er war dazu übergegangen, die Praxis auch am Samstagmorgen zu öffnen. Das Geld konnten sie nun, da sie bald zu dritt sein würden, gut gebrauchen. An den Tagen, an denen Cian in den Armenvierteln arbeitete, kehrte er oft erst spätabends nach Hause zurück.

Ida hatte die Aufgabe übernommen, die Kulissen für eine geplante Tschechow-Aufführung zu entwerfen. Zwischen ihr und ihrem Mann herrschte das unausgesprochene Einverständnis, dass sie, solange sie sich wohlfühlte, auch außer Haus arbeiten würde.

Sie hatte begonnen, ihre Kleider an der Taille auszulassen

und einige neu anfertigen lassen, da sie sich angesichts ihrer veränderten Figur elegant und trotzdem bequem kleiden wollte. Wenn sie Cians Blicke und Berührungen als Maßstab nahm, war es ihr gelungen.

An diesem Morgen trug sie ein weinrotes Kleid mit cremefarbener Spitze am Ausschnitt, unter dessen Rock sich ihr Bauch leicht wölbte. Cian strich darüber und flüsterte ihr ins Ohr: »Ich hoffe, du hast nicht vor, in diesem Kleid mit einem englischen Offizier den Tee zu nehmen. Sonst werde ich doch noch eifersüchtig.«

Ida lachte und küsste ihn auf die Wange. »Das Kleid ist nur für dich. Heute Nachmittag muss ich ins Theater, aber dort treiben sich keine Engländer herum.«

Cian sah auf die Uhr. »Ich muss los. Es kann spät werden. Pass gut auf euch beide auf.« Er küsste sie. Ida öffnete die Lippen, und es dauerte eine Weile, bis sie sich voneinander gelöst hatten.

Sie verbrachte den Morgen im Atelier, wo sie an einigen Stadtansichten arbeitete. Sie war in den vergangenen Monaten viel in Dublin unterwegs gewesen und hatte wieder weniger bekannte Gegenden besucht, in denen oft besondere Winkel zu entdecken waren – ein offenes Tor, durch das man in einen Hof mit einem altmodischen Ziehbrunnen blickte, eine Fabrik mit hohem Turm, die sich wie eine Kathedrale vor dem leuchtend roten Abendhimmel abzeichnete. Ein Pub, vor dem Kinder Murmeln spielten, während ein alter Mann mit Whiskeyflasche, der seinen Hund an einem groben Strick führte, den Schiedsrichter gab. Einen Trupp frisch rekrutierter Soldaten, die schon Uniform trugen, aber noch rauchend und in krummen Reihen dahinschlenderten, als wären sie auf dem morgendlichen Weg in die Fabrik.

Ida hatte eine Galerie gefunden, die ihre Bilder ausstellte, und inzwischen drei Gemälde verkauft. Für die Kulissen erhielt sie ebenfalls eine bescheidene Bezahlung. Es war erstaunlich und wunderbar, dass ihr in den vergangenen Monaten, die viel Leid über Europa gebracht hatten, persönlich so viel Gutes widerfahren war.

Natürlich war der Krieg stets gegenwärtig, aber es war ihr gelungen, ihn wie eine leise, nie endende Melodie in den Hintergrund zu drängen und sich auf jeden einzelnen Tag zu konzentrieren. Bald wäre Weihnachten – kein Weihnachten im Frieden, wie viele gehofft hatten. Darin hatte Captain Spencer recht behalten, und Ida fragte sich, wie viele Weihnachtsfeste vergehen würden, bis die Waffen schwiegen. Doch sie malte sich schon aus, wie es im nächsten Jahr sein würde, wenn sie das erste Fest zu dritt erlebten.

Als sie mit der Arbeit fertig war, ging sie zu Mrs. Flanagan, die am Herd im Eintopf rührte.

»Noch fünf Minuten, Mrs. O'Connor, ich mache Ihnen ein schönes Irish Stew. Das Brot ist schon im Ofen.«

Ida setzte sich an den Küchentisch, da sie keinen Sinn darin sah, sich im Esszimmer bedienen zu lassen, außerdem aß sie nicht gern allein. Als sie, nachdem sie ihre Mahlzeit beendet hatte, aufstehen wollte, klingelte das Telefon. »Ich gehe schon.«

Sie meldete sich und hörte am anderen Ende die tiefe Stimme von Father Monaghan. »Mrs. O'Connor? Verzeihen Sie die Störung, aber könnte ich Ihren Mann sprechen? Er ist nicht in der Ambulanz.«

»Ist es dringend?«

»Ich habe hier einen heiklen Fall. Ein junges Mädchen. Sie droht zu verbluten. Ein Kurpfuscher hat sich an ihr zu schaffen gemacht.«

Ida überlegte rasch. »Und Sie können sie nicht ins Krankenhaus bringen, weil sie sich strafbar gemacht hat. Ich gehe meinen Mann suchen.«

»Gut.« Sie hörte das Zögern in seiner Stimme. »Was kann ich so lange für das Mädchen tun?«

Ida hatte Mitleid mit dem Geistlichen. Auch wenn ihm nichts Menschliches fremd war, musste er sich in dieser Lage sehr hilflos fühlen. »Holen Sie eine vertrauenswürdige Frau aus der Nachbarschaft. Das Mädchen muss liegen. Auf gar keinen Fall etwas Warmes auf den Bauch legen, sonst blutet es noch stärker. Geben Sie ihr etwas zu trinken. Ich beeile mich.«

Sie hängte ein, sagte Mrs. Flanagan Bescheid und eilte aus dem Haus. An der nächsten Straßenecke erwischte sie eine Droschke. Hoffentlich würde sie Cian finden! Sie verurteilte das junge Mädchen nicht – wer wusste schon, welches Schicksal sich hinter ihrer Schwangerschaft verbarg.

Dann fiel ihr ein, dass sie eigentlich um drei bei der Theaterprobe sein sollte. Joe erwartete sie mit den Entwürfen für die Bühnenbilder, doch die hatte sie in der Eile zu Hause vergessen.

Als der Wagen die Bolton Street entlangholperte, ließ sie den Kutscher anhalten, bezahlte und stieg aus, bevor er ihr herunterhelfen konnte.

Ida ging die leicht ansteigende Straße hinauf, ohne auf die vielen Kinder zu achten, die ihr verwundert nachschauten. Als ein Mädchen sie am Rock zu fassen bekam und ihr die Hand entgegenstreckte, wollte sie in ihrer Eile schon abwehren. Dann kam ihr jedoch ein Gedanke, und sie fragte das Mädchen: »Kennst du Dr. O'Connor, den Arzt?«

Die Kleine schaute sie argwöhnisch an und ließ den Blick über Idas warmen Mantel und die Samtmütze wandern.

Sie zog eine Münze aus der Tasche.

Die Kleine nickte.

»Hast du ihn heute hier gesehen?«

Sie drehte sich zu einem Jungen um, winkte ihn herbei und wiederholte Idas Frage.

Er nickte eifrig. »Der war vor einer Weile hier. Und dann ist er da lang gegangen.« Er deutete nach rechts in die Straße Henrietta Place.

Ida bedankte sich bei den Kindern und eilte davon.

»Bist du verrückt geworden?«

Sie hatte Cian selten so wütend gesehen. Er schlug die Wohnungstür hinter sich zu und ergriff sie energisch am Arm. Das Treppenhaus stank unerträglich nach billigem Tabak und schmutzigen Windeln, und Ida spürte, wie es sie würgte.

»Du weißt genau, welche Krankheiten hier grassieren.« Er schaute auf ihren Bauch. »Wie kannst du …?«

Sie schluckte, als sie sah, wie sich die Tür hinter ihm öffnete und eine junge Frau im Nachthemd halb neugierig, halb besorgt hervorspähte. Auch gegenüber hatte sich eine Tür geöffnet, und aus dem Stockwerk darunter hörte man leise Stimmen.

»Father Monaghan braucht dich.« Sie trat näher an ihn heran. »Er hat ein Mädchen bei sich zu Hause, das zu verbluten droht.«

Cian führte sie die Treppe hinunter, ohne die Hausbewohner zu beachten.

Erst auf der Straße ließ er ihren Arm los. »Und warum ruft er keinen Arzt? Oder bringt sie ins Krankenhaus?«

»Weil sie eine Abtreibung hatte.«

Ein Schatten huschte über sein Gesicht. Ida spürte, dass er mit sich kämpfte, aber nicht nachgeben konnte.

»Ich gehe sofort hin. Und du fährst nach Hause und wäschst dir gründlich die Hände.«

Bestürzt wich sie einen Schritt zurück. »Cian, du hast mir nichts zu befehlen. Ich muss ins Theater. Die Hände werde ich mir dort waschen. Bis heute Abend.«

Sie wandte sich ab und ließ ihn stehen. Mit jedem Schritt fiel es ihr schwerer, sich nicht noch einmal umzudrehen, doch ihr Zorn war stärker. Er hatte sie wie ein dummes Kind behandelt, am Arm geführt, als könnte sie nicht allein die Treppe hinuntergehen. Warum glaubten Männer, dass Frauen ihren Verstand verloren, nur weil ein Kind in ihnen heranwuchs?

Ich habe ein Gehirn mehr als du, dachte sie und hätte beinahe hysterisch gekichert. Doch als sie in der Droschke saß, zitterten ihre Beine.

In der Hardwicke Hall wurden neue Stromleitungen verlegt, daher war es dunkel und ziemlich kalt im Theater. Aus dem Saal drang lautes Hämmern, und Ida ging in den Proberaum, wo Joe, der sich in eine warme Decke gehüllt hatte, mit einer Gruppe von Schauspielern sprach. Der Raum wurde von Petroleumlampen erhellt, in deren dämmrigem Licht sie zu ihrer Überraschung Grace entdeckte. Noch nie war sie so froh gewesen, die Freundin zu sehen, und umarmte sie heftig.

»Was ist los?«, flüsterte Grace und führte sie in eine Ecke hinter einen Paravent.

Ida berichtete stockend, was zwischen ihr und Cian vorgefallen war. »Er kann sich ja um mich sorgen, aber wie er mit mir gesprochen hat … barsch und voller Zorn. So habe ich ihn lange nicht erlebt.« Sie biss sich auf die Lippen und schaute über die Schulter. »Leider habe ich in der Eile meine Entwürfe vergessen. Hoffentlich ist Joe nicht ungehalten.«

Dann hielt Ida plötzlich inne und schaute Grace verwundert an. »Was machst du eigentlich hier?«

Grace wurde ein wenig verlegen, das war selbst bei der unzureichenden Beleuchtung zu erkennen. Ihr Blick wanderte verstohlen in die Richtung, in der Joe angeregt mit seinen Schauspielerkollegen diskutierte.

»Ich weiß nicht, ob es etwas mit uns wird, aber Joe und ich sind uns nähergekommen. Während der Arbeit an der *Review*. Er ist ein ganz besonderer Mensch.«

»Ich freue mich für euch.«

»Ida, ich hab dich doch vorhin gesehen, wo steckst du?«, rief Joe in diesem Augenblick.

Die beiden Frauen traten hinter dem Paravent hervor, und Joe eilte auf sie zu. »Hast du sie dabei?«

Ida sah schuldbewusst zu Boden. »Leider nicht. Ich musste Cian dringend in der Stadt finden, es ging um einen Notfall. Danach blieb keine Zeit mehr, sie zu holen.«

Joe legte ihr die Hand auf den Arm. »Schau nicht so trübsinnig. Du kannst es den anderen ja erklären. Wir diskutieren gerade, welchen Tschechow wir als Nächstes spielen.«

»Wenn es nach der breiten Masse geht, am besten gar keinen«, warf einer der Schauspieler ein, worauf alle lachten.

Joe drohte ihm mit dem Finger. »Als ob wir uns davon einschüchtern lassen. Dublin braucht Tschechow. Und Ibsen.«

»Du willst, dass sie euch mit Unrat bewerfen, was?«, fragte Ida lächelnd.

»Wir können nicht ewig um uns selbst kreisen«, erklärte Joe. »Das irische Theater braucht Inspiration von außen. Jetzt aber an die Arbeit. Was hast du dir für den Kirschgarten vorgestellt?«

Grace holte eine Rolle Packpapier, und Ida skizzierte einige ihrer Entwürfe. Die anderen machten Vorschläge, woraufhin sie Dinge ergänzte und verbesserte, und der Nachmittag verging so angeregt, dass sie gar nicht merkte, wie es Abend wurde. Irgendwann fiel ihr auf, dass sie Hunger hatte.

Joe bemerkte ihren Blick und sah auf seine Taschenuhr. »Halb sieben.«

»Du liebe Zeit, ich sollte nach Hause fahren«, sagte Ida. »Ich nehme das hier mit« – sie rollte das Papier ein, auf das sie gezeichnet hatte – »und überarbeite die Entwürfe. Soll ich sie dir schicken?«

»Ich kann sie abholen«, bot Grace an und schaute zu Joe.

»Gut, morgen Nachmittag? Nicht ganz so früh.« In dem Moment sah sie, wie sich der Blick ihrer Freundin veränderte, und drehte sich um.

Cian stand in der Tür, die Arzttasche in der Hand, den Mantel nass vom Regen. Sein Gesichtsausdruck brach ihr fast das Herz.

Joe wollte etwas sagen, doch Grace brachte ihn sanft zum Schweigen. »Lass sie.« Die Schritte der beiden entfernten sich.

Ida rührte sich nicht von der Stelle. Sie sah, wie Cian der Regen aus den Haaren tropfte und übers Gesicht lief. Er schien sich einen Ruck zu geben und trat langsam näher.

»Ich wollte dich abholen.«

»Wie geht es dem jungen Mädchen?«

»Außer Gefahr.«

»Und wo ist sie jetzt?«

»Bei einer Frau aus der Gemeinde. Sie kümmert sich um solche Fälle.« Seine Stimme klang mitfühlender als seine

Worte. Er schaute auf seine Schuhe. »Ida, ich … verzeih mir. Aber als ich dich in diesem Haus sah … dort grassieren Keuchhusten und Tuberkulose. Vor ein paar Jahren hatten wir eine Pockenepidemie.« Er atmete tief durch. »Aber ich hatte nicht das Recht, so mit dir zu sprechen. Es tut mir leid.«

Sie machten gleichzeitig einen Schritt aufeinander zu, und dann ließ Cian die Tasche fallen und zog sie an sich, als wäre sie der Halt, der ihn vor einem Abgrund bewahrte.

Nachdem sie lange dort gestanden hatten, schob er sie an den Schultern ein Stück von sich.

»Sollen wir gehen? Ich möchte nach Hause.« Er warf einen Blick auf den Proberaum. »Lass uns heute unhöflich sein und einfach verschwinden.«

Ida nickte. Sie vertraute darauf, dass Grace sie verstehen und Joe alles erklären würde.

Als sie im Regen auf eine Droschke warteten, sagte Cian: »Mir kam vorhin eine Idee. Aber sie ist gewagt.«

»Nur zu. Ich liebe gewagte Ideen«, sagte Ida. Die grenzenlose Leichtigkeit in ihrem Inneren widerstand mühelos dem nasskalten Abend.

»Diese junge Frau, Bernadette O'Malley … Father Monaghan hat mir von ihr erzählt. Sie hatte eine schwere Kindheit und Jugend. Der Vater trinkt.« Er schluckte. »Möglicherweise ist er auch … der Vater des Kindes.«

Ida drehte sich abrupt zu ihm um. »Sie darf nicht dorthin zurück.«

»Den Gedanken hatte ich auch.«

Endlich rollte eine Droschke herbei, und sie stiegen ein. Drinnen war es immerhin nicht nass, wenngleich ein unangenehm modriger Geruch aus den Sitzen aufstieg.

Ida lehnte sich an Cian. »Und?«

»Ich nehme an, du möchtest weitermalen, wenn das Kind geboren ist.«

Sie sah ihn überrascht an. »Gewiss. Aber was hat das mit Bernadette O'Malley – oh, ich verstehe.«

Die Frau, die Ida die Tür öffnete, war breit gebaut und hatte ein freundliches, gerötetes Gesicht. Sie wischte sich mit dem Handrücken über die Stirn und sagte entschuldigend: »Tut mir leid, Madam, ich putze gerade. Sie sind die Dame, die Bernadette sehen möchte? Father Monaghan hat Sie angekündigt.«

Ida nickte. »Guten Tag, Mrs. Brady. Ich will sie nicht lange stören, sie braucht sicher noch Ruhe.«

Die Frau stemmte energisch die Hände in die Hüfte und schob mit dem Fuß den Putzeimer beiseite. Ida hatte selten einen so blitzsauberen Flur gesehen, vor allem nicht in einer ärmlichen Gegend wie dieser.

»Ich habe ihr etwas zu stopfen gegeben, da kann sie sich nützlich machen. Wenn sie nur daliegt, denkt sie zu viel nach.«

Sie führte Ida die schmale Treppe mit den blanken Holzstufen hinauf. Von dem engen Treppenabsatz gingen zwei Türen ab. Sie öffnete die hintere. »Besuch für dich, Bernadette.«

Mrs. Brady ließ Ida eintreten und kehrte zu ihrem Putzeimer zurück.

Bernadette war achtzehn, sah aber jünger aus. Ihr rotes Haar unterstrich ihre Blässe, und die dunklen Schatten unter ihren Augen zeugten von dem Schock, den ihr Körper erlitten hatte. Dennoch schaute sie Ida neugierig und ohne Furcht entgegen. Sie legte das Handarbeitszeug beiseite, deutete auf den Stuhl, der in der kleinen Kammer neben dem Bett stand, und sagte: »Guten Tag, Mrs. O'Connor. Father Monaghan hat mir erzählt, dass Sie kommen.«

»Ich wüsste gern ein bisschen mehr über dich«, sagte Ida und holte eine Tüte Obst aus der Tasche. »Für dich. Damit du schnell gesund wirst.«

Bernadette presste die Lippen aufeinander. Ida fragte sich, ob sie etwas Falsches gesagt hatte, und erinnerte sich an den Verdacht, den Cian geäußert hatte.

»Ich will dich nicht ausfragen. Du brauchst mir nichts zu verraten, das mich nichts angeht. Mich interessieren andere Dinge: Hast du Erfahrung mit kleinen Kindern? Mit Hausarbeit? Kannst du singen und Geschichten erzählen?«

Bernadette schaute sie überrascht an, dann nickte sie dankbar. »Ich habe eine ganz gute Stimme, hat meine Lehrerin gesagt. Lieder kenne ich viele, auch Kinderlieder. Auf Hausarbeit verstehe ich mich, und ich kann nähen und stopfen. Einfache Gerichte kochen. Und ich habe mich immer um meine kleinen Geschwister gekümmert.«

Gut, dachte Ida. »Wir brauchen demnächst ein Kindermädchen, das auch einen Teil der Hausarbeit übernimmt. Du könntest bei uns wohnen.« Bei diesen Worten wurde Bernadettes Gesicht ganz hell. »Niemand würde von deiner … Krankheit erfahren. Father Monaghan, mein Mann und ich und Mrs. Brady haben uns alle strafbar gemacht, indem wir verschwiegen haben, was geschehen ist. Du kannst dich auf uns verlassen, aber wir müssen uns auch auf dich verlassen können.«

Bernadette wurde rot, ihre Hand verkrampfte sich in der Bettdecke. »Das verspreche ich. Wenn ich … nicht zu Hause wohnen muss, wird alles gut.«

Das schien Father Monaghans Verdacht zu bestätigen, und Idas Abscheu verstärkte sich. Sie würden dem Mädchen die Gelegenheit geben, neu anzufangen, fernab von dem Vater, der ihr etwas so Unverzeihliches angetan hatte.

»Gut, Bernadette. Sobald du gesund bist und wieder arbeiten kannst, kommst du zu uns, zuerst als Haushaltshilfe. Und wenn das Kind geboren ist, wirst du auch Kindermädchen sein und mich unterstützen. Würde dir das gefallen?« Sie schaute die junge Frau an und versuchte, deren Gesichtsausdruck zu deuten. Wie würde sie reagieren, wenn sie sich um ein Neugeborenes kümmern sollte, wo sie ihr eigenes Kind getötet hatte? Doch Ida las nur Dankbarkeit in ihren Augen.

»Ja, Mrs. O'Connor. Das würde ich sehr gern tun. Danke, auch an Ihren Mann und Father Monaghan.«

Ida stand auf und gab ihr die Hand. »Mrs. Brady wird uns Bescheid geben, sobald du genesen bist. Erhole dich gut.«

Sie war schon halb zur Tür hinaus, als sie Bernadettes leise Stimme hörte. »Meinen Sie, er vergibt mir?«

»Wer?«

»Der Herr.«

Ida seufzte. »Es ist nicht an mir, das zu entscheiden. Du solltest zu Father Monaghan in die Kirche gehen und dort beichten.«

Bernadette nickte und griff wieder zu ihrer Handarbeit. »Danke, Mrs. O'Connor.«

Im Flur hielt Ida einen Augenblick inne und stützte sich am Geländer ab. Erst jetzt wurde ihr wirklich bewusst, was Bernadette getan hatte. Sie hatte sich vor Gott und dem Gesetz schuldig gemacht, doch wer bestrafte den Vater? Würde er mit dieser furchtbaren Tat ungeschoren davonkommen? Sie stieg langsam die Treppe hinunter. Ihr wurde klar, dass man den Vater nicht zur Rechenschaft ziehen konnte, ohne Bernadette in Gefahr zu bringen. Zum einen würde sie ihren Ruf verlieren, zum anderen war es denkbar, dass der Vater von der Schwangerschaft, vielleicht sogar von der Abtreibung gewusst hatte und, in die Ecke gedrängt, damit herausplatzen würde.

Nein, dachte Ida resigniert, in diesem Fall gab es keine gerechte Lösung. Nur einen Kompromiss, der Bernadette einen neuen Anfang ermöglichte.

Sie verabschiedete sich von Mrs. Brady. »Geben Sie einfach Father Monaghan Bescheid, sobald sie arbeitsfähig ist. Dann hole ich sie zu uns.«

»Der Herr möge Sie segnen«, sagte die Frau, und es kam von Herzen. »Das arme Ding hat sich versündigt, aber sie hat es schwer.«

»Hat sie noch Geschwister?«

»Drei ältere Brüder.«

Ida atmete unwillkürlich auf. Sie wollte nicht daran denken, wozu der Vater sonst noch fähig wäre.

»Mrs. Brady, es ist gut, dass Sie sich um ein Mädchen wie Bernadette kümmern.« Ida zog einen Briefumschlag mit einigen Pfundnoten aus der Tasche.

Die Frau wich zurück. »Father Monaghan gibt mir etwas für ihren Unterhalt.«

»Es ist nicht selbstverständlich, was Sie tun. Kaufen Sie dem Mädchen ein neues Kleid, wenn es gesund ist, und den Rest behalten Sie.« Sie drückte der Frau den Umschlag in die Hand und verließ rasch das Haus.

Das erste Weihnachtsfest im Krieg wurde etwas heller, als die Zeitungen von Verbrüderungen über die Schützengräben hinweg berichteten. Britische und deutsche Soldaten sangen gemeinsam Lieder, tauschten Zigaretten und nutzten die Begegnung im Niemandsland, um ihre Toten zu bergen. Es war ein kurzes Atemholen, ein Innehalten inmitten des Lärms, und es ging schon bald vorüber, doch erinnerte es Ida und Cian daran, dass nicht immer Feindschaft zwischen ihren Ländern geherrscht hatte und dass es irgendwann auch wieder Frieden geben könnte.

24

An einem Nachmittag im Februar 1915 stand Joe vor der Tür und bat Ida um ein vertrauliches Gespräch.

»Natürlich darfst du es Cian erzählen, aber niemandem sonst. Und du kannst auch Nein sagen, wenn es dir zu riskant ist. Ich würde dich nie zu etwas überreden, das in irgendeiner Weise gefährlich werden könnte.«

Ida rief Bernadette und trug ihr auf, ihnen Tee zu bringen, bevor sie etwas mühsam die Treppe hinaufstieg, während Joe ihr langsam und schwer atmend folgte.

Oben angekommen drehte sie sich um und sah ihn besorgt an, doch er schüttelte den Kopf.

»Das Schöne bei dir ist, dass deine Atemnot von einem Tag zum anderen geheilt sein wird«, sagte er selbstironisch und hielt ihr die Wohnzimmertür auf.

Ida schluckte und dachte unwillkürlich an Grace. Sie hatte nie mit ihr über Joes Gesundheitszustand gesprochen und würde es auch nicht tun. Das ging nur die beiden etwas an. Dennoch tat es ihr weh, dass er so große Hoffnungen und Pläne hatte und so wenig Kraft, um sie zu verwirklichen.

Sie setzten sich, und Joe erkundigte sich nach ihrem Befinden.

»Mir geht es wirklich gut, Cian ist sehr zufrieden mit mir. Das Treppensteigen wird mühsam, ich kann mir kaum noch ohne Hilfe die Schuhe schnüren. Aber das ist ganz normal, wie mir mein Arzt versichert, und ich vertraue ihm. Solange ich noch an der Staffelei stehen oder zeichnen kann, kümmert es mich nicht.«

Joe schaute sie nachdenklich an. »Du liebst deine Arbeit sehr.« Es war keine Frage.

»Sie kommt gleich nach Cian und … ihm oder ihr.« Sie berührte ihren Bauch.

In diesem Augenblick klopfte es, und Bernadette kam mit dem Tablett herein. Sie stellte es auf den Tisch und fragte: »Brauchen Sie noch etwas, Madam?«

»Nein, danke.«

Das Mädchen neigte kurz den Kopf und verließ den Raum. Joe sah ihr nach.

»Mir scheint, sie hat sich gut eingelebt. Cian sagt, ihr hättet sie über die Kirche gefunden.«

»Father Monaghan hat sie empfohlen.« Dann wechselte Ida das Thema, da sie nicht mehr über Bernadette verraten wollte. »Wobei soll ich dir helfen?«

Joe wurde ernst. »Ich sage dir nur das Nötigste, um dich nicht in Gefahr zu bringen.«

Sie nickte.

»Jemand, dessen Namen du nicht wissen musst, hält sich in Deutschland auf, um dort Hilfe für unsere Sache zu organisieren. Ich habe vor, hinzufahren und ihn bei den Verhandlungen zu unterstützen.«

Ida brauchte einen Augenblick, bis sie die Tragweite seiner Worte erfasst hatte. »Das ist Hochverrat.«

»Aus Sicht der Briten gewiss. Aus Sicht der Iren nicht.«

Ida überlegte nicht lange. »Was soll ich tun?«

Joe zog einen dünnen Stapel Papiere hervor. »Das sind Empfehlungsschreiben für mich. Wegbeschreibungen. Informationen über Kriegsgefangenenlager, in denen unser Mann in Deutschland tätig ist. Ich möchte dich bitten, das alles ins Deutsche zu übersetzen. Und einige meiner Gedichte«, fügte er zögernd hinzu. »Ich weiß nicht, ob sich dort jemand dafür interessiert, aber sie sollen einen umfassenden Eindruck von meiner Arbeit bekommen. Ich spreche etwas Deutsch, aber nicht gut genug.«

Ida schaute schweigend auf die Blätter, die zwischen ihnen auf dem Tisch lagen. »Mutest du dir nicht zu viel zu?«

Joe seufzte. »Die Leute stehen nicht gerade Schlange für diese Mission. Wer sie unternimmt, sollte ungebunden sein. Und entschlossen.«

»Was ist mit Grace?« Ida sah ihn eindringlich an. »Du bist nicht wirklich ungebunden. Und sie ist meine Freundin.«

Joes sanftes Gesicht wurde einen Moment lang hart. »Sie weiß nichts von unseren Plänen. Und ich werde alles tun, damit es so bleibt, bis ich heil zurück bin. Ich … wir stehen uns sehr nahe, und ich will nicht, dass sie in Gefahr gerät. Es soll einen Winkel in meinem Leben geben, in dem das alles nicht zählt, eine Ecke, in die ich mich verkriechen kann, wenn es mir zu viel wird. In die ich heimkehren kann.«

»Ich frage mich, ob es Grace recht wäre, dass du das alles vor ihr verbirgst.«

Er zuckte mit den Schultern. »Es ist notwendig.« Da war er wieder, der eiserne Kern, den Joe gern unter seinem theatralischen Äußeren verbarg.

»Gut. Ich schaue es mir an. Wann brauchst du es?«

»So bald wie möglich. Wenn alles gut geht, reise ich nächsten Monat ab.« Er stand auf und gab ihr die Hand. »Bleib sitzen.« Seine Augen wurden weich. »Ich wünsche euch alles Glück der Welt. Du hast so viel für Cian getan. Es ist kaum zu glauben, wie sehr er sich verändert hat.«

Es fühlte sich fremd an, die englischen Worte in ihre Muttersprache zu übertragen. Damit hatte Ida nicht gerechnet. Sie hatte einfach übersetzen wollen, was dort stand, ohne lange nachzudenken. Ihr Versprechen einlösen und Joe dabei helfen, sein Ziel zu erreichen. Doch als sie am Tisch saß, während das Kaminfeuer brannte, neben sich eine Kanne Tee, verschwammen ihr die Buchstaben vor den Augen. Angst, Sorge, Trauer, Wehmut, all das vermischte sich und ließ ihre Brust eng werden. Sie stand auf, drückte die Hände in den Rücken und ging im Zimmer umher, wohl wissend, dass es diesmal nicht die Schwangerschaft war, die ihr den Atem raubte.

Verrat. Das Wort ließ sich nicht verdrängen. Was Joe plante, war Hochverrat, und sie trug dazu bei. Wenn jemals herauskäme, dass sie dabei geholfen hatte, wäre ihr Leben in Irland zerstört. Sie warf einen Blick auf den Tisch, auf die verstreuten Papiere, die Schreibmaschine, die sie aus dem Behandlungszimmer geholt hatte, und hob entschlossen den Kopf.

Sie würde es sich nicht anders überlegen, Joe die Papiere zurückgeben und auf die ebenso bequeme wie unanfechtbare Erklärung ausweichen, sie müsse an sich und ihre Familie denken.

Sie warf einen Blick auf das Gedicht, an dem sie sich zuletzt versucht hatte: *Denn ich beschreit den dunkelsten der Wege.*

Wenn andere so viele Gefahren auf sich nahmen, musste sie das Ihre tun. Und sie tat es nicht nur für sich, sondern auch für ihre kleine, im Werden begriffene Familie.

Es tat weh. Ida hatte es geahnt, aber nicht geglaubt, dass es *so* wehtun würde. Und das ließ sie wütend werden, denn Cian schien nicht zu begreifen, was sie durchmachte. Und dann zwang er sie auch noch, auf und ab zu laufen, statt sich hinzulegen und in Ruhe zu leiden.

Bei der nächsten Wehe stützte sie sich auf das Fußende des Bettes und versuchte, ruhig zu atmen, wie sie es geübt hatte. Doch das war nicht einfach, wenn sich ein gewaltiger eiserner Gürtel um ihren Bauch legte und ihn hart wie Metall werden ließ. Der Schmerz zog in den Rücken und die Leisten, und sie atmete keuchend, während sie vor sich hin fluchte.

Sie hörte ein leises Lachen hinter sich und drehte sich mühsam um. Cian sah sie mit einer Mischung aus Sorge und Belustigung an.

»Hast du gerade auf Deutsch geflucht?«

Ida wurde rot und dachte im selben Augenblick, wie paradox es war, deswegen verlegen zu sein, wo sie doch kurz davorstand, mithilfe ihres Mannes ein Kind zu gebären.

»Hafenstadt. Du weißt schon.«

Er grinste und reichte ihr ein Glas Wasser. Sie wollte gierig trinken, doch er legte ihr eine Hand auf den Arm.

»Nicht so schnell, sonst wird dir schlecht.«

Die Wehen hatten am vergangenen Abend eingesetzt, waren jedoch in so großen Abständen erfolgt, dass Ida in der Nacht noch etwas Schlaf gefunden hatte. Seit dem frühen Morgen waren sie häufiger aufgetreten und heftiger geworden. Cian hatte ihr in den vergangenen Monaten einige Ratgeber zu lesen gegeben, damit sie genau verstand, was in ihrem Körper vorging, aber die Theorie hatte sie dennoch nicht auf das hier vorbereitet. Alle guten Vorsätze drohten sich in Luft aufzulösen, wenn die nächste Wehe einsetzte, wenn sich das Band langsam und unerbittlich zusammenschnürte und ihr die Luft zu nehmen drohte.

Sie fragte sich flüchtig, ob es nicht besser gewesen wäre,

eine Hebamme zu rufen, eine andere Frau, die sich in ihre Lage versetzen konnte. Aber sie hatte Cian von Anfang an vertraut und konnte sich nicht vorstellen, dass er, wie es üblich war, irgendwo mit einem Glas Whiskey sitzen oder unruhig auf und ab laufen und auf die Nachricht warten würde, dass sein Kind geboren war. Er war ihr Mann, er kannte ihren Körper so gut wie sonst nur sie selbst. Er hatte zahlreiche Frauen bei der Geburt ihrer Kinder begleitet und wusste, was im Notfall zu tun wäre.

Und doch war sie zornig, zornig auf sich und auf ihn und auf die ganze Welt, weil man ihr dies hier zumutete. Warum war es so schwer, ein Kind zu gebären?

»An den Unsinn aus der Bibel habe ich nie geglaubt. Bis jetzt«, stieß sie zwischen den Zähnen hervor, als die nächste Wehe abgeebbt war.

»Bibel?«

»Du weißt schon.«

Sie ging wieder auf und ab, auch wenn es immer mühsamer wurde.

Dann stützte sie sich an der Wand ab. »Ich kann nicht mehr. Ich –« Die Wehe schnitt ihr das Wort ab. Sie war heftiger als alle zuvor, und Ida spürte, wie sich ein warmer Strom zwischen ihren Beinen ergoss. Entsetzt schaute sie zu Boden, doch Cian war sofort bei ihr, half ihr, das Nachthemd zu wechseln und trocknete sie mit einem Handtuch ab, das er am Kamin gewärmt hatte.

»Jetzt darfst du dich hinlegen«, sagte er sanft. »Oder knien, wenn es dir lieber ist.«

»Liegen.«

Er half ihr zum Bett und erklärte ihr, was gerade geschehen war.

»Dann ist es bald vorbei?«, fragte sie mit rauer Stimme. Er reichte ihr das Wasserglas und wischte ihr die Stirn ab. Ida sah, dass er schlucken musste, wie um gegen seine eigenen heftigen Gefühle anzukämpfen.

»Ja. Es wird noch einmal anstrengend, aber du hast das meiste geschafft. Du bist sehr tapfer.«

»Ich bin wütend!«

»Ich weiß. Das ist gut.«

Es dauerte noch über eine Stunde, bis das Kind geboren war, doch dann war es da, und Bernadette brachte warme Tücher und Wasser und badete es vorsichtig, während Cian sich um Ida kümmerte.

Er kniete neben dem Bett, den Kopf auf ihre Brust gelegt, ohne auf das Mädchen zu achten, und sprach leise mit ihr, sagte Worte, an die sie sich später beide nicht erinnern konnten, die aber wie ein Schleier aus Liebe und Dankbarkeit waren.

Dann trat Bernadette hinzu und hielt Cian das Kind entgegen. »Ich gratuliere Ihnen beiden und wünsche alles Gute«, sagte sie mit Tränen in der Stimme.

Trotz der Erschöpfung, die ihren Körper umklammert hielt, bemerkte Ida ihren Ton und lächelte. »Ich danke dir und hoffe auf deine Hilfe.«

Bernadette nickte und verließ den Raum.

»Unser Sohn«, sagte Cian noch ein wenig fassungslos und strich dem Baby mit einem Finger über das dünne, blonde Haar. »Deine Haarfarbe.«

Ida lächelte über die Worte ihres Mannes. »Das kann sich noch ändern, oder? Genauso wie die Augenfarbe.«

Er legte das schlafende Kind auf ihre Brust. »Der Kleine ist ziemlich erschöpft. Aber wenn er wach wird, solltest du ihn anlegen.«

Ida berührte den Kopf des Babys fast ein wenig zaghaft und schaute Cian von der Seite an. »Es tut mir leid. Dass ich so ungehalten war, meine ich. Falls ich Dinge gesagt habe, die ich nicht hätte sagen sollen …«

Er lachte und ergriff ihre andere Hand. »Das habe ich schon vergessen. Außerdem habe ich das meiste ohnehin nicht verstanden.«

Jetzt lachte sie auch. »Was für ein Glück. Ich glaube, mein Großvater ist zu oft mit mir am Hafen gewesen.« Dann sah sie ihn lächelnd an. »Und wie nennen wir den Kleinen nun? Bisher konnten wir uns ja noch auf keinen Jungennamen einigen …«

Cian grinste verlegen. »Ich hätte eine Idee. Dein Großvater hieß Johann, oder? Also John im Englischen.«

Ida sah ihn verwundert an. »Das stimmt. Aber du hattest doch an einen irischen Namen gedacht.«

Er nickte, und sein Gesichtsausdruck bekam etwas Feierliches. »Eoin.« O-in. Es klang fremdartig und sanft. »Das ist die irische Form von John.«

»Oh, Cian.« Sie spürte, wie ihr schon wieder die Tränen kamen. »Das wäre schön. Eoin O'Connor, das klingt sehr irisch. Und es erinnert mich dennoch an Großvater.« Sie zögerte. »Dann habe ich aber auch einen Wunsch, was den zweiten Vornamen angeht. Wenn mein Großvater es wert ist, dass man sich an ihn erinnert, gilt das auch für deinen Bruder.« Sie legte die Handfläche schützend um den Kopf des Babys und drehte ihn sanft, sodass Cian das kleine Gesicht mit den fest geschlossenen Augen sehen konnte. »Darf ich vorstellen? Eoin Aidan O'Connor.«

Die ersten Wochen waren anstrengend, da Eoin wenig schlief und viel weinte, doch mithilfe von Bernadette, die zunehmend selbstsicherer wurde, kam Ida gut zurecht. Sie schaffte es sogar, sich zwischendurch für eine Stunde ins Atelier zu stehlen und wie im Rausch zu arbeiten, wohl wissend, dass ihre Zeit knapp bemessen und daher kostbar war.

Cian schaute herein, wenn es die Arbeit zuließ, und hatte seinen Sohn mehr als einmal stolz nach unten ins Behandlungszimmer getragen, wenn keine Patienten mit ansteckenden Krankheiten in der Nähe waren.

An einem sonnigen Tag Anfang Mai verabredete sich Ida mit Grace zu einem Spaziergang am St. Stephen's Green. Wenn Eoin geduldig war, wollten sie anschließend noch zusammen Tee trinken gehen.

Sie war zum ersten Mal seit der Geburt allein unterwegs. Da sie sich schnell erholt hatte, genoss sie den Spaziergang und die verwunderten Blicke einiger Passanten. Sie hatte sich besonders gut gekleidet, und der Kinderwagen mit den großen Rädern und dem elegant geschwungenen Griff war ein Prachtstück. Sie hatte Eoin gestillt, bevor sie losgegangen waren, und hoffte, er werde eine Weile friedlich schlafen.

Während sie den Kinderwagen zum St. Stephen's Green schob, schaute sie immer wieder hinein, um zu prüfen, ob Eoin noch schlief.

Cian hatte sie leidenschaftlich gedrängt, ihren Sohn zu stillen, weil es nichts Besseres für ein Kind gäbe. Die Nähe zu ihrem Kind konnte nicht größer sein, und sie liebte die ruhigen Stunden allein mit ihm. Nur wenn sie wie jetzt unterwegs waren, machte sie sich Sorgen, er könne wach und hungrig werden.

Als ihr jemand auf die Schulter tippte, blieb Ida abrupt stehen.

»Grace! Wie kannst du mich so erschrecken?«

»Ida, wie kannst du mich so ignorieren?«, erwiderte ihre Freundin lachend und küsste sie auf die Wange. Dann schaute sie sofort in den Kinderwagen. »Mein Patenkind macht sich prächtig.«

Sie schlenderten in den Park. Eoin wurde wach, als ein Hund bellend vorbeilief, doch Ida strich ihm sanft über den Kopf und sprach leise mit ihm, bis er sich einen Finger in den Mund schob und wieder die Augen schloss.

Sie unterhielten sich über das Baby, die Lage in Frankreich, was gerade im Theater gegeben wurde, doch Ida merkte, dass ihrer Freundin etwas auf der Seele lag.

»Lass uns Tee trinken gehen«, schlug sie vor. Sie suchten ein kleines Café in der Nähe auf, das Ida aus ihrer Zeit bei Blackett's kannte.

Als sie Tee und Gebäck vor sich stehen hatten, fragte sie: »Was bedrückt dich? Ich sehe es dir an.«

Grace biss sich auf die Lippen und zuckte mit den Schultern. »Ich hätte nicht gedacht, dass er mir so fehlen würde.«

»Joe?«

»Ja.« Sie rührte in ihrem Tee. »Er ist schon seit Anfang März unterwegs. Er hat mir nicht viel über die Reise gesagt. Ich weiß, dass er nicht über seine politische Arbeit sprechen kann, es ist alles sehr geheim.«

Ida spürte, wie sie rot wurde, und beugte sich rasch über den Kinderwagen. Sie durfte niemandem verraten, dass Joe nach Deutschland gereist war, das hatten sie und Cian ihm versprechen müssen. Doch Grace gegenüber fiel es ihr schwer, das Schweigen zu wahren.

»Er kommt bestimmt bald wieder. Er spricht immer sehr liebevoll von dir, und ich freue mich so für euch.«

»Mutter ist immer noch entsetzt«, erwiderte Grace mit einem schiefen Grinsen. »Als sie Joe das erste Mal begegnet ist, hat sie beinahe der Schlag getroffen. Katholisch, Dichter und dann auch noch die Kleidung …«

»Noch schlimmer als MacDonaghs Kilt!«

Grace hätte sich fast an ihrem Tee verschluckt. Im Kinderwagen regte sich etwas, Eoin gab zu verstehen, dass er wach war und nicht länger allein dort drinnen liegen wollte. Ida nahm ihn heraus und hielt ihn so, dass er seine Umgebung sehen konnte. Er schaute aufmerksam umher und wurde wieder ruhig, als fasziniere ihn die neue Aussicht.

»Ja, sie hat es schwer. Zuerst Muriel mit ihrem Gälisch-Professor. Dann hat Sidney letztes Jahr ihren Ungarn geheiratet und ist in die Staaten gezogen. Und jetzt ich …« Sie zuckte mit den Schultern. »Aber die Liebe hält sich nicht an die Wünsche einer Mutter. Sie kann nicht begreifen, warum ihre Töchter, die sie protestantisch erzogen hat, allesamt Republikanerinnen geworden sind.«

»Während meine Mutter nicht begreifen kann, warum ich meine Heimat aufgegeben habe und nicht zurückgekehrt bin, bevor der Krieg ausbrach.«

Sie saßen da und schwiegen und spürten das Band zwischen ihnen. Ida dachte an ihre erste Begegnung vor fast sieben Jahren, im Zeichensaal der Slade. Sie hatte so viel erlebt seit damals, und ihr Leben war reicher, als sie sich je erhofft hatte. Sie bereute nichts und bedauerte nur, dass der Krieg ausgebrochen war, bevor sie Mutter wurde. Wenn es nach ihr ging, sollte Eoin nicht ohne Großeltern aufwachsen, doch Cian hatte seinem Vater nicht verziehen, und eine Reise nach Hamburg war vorerst ausgeschlossen.

»Und wie ist es mit Cian und seinem Vater? Haben sich die beiden mittlerweile versöhnt?«

»Nein. Vielleicht geschieht es, wenn Eoin zu fragen beginnt. Aber bis dahin vergeht noch viel Zeit.«

25

Einige Tage später wartete Ida abends auf Cian, der an diesem Tag seine übliche Runde durch die Armenviertel machte. Als er um acht Uhr noch nicht zu Hause war, wurde sie unruhig und rief Father Monaghan an.

»Er war heute Mittag kurz hier«, erklärte der Priester. »Danach wollte er Hausbesuche machen. Ich kann mich gern in der Nachbarschaft umhören, ob ihn jemand gesehen hat. Ich melde mich wieder bei Ihnen, Mrs. O'Connor.«

Ida lief auf und ab, während sie auf seinen Anruf wartete. Dann wurde Eoin wach und hatte Hunger, und sie musste sich beherrschen, damit sich ihre Unruhe nicht auf ihn übertrug. Als er satt war, gab sie ihn Bernadette zum Wickeln. Es wurde allmählich dunkel, und der dumpfe Druck in ihrer Brust wollte nicht weichen.

»Bernadette, vielleicht muss ich heute Abend noch einmal weg. Leg Eoin schlafen, wenn er gewickelt ist.«

Das Mädchen nickte. »Keine Sorge, Mrs. O'Connor. Ist etwas passiert?«

Ida beschwichtigte sie mit einer Geste. »Vermutlich nicht. Falls ich gehen muss, sage ich dir Bescheid.«

Sie küsste Eoin auf die Stirn und atmete seinen einzigartigen, süßen Geruch ein. Dann wandte sie sich ab und nahm ihr unruhiges Wandern wieder auf.

Um kurz nach neun rief Father Monaghan zurück. Seine Stimme klang ernst. »Mrs. O'Connor, bitte regen Sie sich nicht auf, aber man hat Ihren Mann soeben gefunden.«

»Gefunden?« Ida fuhr der Schreck in die Glieder, und ihre Kehle wurde eng. »Was ist geschehen?«

Sie hörte, wie Father Monaghan tief durchatmete. »Man fand ihn in einem Durchgang zwischen zwei Häusern, in denen er Kranke besucht hatte. Er wurde niedergeschlagen, vermutlich mit einer Eisenstange. Er ist bewusstlos. Ein Polizeiarzt untersucht ihn gerade, danach wird er ins Krankenhaus gebracht.«

Ida schloss die Augen und lehnte sich mit dem Rücken an die Wand. Sie biss die Zähne zusammen, bis sie sich wieder in der Gewalt hatte. »Ich komme sofort. Wohin bringen sie ihn?«

»Kommen Sie ins Pfarrhaus, Mrs. O'Connor, dann fahren wir zusammen hin. Sie können gewiss Beistand gebrauchen.«

Nachdem Ida eingehängt hatte, eilte sie zu Bernadette ins Kinderzimmer, um ihr Bescheid zu geben. Als sie die Treppe hinunterging, zitterten ihre Beine so sehr, dass sie beinahe stolperte. Unten im Flur zog sie einen leichten Sommermantel über, eilte aus dem Haus und lief zur nächsten Straßenecke, wo sie zum Glück eine Droschke fand. Die Dämmerung brach gerade erst herein, auf den Straßen spielten noch Kinder, doch sie hatte für all das keinen Blick. Ida versuchte, ruhig zu atmen, doch ihr Herz schlug so heftig, dass ihr beinahe schlecht wurde.

Father Monaghan hatte nicht erwähnt, wie ernst es um Cian stand. Eine Eisenstange. Bei dem Gedanken wurde ihr schlecht. Wer würde ihren Mann in einem dunklen Hausdurchgang mit einer Eisenstange niederschlagen, ihn, der den Menschen in der Gegend immer geholfen hatte? Sie konnte sich nicht erinnern, dass er mit jemandem Streit gehabt hatte oder bedroht worden war. Als sie noch in der Ambulanz geholfen hatte, waren die Patienten meist dankbar und geduldig gewesen.

Endlich rollte die Droschke an der Kirche vorbei und hielt vor dem Pfarrhaus. Ida sprang hinaus, noch bevor das Pferd ganz zum Stehen gekommen war. Sie gab dem Kutscher eine Anzahlung. »Warten Sie bitte.«

Die Tür ging auf. Father Monaghan hatte schon seinen schwarzen Mantel über die Soutane gezogen. Er drückte kurz ihren Arm und deutete auf die Droschke, worauf Ida nickte.

Als sie nebeneinander im Wagen saßen, schaute sie ihn an. »Bitte sagen Sie mir, was genau passiert ist.«

Der Priester seufzte. »Das weiß man noch nicht. Ihr Mann war, wie ich schon sagte, bewusstlos und konnte keine Aussage machen.«

»Hat man ihn bestohlen? War es ein Raubüberfall?«

Er schüttelte den Kopf. »Seine Tasche lag neben ihm. Geld, Schlüssel, alles war vorhanden.« Er zögerte und schaute zu dem Kutscher, bevor er sich zu ihr beugte. »Als ich nach ihm gesucht habe, erzählten mir einige Leute, der junge Pat O'Brien habe nach ihm gefragt.«

»Der junge Pat O'Brien?« Ida konnte mit dem Namen nichts anfangen.

»Es ist eine längere Geschichte«, sagte Father Monaghan. »Und ich weiß auch nicht, ob wirklich etwas daran ist.«

»Erzählen Sie es mir trotzdem.«

»Tim O'Brien war ein Mann aus meiner Gemeinde. Sechs Kinder, große finanzielle Not. Vor einer ganzen Weile hat er mich um Rat gefragt, ob er sich zur britischen Armee melden soll. Ich habe ihm aus verschiedenen Gründen abgeraten. Er zweifelte und wollte eine zweite Meinung hören, also ging er zu Ihrem Mann.«

»Und Cian hat ihm eine andere Antwort gegeben.« Es war keine Frage, sondern eine Feststellung. Cian dachte pragmatisch, er hatte ihm zweifellos empfohlen, zur Armee zu gehen, da sein Sold das Überleben seiner Familie sicherte. Cian würde niemals Kinder aus Idealismus hungern lassen.

»Ja. Wir haben lange darüber gesprochen. Es war unser bestes Gespräch«, sagte Father Monaghan leise. »Tim O'Brien ist letzte Woche in Frankreich gefallen.«

Ida spürte, wie es sie kalt überlief. »Und Pat ist sein Sohn?«

Father Monaghan nickte. »Er wollte auch Soldat werden, aber die Mutter hat ihn angefleht, er solle bleiben. Da so viele Männer im Krieg seien, würde es sicher bald Arbeit für ihn geben. Sie könne nicht ertragen, wenn er und sein Vater beide in den Krieg zögen.«

»Meinen Sie, er … er gibt Cian die Schuld am Tod seines Vaters?« Die Worte klangen absurd, doch der Blick des Priesters verriet Ida, dass er ähnlich dachte.

In diesem Augenblick hielt die Droschke an, und Father Monaghan half ihr hinaus. Er bezahlte, bevor sie in die Tasche greifen konnte, und führte sie durch die hohe Tür des Krankenhauses. Drinnen roch es nach Karbol und gekochtem Essen.

Er hielt sie am Arm fest. »Jetzt geht es nur um Ihren Mann. Wir können später überlegen, was werden soll. Und was wir der Polizei sagen.«

Eine Krankenschwester wies ihnen den Weg. Ida war sehr dankbar, dass sie den Geistlichen an ihrer Seite hatte. Er strahlte eine Ruhe aus, die ihre größte Angst linderte.

Dann erschien ein Arzt und erklärte ihr in sachlichem Ton, dass Cian noch nicht aufgewacht sei, man eine schwere Gehirnerschütterung, aber keine Schädelverletzung diagnostiziert habe und nun abwarten müsse, wann er aufwache und in welchem Zustand er sich dann befände.

»Zudem sind da die gebrochenen Rippen, die ihm Schmerzen bereiten dürften, aber die inneren Organe sind unverletzt. Wenn er aufwacht, sehen wir weiter.«

»Darf ich zu ihm?«

»Aber nur kurz.«

»Ich warte hier«, sagte Father Monaghan und setzte sich auf den Stuhl am Eingang zur Station.

Drinnen standen zwei Reihen Betten, die durch Vorhänge und Paravents voneinander abgetrennt waren. Der Arzt deutete auf das dritte Bett auf der rechten Seite und ließ sie allein.

Idas Füße waren bleischwer, jeder Schritt kostete sie Mühe. Zu ihrer Linken stöhnte jemand leise, weiter hinten machte sich eine Krankenschwester mit einer Waschschüssel zu schaffen.

Dann stand sie am Fußende, legte die Hände um die Querstange, nein, klammerte sich daran fest, und schaute ihren Mann an.

Cian lag bleich und still da, das Gesicht fast so weiß wie der Kopfverband. Er hatte die Augen geschlossen und den Kopf leicht nach rechts gedreht, in die Richtung, aus der sie gekommen war. Er trug kein Nachthemd, und der Verband um seine Rippen ragte aus der Bettdecke hervor. Er wirkte fremd in seiner Reglosigkeit.

Sie spürte, wie ihr Atem schneller und flacher ging, wie Panik in ihr aufstieg, und wünschte sich, Father Monaghan wäre mit ihr hereingekommen. Dann nahm sie allen Mut zusammen, trat neben das Bett und ergriff Cians Hand. Aber sie war immer noch zu weit von ihm entfernt. Also kniete sie sich hin, legte die Wange auf seine Hand und fing an, leise mit ihm zu sprechen. Sie erzählte von Eoin und dass er sich darauf freue, seinen Vater wiederzusehen. Von ihrem neuen Bild, einem Porträt von ihm und Eoin, das eigentlich eine Überraschung zum Geburtstag sein sollte. Sie hoffte, zu ihm durchzudringen, doch er bewegte sich nicht. Ida verlor das Gefühl für die Minuten, die vergingen, kniete nur da, das Gesicht auf Cians warmer Hand.

Irgendwann hörte sie Schritte hinter sich, dann legte ihr jemand die Hand auf die Schulter.

»Sie sollten nach Hause gehen, Ida. Kommen Sie morgen wieder, er ist hier gut aufgehoben. Ich werde für ihn beten.«

»Und wenn er nicht aufwacht?«, murmelte sie so leise, als wären die Worte nur für sie bestimmt.

»Das wird er, ganz sicher. Und denken Sie an Ihren Sohn. Er braucht Sie auch.«

Father Monaghan hatte recht. In diesem Augenblick wurde ihr endgültig bewusst, dass es nicht mehr nur sie und Cian gab. Sie waren eine Familie, sie musste sich um Eoin kümmern.

Sie erhob sich, doch dann kam ihr ein Gedanke. Sie beugte sich vor, küsste Cian auf die Stirn und sagte: »Ich muss etwas tun, was du mir vielleicht übel nimmst. Aber es wird Zeit.«

Als Ida am nächsten Tag auf die Station kam, hatte Cian die Augen geöffnet. Er wirkte benommen, doch sein Blick war klar, und er lächelte, als er sie sah. Sie nahm seine Hand und küsste ihn auf die Stirn.

»Was für ein Glück. Ich hatte solche Angst.«

Er wollte den Kopf schütteln, zuckte aber zusammen und schloss die Augen. »Mich wirst du nicht so leicht los. Wie geht es Eoin?«

»Gut. Er vermisst dich.«

»Schon?«

»Ich glaube, ja. Er merkt, dass du nicht da bist.« Sie zog einen Stuhl heran und setzte sich, ohne Cians Hand loszulassen. »Wer hat es getan? Konntest du denjenigen sehen?«

»Nicht genau. Aber ich glaube ...« Er schluckte. »Es war der junge O'Brien. Tims Sohn. Er war betrunken, das habe ich gerochen. Er kam von hinten. Hat sofort zugeschlagen und dabei etwas von seinem Vater geredet und dass ich ihn dorthin geschickt hätte. Was natürlich Unsinn ist ... aber wer trauert, denkt nicht immer klar.«

Das Sprechen strengte Cian sichtlich an, und Ida bemerkte, dass er flach atmete, vermutlich wegen der gebrochenen Rippen.

»Die Polizei will dich so bald wie möglich befragen.«

»Noch nicht.« Er wandte sich ab, als wolle er sein Gesicht verbergen. »Ich weiß nicht, was ich ihnen sagen soll.«

Eine Krankenschwester trat ans Bett und warf einen Blick auf Cian. »Ich hole Ihnen etwas gegen die Schmerzen. Und dann ruhen Sie sich aus.«

Als Cian eingeschlafen war, ging Ida zur Tür und gab dem Mann auf dem Flur ein Zeichen.

Liam O'Connor schaute sie wortlos an und nickte, bevor er die Station betrat. Ida blieb am Ende der Bettreihen stehen und sah zu, wie Cians Vater neben seinem Sohn verharrte, zögernd, unsicher, wie er den Hut in der Hand drehte, als wüsste er nicht, was er damit anfangen sollte. Sie wartete, bis er einen Stuhl herangezogen und sich gesetzt hatte. Dann ließ sie die beiden allein.

Es war ein Anfang. Cian wurde nach einer Woche, in der Liam O'Connor in einem Hotel wohnte und einmal täglich seinen Sohn und danach seinen Enkel besuchte, aus dem Krankenhaus entlassen. Ida begegnete ihrem Schwiegervater freundlich, aber wachsam, immer darauf bedacht, sich nicht zu sehr von ihm vereinnahmen zu lassen. Er war ein charmanter Mann, der hübsches Holzspielzeug mitbrachte, das Eoin frühestens in einem Jahr gebrauchen konnte, und der seinen Sohn mit respektvoller Zurückhaltung behandelte. Er schien zu spüren, dass er seine Schuld und die langen Jahre des Schweigens nicht ungeschehen machen konnte. Als Ida ihn mit Father Monaghan bekannt machte, wirkte er angenehm überrascht, musste aber bald feststellen, dass der Geistliche ganz anders war als sein Freund O'Hanlon.

Cian hatte lange überlegt, was er der Polizei sagen sollte. Er konnte die Tat nicht ungeschehen machen, sprach sich aber am Ende seiner Zeugenaussage zugunsten des Jungen aus.

»Der Krieg setzt sich hier in unserem Alltag fort, wir können ihm nicht entgehen. Ich weiß, dass mich keine Schuld trifft, und doch kann ich verstehen, was er als Sohn empfunden hat. Ich bitte Sie, das zu berücksichtigen.« Im August sollte die Gerichtsverhandlung stattfinden, und Cian hoffte, dass man gnädig mit Pat O'Brien verfahren würde.

Der Sommer tauchte das Land in Wärme und Sonnenschein, als wollte das Wetter die Menschen über das Grauen von Gallipoli und das Entsetzen über die Versenkung der Lusitania hinwegtrösten. Ida und Cian, der sich gut erholte, gingen oft mit dem Kinderwagen an den Strand. Sie nahmen eine Decke mit, setzten sich ans Wasser und ließen Eoin nur mit einem Hemdchen bekleidet strampeln.

Ida schloss die Augen und versuchte, die Stimmung einzufangen, das Auf und Ab der Wellen, die sich am Ufer brachen, das Glucksen des Babys, Cians Atem, den sie beinahe verloren hätte und der deshalb umso kostbarer war. Sie lehnte sich an ihren Mann und spürte ihn hinter sich wie eine warme, unverrückbare Wand.

Sie hatte immer ihren Zeichenblock dabei. In diesen Tagen entstand eine ganze Serie von Bildern, die sie irgendwann zu einem kleinen Buch zusammenfassen wollte. Einem Buch, das den Zauber dieser Stunden einfing, einem Vorrat an Glück für dunklere Tage.

26

Die Sonne stand noch hoch am Augusthimmel, und Grace hielt ihren weißen, mit Spitze besetzten Sonnenschirm über Ida und den Kinderwagen, als sie am Wasser entlangspazierten. Die beiden Frauen gingen dicht nebeneinander und unterhielten sich angeregt. Zwischendurch blieben sie immer wieder stehen, damit Ida Eoins Decke richten oder ihm einen Kuss geben konnte.

»Wie geht es Joe?«, fragte Ida. »Ich bin froh, dass er wohlbehalten zurück ist.«

»Ja, es war eine lange Reise«, sagte Grace. »Allein die Hinfahrt war mehr als abenteuerlich. Was würde ich darum geben, diese Route auch einmal zu nehmen – Paris, San Sebastian, Barcelona, von dort mit dem Schiff nach Genua, Florenz, Mailand, Lausanne, Bern … Über die Zeit danach konnte er nichts erzählen, das ist natürlich geheim. Zwischendurch war er wieder krank, Bronchitis, wie er sagte. Aber jetzt wirkt er sehr entschlossen, als hätte ihn die Erfahrung stärker gemacht.«

Ida wusste mehr über Joes Reise, da sie die Dokumente für ihn übersetzt hatte. Von den Gedichten und persönlichen Aufzeichnungen abgesehen, war das Übrige politischer und strategischer Natur gewesen. Er hatte ihr auch von der ausgeklügelten Reiseroute erzählt, die dazu dienen sollte, seine Spuren zu verwischen.

»Ja, da hast du recht.« Sie warf Grace einen Seitenblick zu und sah, dass diese bedrückt wirkte und die Lippen fest aufeinandergepresst hatte.

»Was ist los?«

»Er bricht bald wieder auf. Nächste Woche schon. Nach Amerika. Ich hatte gedacht …« Sie brach ab.

»Das wusste ich nicht«, sagte Ida überrascht.

»Er wirbt dort um Unterstützung für die Bewegung, das ist naheliegend. In Amerika dürfte es von Iren, die es zu Wohlstand gebracht haben, nur so wimmeln. Nur wäre es schön gewesen, wenn wir mehr Zeit für uns hätten. Eigentlich haben wir nie Zeit. Und es kann so viel passieren, das Leben ist zerbrechlich geworden.«

Ihre Worte versetzten Ida einen Stich, und sie berührte unwillkürlich Eoins kleinen Fuß unter der Decke. Sie dachte an Pat O'Brien, der Cian beinahe getötet hätte, an Joes Krankheit und die vielen Männer, die auf den Schlachtfeldern starben, Tag für Tag, als wäre ihr Leben dünnes Glas, das unter einer achtlosen Faust zerbrach.

»Da hast du recht. Und darum müsst ihr die Zeit nutzen, die euch gegeben ist. Hast du ihm gesagt, was du für ihn empfindest?«

Grace zuckte mit den Schultern.

»Du solltest es tun«, sagte Ida nachdrücklich.

Ein leichter Wind kam auf, und Grace musste den Schirm drehen, damit er nicht nach außen klappte.

»Ich glaube schon, dass er mich gern mag. Aber er hat so viele Pläne, die Politik und seine Gedichte, die langen Reisen … und diese Frau. Columba.«

Das war ein Thema, zu dem Ida nicht schweigen musste.

»Die Sache ist endgültig vorbei, das hat er Cian selbst erzählt. Columbas Bruder ist Anfang Juni in Gallipoli gefallen, das war ein furchtbarer Schock. Außerdem bekam sie Streit mit ihrem Vater. Sie will Abstand von ihrem ganzen bisherigen

Leben nehmen, Joe eingeschlossen. Seine Liebe war ohnehin immer einseitig. Er wird darüber hinwegkommen. Er wirkte ziemlich gefasst, als er mit Cian darüber gesprochen hat.«

Ida bemerkte, wie Graces Schritte beschwingter wurden, auch wenn sie zunächst nichts sagte.

»Danke. Vielleicht traue ich mich wirklich.« Dann drängte sie Ida sanft beiseite und griff nach dem Kinderwagen. »Jetzt schiebe ich. Das ist mein gutes Recht als Patin.« Sie warf einen Blick auf Eoin, der gerade wach geworden war und neugierig umherblickte. »Die Augen werden Cians immer ähnlicher. Wenn ich bedenke, wie blau sie anfangs waren …«

Dann jedoch verzog sich sein Gesicht, und er begann zu weinen.

Ida beugte sich über den Wagen, nahm ihren Sohn heraus und legte ihn an ihre Schulter, wobei sie seinen Kopf mit dem Schirm vor der Sonne schützte.

Sie gingen langsam weiter. Das Auf und Ab ihrer Schritte schien den Kleinen zu beruhigen, denn sein Weinen wurde leiser, wich einem Schluckauf und verstummte dann ganz.

In diesem Herbst arbeitete Ida mehr denn je. Während sie zuvor befürchtet hatte, das Leben mit ihrem Sohn könne sie am Malen hindern, verfiel sie jetzt geradezu in einen Schaffensrausch. Jeden Tag entstanden neue Skizzen von Eoin, von denen sie die besten zu Zeichnungen ausarbeitete, manchmal auch zu Ölbildern. Sie fing jede neue Geste ein, sein Lächeln, den Moment, in dem er sich zum ersten Mal vom Rücken auf den Bauch und wieder zurück drehte. Auch wenn sie nicht darüber sprach, war ihr klar, dass sie das Leben ihres Sohnes unvergänglich machen wollte, damit sie es irgendwann – erst in Jahren vielleicht – seinen deutschen Großeltern zeigen konnte.

Cian versuchte, über Mittag Zeit mit seinem Sohn zu verbringen, da es an den Abenden nach wie vor meist spät wurde. Er hatte einige Patienten verloren, weil er so oft nicht in der Praxis war – vielleicht auch wegen seiner deutschen Frau, obwohl niemand es offen aussprach –, dank der Fürsprache seiner Freunde aber auch neue Patienten hinzugewonnen.

Einmal kam Grace zum Mittagessen und berichtete, dass ihre Schwester John sich in New York mit Joe getroffen und ihn als erstaunlich frisch und ungezwungen empfunden hatte.

Ihre Augen leuchteten, als sie davon erzählte. »Sie sagt, sie habe ihn nicht wiedererkannt, und Joe habe gemeint, er sei ein anderer Mensch geworden, seit er sich den Volunteers angeschlossen habe.«

Ida freute sich mit Grace, empfand aber auch ein leises Unbehagen.

»Ich weiß nicht, ob sie wirklich begreift, was er tut«, sagte sie zu Cian, nachdem ihre Freundin nach Hause gegangen war.

»Natürlich nicht. Er verrät ihr ja nichts«, erwiderte Cian heftig und strich Eoin, der sich bei seinen Worten erschreckt hatte, entschuldigend über den Rücken. Dann ging er schweigend auf und ab, das Gesicht in Eoins feinem Haar vergraben.

Cian hatte sich verändert, er war sanfter und nachsichtiger geworden und zog sich nur noch gelegentlich hinter die Mauern zurück, die ihm so lange Schutz geboten hatten. Das Verhältnis zu seinem Vater war nach wie vor distanziert, auch wenn Liam O'Connor sie seit dem Überfall zweimal kurz zu Hause besucht hatte, um Eoin zu sehen. Dazu der Krieg, die Sorge um Joe, die viele Arbeit …

Schließlich blieb Cian vor Ida stehen. »Komm, wir legen ihn schlafen.«

Sie folgte ihm ins Kinderzimmer und sah zu, wie er Eoin behutsam hinlegte, damit der Kleine nicht wach wurde. Cian deckte ihn zu, schaltete das Licht aus und lehnte die Tür an.

Statt nach unten in die Praxis zu gehen, ergriff er Idas Hand und führte sie ins Arbeitszimmer, wo er vor dem Bild stehen blieb, das sie ihm zum Geburtstag geschenkt hatte. Eoin in seiner Wiege, in zarten Farben, die Umgebung nur angedeutet, damit nichts von dem schlafenden Kind ablenkte.

»Manchmal komme ich zwischen zwei Patienten her und schaue es mir an«, sagte er leise und zog sie an sich. »Damit ich weiß, wofür ich das hier mache.«

Ida lehnte sich an ihn. Sie ahnte schon lange, dass Cian am liebsten ganz in den Armenvierteln arbeiten würde und nur aus finanziellen Gründen darauf verzichtete.

»Du tust so viel.«

»Bis eine gelangweilte Mrs. Rattigan sich von mir die Zeit vertreiben lässt. Dann komme ich mir überflüssig vor.« Er gab sich einen Ruck. »Nun denn.«

Kurz darauf kehrte Joe aus New York zurück und lud Ida und Cian nach Larkfield ein. Cian zeigte ihr den kurzen Brief, der mit den Worten »Ich bitte zum Tee in die Garnison. Erwartet keinen allzu großen Komfort« endete.

Das Landhaus der Plunketts war nicht wiederzuerkennen, und Ida fehlten die Worte, als Joe sie über das Anwesen führte.

Der Poddle war über die Ufer getreten, und auf dem Gelände wimmelte es von Männern in Arbeitskleidung, die Gräben aushoben, um das Wasser abzuleiten, oder Dämme aufschütteten, um die Felder und Weiden vor der Überflutung zu schützen. Es war nasskalt und ungemütlich, deshalb hatten sie Eoin zu Hause bei Bernadette gelassen, worüber sich

Joe enttäuscht zeigte. Ida lud ihn ein, bald nach Sandymount zu kommen und ihren Sohn gründlich in Augenschein zu nehmen.

»Was sind das für Leute?«, fragte Cian und deutete auf den Trupp Arbeiter.

Joe lachte und sagte mit heiserer Stimme: »Die Lämmer aus Liverpool, wie mein Bruder sie nennt.«

Er trug seinen warmen Umhang, Hut und Schal, doch seine Hand mit dem Regenschirm zitterte leicht. Als er Idas fragenden Blick bemerkte, fügte er hinzu: »Wehrdienstverweigerer aus England. Sie sind hier geboren oder haben irische Wurzeln. Wir bieten ihnen eine Zuflucht. Sie arbeiten entweder auf dem Anwesen oder haben Stellen in ihren Berufen gefunden. Es sind Klempner, Bäcker und Weber darunter.«

Cian deutete auf die Scheune, hinter der Schüsse erklangen. »Das klingt mir nicht nach Klempnern oder Bäckern.«

Joe grinste. »Kommt mit.« Er führte sie in die Scheune, wo Matratzen und Schlafsäcke aufgereiht lagen, und deutete mit einer theatralischen Geste darauf. »Die Garnison Larkfield. Tagsüber gehen sie arbeiten, abends bilden wir sie zu Volunteers aus.«

Ida bemerkte dort, wo Joes Schal verrutscht war, eine Schwellung an seinem Hals.

»Und Polizei und Militär schauen einfach zu?«, fragte Cian skeptisch.

»Sie haben Wichtigeres zu tun.« Joes gelassener Ton verriet, dass solche Dinge für ihn selbstverständlich geworden waren. »Der Krieg dauert schon über ein Jahr, und es besteht keine Aussicht auf einen baldigen Frieden. Die britische Regierung interessiert sich nicht für eine Scheune am Stadtrand von Dublin, in der ein paar entlaufene irische Arbeiter exerzieren und schießen lernen.«

Kurz darauf legte Cian ihm die Hand auf die Schulter. »Wie war das mit dem Tee?«

Ida wusste, dass es ihm um Joes Gesundheit ging, und sagte rasch: »Das Wetter ist wirklich ungemütlich. Tee wäre wunderbar.«

In der Eingangshalle kam ihnen Joes Schwester Gerry entgegen, die einen Stapel loser Blätter in der Hand hielt und ziemlich besorgt aussah. Sie begrüßte Ida und Cian freundlich, wandte sich dann aber sofort an ihren Bruder.

»Joe, wir müssen etwas wegen der Rechnungen unternehmen.«

Er schaute seine Freunde entschuldigend an. »Meine Mutter macht seit Anfang September Urlaub in Amerika. Leider hat sie vergessen, vorher ihre Finanzen in Ordnung zu bringen. Und nun drohen wir in Rechnungen zu ersticken. Bauunternehmer, Handwerker, Lebensmittelhändler, bedürftige Verwandte – anscheinend haben sich alle verschworen, ihr Geld gleichzeitig von uns zu fordern.«

»Du weißt, dass mehr dahintersteckt«, warf Gerry ungehalten ein. »Die Regierung will Mutter in den Ruin treiben, weil sie ahnen, was hier passiert. Das ist eleganter, als mit einem Trupp Polizei oder Soldaten hier aufzumarschieren und die Liverpooler zu verhaften.«

Joe zuckte mit den Schultern. »Was nichts daran ändert, dass wir Geld brauchen. Wir müssen die leer stehenden Häuser vermieten, das verschafft uns Luft. Kümmere dich darum, du machst das sehr gut.«

Dann führte Joe seine Gäste ins Arbeitszimmer und schloss die Tür. »Hier haben wir ein bisschen Ruhe bis zum

Tee. Mittlerweile wohnen alle meine Geschwister hier. Bis auf Moya, die ins Kloster eingetreten ist. Ihr könnt euch vorstellen, wie es hier zugeht.«

»Ich könnte so nicht leben«, sagte Cian unverblümt. »Es wirkt so … provisorisch.«

Joe lachte ungezwungen. »Ich führe ein provisorisches Leben. Etwas anderes kann es für mich nicht geben.«

Ida fragte sich, ob eine Frau in diesem Leben Platz hätte.

Es war, als hätte er ihre Gedanken gelesen. »Obwohl ich hoffe, das bald zu ändern.« Er wurde ein wenig rot, was bei seiner blassen Haut besonders auffiel. »Grace … Ihr habt es euch sicher schon gedacht. Nach all den Jahren mit Columba ist es doch etwas mit uns geworden. Sie ist ein wunderbares Mädchen. Ich werde nicht lange warten, bis ich sie frage. Sonst läuft sie mir noch weg.«

Er lachte verlegen und schaute aus dem Fenster, hinter dem die Landschaft zu einem grauen Fleck zerrann.

»Wenn das alles vorbei ist, wenn wir frei sind und nicht mehr fürchten müssen, durch die Briten in diesen Krieg gezogen zu werden, werde ich sie heiraten. Falls sie mich will.«

»Sie bald zu fragen wäre auch nicht schlecht.«

Es gab Momente, in denen Ida ihren Mann verfluchte, doch Joe war Cians schroffe Art gewöhnt. »Da hast du recht. Ihr seid so gut mit ihr befreundet und …« Er verstummte mit einer Geste, die alles und nichts bedeuten konnte.

Da begriff Ida. »Du willst unsere Meinung hören, nicht wahr? Weil Graces Familie nicht sehr angetan sein wird. Weil du krank bist. Weil du ein gefährliches Leben führst. Weil ihr unterschiedlichen Konfessionen angehört.«

Nun schossen zwei Köpfe zu ihr herum. »Ich kann auch direkt sein.«

Joe stand auf und ging mit gesenktem Kopf auf und ab. »Du hast vollkommen recht, mit allem. Aber wenn du das alles außer Acht lässt, Ida, und nur an sie und mich denkst … so wie ihr beide irgendwann auch nur an euch und nicht an den kommenden Krieg und eure Familien und Konfessionen gedacht habt … was sagst du dann?« Er blieb stehen und schaute sie mit einem Blick an, in dem so viel ängstliche Erwartung lag, dass es ihr den Atem nahm.

»Wenn ihr einander liebt, dann wartet nicht ab.«

Er schaute sie überrascht an, als hätte er mehr erwartet, und lächelte dann.

Cian räusperte sich. »Wie könnte ich es wagen, meiner Frau zu widersprechen? Wenn ich aber noch einmal auf den Tee zurückkommen dürfte …«

Als sie sich vor der Tür von Joe verabschiedeten, rief jemand sie beim Namen. »Die O'Connors! Welch eine Freude.«

Séan MacDiarmada kam auf sie zugehinkt, in der Hand ein Gewehr, und begrüßte sie herzlich. »Willkommen in Plunketts Privatgarnison.«

Während er mit Cian sprach, schaute Ida von ihm zu Joe und dachte nicht zum ersten Mal, wie seltsam dieses Land doch war. Hier planten Menschen eine Revolution, die sonst an einem Schreibtisch oder im Sessel am Kamin gesessen hätten. Dichter, Lehrer, Schriftsteller, kleine Ladenbesitzer – keiner von ihnen ein geborener Soldat. Und doch wirkte es selbstverständlich, als Séan sich auf sein Gewehr stützte und von den Fortschritten seines Trupps berichtete, mit dem er Manöver im Gelände geübt hatte.

Ida spürte das Feuer, das diese Männer antrieb, und konnte sich der Erregung nicht entziehen.

»Wenn du deiner Familie unzensiert schreiben möchtest, kann ich das arrangieren«, hatte Joe Ida nach seiner Rückkehr aus Deutschland angeboten. »Mein Verbindungsmann in Hamburg wird ihnen deine Briefe persönlich übergeben und ihre in Empfang nehmen. Er ist sehr zuverlässig, du kannst ihm vertrauen.«

Ida war sehr dankbar gewesen und hatte gehofft, auf diesem Wege zu erfahren, wie es ihren Eltern und ihrem Bruder wirklich ging. Doch die Monate verstrichen, und es trafen in großen Abständen nur einige belanglose Postkarten ein. Erst im Dezember erhielt sie einen Brief. Der Umschlag war verknickt, die Adresse verschmiert, als wäre die Tinte nass geworden, doch sie erkannte die Handschrift ihrer Mutter sofort.

HAMBURG, 5. DEZEMBER 1915

Meine liebe Tochter,
endlich komme ich dazu, Dir zu schreiben. Der Herr, der diesen Brief abgeholt hat, sagte, dass er Dich nicht persönlich kenne, wohl aber einen guten Freund von Dir, und ich nichts darin zurückhalten muss, weil der Brief nie in die Hände der Behörde fallen wird. Ich vertraue ihm. Etwas anderes bleibt mir in diesen dunklen Zeiten nicht übrig.

Ich mag Dir verändert vorkommen, und es ist etwas Wahres daran. Obwohl ich nach wie vor bedauere, dass Du Deine Heimat verlassen hast, zumal in diesen Zeiten, spüre ich doch eine neue Demut, die mich zwingt, meinen Stolz aufzugeben.

Von Deinem Vater soll ich Dich grüßen. Es geht ihm nicht gut, die Lunge macht ihm zu schaffen, und er findet nicht mehr zu seiner alten Kraft.

Vielleicht hat ihn die Krankheit milder gestimmt oder der

Krieg. Jedenfalls fragt er dann und wann nach Dir und den Deinen und hat die Hoffnung ausgedrückt, dass Euer Sohn sich gut entwickelt. Ich habe die Fotografie, die Du uns geschickt hast, ins Wohnzimmer gestellt, und er hat keine Einwände erhoben. So behalte ich meinen Enkel stets im Blick.

Ich hoffe, dass Ihr wohlauf seid und dass Eure Ehe so glücklich ist, wie mein Kind es verdient. Grüße Deinen Mann von mir. Wenn Du ihn liebst, muss er ein gütiger Mensch sein.

Dein Bruder Christian war im Lazarett, doch er ist wieder gesund. Halbwegs gesund. Er wurde am Rücken verletzt und hält sich seither steif, aber sie haben ihn wieder an die Front beordert, weil alle Offiziere gebraucht werden. Seine Sophie hat eine Fehlgeburt erlitten, als sie die Nachricht von seiner Verwundung erhielt, aber die Ärzte sagen, sie brauche die Hoffnung auf ein Kind nicht aufzugeben. Dies ist ein kleines Licht im Dunkel.

Ida, es geht uns schlecht in Deutschland. Man gaukelt uns vor, alles stünde zum Besten, der Krieg sei bald vorbei, nur noch die eine Offensive, nur noch ein wenig Durchhalten, aber das ist nicht wahr. Die Menschen hungern. Immer mehr Lebensmittel verschwinden aus den Läden, vieles wurde rationiert. Molkereiwaren sind kaum noch zu bekommen. In der Stadt gibt es Suppenküchen, in denen die Armen mit dem Nötigsten versorgt werden. Wir persönlich dürfen nicht klagen, mussten aber Personal entlassen, und die Köchin weiß bald nicht mehr, wie sie eine gute Mahlzeit zustande bringen soll.

Durch die Blockade ist das Geschäft eingebrochen, Dein Vater sitzt bis in den späten Abend über den Büchern und versucht, Ordnung in etwas zu bringen, das völlig aus den Fugen geraten ist.

Wie groß war die Begeisterung für diesen Krieg, jedenfalls bei vielen Menschen, und wie bitter ist das Erwachen nach dem Rausch! Wer vermag schon zu sagen, wann das alles endlich vorbei sein, wann wieder Frieden herrschen wird. Doch ich gebe die Hoffnung nicht auf, dass wir uns irgendwann wiedersehen. Vielleicht hier in Hamburg, dann könnten wir Eurem Sohn die Schiffe im Hafen zeigen und ihn auf dem Jungfernstieg ausführen. Eines Tages vielleicht, nein, hoffentlich. Gewiss. Gewiss ist dies alles einmal vorbei.

Wir würden uns freuen, wenn Du uns auf diesem Wege auch ehrlich berichten könntest, wie es bei Euch steht. Bleibt Ihr auf Eurer fernen Insel vom Kriege verschont, oder habt auch Ihr mit Mangel und innerer Unruhe zu kämpfen? So sehr ich auch auf das Kriegsglück unseres Landes hoffe, soll es doch nicht zum Schaden meiner Tochter und ihrer Familie sein.

Dein Vater und ich senden unsere wärmsten Grüße an Dich und die Deinen.

Deine Mutter

Ida schrieb einen langen Brief zurück, in dem sie von ihrem Leben mit Eoin erzählte. Sie fügte einige Zeichnungen und eine Fotografie der ganzen Familie bei und übergab den Brief an Joe, der ihn weiterleiten würde. Sie versuchte, sich von den beunruhigenden Neuigkeiten aus Deutschland abzulenken, doch gab es Augenblicke, in denen sie sich allein fühlte, auch wenn Cian in ihrer Nähe war. Dann war es, als liefe ein hauchdünner Riss durch ihr Inneres, schmal und schmerzhaft, wie wenn man sich an Papier schneidet, ein Riss, der ihr früheres Leben vom Jetzt trennte, zwei Hälften, die nie wieder zusammengehören würden.

III

Der Aufstand

»Wir kennen ihren Traum; es reicht
Zu wissen, dass sie träumten und tot sind;
Und wenn nun allzu große Liebe sie
Verwirrte, bis sie starben?
Ich schreibe es in diesen Versen nieder –
MacDonagh und MacBride
Und Connolly und Pearse
Sind nun und in kommender Zeit,
Wo immer Grün getragen wird,
Verwandelt, völlig verwandelt;
Eine schreckliche Schönheit ist geboren.«

William Butler Yeats, »Ostern 1916«

27

Es war eine Zeit der Liebe, daran sollte Ida sich später erinnern. Eigentlich war es das, was ihr vom Beginn des Jahres 1916 am nachhaltigsten im Gedächtnis blieb. Cians Vater war Weihnachten für einen Tag zu ihnen gekommen, ein Besuch, der diesmal ohne Streit abgelaufen war. Er hatte Eoin ein Bilderbuch geschenkt, in dem alte irische Sagen erzählt wurden, eine Wahl, die Cian später mit den Worten »Ein Glück, ich hatte mit einer Bibel gerechnet« kommentierte. Mehr sagte er nicht, doch Ida wusste, dass es anerkennend gemeint war.

An einem Nachmittag Ende Januar kam Grace zu Besuch. Sie saßen am Kamin, Teekanne und Gebäck zwischen sich auf einem Tischchen, die Vorhänge gegen die Kälte geschlossen, und genossen die Zeit zu zweit.

»Ich flüchte mich in letzter Zeit oft zu Muriel«, sagte Grace. »Zu Hause ist es so bedrückend. Mein Vater hat sich nicht von dem Schlaganfall erholt, meine Mutter pflegt ihn. Wenn er nicht wäre, würde ich gar nicht mehr dorthin gehen. Außer mir wohnt nur noch Nellie zu Hause, aber sie ist ständig unterwegs. Da trifft vor allem mich Mutters ganzer Unmut. Und sie macht mir ständig Vorwürfe wegen Joe.«

»Vorwürfe?«, wiederholte Ida.

Grace zuckte resigniert mit den Schultern. »Sie hat ihn nie gemocht. Er verkörpert für sie alles, was sie verabscheut – katholischer Glaube, republikanische Überzeugungen, künstlerische Ambitionen. Er sei nicht der richtige Mann für mich.« Ihr Gesicht wurde weich. »Dabei liebe ich ihn so sehr.«

Ida drückte ihre Hand. »Nur das zählt.«

»Ich hätte nie gedacht, dass es so zwischen uns werden könnte«, fuhr Grace fort. »Wir kannten uns ja schon länger, und er hat lange eine andere geliebt. Aber jetzt …« Sie schwieg, und Ida musste lächeln.

»Joe hat viel zu tun, daher sehen wir uns nicht oft. Aber er schreibt mir. Seine Briefe sind wie Gedichte.« Grace griff in ihre Rocktasche und holte ein mehrfach gefaltetes Blatt heraus. Dann schaute sie Ida fragend an.

»Es wäre mir eine Ehre«, sagte Ida. Später sollte sie sich daran erinnern, wie reizend Grace errötet war, als sie ihr die Sätze vorlas.

Es kommt mir schrecklich albern vor, dass wir einander nicht ständig sehen können und vor allem nicht am Ende des Tages und in den wunderbaren Stunden der stillen Nacht. Ich möchte Dich ganz fest halten und Dein Glück spüren, das auch das meine ist … Du hast meinen Sorgen den Stachel genommen und die ganze Welt für mich schön gemacht. Du hast mich glücklich gemacht – vergiss das nie, was immer geschieht, denn es ist eine Art Wunder.

Im eisigen Februar verbrachte Ida viel Zeit im Atelier, obwohl Eoin längst krabbeln konnte. Sie hätte ihn zu Bernadette ins Kinderzimmer bringen können, hatte ihn aber lieber bei sich.

An diesem Morgen stand sie an ihrem Arbeitstisch und kämpfte mit einer Skizze, deren Perspektive ihr einfach nicht gelingen wollte. Hinter ihr brabbelte Eoin vor sich hin, und sie meinte bisweilen, Ansätze von Wörtern herauszuhören. »Erzähl mir ruhig was«, sagte sie und radierte gerade vorsichtig eine Stelle aus, als sie hinter sich einen dumpfen Schlag hörte.

»Eoin!« Er hatte einen Hocker umgeworfen, der wie durch ein Wunder nicht auf ihn gefallen war.

Ida kniete sich hin und schaute ihn abwartend an. Ihr Sohn verzog kurz das Gesicht, als wollte er weinen, kroch dann aber munter weiter.

Ida setzte sich im Schneidersitz hin und sah zu, wie er eine Runde durchs Zimmer drehte und sich an einem Stuhl hochzog, bevor er sich auf den Po fallen ließ. Dann ging ein Strahlen über sein Gesicht, und er gluckste vor sich hin.

»Bald kannst du laufen!« Ida strahlte mit ihm um die Wette. »Von jetzt an muss ich dich noch besser im Auge behalten.«

Im nächsten Moment kam ihr eine Idee. Sie breitete ein großes Blatt Papier auf dem Boden aus und holte bunte Kreide. Sie drückte Eoin eine davon in die Hand und führte sie zu dem Papier. Er brauchte einen Moment, bis er verstand, dass seine Hand den bunten Strich auf dem Papier hinterlassen hatte. Dann patschte er wie wild mit der Kreide auf das Blatt, bis sie durchbrach.

»Schscht, nicht weinen, hier hast du eine neue.«

Als Eoin schließlich die Lust verlor, befanden sich viele bunte Krakel auf dem Papier – sein erstes Bild.

Cian lachte, als Ida es ihm zeigte. »Das erinnert mich an einige der neuen Maler. Er wird dir Konkurrenz machen. Wer will denn heute noch Gesichter sehen?«

In Augenblicken, die große Konzentration verlangten, überließ Ida ihren Sohn Bernadette, holte Eoin aber zwischendurch so oft wie möglich zu sich. Und ohne dass sie einander abgesprochen hätten, machte Cian es genauso. Einmal hatte sie ihn im Behandlungszimmer überrascht, wie er Eoin umhertrug und ihm Schautafeln mit der menschlichen

Muskulatur und dem Skelett zeigte und ihn mit sauberen, ungefährlichen Instrumenten spielen ließ.

»Schau dir das an«, sagte Ida und warf Cian belustigt die neueste Ausgabe von *Irish Life* auf den Tisch. »Müssen wir gekränkt sein, dass wir es auf diesem Weg erfahren?«

Angekündigt wird die Verlobung von Mr. Joseph Mary Plunkett, 26 Fitzwilliam Street Upper, ältester Sohn von Graf Plunkett, Direktor des National Museum, Kildare Street, und Miss Grace Gifford, Tochter von Mr. Frederick Gifford, 8 Temple Villas, Palmerston Park, Dublin.

Cian zog die Augenbrauen hoch. »Typisch Joe. Ich nehme an, sie werden uns zu einem kleinen Umtrunk einladen. Joe war stark erkältet, da verzichten sie wohl auf eine große Feier.«

Ida trank einen Schluck Wein und schaute zum Fenster. »Ich wünsche mir so sehr, dass sie glücklich werden.«

Cian stand auf und zog sie aus dem Sessel hoch. Dann legte er die Hände um Idas Gesicht und sah sie eindringlich an. »Du wolltest eigentlich etwas anderes sagen.«

Sie senkte flüchtig die Augen. »Dass ihnen genügend Zeit bleibt, wollte ich sagen. Das denke ich, wann immer ich sie zusammen sehe.«

Ihre Liebe war so zerbrechlich und die Gefahren, die sie umgaben, so groß. Ida fiel es immer schwerer, die unausgesprochenen Dinge zu verdrängen, wenn sie mit ihrer Freundin allein war.

»Da ist Joes Politik, von der Grace nichts weiß, und seine Gesundheit. Er liebt sie so sehr, aber ich verstehe nicht, warum er nicht mit ihr darüber spricht.« Ida nahm Cians Hände sanft herunter und trat einen Schritt zurück. »Ich würde es wissen wollen. Alles. Ich würde keine Ruhe geben, bis du mich eingeweiht hättest, bis ich alle Gefahren mit dir teilen könnte. Wenn du vorhättest zu kämpfen, würde ich mir eine Waffe besorgen und dir folgen.«

Er sah sie beinahe erschrocken an, weil sie so heftig gesprochen hatte, und Ida hob die Hand. »Lassen wir Eoin einen Augenblick aus dem Spiel. Außerdem haben sie kein Kind.« Sie holte tief Luft, als sie an die dunklen Stunden im Krankenhaus dachte. »Wenn du krank wärst, würde ich wissen wollen, wie schlimm es um dich steht. Ich würde die Ärzte und dich selbst so lange bedrängen, bis ich es wüsste. Und dann würde ich alles in meiner Macht Stehende dagegen tun, und wenn ich nichts mehr tun könnte, würde ich bei dir bleiben bis zum Ende.«

Sie schlug die Hand vor den Mund und spürte plötzlich Tränen auf ihren Wangen, schämte sich für ihren Ausbruch. Doch Cian hatte sie schon in die Arme geschlossen und drückte den Mund in ihre Haare.

»Ich weiß, und ich denke wie du. Aber wir müssen es hinnehmen, wenn unsere Freunde anders denken.«

Sie nickte und wusste selbst nicht, warum sie so heftig reagiert hatte. Dann dachte sie an Joes Liebesbrief und erkannte, dass er auch für sie gesprochen hatte.

Du hast mich glücklich gemacht – vergiss das nie, was immer geschieht, denn es ist eine Art Wunder.

Die Feier war zwanglos und fröhlich. Außer Joes Verwandten und Graces Schwestern waren nur enge Freunde gekommen. Séan Mac Diarmada war da und begrüßte Ida und Cian, die er seit dem Besuch in Larkfield im vergangenen November nicht mehr gesehen hatte, mit großem Überschwang.

Grace war hübsch anzusehen in einem grünen Kleid mit Perlmuttknöpfen und einer passenden Schleife im Haar. Joe bildete wie immer den lebhaften Mittelpunkt aller Gespräche und zog seine Verlobte bisweilen an der Hand mit sich, als wollte er sie keinen Moment aus den Augen lassen.

Es wurde viel über Politik geredet, und Ida behielt die Männer genau im Auge. Sie fragte sich, wie weit die Pläne für einen bewaffneten Aufstand gediehen waren. Cian hatte ihr anvertraut, dass Joe und Séan einem geheimen Militärrat angehörten, der alle Entscheidungen traf und niemanden sonst in seine Planungen einweihte.

Grace brachte Ida ein Glas Champagner und stieß mit ihr an. »Du siehst so ernst aus. Hast du den Männern zu lange zugehört?«

Ida lächelte. »Es stimmt mich nachdenklich, aber lass uns nicht darüber reden. Habt ihr euch schon einen Termin für die Hochzeit überlegt? Bei schönerem Wetter vielleicht?«

Grace wurde ein wenig rot. »Wir hatten an Ostern gedacht. Eine Doppelhochzeit mit Gerry und ihrem Thomas wäre schön. Und vorher noch der Übertritt.«

Ida musste kurz überlegen. »Du wirst katholisch?«

»Ich bereite mich schon länger darauf vor. Joe bedeutet es sehr viel, und ich möchte ganz zu ihm gehören. Daher werde ich mich katholisch taufen lassen. Mutter war natürlich außer sich, dabei ist unsere halbe Familie katholisch.« Ihr Tonfall ließ erkennen, dass die Meinung ihrer Mutter ohnehin keine Rolle für sie spielte.

»Ich wünsche euch jedenfalls alles Gute.« Sie stießen miteinander an.

Auf dem Heimweg war Cian schweigsam. Etwa einen Kilometer von ihrem Haus entfernt klopfte er an die Trennscheibe und bat den Fahrer anzuhalten. »Wenn dir nicht zu kalt ist, möchte ich das letzte Stück zu Fuß gehen.«

Sie stiegen aus, Cian bezahlte und legte den Arm um Ida, um sie warm zu halten. Dann endlich rückte er mit der Sprache heraus. »Von Séan erfährt man gar nichts, dabei habe ich mir alle Mühe gegeben. Er ist ein schrecklicher Geheimniskrämer, der Schlimmste von allen, sagt Joe. Tatsache ist, sie arbeiten unablässig an den Plänen für einen Aufstand und der Beschaffung der Waffen.« Er zögerte. »Joe hat mich um etwas gebeten.«

Ida spürte, wie ihr kalt wurde, was nicht nur an dem eisig stillen Februarabend lag.

»Worum?«, fragte sie tonlos.

»Ich habe mich an deine Worte erinnert«, sagte er leise. »Dass du es wissen willst, wenn ich mich in Gefahr begebe. Ich habe immer gesagt, ich werde die Freiheit meines Landes unterstützen, aber nicht mit einer Waffe dafür kämpfen. Dabei bleibe ich auch.«

»Aber?«

»Er hat gefragt, ob ich ihnen notfalls medizinischen Beistand leiste. Ich habe mir Bedenkzeit erbeten.«

Ida schaute zu Boden, während sie weitergingen, und spürte, wie sich die Kälte in ihrem Inneren ausbreitete. Er hatte recht, sie hatte alles wissen wollen. Und sich vorgenommen, ihn nie von etwas abzuhalten, das er für richtig hielt. Dennoch fand sie in diesem Moment keine Worte.

»Ida, ich muss das nicht tun. Es gibt genügend Ärzte in Dublin.«

»Aber nicht alle unterstützen die Republikaner«, sagte sie leise.

»Da wäre unter anderem Kathleen Lynn. Sie ist eine

hervorragende Ärztin und Mitglied der Irish Citizen Army. Bei einem Aufstand wäre sie auf jeden Fall dabei.«

»Ich habe von ihr gehört. Sie hat in Deutschland studiert.«

»Eine großartige Frau. Wie gesagt, ich werde nicht dringend gebraucht. Am liebsten wäre mir, sie würden gar keine Ärzte benötigen. Aber das ist zu optimistisch gedacht.«

Ida drängte sich noch enger an ihn. »Sag nicht wegen mir Nein. Natürlich hätte ich Angst. Du weißt, wie dankbar ich bin, dass du nicht in Frankreich kämpfst. Aber wenn deine Freunde dich brauchen, werde ich dich nicht abhalten.«

Sie gingen ein Stück schweigend.

»Ich überlege es mir. Noch ist nichts entschieden. Wer weiß, ob dieser Aufstand je stattfindet.«

Doch sie kannte Cians Stimme, und der Zweifel lag nur in seinen Worten, nicht in seinem Ton.

28

Im Frühling 1916 sahen sie Joe selten. Grace hatte den endgültigen Bruch mit ihrer Mutter riskiert, wirkte aber erleichtert, weil sie und Joe sich offen zueinander bekannt hatten. Sie bereitete sich auf ihre katholische Taufe vor und war so vom Glück über die Hochzeit erfüllt, die am Ostersonntag stattfinden sollte, dass Ida es nicht übers Herz brachte, ihr mit Fragen die Freude zu verderben.

Cian wirkte zunehmend besorgt, aber auch ungehalten.

»Ich habe Joe seit Wochen nicht gesehen. Da sind Dinge im Gange, von denen wir alle nichts wissen, Grace eingeschlossen. Und er übernimmt sich wieder, da bin ich mir sicher.«

Schließlich besuchte er Joe in Larkfield und kam bedrückt wieder nach Hause. »Es geht ihm nicht gut. Die Lymphdrüsen am Hals sind stark vergrößert. Eine Operation ist unumgänglich.«

»Schont er sich denn?«

Cian lachte bitter. »Ganz im Gegenteil. Er gönnt sich keine Ruhe. Er sagt, er könne nicht über seine Arbeit sprechen. Er erzählt mir kaum noch etwas.«

»Das ist doch verständlich«, erwiderte Ida. »Nicht weil er fürchtet, dass du etwas verraten könntest – es geht um deine Sicherheit. Wenn die Regierung erfährt, dass du davon weißt, wärst du auch in Gefahr.«

Doch Cian ließ sich nicht so leicht beschwichtigen und strich Eoin, der auf seinem Schoß saß, geistesabwesend über den Kopf. Sein Haar war dicht geworden und blond wie das seiner Mutter, aber die Augen hatten Cians Farbe angenommen.

»Es gibt einen inneren Kreis, der alle Entscheidungen trifft. Ich weiß nicht viel darüber, aber seit Anfang des Monats ist auch MacDonagh dabei. Und Séan. Unsere Freunde sind Mitglieder eines Geheimbundes. Und was immer sie dort tun, ist ungeheuer gefährlich.«

»Es wäre mir eine Ehre, Ihre Bilder zu zeigen«, sagte der Galerist. Richard Farnsworth war Engländer, lebte aber seit Jahren in Dublin und war dafür bekannt, dass er Nachwuchskünstlern eine Chance gab. Dann fügte er hinzu: »Wie lange arbeiten Sie schon hier?«

»Seit über vier Jahren«, antwortete Ida und staunte insgeheim, als sie an ihr jüngeres Selbst dachte, das sich kühn in dieses Abenteuer gestürzt hatte. Sie hatte hier ein neues Leben gefunden. Sie hatte alles gefunden.

Farnsworth schob die goldgefasste Brille auf dem Nasenrücken hoch. Dann legte er den Kopf schräg und schaute Ida nachdenklich an.

»Ich denke an etwas Besonderes – eine Retrospektive Ihres Schaffens hier in Dublin.«

»Retrospektive?« Das Wort verschlug ihr fast den Atem. »Das klingt nach Lebenswerk, nach … Alter und Erfahrung.«

»Nein, nein«, sagte Farnsworth und wippte auf den Fußballen. Sein agiler Körper schien ständig in Bewegung. »Nein, das sehen Sie falsch. Mir geht es um Ihre Entwicklung als Künstlerin, wie Sie sich mit der neuen Kultur auseinandergesetzt haben. Ich möchte alles zeigen – das Bild mit der Bierkutsche, die Kinderzeichnungen, die Porträts, Fotos von Ihren Bühnenbildern, die Zeichnungen von Ihrem Sohn …«

Ida spürte, wie es in ihr ganz warm wurde. »Sie kennen meine Arbeit sehr genau.«

»Das ist mein Beruf, Mrs. O'Connor.« Er trat ans Fenster und deutete ans andere Ufer des Liffey. »Das ist meine Stadt. Genau wie Sie bin ich als Fremder hergekommen. Sie glauben nicht, dass Iren und Engländer gleich sind, oder?«

»Ganz und gar nicht.«

»Das sind sie auch nicht. Aber ich habe diese Stadt lieben gelernt, selbst wenn sie es einem nicht leicht macht. Und ich fördere jene, die sich künstlerisch mit ihr auseinandersetzen, statt sie zu verteufeln oder ihr den Rücken zu kehren.«

Ida war überrascht, dass er sich selbst und sie gleichsetzte, und musste plötzlich an Mr. Blackett und die Rattigans denken. »Ist es klug, in dieser Zeit die Bilder einer deutschen Malerin auszustellen?«

Seine Miene war undurchdringlich. »Betrachten Sie sich als solche?«

»Nein, aber manche Leute beurteilen mich nach meiner Herkunft.«

»Ich nicht. Und wenn ich jemanden ausstelle, wird das gewöhnlich respektiert. Außerdem kenne ich viele Iren, die den Deutschen mehr als wohlgesonnen sind, auch wenn man mir diese Bemerkung in gewissen Kreisen übel nehmen würde.« Er griff nach Stift und Notizblock. »Und jetzt möchte ich nicht länger über Politik reden, sondern zum Geschäftlichen kommen. Ich biete Ihnen eine Ausstellung ab Juli an. Bis dahin bleibt mir genügend Zeit, bereits verkaufte Werke zu leihen und Ihr bisheriges Werk zu ordnen. Was immer Sie bis Mitte Juni Neues schaffen, wird berücksichtigt. Einverstanden?«

Am 7. April wurde Grace katholisch getauft, und Ida zeichnete ihr eine hübsche Glückwunschkarte mit Frühlingsblumen. Mrs. Gifford hatte ihre Tochter wegen der Taufe endgültig des Hauses verwiesen, worauf Grace ganz zu den MacDonaghs gezogen war. Der Bruch mit ihrer Mutter schien Grace nicht sonderlich traurig zu stimmen, und die Hochzeit war für den Ostersonntag geplant.

»Zum ersten Mal fühle ich mich wirklich frei«, sagte Grace zu Ida. »Joe hat mir ein wunderbares Gedicht für die Taufe geschrieben. Es ist, als wären wir jetzt noch enger verbunden.«

»Du siehst schrecklich aus«, sagte Cian brutal, worauf Joe ihn vom Bett aus anlächelte.

»Danke, das hören Patienten gern. Ein Wunder, dass du überhaupt noch welche hast.« Seine Stimme klang heiser, das Sprechen bereitete ihm sichtlich Schmerzen.

»Ich habe mit dem Chirurgen gesprochen, ich weiß, wie es um dich steht.« Cian ging im Krankenzimmer auf und ab und deutete auf die Berge von Papier, die sich auf dem Nachttisch stapelten und auf dem ganzen Bett verstreut lagen. Eine milchige Frühlingssonne schien durchs Fenster und ließ helle Flecken über den Boden tanzen.

Joes Blick bewirkte, dass Cian verstummte. »Ich werde gebraucht, mein Freund. Ich bin der strategische Anführer, ich habe alles geplant. Die Verantwortung für die Taktik liegt allein bei mir. Wir wissen genau, wo wir Position beziehen, um die britischen Soldaten aus der Innenstadt herauszuhalten. Pearse formuliert die Ausrufung der Republik. Wir haben eine grüne Fahne weben lassen, die wir auf der Hauptpost hissen werden. Es ist das erste Mal seit langer, langer Zeit, dass die

Iren sich ernsthaft erheben, und noch nie war die Gelegenheit so günstig.« Er schloss die Augen und atmete schwer. Dann winkte er Cian zu sich heran. »Am 9. April ist ein Schiff mit 20 000 Waffen an Bord in Lübeck ausgelaufen. Die sind alle für uns. Es ist so weit.«

Cian sah das Feuer in Joes müden, kurzsichtigen Augen und erkannte, dass er vergebens gekommen war. Nichts würde den Freund davon abhalten, die Rebellion anzuführen, nicht seine Krankheit, nicht seine Liebe zu Grace.

»Dann wünsche ich euch Erfolg. Und dass dein Gott dir beistehen möge. Vielleicht wird mein Sohn dank euch in einem freien Land aufwachsen.«

Er legte Joe die Hand auf die Schulter und drückte sie kurz. Dann stand er auf und ging zur Tür.

»Cian?«

Er drehte sich um. Joe hatte sich mühsam auf die Ellbogen gestützt, damit er ihn ansehen konnte. »Danke. Wir sehen uns bei der Hochzeit. Versprochen.«

Am Karsamstag kam Ida mit der Zeitung herein und legte sie vor Cian auf den Frühstückstisch, wobei sie auf eine Ankündigung deutete.

Aufgrund der äußerst kritischen Lage werden hiermit für morgen, Ostersonntag, sämtliche Befehle an die Irish Volunteers widerrufen, und es finden keine Paraden, Aufmärsche oder andere Truppenbewegungen statt. Jeder einzelne Volunteer hat diesem Befehl strikt und in allen Einzelheiten Folge zu leisten.

»Was bedeutet das?«, fragte sie. »Ist das ein Code?«

Cian nickte nachdenklich. »Sieht ganz danach aus. Ich

frage mich nur, warum sie die Veranstaltungen absagen.« Dann veränderte sich sein Gesichtsausdruck. »Vorgestern hat sich ein deutsches Schiff vor der Küste von Kerry selbst versenkt. Man vermutet, dass der Kapitän seine Fracht nicht den Briten überlassen wollte.«

»Was hatte ein deutsches Schiff in diesen Gewässern zu suchen?«

Cian legte ihr die Hand auf den Arm. »Joe hat mir erzählt, dass sie 20 000 Waffen aus Deutschland erwarten. Das Schiff sei am 9. in Lübeck ausgelaufen. Sie haben ihre ganzen Hoffnungen für den Aufstand in diese Lieferung gesetzt.«

Ida schaute von der Zeitung auf. »Du meinst …«

»Es kann kein Zufall sein. Joe hat so viel für diesen Plan riskiert.«

»Wie sehr ihn die Absage treffen muss! Er wird womöglich nicht erleben, dass Irland endlich frei wird.«

Ida setzte sich auf die Armlehne des Sessels und drückte sich an ihren Mann.

»Wir können nur abwarten, was geschieht.«

»Also wird die Hochzeit wie geplant stattfinden«, sagte sie. »Immerhin etwas Gutes. Sie lieben einander so sehr.«

Am Nachmittag hängte Ida das silbergrau schimmernde Kleid mit dem Spitzeneinsatz, das sie eigens für die Hochzeit gekauft hatte, an den Kleiderschrank und strich sanft über den glatten Stoff. Dann trat sie vor den Frisierspiegel und steckte probeweise die Haare auf.

Sie hörte, dass es klingelte, blieb aber im Schlafzimmer, weil Cian etwas in der Praxis erledigte und öffnen würde. Kurz darauf vernahm sie Schritte auf der Treppe und eine Frauenstimme. Grace.

Als Ida ihr Gesicht sah, wurde ihr ganz flau.

»Whiskey, schnell«, sagte Cian, der hinter Grace die Treppe heraufkam.

Als sie im Wohnzimmer saßen und Grace das Glas mit zitternden Händen an den Mund geführt hatte, sagte sie: »Die Hochzeit findet nicht statt.« Sie griff in ihre Handtasche und legte ein gefaltetes Blatt Papier und eine kleine Pistole auf den Tisch.

Ida schluckte. »Was bedeutet das?«

»Lies es vor«, sagte Grace tonlos.

»Mein allerliebstes Herz, ich habe Deinen lieben Brief um die Mittagszeit erhalten, da ich um 9 heute Morgen das Haus verlassen und seitdem keine Minute Zeit gehabt habe, meine Gedanken zu sammeln (es ist jetzt 14.45) … hier ist eine kleine Pistole, die Du nur benutzen solltest, um Dich selbst zu schützen. Und auch etwas Geld für Dich, und all meine Liebe, für immer. Joe.«

Cian war ganz blass geworden. »Wo ist er?«

Grace hieb so fest mit der Faust auf die Sessellehne, dass Ida zusammenfuhr. »Meinst du, ich würde hier sitzen, wenn ich das wüsste?«

Ida schaute sie sprachlos an. Solche Ausbrüche kannte sie bei ihrer Freundin nicht.

»Tut mir leid«, sagte Grace, als sie sich wieder gefasst hatte. »Ein großer Mann, den ich noch nie gesehen habe, hat mir beides gebracht. Er heißt Michael Collins. Er sei Joes Adjutant. Wie in einer richtigen Armee.«

Cian presste die Lippen aufeinander und sprach dann aus, was alle dachten: »Heißt das, sie beginnen einen Aufstand? Selbst ohne die Waffen?«

Am Sonntag hörten sie nichts von Grace. In der Stadt blieb alles ruhig. Ida und Cian gingen mit Eoin am Meer spazieren, konnten aber beide die Sorge nicht verdrängen. Worüber sie auch sprachen, alles war gefärbt von der Erinnerung an die Pistole, die wie eine Drohung auf dem Tisch gelegen hatte.

Am Montag wurde die Anspannung unerträglich. Als es am Nachmittag klingelte, war es geradezu wie eine Erlösung. Alles war besser als das stumme Warten.

Vor der Tür stand Father Monaghan, die Haare zerzaust, weniger würdevoll als sonst. »Darf ich hereinkommen, Mrs. O'Connor?«

»Natürlich.«

Im Hausflur schien er sich zu besinnen. »Verzeihen Sie meine Unhöflichkeit. Ein frohes Osterfest. Obwohl ich nicht weiß, ob meine Botschaft heute froh ist.«

»Father Monaghan«, sagte Cian überrascht, der aus dem Behandlungszimmer getreten war. »Ist jemand krank?«

»Nein. Es hat begonnen. Und Joseph Plunkett hat mich hergeschickt. Ich soll Ihnen erzählen, was geschehen ist.«

Ida und Cian sahen einander an.

Im Wohnzimmer legte Father Monaghan die Hände um seine Teetasse, als wolle er sich an ihr wärmen.

»Was wir gehört haben, war verwirrend«, sagte Cian. »Die Versenkung des Schiffes, die abgesagten Manöver … Dann schien doch etwas zu passieren …«

Der Geistliche stellte seine Tasse ab und stützte das Kinn auf die gefalteten Hände. »Der Aufstand war für Ostern geplant, die Waffen waren unterwegs. 20 000 Gewehre, die jetzt auf dem Meeresgrund liegen. Eoin MacNeill sagte den Aufstand ab, das war die codierte Nachricht in den Zeitungen.«

Ida konnte sehen, wie es hinter Cians Stirn arbeitete. »Aber andere haben sich entschlossen, die Pläne in die Tat umzusetzen. Leute, die nicht länger warten wollten.«

Leute, denen die Zeit wegläuft, dachte Ida wie betäubt.

»So ist es«, sagte Father Monaghan. »Sie haben sich heute Mittag in der City Hall getroffen und sind von dort aus losmarschiert. Angeführt von Pearse, Connolly und Plunkett. Sie hätten sie sehen sollen – unzureichend bewaffnet, manche hatten sogar Schrotflinten oder Metallspieße dabei. Rührend altmodisch, also genau so, wie wir immer gegen die Briten gekämpft haben.« Er lächelte bitter. »So sind sie von der City Hall zum Liffey marschiert, über die Brücke und geradewegs bis vor die Hauptpost.«

»Was haben die Menschen auf der Straße getan?«, fragte Ida.

»Nichts. Die meisten haben es wohl für einen der üblichen Aufmärsche gehalten. Keine Polizei, keine Soldaten, immerhin ist Ostermontag. Vor der Hauptpost sind sie stehen geblieben. Connolly hat gerufen: ›Links um! Greift an!‹ Und dann haben sie die Post gestürmt.«

»Die Post?«, fragte Ida verständnislos.

»Vermutlich aus strategischen Gründen«, warf Cian ein. »Sie ist zentral gelegen.«

»Danach blieb es eine Zeit lang ruhig. Ich bin auf der gegenüberliegenden Seite stehen geblieben und habe abgewartet.« Die Miene des Geistlichen wurde beinahe feierlich. »Plötzlich trat Pearse mit einigen Männern vor die Tür. Er hielt ein großes Blatt in der Hand und hat etwas vorgelesen. Und dann hat er sich mitten auf die Straße gestellt und es noch einmal vorgelesen.«

Father Monaghan griff in die Tasche seines schwarzen Jacketts und holte ein Blatt heraus, das er sorgsam entfaltete und auf dem Tisch ausbreitete.

Poblacht Na hÉireann
Die vorläufige Regierung der Republik Irland
an das irische Volk

Iren und Irinnen. Im Namen Gottes und der toten Generationen, von denen es seine alte nationale Tradition geerbt hat, ruft Irland seine Kinder durch uns zu seiner Flagge und kämpft für seine Freiheit.

Atemlos überflog Ida die Verkündung der Republik. Wort für Wort Hochverrat, und doch kam es ihr gut und richtig vor.

Darunter standen sieben Namen, unten rechts der von Joe. Auch Séan und MacDonagh hatten unterzeichnet.

»Danach haben sie den Union Jack vom Dach der Post geholt und eine andere Flagge gehisst«, sagte der Geistliche. »Eine grüne Flagge mit der Aufschrift Irish Republic in weiß-orangefarbenen Buchstaben.«

Sie saßen da und hingen ihren Gedanken nach, bis sich der Geistliche räusperte.

»Ich bin aber nicht nur im Auftrag von Mr. Plunkett hier. Dr. O'Connor, Sie werden möglicherweise gebraucht. Schon bald.«

Sechs lange Tage war es, als hätte der Krieg von Europa aus den Arm nach Dublin ausgestreckt. In den Straßen wurde hinter eilends aufgetürmten Barrikaden gekämpft. Die Rebellen hatten, wie von Joe geplant, strategische Punkte in der Innenstadt befestigt, um sie gegen die Briten zu verteidigen.

Cian schloss seine Praxis und bemühte sich verzweifelt, etwas über seine Freunde zu erfahren. Den Zeitungen konnte man nicht glauben, da das britische Militär keine Journalisten in der Nähe der Kampfzone duldete. Doch Father Monaghan war ein Vertrauter der Aufständischen, so konnte er am zuverlässigsten berichten, was in der Stadt geschah. Und es waren keine guten Neuigkeiten.

Als Cian am Dienstagnachmittag erschöpft von seiner Runde kam, half Ida ihm aus dem Mantel. Obwohl es schon April war, blieb das Wetter hartnäckig kalt. 1916 schien es keinen Frühling zu geben. Sie hatte Eoin in Bernadettes Obhut gelassen, weil sie ahnte, dass er in Ruhe mit ihr sprechen wollte.

Er saß da, das Gesicht in die Hände gestützt, und schwieg, bevor er sich so weit gesammelt hatte, dass er erzählen konnte. Ida schob ihm wortlos eine Tasse Tee hin.

»Sie wissen genau, was sie tun.« Er zögerte, und sie schöpfte schon ein wenig Hoffnung, doch seine nächsten Worte machten diese Hoffnung zunichte.

»Militärisch haben sie nicht die geringste Chance. Was sie tun, ist blanker Selbstmord. MacNeill hat den Aufstand abgesagt, weil die Waffen verloren gegangen sind. Daraufhin haben Pearse, Joe und die anderen beschlossen, mit tausend Leuten anzugreifen. Sie haben einfach losgeschlagen, weil sie hofften, dass der Funke überspringen, dass sich überall im Land die Volunteers erheben, dass sich die Dubliner ihnen begeistert anschließen würden.«

»Und?«, fragte Ida atemlos.

Cian stand so abrupt auf, dass sein Sessel beinahe nach hinten kippte. »Die Dubliner plündern.« Seine Stimme klang bitter. »Sie nehmen die Rebellen nicht ernst und nutzen die Lage, um sich in den Geschäften zu bedienen. Pearse hat ausdrücklich jegliche Plünderei verboten, aber das interessiert den Mob nicht. Statt sich eine alte Schrotflinte zu besorgen und sich dem Aufstand anzuschließen, schleppen sie Kleider und wertlosen Tand aus den Läden und verspotten die Rebellen … Vor Jacob's Fabrik hat eine Menge getobt und gebrüllt, sie sollten doch nach Frankreich gehen und dort wie Männer kämpfen.« Er rang um Fassung. »Alles, was Joe und die anderen lange und mühevoll geplant haben, war vergeblich. Aus allen Richtungen drängen britische Soldaten in die Stadt. Auf den Straßen liegen Tote und Verwundete, die nicht geborgen werden können, weil das Feuer zu heftig ist. Und den Dublinern ist es nicht nur egal, sie halten unsere Leute für Verräter.«

Ida umklammerte mit den Händen ihre Oberarme. Trotz des Kaminfeuers war ihr kalt geworden. Cians Stimme klang seltsam mutlos. Erst vorgestern hatte Father Monaghan euphorisch von der Besetzung des Postamts und der Ausrufung der Republik berichtet, und nun betrachtete man diejenigen, die alles für ihr Land riskierten, als Verräter.

»Und Joe?«, brachte Ida schließlich heraus.

Cian zuckte mit den Schultern. »Father Monaghan hat ihn kurz gesehen. Es geht ihm schlecht, aber er hält sich sehr tapfer. Ist immer mitten im Geschehen.«

»Vielleicht haben sie doch eine Chance. Sie kennen sich aus, können sich in Gebäuden verschanzen und von dort aus alles überblicken«, sagte Ida zögernd, doch Cian schüttelte den Kopf.

»Schon jetzt sind etwa siebentausend britische Soldaten in der Stadt. Die Verunsicherung ist so groß, dass es zu Übergriffen gegen die Bevölkerung kommt. Es heißt, Soldaten hätten zwei junge Mädchen erschossen, die gar nichts mit dem Aufstand zu tun haben. Dieser Feind ist neu für sie. Viele Rebellen haben nicht mal Uniformen, sie sind in Alltagskleidung in den Kampf gezogen. Die Briten wissen nicht, von wo ihnen Gefahr droht, und schießen blindwütig auf alles, was sich bewegt.«

Spät am Mittwochabend klingelte es an der Tür. Eoin wachte von dem Geräusch auf und begann zu weinen. Cian ging nach unten, während Ida versuchte, ihren Sohn zu beruhigen. Sie trug ihn umher und sprach beruhigend auf ihn ein, bis sein Schluchzen allmählich leiser wurde. Sie spürte, wie ein Zucken durch seinen Körper lief, dann sank sein Kopf schwer auf ihre Schulter.

Schritte auf der Treppe. Cian öffnete die Schlafzimmertür, worauf Ida einen Finger auf die Lippen legte und Eoin rasch in sein Zimmer brachte. Sie deckte ihn zu und ging leise hinaus.

Cian stand im Flur. »Es ist Father Monaghan. Sie brauchen mich.«

Einen Augenblick lang konnte sie nichts denken. Ihr Kopf und ihr Herz waren leer. Sie ballte die Hände zu Fäusten, bis sich die Nägel in ihre Handflächen bohrten und sie in die Gegenwart zurückbrachten.

»Dann geh.«

Cian machte einen Schritt auf sie zu, und sie konnte sehen, dass er innerlich zerrissen war. Er schaute zur Tür des Kinderzimmers und wieder zu ihr, presste die Hand vor den Mund und zuckte dann mit den Schultern.

»Die Ärztin schafft es nicht allein. Zu viele Orte, zu weit auseinander. Überall stehen Geschütze, die halbe Stadt liegt in Trümmern. Die meisten Ärzte trauen sich nicht dorthin.«

Ida fragte sich, ob er sich selbst oder sie überzeugen wollte. Sie wusste nur eins – wenn er nicht half, würde er es sich nie verzeihen. Außerdem wusste sie, dass ihm der Gedanke an Joe keine Ruhe ließ. So bekäme er vielleicht Gelegenheit, nach dem Freund zu sehen.

»Geh. Und komm heil zurück. Sieh zu, dass du Joe findest, Grace macht sich schreckliche Sorgen.«

Cian zog Ida an sich und hielt sie fest, als wollte er mit ihr verschmelzen, etwas von ihr mitnehmen in die von Brandgeruch umwehte Nacht.

»Ich komme so bald wie möglich zurück.« Er küsste sie, und sie öffnete die Lippen, und einen Moment lang war es, als könnte sie ihn nicht gehen lassen. Also trat sie zurück, bevor das Gefühl unüberwindlich wurde, und nickte.

»Sie warten auf dich.«

Cian eilte die Treppe hinunter. Sie hörte, wie er unten mit Father Monaghan sprach, dann fiel die Haustür hinter ihnen zu.

Ida ging auf Zehenspitzen ins Kinderzimmer und setzte sich neben dem Bett auf den Boden. Sie zog den Morgenmantel enger um sich und lehnte den Kopf an die Wand. Es war kalt, doch das war ihr egal. Sie wollte nicht in ihr leeres Bett und musste den selbstsüchtigen Drang unterdrücken, Eoin aufzunehmen und an sich zu pressen. Sie griff durch die Gitterstäbe und umfasste seine kleine, warme Hand. So blieb sie sitzen, bis sie irgendwann einschlief.

Am Morgen wurde Ida wach, als sich das Kind neben ihr regte. Ihr ganzer Körper tat weh, weil sie seitlich am Bett gelehnt hatte, und durchgefroren war sie auch. Sie stand auf, nahm Eoin aus dem Bett und ging mit ihm nach unten in die Küche, wo Mrs. Flanagan das Frühstück vorbereitete.

»Mrs. O'Connor, Sie sehen gar nicht gut aus. Sind Sie krank?«

Ida schüttelte den Kopf. »Was gibt es Neues in der Stadt?«

»Es ist traurig, unendlich traurig. So viele Tote. Sie schießen mit schweren Geschützen auf die Hauptpost, die ganze Straße erbebt dabei. Das Imperial Hotel ist eingestürzt. Alles ist voller Soldaten. Man muss Angst haben, dass sie einen für Rebellen halten und einfach schießen. Die Leute schlagen Fenster ein, die noch nicht zerbrochen sind, und schleppen alles weg.« Abscheu und Entsetzen schwangen in ihrer Stimme mit. »Ich schäme mich für Dublin, Mrs. O'Connor.« Dann schaute sie Ida prüfend an. »Haben Sie schlecht geschlafen? Setzen Sie sich mal, ich mache Brei für den Kleinen, und Sie bekommen einen starken Tee.«

Ida überlegte, was sie der treuen Haushälterin sagen sollte. Die Wahrheit, alles andere wäre Unsinn. »Mein Mann ist heute Nacht in die Stadt gegangen. Zu den Rebellen. Sie brauchten einen Arzt.«

Das runde Gesicht der Haushälterin wurde ernst. Sie goss Milch in einen Topf und setzte den Wasserkessel auf den Herd.

»Ich bete für ihn, Mrs. O'Connor. Und für all die anderen. Das sollten Sie auch tun.« Sie lächelte verhalten. »Auch wenn es nicht der Rosenkranz ist. Beten hilft immer.«

Ida kamen angesichts der schlichten Güte dieser Frau die Tränen, und sie verbarg ihr Gesicht an Eoins weicher Wange. Nachdem sie gefrühstückt und Eoin in Bernadettes Obhut gegeben hatte, hängte Ida ein Schild an die Haustür: *Praxis vorübergehend geschlossen.* Dann setzte sie sich ins Atelier, den Zeichenblock auf den Knien. Sie war sich nicht sicher, was sie zeichnen sollte, und ließ ihre Hand frei über das Blatt wandern.

Es wurden Fragmente – ein eingestürztes Gebäude mit klaffenden Fensterhöhlen, Eoins Hand, die sie in der Nacht gehalten hatte. Cian, der in Schal und Mantel in der Dunkelheit verschwand, Father Monaghan, der neben einem Sterbenden kniete. Auf einmal spürte sie den überwältigenden Drang, Cian zu folgen und alles, was in der Stadt geschah, mit dem Stift festzuhalten, damit es nicht vergessen würde.

Doch das konnte sie nicht. Sie hatten ein Kind. Es waren Menschen erschossen worden, die nichts mit dem Aufstand zu tun hatten. Nein, sie musste hierbleiben und versuchen, aus den Worten anderer und den Bildern in den Zeitungen etwas zu erschaffen.

Ida griff nahm den Block und ging nach unten zu Mrs. Flanagan, um sich genau beschreiben zu lassen, was die Haushälterin auf dem Weg nach Sandymount gesehen hatte.

Am Freitagmorgen brachte ein etwa dreizehnjähriger Junge mit zerzaustem Haar, der einen Patronengürtel quer über der Brust trug, eine Nachricht von Cian. Sie war auf ein liniertes Blatt gekritzelt, das er aus einem billigen Notizbuch gerissen haben musste. Eine Ecke war dunkel verschmiert, ob mit Schmutz, Schießpulver oder Druckerschwärze, war nicht zu erkennen.

Mir geht es gut. Viel Arbeit. Lage unübersichtlich. Kaum Hoffnung. Joe unverletzt, aber sehr schwach. Bin in Sorge. Liebe Dich und Eoin.

»Komm herein.« Ida schob den Jungen in die Küche und bat Mrs. Flanagan, ihm etwas zu essen zu geben. Er nickte dankbar. »Du kannst gleich eine Nachricht für Dr. O'Connor mit zurücknehmen.«

Sie ging ins Sprechzimmer, suchte einen Notizblock und schrieb: *Wir lieben Dich auch. Komm zu uns, sobald Du kannst. I und E.*

Nachdem der Junge gegessen hatte und mitsamt dem

Zettel wieder verschwunden war, kehrte Ida in die Küche zurück.

»Nur gut, dass ich gestern Brot gebacken habe«, knurrte die Haushälterin. »In der Stadt gibt es nichts. Keine Zeitung, kein Brot, keine Milch. Die meisten Leute sind gegen die Rebellen. Sie wollen, dass es vorbei ist. Und ein paar haben abfällige Bemerkungen gemacht, von wegen die Briten müssten endlich aufräumen.«

Ida schluckte. Das war das Bitterste – eine militärische Niederlage konnten Joe und seine Leute verkraften, es war nichts Neues für Iren, gegen die britische Armee zu verlieren. Aber von den eigenen Landsleuten, für die sie gekämpft hatten, verachtet und verspottet zu werden, tat weh. Hatten sie alle – Joe und Séan und Madame Markievicz – sich so geirrt? Waren den Iren das Brot auf dem Tisch und der britische Sold in der Tasche wichtiger als ihre Freiheit? Mussten die Rebellen erkennen, dass sie einem Traum verhaftet waren, den nur wenige träumten, den ihr Volk nicht teilte? Und was sollte aus ihnen werden, wenn all das hier vorbei war?

»Keine Zeitungen? Haben Sie wenigstens irgendetwas gehört, auch wenn es nur Gerüchte sind?«

»Ein Herr an der Straßenbahnhaltestelle meinte, es sei ein neuer Oberbefehlshaber aus England gekommen. Maxwell soll er heißen. Er hat gesagt, er wird alles zerstören, was die Rebellen besetzt haben. Und wem sein Leben lieb ist, der soll den Gebäuden fernbleiben, in denen sie sich verstecken.«

Ida presste die Lippen aufeinander. Ihr Herz hämmerte so sehr, dass ihr beinahe schlecht wurde. Das konnte nur heißen, dass die Briten keine Gnade walten lassen würden. Sie würden die Gebäude zerschießen oder sprengen, ohne Rücksicht auf die Menschen, die sich darin aufhielten. Der Junge hatte von einer Fabrik gesprochen, das musste Jacob's sein. Vielleicht aber war Cian inzwischen ganz woanders, weil die Not an einem anderen Stützpunkt größer war. Wie sollte sie ihn in diesem Chaos finden?

Ida beschloss, bis zum Samstag zu warten. Wenn Cian bis dahin nicht zurückgekehrt war, würde sie Eoin bei Bernadette lassen und nicht aufgeben, bis sie ihren Mann gefunden hatte.

Ida drückte ihren Sohn noch einmal an sich, atmete seinen Geruch ein und legte ihre Wange an sein weiches Haar.

»Ich komme wieder, Eoin. Aber ich muss deinen Vater suchen.«

Dann reichte sie ihn Bernadette, und die junge Frau nahm den Jungen mit ernstem Blick entgegen. »Ich passe gut auf.« Mehr sagte sie nicht, doch ihr Blick war seltsam tröstlich.

Ida nickte knapp und griff nach ihrer Mütze und dem schlichten blauen Mantel. Sie zog den Gürtel eng, als könnte er ihr Halt verleihen, und ging zu Mrs. Flanagan in die Küche.

»Ich komme so bald wie möglich wieder.«

Die Haushälterin drehte sich um und öffnete eine Schublade. »Sie wissen hoffentlich, wie unvernünftig das ist. Aber wenn Sie ihn unbedingt suchen wollen, nehmen Sie wenigstens das hier mit.« Sie hielt ihr ein Messer in einer abgenutzten Lederscheide hin.

»Danke, aber das hilft nicht gegen Kugeln«, sagte Ida hilflos.

»Aber gegen zudringliche Männer«, lautete die schroffe Antwort. »Es ist besser als nichts.«

Ida steckte es in die Innentasche ihres Mantels.

»Ich bete für Sie, Mrs. O'Connor. Das sind schwere Stunden für unser Land.«

Ida verließ die Küche. Erst als sie die Türklinke niederdrückte, wurde ihr bewusst, dass Mrs. Flanagan »unser« Land gesagt hatte.

29

Ida hatte bequeme Stiefel angezogen, weil sie entschlossen war, den ganzen Weg zu Fuß zu gehen. Keine Droschke, kein Taxi, sie wollte sehen, was in der Stadt geschah. In den Außenbezirken nahm das Leben seinen gewohnten Gang, wenngleich man eine unterschwellige Unruhe spürte. Die Menschen schienen sich schneller zu bewegen, als wollten sie möglichst rasch in die Sicherheit ihres Hauses gelangen. Manche schauten sich verstohlen um oder zuckten zusammen, wenn aus der Ferne Schüsse ertönten.

Die Geräusche wurden lauter, als sie sich dem Stadtzentrum näherte. Explosionen, einzelne Schüsse, ganze Salven. Rauchwolken hingen über den Dächern, beißender Brandgeruch drang ihr in Nase und Augen.

Ein älterer Polizist hielt sie an. »Madam, Sie sollten nach Hause gehen. In diese Richtung ist es zu gefährlich.« Er deutete mit dem Daumen über die Schulter, doch Ida schüttelte den Kopf.

»Ich habe eine wichtige Besorgung zu machen.«

Er schaute sie verwundert an und zuckte mit den Schultern. »Verbieten kann ich es Ihnen nicht. Die Soldaten dagegen schon. Warten Sie ab, bis Sie an die erste Straßensperre kommen.«

Sie nickte und ging weiter, wobei sie eine leise Verzweiflung nicht unterdrücken konnte. Was sollte sie sagen, wenn die Soldaten sie aufhalten wollten? Man würde sie niemals in die Nähe der Rebellen lassen. Weitergehen, einfach weitergehen, dachte sie. Mir wird etwas einfallen.

Als ein Trupp britischer Soldaten um die Ecke bog, schlug ihr Herz bis zum Hals, obwohl es kein ungewöhnlicher Anblick war. Sie lebte seit Jahren in Dublin und hatte mehr als einmal britische Soldaten in der Stadt gesehen. Nun aber überkam sie Entsetzen. Zum ersten Mal empfand sie die Männer, die sie gar nicht kannte, die ihr persönlich kein Leid getan hatten, als Feinde.

Die Soldaten beachteten sie nicht, als sie mit geradem Rücken und zusammengepressten Zähnen an ihnen vorbeiging. Sie bog in die Straße, aus der die Soldaten gekommen waren, und blieb abrupt stehen, weil sie eine Gruppe Passanten bemerkte, die sich um drei Männer drängten, die am Boden lagen. Ältere Männer, wie sie beim Näherkommen sah, Zivilisten. Mit weißen Fahnen in Händen.

Ida musste sich an der nächsten Hauswand abstützen und tief durchatmen.

Der Krieg hatte sie endgültig eingeholt.

Kurz vor St. Stephen's Green war ihr Weg zu Ende. Eine britische Straßensperre, auf die Schnelle aus Möbelstücken und alten Säcken errichtet.

Nieselregen hatte eingesetzt und verwandelte den Staub auf dem Pflaster, der aus den Trümmern zerstörter Häuser gerieselt war, in eine dunkle Schmiere. Ida war froh, dass sie den alten Mantel angezogen hatte, während die feinen Tropfen ihr Gesicht erkalten ließen.

»Madam, Sie können hier nicht durch! Es besteht Lebensgefahr. Keine Zivilisten hinter dieser Sperre!«, rief ein Soldat, der die Barrikade bewachte.

Ida überlegte rasch. »Es ist persönlich. Ich habe Familie …«

Der Mann schüttelte den Kopf. »Der Aufstand ist so gut

wie vorbei, bald können Sie zu Ihrer Familie. Die Rebellen werden sich ergeben, es ist nur eine Frage von Stunden. Alles ist zusammengebrochen, sie haben die Hauptpost verlassen. Wir rücken an allen Fronten vor.«

Was als Trost gedacht war, traf Ida mitten ins Herz.

Sie drehte sich um und überlegte gerade, wie sie von hier aus zu Father Monaghans Kirche gelangen konnte, als eine Stimme sie beim Namen rief.

Sie fuhr herum und bemerkte einen britischen Offizier, der in einem offenen Wagen saß. Er bedeutete seinem Fahrer anzuhalten und stieg aus. Ida erkannte sein Hinken.

»Captain Spencer.«

Er gab ihr die Hand. Er sah älter aus. Älter, als er war, als er aussehen sollte, doch sein Lächeln war so freundlich wie zuvor.

»Major, um korrekt zu sein. Was tun Sie hier?«

Ida überlegte kurz, ob sie lügen sollte, doch der Mann war ihre einzige Chance. »Ich muss dorthin.« Sie deutete nach Norden in Richtung Fluss.

Er nahm sie am Arm und führte sie beiseite, damit die Soldaten sie nicht hörten.

»Das ist ausgeschlossen. Die Stadt befindet sich im Kriegszustand.«

»Das weiß ich. Aber mein Mann ist irgendwo da drüben.«

Major Spencer sah sie betroffen an. »Ihr Mann ist einer von diesen …«

Sie hob den Kopf und sah ihm fest in die Augen. »Es sind Soldaten wie Sie. Und, nein, er ist keiner von ihnen und unbewaffnet. Er hilft dort nur als Arzt. Ich muss wissen, ob es ihm gut geht, vorher gehe ich nicht nach Hause. Bitte.«

Sie sah, wie der Argwohn aus seinem Gesicht wich und

etwas anderem Platz machte – einer Mischung aus Gereiztheit und Respekt. »Sie sind ganz schön anstrengend. Das war mir früher nicht bewusst.«

»Vielleicht sind wir uns unter den falschen Umständen begegnet.« Ida spürte, wie er sich zum Gehen wandte, und setzte alles auf eine Karte. »Nur Sie können mir helfen. Bringen Sie mich an den Soldaten vorbei. Ich steige aus, sobald es geht, und wir vergessen, dass wir einander begegnet sind.«

Spencer kämpfte mit sich, das war deutlich zu erkennen. Dann straffte er die Schultern und deutete auf den Wagen. »Mrs. O'Connor, wenn ich bitten darf.«

Der Fahrer konnte seine Überraschung nicht verbergen, doch Major Spencers Befehl klang so scharf, dass der Mann zusammenzuckte und losfuhr.

»Ducken Sie sich«, kommandierte Spencer, als sie in Richtung Liffey fuhren. Vereinzelte Schüsse peitschten über die Straße, zerschlugen Fensterscheiben, ließen Putz aus den Mauern rieseln. An der O'Connell Bridge hielt der Wagen an.

Major Spencer drehte sich um.

»Ab hier kann ich keine Verantwortung mehr übernehmen. Sie sind auf sich allein gestellt, Mrs. O'Connor. Ich wünsche Ihnen Glück.« Er salutierte, und Ida sprang leichtfüßig aus dem Wagen.

Als sie über die Brücke zur Sackville Street schaute, schlug sie die Hand vor den Mund. Die schönste Straße Dublins war ein Trümmerfeld, aus dessen geschwärzten Ruinen Rauch in den wolkenverhangenen Himmel stieg. Von manchen Häusern waren nur steinerne Gerippe übrig, doch vom Dach der Hauptpost wehte noch die grüne Flagge.

Plötzlich wurde sie am Arm in einen Hauseingang gezerrt. Ein staubbedeckter Mann drückte sie gegen die Mauer.

»Sind Sie lebensmüde? Was machen Sie hier?«

»Ich suche meinen Mann. Er ist Arzt.«

Der Mann musterte sie. Seine blauen Augen leuchteten unnatürlich hell in dem verschmutzten Gesicht. »Da drüben?«

Sie nickte.

»Sie haben kapituliert.«

Ida sah ihn fragend an.

»Pearse hat sich ergeben. Ich bin auf dem Weg zum Green, um dort Bescheid zu geben. Madame weiß noch nicht, dass es vorbei ist.«

»Madame Markievicz?«

»Ja, sie hat dort den Oberbefehl, zusammen mit Michael Mallin.«

Also war Constance Markievicz ihren Weg zu Ende gegangen und als Soldatin in den Kampf gezogen. Was würde nun aus ihr werden? Was würde aus ihnen allen werden?

Der Mann warf einen ungeduldigen Blick auf die Straße. »Ich muss weiter, Madam.«

»Kennen Sie Cian O'Connor?«, fragte sie und vertrat ihm den Weg. »Sie können sofort gehen, aber sagen Sie mir, ob Sie meinen Mann kennen oder etwas von ihm gehört haben. Bitte.«

»Er ist Arzt, sagen Sie? Ich habe einen Arzt in der Hauptpost gesehen.«

»Und wo ist er jetzt?«

Der Mann zuckte mit den Schultern und schob sie behutsam, aber entschlossen beiseite. »Angeblich bringt man die Gefangenen in die Rotunda Gardens.«

Das war der kleine Park am nördlichen Ende der Sackville Street. Der Mann tippte sich an den Hut und verschwand in Richtung St. Stephen's Green.

Ida schaute aus dem Hauseingang auf die Brücke und die Trümmerlandschaft dahinter. Von dort waren keine Schüsse mehr zu hören. Konnte sie es wagen? Einen Moment lang war sie wie erstarrt, weil sie spürte, wie zwei Kräfte an ihr zerrten – ihr Mann und ihr Sohn, und sie war zwischen ihnen hin- und hergerissen. Dann gab sie sich einen Ruck. Die Gefangenen, hatte der Mann gesagt. Was würde mit Cian geschehen? Sie konnte nicht zu Eoin heimkehren, ohne zu wissen, was aus seinem Vater geworden war. Vielleicht hatten sie ihn gar nicht verhaftet. Er war Arzt, hatte Verwundeten geholfen, sonst nichts.

Ida trat aus dem Hauseingang und eilte über die O'Connell Bridge. In der Sackville Street begafften Leute die Trümmer, der eine oder andere grub im Schutt nach Kostbarkeiten. Angesichts dieser Gleichgültigkeit überkam Ida ungeheurer Zorn, und sie dachte an die beschämten Worte, mit denen Cian und Mrs. Flanagan die Plünderungen geschildert hatten.

Auf Höhe des zerstörten Hotels blieb sie stehen und warf einen Blick auf die Hauptpost. Aus der Nähe erkannte sie, dass das stolze Gebäude nur noch eine leere Hülle mit klaffenden Fensteröffnungen war. Davor erinnerte eine Straßensperre aus umgekippten Rollwagen und Säcken an die erbitterten Kämpfe, die bis vor Kurzem hier getobt hatten. Auf dem Pflaster lagen Steinbrocken, Teile von Uniformen, eine weiße Flagge, die achtlose Füße in den Schmutz getreten hatten.

Als Ida das Gebäude betrachtete, zog sich ihre Kehle zusammen. Was mochte aus den Rebellen geworden sein? War Joe dort gewesen? Und Cian?

Sie warf einen letzten Blick auf die grüne Flagge, die trotzig vom Dach wehte, das letzte Zeugnis des sechs Tage währenden Traums von einer Republik.

Als sie sich den Rotunda Gardens am Parnell Square näherte, spürte sie, wie ihr Herz heftiger schlug. Der Ort war mit Erinnerungen verbunden. Hier waren sie vor einem halben Leben mit Joe Rollschuh gelaufen. Hier hatte sie die Gründung der Irish Volunteers miterlebt. Jetzt wimmelte er von englischen Soldaten. Der Park war abgeriegelt, die Menschen versuchten, einen Blick auf die Männer und Frauen zu erhaschen, die sich unter strenger Bewachung auf der kleinen Rasenfläche drängten. Manche riefen Schmähworte, dann und wann brandete Gelächter auf.

Eine Frau neben Ida sagte: »Wenn mein Willie das wüsste! Er ist seit Dezember 14 an der Front. Schämen würde er sich für diese Leute.«

»Träumer«, sagte ein Mann in nachdenklicherem Ton zu seinem Begleiter, »allesamt Träumer. Kein echter Soldat dabei. Es heißt, sie hätten auf deutsche Waffen gewartet. Als die nicht kamen, sind sie einfach drauflosgestürmt. Ohne jede Aussicht auf Erfolg. Verrückte. Im Grunde Verräter. Und trotzdem ...«

Es stimmte also, dachte Ida mutlos. Die Dubliner betrachteten die Rebellen als unliebsame Ruhestörer und hießen die britischen Soldaten willkommen, weil sie in der Stadt für Ordnung sorgten.

Sie stellte sich auf Zehenspitzen, verzweifelt bemüht, einen Blick in den kleinen Park zu werfen, doch die Soldaten versperrten ihr die Sicht.

Ida drängte sich durch die Menge, die sie nur unwillig durchließ, trat auf einen Offizier zu und tippte ihm auf den Arm.

Er drehte sich um und bedachte sie mit einem herablassenden Blick. »Bitte entfernen Sie sich, Madam. Sie haben hier nichts zu suchen.« Er wollte sich wieder abwenden, doch Ida war nicht so weit gekommen, um sich jetzt abweisen zu lassen.

»Major Spencer hat mir erlaubt, nach meinem Mann zu suchen«, sagte sie hastig und ohne nachzudenken.

Jetzt zog er eine Augenbraue hoch. »Sie kennen Major Spencer?«

»Wir sind alte Freunde«, erklärte sie und hoffte, dass ihre selbstsichere Fassade ihn überzeugte.

»Und was ist mit Ihrem Mann?« Der Offizier deutete mit seinem Stöckchen auf den Park. »Ist er einer von diesen … diesen Verrätern da?«

»Er ist Arzt. Er hat Menschen in Not geholfen.«

Sie drückte die Schultern nach hinten und sah ihm in die Augen. »Ich möchte nur sehen, ob es ihm gut geht. Bitte. Dann gehe ich wieder.«

Ida wagte kaum zu atmen, während sie auf seine Antwort wartete. Ihre Geschichte war hauchdünn, und gewiss waren schon andere Frauen vor ihr da gewesen und hatten darum gebeten, in den Park gelassen zu werden. Sie hatte nichts vorzuweisen außer den Namen eines britischen Offiziers, dem sie nur ein paarmal begegnet war.

»Smith, kommen Sie her. Sie gehen mit der Lady dort hinein. Sie sucht ihren Mann. Nach fünf Minuten bringen Sie sie zurück, ob sie ihn gefunden hat oder nicht. Es werden keine Gegenstände ausgetauscht. Kein Körperkontakt.«

»Ja, Sir.« Der Soldat trat neben Ida, nahm ihren Arm und führte sie zum Tor des Parks. Die Menschen hinter ihr murrten, als sie sahen, dass man ihr dieses Privileg zugestand.

Als sie durch das Tor trat, musste sie stehen bleiben, so schrecklich war der Anblick. Lauter verschmutzte Männer in blutigen, zerrissenen Uniformen, manche auch in Zivil, drängten sich auf der kleinen Rasenfläche. Einige saßen oder knieten, andere lagen, als könnten sie sich nicht aufrecht halten. Ida entdeckte Thomas Clarke, halb entkleidet, einen Ellbogen blutüberströmt, ohne Verband. Ein anderer Mann hatte seine Arme um ihn gelegt, um ihn zu wärmen. Über allem lag eine tiefe Stille. Selbst die Bäume schienen reglos zu verharren, als hielten sie den Atem an.

Fünf Minuten, dachte sie fieberhaft, nur fünf Minuten. Sie spürte den Soldaten neben sich und machte einige Schritte, sah sich um.

Sie erkannten einander im selben Augenblick. Cian hob die Hand, und Ida eilte auf ihn zu, gefolgt von dem Soldaten. »Keine Berührung, Madam, ist das klar?«

Die Männer rückten beiseite, um ihr Platz zu machen, und dann stand sie vor ihm. Sie hatte nur Augen für Cian, musterte ihn rasch, er schien unverletzt. Erschöpft und unrasiert, aber unverletzt.

»Ich musste dich sehen.«

»Eoin …«

»Es geht ihm gut.«

»Verzeih mir.«

Er schloss flüchtig die Augen und drehte sich zur Seite, wobei Ida seinem Blick folgte.

Neben ihm im Gras lag Joe. Er wurde von einem kräftigen jungen Mann gestützt, den sie nicht kannte, und lächelte.

Er sieht aus wie ein Sterbender, und doch lächelt er, dachte Ida. Der Verband um Joes Hals war verschmutzt, sein Gesicht totenbleich, er hatte tiefe Ringe unter den Augen, aber sie sah den Funken darin, den unüberwindlichen Funken, den sie so gut kannte.

Er winkte ihr, und Ida kniete sich rasch hin. Sie musste sich vorbeugen, um ihn zu verstehen. Seine Stimme klang rau und angestrengt. »Sag Grace, ich liebe sie. Sie hört von mir. Und gib acht auf Cian.« Dann schloss er die Augen und machte eine müde Geste, als wollte er sie entlassen.

Ida erhob sich.

»Noch eine Minute«, sagte der Soldat hinter ihr.

Sie schaute zu Cian und bemerkte, wie er Joe ansah. Es brach ihr das Herz. »Wir warten auf dich. Ich liebe dich, komm zu uns zurück.« Mehr konnte sie nicht sagen, sondern drückte die Hand vor den Mund, um nicht zu schreien.

Er schaute zu dem Soldaten und dann zu ihr. »Ich liebe dich und komme zu euch zurück«, wiederholte er. Es klang wie ein Schwur.

Dann berührte der Soldat Ida an der Schulter. »Madam, die Zeit ist um.«

Sie warf Cian und Joe einen letzten Blick zu, drehte sich dann um und folgte dem Soldaten zum Tor hinaus. Die Leute auf der Straße schauten sie neugierig an und wichen ein wenig zurück, als fürchteten sie, sich an ihrer Verzweiflung anzustecken.

30

Wenn Ida später zurückblickte, wirkten die Tage nach dem Aufstand verschwommen wie ein Aquarell, auf das man achtlos Wasser tropfen lässt. Grace, die bei ihr im Wohnzimmer saß, verzweifelt und doch voller Hoffnung, Joe wiederzusehen. Eoin, unruhig und weinerlich, als vermisste er seinen Vater. Die Dubliner waren erleichtert, dass Ruhe eingekehrt war, und begannen mit den Aufräumarbeiten, doch die Schäden waren immens – die Stadt würde noch lange wie der Kriegsschauplatz aussehen, der sie gewesen war. Insgeheim war Ida froh, denn so blieb etwas von diesen sechs Tagen zurück, die Menschen konnten nicht einfach zur Tagesordnung übergehen, als hätte es den Aufstand nie gegeben.

Irgendwann stand Father Monaghan vor der Tür und umarmte sie wortlos. Dann berichtete er, dass man die Gefangenen in die Richmond-Kaserne in Inchicore gebracht habe, wo sie auf ihr Urteil warteten. Vier Kapuzinermönche kümmerten sich unermüdlich um das seelische und körperliche Wohl der Gefangenen.

»Man hat mich nicht vorgelassen, aber die Brüder waren so freundlich, nach Ihrem Mann zu suchen. Sie haben ihn gefunden, und es geht ihm den Umständen entsprechend gut. Er ist erschöpft und hungrig wie alle anderen, aber gesund und unverletzt.«

Ida wollte Father Monaghan etwas anbieten, doch der Geistliche schüttelte den Kopf. »Es gibt so viel zu tun. Menschen sind obdachlos geworden und suchen nach Angehörigen, die verhaftet wurden. Überall liegen Schutt und Trümmer. Viele wollen beichten, weil sie nicht mit sich im Reinen sind. Sie haben den Aufstand unterstützt und fragen sich jetzt, ob sie sich versündigt haben. Kein Wunder, wenn man bedenkt, was der Mob gebrüllt hat und was die Zeitungen schreiben.«

Früh am Morgen des 3. Mai starb Patrick Pearse, Lehrer, Dichter, Schuldirektor und Anführer des Aufstands, neun Tage, nachdem er vor der Hauptpost die irische Republik ausgerufen hatte, vor einem britischen Erschießungskommando im Innenhof des Kilmainham-Gefängnisses.

Nach ihm erschoss man dort Thomas Clarke, Besitzer des Tabakladens in der Sackville Street und bester Freund von Séan Mac Diarmada.

Als Letzter starb an diesem Tag der liebenswürdige Thomas MacDonagh, der Schwager von Idas Freundin Grace.

Als Ida davon hörte, schloss sie sich in ihrem Atelier ein, setzte sich auf den Boden und verbarg das Gesicht in den Händen, als könnte sie so die Erinnerung an jenen längst vergangenen Tag auslöschen, an dem Séan sie nach Inchicore gebracht hatte, zu ihrem ersten eigenen Zimmer in Dublin. Sie erinnerte sich an die Beklemmung, die sie angesichts der grauen Mauern des Gefängnisses empfunden hatte, und an Séans Worte: Das Kilmainham-Gefängnis – da könnte ich Ihnen Geschichten erzählen …

Nun wurden dort neue Geschichten geschrieben. Würde auch Séan dort sterben, der unbekümmerte Séan, der unermüdlich durch die Straßen gehinkt war und mit seinem Fahrrad Meile um Meile zurückgelegt hatte, getrieben von seinen großen Ideen? Und was war mit Joe, den sie zuletzt auf dem Boden eines regennassen Parks gesehen hatte?

Niemand wusste etwas über die geheimen Standgerichte, die die Urteile fällten. Niemand wusste, wie viele Rebellen man gefangen hatte und wem der Tod drohte. Vor allem aber hatten die meisten Dubliner nicht damit gerechnet, dass man die Rebellen überhaupt erschießen würde. Für sie waren es verblendete Träumer, die eine längere Strafe in einem englischen Gefängnis gewiss gründlich kuriert hätte.

Am späten Nachmittag des 3. Mai erhielt Ida, die immer noch nicht wusste, wo Cian war und was mit ihm geschehen würde, ein Telegramm. Ihr Herz schlug heftig, als sie den Boten an der Tür hörte, und sie eilte die Treppe hinunter, wo Mrs. Flanagan ihr mit beklommener Miene die Nachricht übergab.

Nicht von Cian, sondern von Grace.

Hinrichtung morgen. Trauring gekauft, Hochzeit heute Nacht. Bete für uns. G.

Sie spürte kaum, wie ihr das kleine Blatt entglitt und zu Boden schwebte. Mrs. Flanagans Hand schloss sich um ihren Arm, und Ida ließ sich von ihr in die Küche führen.

»Setzen Sie sich.« Die Haushälterin rumorte in einem Schrank, dann wurde etwas eingegossen, und ein Glas Whiskey erschien vor Ida auf dem Tisch. »Trinken Sie.«

Ihre Finger zitterten so sehr, dass sie das Glas kaum halten konnte. Die brennende Flüssigkeit wärmte sie von innen, und die Küche um sie herum gewann wieder an Kontur.

Mrs. Flanagan deutete auf das Blatt. »Ich hab's gelesen. Werden Sie hinfahren?«

»Wohin?«, fragte Ida wie betäubt.

»Zum Gefängnis. Dann ist Miss Gifford nicht allein.«

Ida stand auf und musste sich abstützen. »Sie haben recht. Aber Eoin …«

»Keine Sorge, Bernadette und ich kümmern uns um den Kleinen. Er ist bei uns doch immer gut aufgehoben.«

Ida nahm eine Droschke. Die Vorstellung, sich mit anderen Menschen in eine Straßenbahn zu drängen, widerte sie an. Sie dachte an die feindseligen Stimmen und die Wurfgeschosse, mit denen man die geschlagenen Rebellen bedacht hatte. An die Soldatenfrauen, die sie mit einer Flut von Häme überzogen und als Feiglinge und Verräter beschimpft hatten. Ihr graute davor, mit solchen Menschen im selben Raum zu sein.

Ida war lange nicht in Inchicore gewesen. Sie blieb auf der gegenüberliegenden Straßenseite stehen und betrachtete das Gefängnis, das von Soldaten bewacht wurde. Die düsteren Mauern aus grauen Steinquadern, die beiden halbrunden Türme, die das Eingangstor flankierten. Einige Menschen standen auf dem Gehweg, vor allem Frauen und Kinder, die wie sie zu dem Gefängnis hinüberschauten, hinter dessen Mauern geliebte Menschen auf ihre Hinrichtung warteten. Grace war nicht darunter.

Das Wetter war in dieser Woche umgeschlagen und warm und hell geworden, was das Geschehen umso unbegreiflicher machte. Es war halb sieben, die Sonne ging allmählich unter. Ida war froh, denn das Tageslicht passte nicht zu der Dunkelheit, die sich in ihrem Inneren ausgebreitet hatte. Sie hielt es nicht aus, reglos dazustehen, und ging unruhig auf und ab, wobei sie immer wieder über die Straße blickte.

Wieder fragte sie sich, ob Cian in einer dieser Zellen saß. Sie hatte mit dem Gedanken gespielt, Major Spencer aufzusuchen, es aber nicht gewagt. Er hatte ihr geholfen, vielleicht aus Sentimentalität, weil sie ihn an glücklichere Zeiten erinnerte. Doch sie hatte auch die Distanz gespürt, die zwischen ihnen entstanden war – sie suchte ihren Mann, der auf der falschen Seite stand. Danach hatte sie seinen Namen benutzt, um in die Rotunda Gardens zu gelangen. Vielleicht hatte sie damit den Bogen überspannt.

Sie konnte noch nicht begreifen, was in diesen zehn Tagen mit ihnen allen geschehen war. Cian war verschwunden, Muriel MacDonagh zur Witwe, ihre Kinder zu Waisen geworden. Der sanfte Patrick Pearse war tot, ebenso der ruhige, schweigsame Tom Clarke, der nie wieder hinter der Theke seines dämmrigen, wohlriechenden Tabakladens in der Sackville Street stehen würde. Der kluge, lebenslustige MacDonagh war tot, und morgen um diese Zeit würde auch Joe, der liebenswerte Joe mit den sanften Augen und dem Herzen eines Kriegers, nicht mehr unter ihnen sein.

Als die Traurigkeit sie zu überwältigen drohte, rief jemand ihren Namen. Ida blickte über die Straße und sah eine zierliche Gestalt, die auf das Gefängnis zuging. Sie trug einen leichten Hut und ein kariertes Kleid mit weißem Kragen und weißen Manschetten.

Ida eilte über die Straße und blieb vor Grace stehen. Die beiden Frauen sahen einander wortlos an. Dann öffnete Grace ihre Handtasche und zog eine kleine Schatulle hervor. Sie klappte sie nicht auf, denn Ida wusste auch so, was sie enthielt.

Sie trat vor und schloss Grace in die Arme. Sie hielt die Freundin einfach fest, wortlos und ohne sich zu bewegen. Bevor sie sich voneinander lösten, sagte sie: »Ich werde in Gedanken jede Sekunde bei euch sein.«

Grace schaute sie mit großen Augen an, in denen Tränen schimmerten, drehte sich um und ging mit erhobenem Kopf auf das Gefängnistor zu.

Am nächsten Tag erhielt Ida erneut ein Telegramm von Grace. Sie sei im Haus ihrer Schwester Katie und würde sich über ihren Besuch freuen. Nur dieser lapidare Satz und eine Adresse im Norden Dublins.

Beklommen fuhr Ida in einer Droschke hin, stieg aus und klingelte. Katie Wilson empfing sie freundlich und führte sie ins Wohnzimmer, wo Grace mit einer Decke um die Schultern in einem Sessel saß. Der Tee stand schon bereit.

»Ich lasse euch allein«, sagte Katie und schloss leise die Tür hinter sich.

Ida kniete sich spontan neben Grace und umarmte sie, spürte aber einen gewissen Widerstand, als wollte Grace sich ihr entziehen. Verlegen schenkte sie Tee ein und schob ihrer Freundin die Tasse hin, eine alltägliche Geste als willkommene Ablenkung.

»Du wolltest, dass ich komme?« Der Satz klang irgendwie falsch, doch fiel ihr nichts anderes ein, das sie hätte sagen können. Binnen weniger Stunden war Grace Ehefrau und Witwe geworden.

»Sie haben mich fünf Stunden in der Kapelle warten lassen«, sagte Grace unvermittelt. »Dann endlich haben sie Joe zu mir geführt. Ein Soldat stand da, mit einer Kerze in der Hand, das war das einzige Licht. Die Kapelle war ganz still und dunkel, bis auf das Flackern dieser einen Kerze.« Sie unterbrach sich und nahm einen Schluck Tee, noch immer ohne Ida anzusehen. »Um uns herum standen Männer mit Gewehren. Father MacCarthy, der Gefängniskaplan, hat uns getraut.« Jetzt liefen ihr Tränen über die Wangen, doch sie blieb reglos, als nähme sie gar nicht wahr, dass sie weinte. »Sie haben Joe die Handschellen abgenommen, so konnte ich ihm den Ring überstreifen. Aber wir … wir durften kein privates Wort miteinander sprechen.«

Abermals führte sie die Tasse an die Lippen, und ihre Hand war beinahe ruhig.

»Danach hat mich der Kaplan ins Haus eines Glockengießers gebracht, das ganz in der Nähe lag. Ein freundlicher Mann, er hatte mir Unterkunft für die Nacht angeboten. Um zwei Uhr hat ein Polizist an die Tür geklopft.« Sie wischte sich mit der flachen Hand über die Wangen. »Ich durfte endlich zu meinem Mann.«

Ida sah, wie Graces Lippen zitterten, als sie nach Worten suchte, um jene letzte Begegnung zu beschreiben.

»Wir waren keine Sekunde allein. Die Zelle war so klein, aber die Soldaten drängten sich mit aufgepflanzten Bajonetten hinein. Als hätte Joe irgendetwas gegen sie ausrichten können.« Sie hielt erneut kurz inne, um sich zu sammeln. »Joe hat mich auf der Holzbank sitzen lassen und sich vor mich auf den Boden gekniet. Er hat mir erzählt, wie tapfer seine Kameraden gekämpft haben. Und ich … ich konnte gar nichts sagen. Ich habe nur auf seinen schmutzigen Verband geschaut und versucht, ebenso tapfer zu sein wie seine Freunde.«

Ida ergriff ihre Hand, und Grace zog sie nicht zurück.

»Joe war so selbstlos, er dachte nie an sich. Er hatte nicht die geringste Angst, kein bisschen. Dann sagte der Sergeant, die zehn Minuten seien vorbei. Wir haben nie genügend Zeit gehabt, um einander zu sagen, was wir sagen wollten. Und nun mussten wir feststellen, dass wir in jenen letzten zehn Minuten überhaupt nicht miteinander sprechen konnten.«

Sie senkte den Kopf, und ihre Tränen tropften auf Idas Hand, die ihre festhielt.

»Danach musste ich die Zelle verlassen. Ich habe Joe nicht mehr wiedergesehen.«

Joseph Mary Plunkett wurde am Morgen des 4. Mai im Innenhof des Gefängnisses erschossen. Er war achtundzwanzig Jahre alt. Aus einer grausamen Laune des Schicksals heraus sollte ein Freund aus Jugendtagen das Erschießungskommando befehligen. Er bat darum, von seinem Befehl entbunden zu werden. Es wurde ihm gestattet.

Bruder Augustine, einer der Kapuzinerpatres, die die Gefangenen betreuten, erklärte, Joe Plunkett sei absolut ruhig, kühl und beherrscht gewesen. Keine heroischen Reden. Nur eine gelassene Würde.

Bevor Joe sich den Briten ergab, hatte er Winifred Carney, die als Sekretärin der Rebellen in der Hauptpost diente, seinen Schmuck und einen Brief für Grace übergeben. Die Frau wurde an Weihnachten aus englischer Gefangenschaft entlassen und überbrachte Grace die Hinterlassenschaft, wie sie es Joe versprochen hatte. Der Brief endete mit den Worten:

Im Übrigen habe ich so gehandelt, wie ich es als richtig empfand, und wünsche mir nicht, diese Taten ungeschehen zu machen. Du jedenfalls wirst sie nicht falsch beurteilen. Sag meiner Familie und meinen Freunden, dass ich sie liebe. Liebstes, liebstes Kind, ich wünschte, wir wären zusammen. Liebe mich immer so, wie ich Dich liebe. Ansonsten erfreut mich alles, was Du tust. Ich habe einigen Leuten gesagt, dass Du alles bekommen sollst, was mir gehört. Dies ist mein letzter Wunsch, also kümmere Dich bitte darum.

In Liebe XXXX

Joe

Am 12. Mai endete das Töten in Kilmainham. Vierzehn Männer waren dort gestorben.

Und dann, nach all den Hinrichtungen, geschah etwas, das an ein Wunder grenzte. Die Stimmung in der Bevölkerung schlug um. Die Menschen waren empört über die Exekutionen. In der North King Street waren während des Aufstands fünfzehn unbeteiligte Zivilisten von britischen Soldaten getötet worden. Der Pazifist Francis Sheehy-Skeffington, der nicht zu den Rebellen gehörte, war verhaftet und ermordet worden. All das kam ans Licht, und nichts würde mehr sein wie zuvor.

Dann plötzlich stand Liam O'Connor vor Idas Tür. Er hielt den Hut in Händen, hatte einen Koffer dabei und schaute sie verlegen an.

»Ich hoffe, ich störe nicht.« Er suchte nach Worten. »Seit du mir wegen Cian telegrafiert hast, finde ich keine Ruhe. Cian und ich hatten eine Abmachung. Ich musste ihm versprechen, mich um euch zu kümmern, wenn er es einmal nicht selbst kann.«

»Komm herein.« Ida zog ihn ins Haus und schloss die Tür. »Ich wusste nichts von dieser Abmachung.«

Er zog den Mantel aus und hielt ihn unschlüssig in der Hand, bevor Ida ihn rasch an die Garderobe hängte.

Sie führte ihn nach oben ins Wohnzimmer und klingelte nach Tee. Nachdem Liam sich gesetzt hatte, legte er nachdenklich die Fingerspitzen aneinander. »Du kennst Cian, er behält solche Dinge gern für sich. Und wir waren uns viele Jahre … fremd geworden. Ich werde mich also kurz fassen. So lange Cian nicht hier ist, werde ich euch finanziell unterstützen, vorausgesetzt, du nimmst meine Hilfe an. Es wäre in seinem Sinne. Ich weiß, dass es ihn große Überwindung gekostet hat, mich darum zu bitten, daher würde ich mich freuen, wenn du ihm diesen Wunsch erfüllst. Mir ist klar, dass du über eigenes Einkommen verfügst, aber das hier zu unterhalten ist teuer.« Er machte eine Geste, die das Haus und seine Bewohner umfasste. »Und da wäre noch mein Enkel. Den ich gern sehen würde«, fügte er beinahe schüchtern hinzu.

Ida spürte, wie sich etwas in ihr löste, etwas Hartes, das sich wie ein Panzer um ihr Inneres gelegt hatte, seit Cian in jener Nacht das Haus verlassen hatte. Sie senkte den Kopf und spürte, wie Tränen auf ihre Hände tropften, die sie im Schoß verschränkt hatte. Sie hatte nicht geweint, als sie Cian in dem nassen, kalten Park gefunden, als sie sich von Joe verabschiedet hatte oder als Grace durchs Gefängnistor verschwunden war. Nun aber konnte sie nicht länger an sich halten.

Sie merkte kaum, wie Liam aufstand und sich behutsam neben sie auf die Sessellehne setzte. Er zog sie vorsichtig an sich, bis sie den Kopf an ihn gelehnt hatte, und strich ihr übers Haar, wie es ein Vater tut, der seine Tochter tröstet.

Danach gingen sie ins Kinderzimmer, wo Eoin gerade aus dem Mittagsschlaf erwacht war. Ida nahm ihn aus dem Bett und reichte ihn seinem Großvater. Liam trug seinen Enkel ins Wohnzimmer und trat mit ihm ans Fenster, sodass sie sein Gesicht nicht sehen konnte. Er blieb dort eine Weile lang stehen, ohne etwas zu sagen.

»Ich glaube, er hat Hunger«, sagte Ida, als Eoin unruhig wurde, doch der ältere Mann schien sie nicht zu hören.

»Du kannst dir nicht vorstellen, wie viel er mir bedeutet«, sagte Liam leise. »Er ist wie ein Geschenk. Als gäbe man mir die Gelegenheit, etwas gutzumachen. Und ich habe weiß Gott vieles gutzumachen.« Seine Stimme klang demütig. Es war das erste Mal, dass er ihr gegenüber Aidans Tod erwähnte. Als er sich zu ihr umdrehte und sie verlegen ansah, war die Ähnlichkeit mit Cian so groß, dass es Ida beinahe den Atem nahm.

»Ich bin froh, dass du gekommen bist«, sagte Ida, bevor sie das Zimmer verließ.

Grace blieb fürs Erste bei ihrer Schwester Katie. Ida konnte nur ahnen, was in ihr vorging, als sie ihr die Lage sachlich, aber mit einem Hauch von Bitterkeit schilderte.

»Zu meiner Mutter will ich nicht zurück. Und selbst wenn – sie pflegt meinen Vater, wie du weißt. Und sie kümmert sich um Muriel. Sie steht ohne Geld und mit zwei kleinen Kindern da.«

Ida suchte nach Worten, die nicht kommen wollten.

»Zu Joes Eltern kann ich auch nicht gehen.« Man hatte Graf Plunkett und seine Frau verhaftet. Sie hatten ihr Haus als Ausbildungslager zur Verfügung gestellt, und drei ihrer Söhne waren unter den Rebellen gewesen. »Ich weiß nicht, wann sie entlassen werden. Und ob ich dort erwünscht bin.« Dann schien sie wie aus einem Traum zu erwachen und schaute Ida an, als bemerkte sie ihre Gegenwart erst jetzt wirklich.

»Was ist mit Cian?« Sie wurde rot. »Verzeih, aber ich bin so mit mir beschäftigt …«

Ida hob die Hand. »Du brauchst dich nicht zu entschuldigen. Es tut mir unendlich leid um Joe. Ich muss ständig an euch denken.« Sie schluckte. »Father Monaghan war bei Cian, ich selbst darf ihn nicht besuchen. Er wird eine Gefängnisstrafe absitzen müssen, vermutlich in England. Die Briten interessiert es nicht, dass er als Arzt gehandelt hat. Für sie stand er einfach auf der falschen Seite.« Ida hielt inne. »Ich glaube, es ist ihm sogar ganz recht. Nicht die Trennung von uns, aber er war im Herzen immer Republikaner. Wie könnte er einfach nach Hause gehen und weiterleben wie zuvor, wo so viele gestorben sind? Father Monaghan hält mich auf dem Laufenden. Er kümmert sich aufopfernd um die Gefangenen und ihre Familien. Und Cians Vater ist gekommen. Er ist mir eine große Hilfe.«

Grace sah sie überrascht an, dann huschte ein trauriges Lächeln über ihr Gesicht. »Das freut mich. Und es beruhigt mich sehr.«

Im Juni wurde Cian O'Connor mit vielen Mitgefangenen ins Internierungslager Frongoch in Wales überstellt. Trotz aller Bemühungen war es Father Monaghan nicht gelungen, einen privaten Besuchstermin für Ida auszuhandeln.

Kurz vor dem Abtransport stand sie mit Eoin hinter dem Zaun, der die Gefangenen von ihren Angehörigen und Freunden trennte. Sie trug ein hellblaues Sommerkleid, das Cian besonders mochte. Er sollte sie nicht traurig und in düsteren Farben in Erinnerung behalten.

Die Gruppe der Gefangenen teilte sich und machte ihm Platz, als er sich dem Zaun näherte und knapp davor stehen blieb. Er wirkte schmaler, und sein Gesicht war blass – vermutlich weil er selten ins Freie kam –, doch ansonsten schien er gesund zu sein. Ida atmete auf.

Er sagte nichts, sondern schaute von ihr zu Eoin. Dann steckte er einen Finger durch den Zaun, und sie ging so nahe heran, dass er die Wange des Jungen berühren konnte.

»Weg da!«, erscholl eine barsche Stimme, und ein Soldat trat herbei, das Gewehr in der Hand. »Es wird nichts durch den Zaun gereicht. Einen Schritt zurück, beide!«

Ida schaute den Soldaten herausfordernd an. »Mein Mann hat seinen Sohn gestreichelt. Das ist wohl kaum verboten.«

»Berührungen zwischen Gefangenen und Besuchern sind generell verboten.«

Sie legte ihre Hand auf Eoins Mund und hauchte Cian eine Kusshand zu. Er fing sie auf und drückte die Hand an die Lippen. Der Soldat stapfte kopfschüttelnd davon.

Ida dachte daran, was Grace von ihrer Hochzeit und dem Abschied von Joe erzählt hatte, wie man sie bewacht, bedrängt, beobachtet hatte. Ihre Augen brannten, und sie presste Eoin an sich, als wolle sie sich an seinem warmen Körper festhalten. Cian streckte die Hand aus, ohne den Zaun zu berühren. »Ich komme wieder. Es dauert nicht lange. Sie können uns nicht ewig festhalten.«

»Ich werde jede Sekunde auf dich warten.« Es war ein Geschenk, dass sie diese Worte aussprechen konnte. Für Grace, Muriel und die anderen Frauen gab es diesen Trost des Wartens nicht.

»Dein Vater hat sein Versprechen gehalten. Wir verstehen uns gut.«

Cian wirkte erleichtert und konnte gerade noch die Hand zum Abschied heben, bevor ein Trupp Soldaten die Gefangenen zurück in ihre Zellen trieb.

Bald darauf übergab Ida dem Galeristen Richard Farnsworth alle Werke, die sie für ihn zusammengestellt hatte. Sie schaute nervös zu, während der Engländer die neuesten Bilder durchging, die alle unter dem Eindruck des Aufstands entstanden waren. Hoffentlich hatte er es sich nicht anders überlegt, nun, da ihr Mann im Gefängnis saß und ihre enge Freundschaft zu einigen Rebellen bekannt geworden war.

Doch ihre Sorge war unbegründet. »Das wird eine großartige Retrospektive. Ich möchte sie ›Ida O'Connor – vier Jahre Dublin‹ nennen, wenn Sie einverstanden sind.«

»Der Titel gefällt mir.« Sie hatten noch nicht darüber gesprochen, wie lange er die Bilder zeigen würde – Ida hätte alles dafür gegeben, dass Cian die Ausstellung miterleben könnte.

Sie deutete auf eine große, in Papier gewickelte Leinwand, die der Kutscher hereingeschleppt und gleich neben der Tür abgestellt hatte. »Das kennen Sie noch nicht.«

Sie entfernte das Papier und trat beiseite.

Es war ein großes Ölgemälde, das die Sackville Street in Trümmern zeigte. Der Blick richtete sich auf die Ruinen der ehemals prachtvollen Gebäude und die Barrikaden aus Fässern, umgekippten Wagen und Säcken, die allesamt mit äußerster Präzision dargestellt waren. Die Menschen waren nur schemenhafte Gestalten, die vor den Steinen verblassten. Die vorherrschenden Farben waren Grau und Schwarz, der Himmel darüber war in glühendes Rot getaucht, vor dem sich einzelne Rauchwolken abzeichneten.

Nur auf dem Dach der ausgebrannten Hauptpost wehte eine grüne Flagge.

EPILOG

Dezember 1916

Obwohl es so kalt war, dass er sein Gesicht nicht spürte, blieb Cian O'Connor an Deck. Er wollte miterleben, wie das Schiff den Liffey hinauffuhr und am Kai anlegte. Er hatte die Stadt als Gefangener verlassen und kehrte nun, ein halbes Jahr später, als freier Mann zurück.

Unter seinem Mantel, in der Brusttasche des abgetragenen Jacketts, spürte er das Notizbuch. Natürlich hatte er Post von Ida erhalten, aber geöffnet und zensiert, und auch seine eigenen Briefe waren streng kontrolliert worden. Daher hatten sie nur über Alltagsdinge geschrieben und das, was wirklich zählte – ihre Gefühle füreinander und die Erinnerungen an die verlorenen Freunde –, ein halbes Jahr für sich behalten. Cian hatte den Gedanken, dass englische Soldaten lesen würden, was ihn im Innersten bewegte, nicht ertragen.

Was er in den Briefen nicht sagen konnte, hatte er jeden Abend heimlich in das Notizbuch geschrieben und es immer bei sich getragen.

Frongoch hat mich verändert. Anfangs war ich ein Außenseiter, der nicht in diese entlegenen Baracken am Ende der Welt gehörte. Ich konnte nur an Dich und Eoin denken. Und an Joe, wie ich ihn zum letzten Mal auf dem Rasen in den Rotunda Gardens gesehen habe. Die Trauer hat mir die Kehle zugeschnürt. Wenn jemand mit mir sprechen wollte, habe ich geschwiegen oder war barsch und ablehnend. Irgendwann ließen sie mich in Ruhe, und erst da habe ich gemerkt, wie allein ich war.

Als sich ein Mann den Fuß verstauchte, habe ich ihm angeboten, ihn zu untersuchen. Am nächsten Tag kam jemand mit einem entzündeten Daumen. Und so wurde ich nach und nach zum inoffiziellen Lagerarzt. Die Gefangenen vertrauten mir mehr als meinen englischen Kollegen.

Das zeigte sich auch, als neunzig Männer in den Hungerstreik traten. Man hatte sie zwingen wollen, in die britische Armee einzutreten. Sie befanden sich im Krankenrevier, und wir waren in großer Sorge um sie. Als sie schließlich in die Baracken zurückkehren durften, habe ich sie so gut wie möglich versorgt, natürlich hinter dem Rücken der Lagerärzte. Es war ein bewegender Augenblick, ich fühlte mich endlich wieder als Arzt. Und ich habe mich gefragt, ob ich überhaupt noch einmal in der Praxis arbeiten werde, wo man mich doch woanders so viel dringender braucht. Ich habe es immer geahnt, aber hier ist es mir ganz nachdrücklich klar geworden. Doch das hat Zeit, bis ich endlich wieder bei Euch bin.

Die Männer hier sind ganz anders als die Rebellen von Ostern, ihnen fehlt jeder romantische Überschwang. Bisweilen sprechen sie voller Zorn über die Anführer des Aufstands, die sich gegen jede Vernunft in eine verlorene Sache gestürzt und dafür ihr Leben geopfert hätten. Zuerst haben mich diese Äußerungen getroffen, doch ich habe geschwiegen, weil sie nicht unrecht hatten.

›Die Ärzte geben mir sechs Monate‹, sagte Joe kurz vor Ostern zu mir. Seither habe ich mich mehr als einmal gefragt, ob es auch dieses Wissen war, dass meinen Freund in das aussichtslose Unterfangen getrieben hat. Dennoch fühle ich mich nicht hoffnungslos, denn es erscheint mir unmöglich, dass Irland je wieder in den

Zustand vor der Rebellion zurückkehrt. Die Veränderung ist unwiderruflich, und Joe ist ein Teil von ihr.

In diesem entlegenen Winkel von Wales wächst ein neuer Geist heran. Die Gemeinschaft ist unglaublich lebendig. Die Gefangenen lehren einander Irisch, Französisch, Latein, Walisisch, Mathematik und Stenographie, aber auch – natürlich im Geheimen – Strategie und Taktik. Die ehemaligen Volunteers und die Mitglieder der Citizen Army haben sich einen neuen Namen gegeben: Irisch-Republikanische Armee. Ihre nächste Revolution soll nicht scheitern.

So hatte er Seite um Seite gefüllt, Beobachtungen und Gefühle aus den sechs Monaten festgehalten, die sie voneinander getrennt gewesen waren. Er wollte sie Ida als Geschenk mitbringen.

Cian ging unruhig auf und ab. Er trug seinen Sommeranzug, der ihm zu weit geworden war, und fror trotz des Mantels. Aber nun, da die Häuser von Dublin und die Kräne des Hafens näher rückten, fühlte er sich besser und konnte einfach nicht still unter Deck sitzen.

Würde sie ihn noch so lieben wie zuvor? Würde Eoin ihn noch erkennen? Sein Herz schlug heftig, und er versuchte, den Aufruhr in sich zu beherrschen, begriff dann aber, dass er nicht seit April auf diesen Tag gewartet hatte, um nun die Freude zu unterdrücken. Die Freude und die Angst und der Schmerz, all das gehörte dazu.

Das Schiff legte mit einem Ruck am Kai an, Taue wurden hinübergeworfen und an Pollern befestigt, Menschen strömten aus dem Inneren des Schiffes an Deck, vor allem Männer, einige davon wie er aus Frongoch. Cian ergriff den Seesack mit seinen wenigen Habseligkeiten und trat auf die Gangway.

Schaute über die Köpfe hinweg. Keine Menschenmenge, das war auch nicht zu erwarten gewesen. Am Hafen herrschte die alltägliche Geschäftigkeit, kaum jemand kümmerte sich um die Gefangenen, die nach Dublin heimkehrten.

Er kämpfte schon mit der Enttäuschung, als er sie ein Stück entfernt entdeckte. Drei Menschen, eine Frau mit einem Kind an der Hand und einen älteren Mann. Sie schob den Jungen sanft zu dem Mann, der dessen Hand ergriff, und lief ihm entgegen. Ihr Hut flog davon, doch sie blickte sich nicht um, lief weiter, drängte sich an einem Hafenarbeiter vorbei, der sich verwundert umschaute, und stürzte sich in seine Arme.

Er war zu Hause.

NACHWORT

Der dunkle Weg erzählt viele Geschichten – von Liebe und Kunst, von Politik und sozialem Elend, vom Krieg und dem Wunsch nach Freiheit und was Menschen dafür zu opfern bereit sind.

Die Geschichte von Ida und Cian ist frei erfunden, doch folgende Personen und *ihre* Geschichten sind historisch belegt:

Thomas Clarke
Die gesamte Familie Gifford
Jim Larkin
Séan Mac Diarmada
Thomas MacDonagh
Eoin MacNeill
Gräfin Constance Markievicz
Die gesamte Familie Plunkett
Sir Edward Carson
James Connolly
Thomas Dillon
Dr. Kathleen Lynn
Michael Mallin
Sir John Maxwell
Columba O'Carroll
Patrick Pearse
Professor Henry Tonks

Auch alle wichtigen historischen Ereignisse, die im Roman erwähnt werden, sind authentisch:

- der Lockout (die Aussperrung) von 1913
- die Gründung der Irish Volunteers am 25. November 1913
- der Waffenschmuggel nach Howth am 26. Juli 1914
- der gescheiterte Waffenschmuggel und die Versenkung der *SS Aud* vor der irischen Küste am 21. April 1916
- der Osteraufstand von 1916
- die Hochzeit von Grace Gifford und Joseph Plunkett im Kilmainham-Gefängnis am 3. Mai 1916
- die Exekutionen der Anführer im Mai 1916
- die Internierung der Rebellen im walisischen Frongoch
- und natürlich der Ausbruch und weitere Verlauf des Ersten Weltkriegs.

Der Bürgerkrieg in Nordirland ist auch in Deutschland vielen Menschen in trauriger Erinnerung. Und die alljährlichen Auseinandersetzungen während der Aufmärsche der *Orangemen*, die Nordirland bis heute in jedem Juli erschüttern, zeugen von der wechselvollen und oft gewalttätigen Geschichte des Landes.

Die ursprüngliche Idee zu diesem Roman kam mir nach der Lektüre von Hans Bütows Roman *Die Harfe im grünen Feld. Roman eines Freiheitskampfes,* erschienen 1978 in Düsseldorf. Dieses Buch habe ich vor über dreißig Jahren erstmals gelesen, ihm verdanke ich die Bekanntschaft mit Grace und Joe. Schon damals war ich überzeugt, dass diese Liebesgeschichte einen Roman verdient.

Sehr geholfen hat mir Anne Clares *Unlikely Rebels. The*

Gifford Girls and The Fight for Irish Freedom, Cork 2011, dem ich mein Wissen über Graces Familiengeschichte verdanke. Das gilt auch für die Lebenserinnerungen ihrer Schwester Sidney in Alan Hayes (Hg.), *The Years Flew By. The Recollections of Madame Sidney Gifford Czira*, Galway 2000. Ganz wichtig ist auch Marie O'Neills Buch *Grace Gifford Plunkett and Irish Freedom. Tragic Bride of 1916*, Dublin 2000, das Graces Leben bis zu ihrem Tod im Jahre 1955 schildert.

Bei meiner Recherchereise nach Dublin entdeckte ich Honor O Brolchains *16 Lives. Joseph Plunkett*, Dublin 2012, das nicht nur zahllose Details über Joseph, sondern auch über Kultur, Politik und seine vielen Freunde und Bekannten enthält, die für mich von unschätzbarem Wert waren.

Liz Gillis' Band *Revolution in Dublin. A Photographic History 1913-23*, Cork 2013, lieferte mir interessante Fotos, die meine Fantasie beflügelt haben.

Nicht zuletzt habe ich Arbeit und Vergnügen verbunden, indem ich mir Filme zum Thema irische Geschichte angesehen habe. Ganz wunderbar und empfehlenswert ist *Strumpet City* (dt. *Strumpet City – Stadt der Verlorenen*), eine hervorragende irische Fernsehserie nach dem gleichnamigen Roman von James Plunkett über die Jahre vor dem Ersten Weltkrieg. Der Schwerpunkt liegt auf der Armut und den sozialen Problemen wie auch den Klassenunterschieden und dem Konflikt zwischen Katholiken und Protestanten. Sowohl der Roman als auch die Verfilmung, die beide auf Deutsch lieferbar sind, haben mich sehr beeindruckt.

Die Zeit nach dem Osteraufstand behandelt *The Wind That Shakes The Barley*, ein bewegender Film, der während des irischen Unabhängigkeits- und Bürgerkriegs spielt.

Und mit *Hunger* von Steve McQueen über den Hungerstreik im nordirischen Maze-Gefängnis 1981 sind wir in der jüngeren Vergangenheit angelangt.

Anmerkung: Alle Übersetzungen von Gedichten und Briefen stammen von mir.

EIN SPAZIERGANG DURCH DUBLIN

Hiermit lade ich Sie zu einem Spaziergang auf den Spuren von Ida und Cian ein. Zum Glück sind die meisten Schauplätze des Buches und der darin geschilderten historischen Ereignisse bis heute erhalten geblieben.

Wir beginnen unseren Spaziergang in der Henrietta Street, einer stillen, kurzen Straße, deren Kopfsteinpflaster steil ansteigt. Es ist, als träte man durch ein unsichtbares Tor in die Vergangenheit, wo die Zeit stehen geblieben ist und hinter den Mauern der Häuser aus dem 18. Jahrhundert Arme und Kranke auf ärztliche Hilfe warten.

Von hier aus ist es nicht weit bis zum Parnell Square am nördlichen Ende der O'Connell Street (damals Sackville Street). Hier befindet sich heute der Garden of Remembrance, der an die Jahre des irischen Freiheitskampfes erinnert.

Das Gedicht an der Gedenkmauer stammt von Liam Mac Uistin. Es wurde 1976 bei einem Wettbewerb ausgewählt und in gälischer, englischer und französischer Sprache abgebildet. Auf Deutsch heißt es:

Wir sahen eine Vision

In der Dunkelheit der Verzweiflung sahen wir eine Vision.
Wir entzündeten das Licht der Hoffnung,
und es wurde nicht gelöscht.
In der Ödnis der Mutlosigkeit sahen wir eine Vision.
Wir pflanzten den Baum der Tapferkeit, und er blühte.
Im Winter der Knechtschaft sahen wir eine Vision.
Wir schmolzen den Schnee der Lethargie,
woraus der Fluss der Auferstehung entsprang.
Wir ließen unsere Vision auf ihm zu Wasser wie einen Schwan.
Die Vision wurde Wirklichkeit.
Winter wurde Sommer. Knechtschaft wurde Freiheit,
und diese haben wir euch als Erbe hinterlassen.
O Generationen der Freiheit, gedenkt unserer,
der Generationen der Vision.

An der Stelle des Garden of Remembrance befanden sich früher die Rotunda Gardens, in denen die gefangenen Rebellen zusammengetrieben wurden.

Auf diesem Areal lag auch die nicht mehr vorhandene Rollschuhbahn. Nebenan befand sich der Konzertsaal, in dem am 25. November 1913 die Irish Volunteers gegründet wurden.

Südlich des Parnell Square beginnt die O'Connell Street. Auf der rechten Seite steht das General Post Office, in dem sich 1916 das Hauptquartier der Rebellen befand. Es wurde völlig zerstört und erst viele Jahre nach dem Aufstand wieder aufgebaut, wobei nur die Fassade erhalten blieb. Im Inneren, das nach wie vor ein Postamt beherbergt, befinden sich auch das Postmuseum mit Erinnerungen an den Aufstand und eine Gedenktafel. Vor dem Eingang rief Patrick Pearse die irische Republik aus.

Gegenüber auf dem Mittelstreifen der O'Connell Street steht ein Denkmal für Jim Larkin, den großen Arbeiterführer und Kämpfer gegen den Lockout von 1913.

Im Südwesten der Stadt befindet sich das Kilmainham Gaol, die bedeutendste Gedenkstätte, die an die jüngere irische Geschichte erinnert. Hier wurden im Mai 1916 vierzehn Rebellen von Erschießungskommandos hingerichtet, darunter Joseph Plunkett, sein Freund Thomas MacDonagh, Séan Mac Diarmada und Thomas Clarke. Der Innenhof, in dem die Hinrichtungen stattfanden, ist ein karger Ort, der nur von der irischen Flagge und einer Gedenktafel mit den Namen der Toten geschmückt wird.

In der Kapelle wurden Grace Gifford und Joseph Plunkett wenige Stunden vor der Hinrichtung getraut.

Die Zelle, in der Joe auf seine Hinrichtung wartete und Grace zum letzten Mal sah, ist mit einer Tafel gekennzeichnet.

Einige Jahre später war Grace während des Bürgerkriegs selbst hier inhaftiert und hinterließ ein Madonnenbild an der Wand, das bis heute erhalten ist.

Vor dem Gefängnis steht eine moderne Skulptur, die an die hingerichteten Rebellen von 1916 erinnert.

DANKSAGUNG

Wie immer haben mich während der Arbeit an diesem Roman viele Menschen begleitet und unterstützt.

Mein Dank gilt meiner Familie, vor allem meinem Sohn Felix, der mir in Dublin ein geduldiger und interessierter Reisebegleiter war.

Ich danke außerdem:

Angelika Maschke fürs kritische und konstruktive Testlesen,

meiner Lektorin Hanna Bauer für ihr Feedback und ausführliche Diskussionen,

meiner Außenlektorin Gisela Klemt für die sorgfältige Textarbeit,

meinem Agenten Bastian Schlück,

Lou Adkin, Slade School of Fine Art,

meinen Leserinnen und Lesern, deren Lob und Kritik mich immer wieder zum Schreiben anregen.